藏在书包里的玫瑰

孙云晓 张引墨 著

新星出版社 NEW STAR PRESS

青马（天津）文化有限公司
出　品

性隐患，这是一个事实

——《藏在书包里的玫瑰》2018 版序言

《藏在书包里的玫瑰》问世至今已经十五年了，当我重新阅读此书，最强烈的感觉是就像一本最新出版的书，因为书中的内容依然鲜活并且极具挑战性。

在中国，可能还没有一本书像《藏在书包里的玫瑰》这样，连续十多年跟踪当代中学生的性问题。毫无疑问，迅速成长又困惑无尽的少男少女渴望了解自己，充满爱心和不放心的父母们渴望了解孩子，担负神圣职责的教师们渴望了解学生，而这一切都可以在《藏在书包里的玫瑰》里得到相当多珍贵的信息。

刚刚出版发行的时候，本书曾经被西部某机构视为淫秽读物查封。也许在他们眼里，二十位少男少女集中谈自己的性经历，这样的书不是教孩子学坏的黄书吗？不过，毕竟是改革开放的年代，该机构仔细研读本书后又开禁了，因为他们认定这是一本积极健康的性教育读物。

这究竟是一本什么样的书呢？

二十位中学生发生性行为的详细事实和专家们的科学分析建议，加上一颗责任心，构成了这本《藏在书包里的玫瑰》。

这是一本需要用心灵来写和读的书，因为我们面对的是一代人的青春和几代人的牵挂，我们是在与生命对话。

这是一本描述和分析中学生性关系的书，虽然它并不全面，却以深入的笔触揭示了较为隐秘而危险的一角，让广大父母与教师了解到事实的真相。

我们之所以把本书的读者对象首先定位为中学生的父母与教师，是因为他们最关心少男少女的健康成长，而又常常难以了解到真实的情况——他们可能是孩子的第一防范目标。

一位偷吃过“禁果”的中学生，曾为本书提供过他心中的书名，即《这是一个事实》。的确，这本书介绍了二十位中学生发生性关系的原因与过程，并逐一做了剖析，提出了一些给父母、教师及孩子的具体建议。那么，事实究竟是怎样的呢？

在这些发生性关系的中学生中，我们发现了一些数据，尽管这些数据不能推论中学生总体，却足以给我们警示：

1. 半数以上是师生公认的好学生；

2. 1/3 来自重点中学甚至是名声显赫的学校；

3. 他们初次性交时百分之百不用安全套；

4. 他们有过性交经历的事实，父母与教师百分之百不知道；

5. 他们对学校与家庭的性教育百分之百不满意。

不仅仅如此，有些女孩子在稀里糊涂发生性关系之后后悔莫及，直到考入大学，她们还万分自卑，有一位考入名牌大学的女生说，已经那样了，再去做“鸡”也无所谓了。

我曾与著名作家毕淑敏谈过以上事实，她用了四个字表达自己的感受:“滴血之感。”是的，青春的生命在滴血！父母与教师的爱心在滴血！

多年前的一天，著名的性社会学家、中国人民大学的潘绥铭教授来我家聊天，他说他们刚刚完成的一项关于十四至十七岁的少年性问题调查，数据显示，这些少男少女发生性行为的比例为10%，2%有同性性行为，而有同性恋倾向的比例为男生占13.6%、女生占7.4%。

常识告诉我们，与性病或艾滋病患者发生性关系，如果不用安全套是极其危险的。据中国疾控中心的数据显示，截至二〇一七年三月三十一日，全国报告现存活艾滋病病毒（HIV）感染者/AIDS病人691,098例，报告死亡214,849例。据专家分析，中国目前艾滋病患者有增长之势。可悲的是，许多少男少女并不了解对方的性经历，有些还结交相知甚少的成年人，他们一时冲动，便以花季的生命去赌欲望之博。

这的确是一个事实：首先，有越来越多的中学生在发生性关系，这是一个人们不愿面对却又不能不承认的事实；其次，中学生盲目发生性关系，可能会造成怀孕甚至感染性病、艾滋病，这也是一个事实；再次，目前的性教育已远远不能适应中学生（其实也应当包括小学生）的切实需要，更是一个事实。所以，我用《性隐患，这是一个事实》作为序言的题目。

一本书的价值是由作者与读者共同完成的。

当父母和教师读到这本书的时候，您会有些什么样的收获呢？也许，您会了解孩子那微妙的情感世界，您会洞察孩子那复杂的心路历程，您会倾听孩子那狂烈的青春呐喊……

这对于改善您与孩子的关系，改进您对孩子的教育，或许会有一些借鉴意义。至于少男少女朋友，你们若是读了这本书，也会从同龄人的坎坷经历及相关知识中悟出某些人生的道理。当然，这只是我们的真诚期盼。

据二〇一五年一月二十六日《中国青年报》报道，国家人口计生委科学技术研究所二〇一三年发布的一组数据显示，我国每年人工流产多达1300 万人次。这还不包括药物流产和在未注册私人诊所做的人工流产数字。中国青少年生殖健康调查报告显示，我国未婚青少年中，约有 60% 对婚前性行为持比较宽容的态度，22.4% 曾有过性行为。广东省一项调查显示，48% 的大学生赞成“恋人间发生婚前性行为”。中国青少年生殖健康调查报告显示，仅有 4.4% 的未婚青少年具有正确的生殖健康知识。有性行为的未婚青少年中，超过半数者在首次性行为时，未使用任何避孕方法。有性行为的女孩中 21.3% 有过怀孕经历，4.9% 的人有过多次怀孕经历。

还需要说什么呢？还有谁会说我们是在“猎奇”或“展示”呢？也许，最为紧迫的任务是全面改进和提高中国青少年性教育的水平！这正是我们在艰难中写作本书的目的。

从事青少年教育和研究四十六年，我逐步形成了一个基本的理念：教育孩子的前提是了解孩子，了解孩子的前提是尊重孩子。当我们将本书奉献给广大读者的时候，我愈发确信这是一个真理，而真理总是以事实为基础的。

青春期的来临本是一件好事，却往往让中学生朋友尤其是父母倍加担心，似乎面对来势凶猛的滔滔洪水，随时要预防决堤的危险。在不知所措的时候，人们容易抱怨中国的性教育太落后，以致让孩子无知让大人无措。这样的指责自然是证据确凿的，我却认为，性教育固然需要知识，需要方法，但首先需要一种态度。

请读者朋友想一想，许多少女怀孕的案例，有些是把孩子生了出来，给自己和孩子的发展都造成了巨大的困难；而有些被采访者则是在智慧妈妈的帮助下妥善处理吸取教训，奋斗出充满希望的前途。这些鲜明的对照说明了一句话，那就是关系的好坏决定教育的成败。亲子关系和师生关系是孩子发展的两条生命线。关系好，可以化险为夷；关系糟，必定雪上加霜。

进一步的分析可以发现，无论是青少年还是父母或教师，当面对性问题的时候，态度决定一切。什么态度呢？比如你是认真的还是游戏的？你是尊重的还是忽视的？你是负责任的还是敷衍的？你是友善的还是冷漠的？完全可以肯定，正常人对于性问题的态度应当是认真、尊重、负责、友善，以此为基础的性才可能是安全的和快乐的。

我和张引墨合作完成的《藏在书包里的玫瑰》2018 版与读者见面了，我为此感到欣慰，因为中学生的性危险在迅速而广泛地增加，希望本书能够给中学生朋友及其父母一些帮助。之所以敢这样说，是基于《藏在书包里的玫瑰》出版以来的反响和效果，许多青少年朋友来信说，他们从本书中了解了真相，获得了真知，在与异性的交往中增添了快乐而降低了风险。

我有一个执着的信念：性是美好的也是危险的，美好的感情只有用美好的教育才能引向健康发展，而丑陋的教育可能把青春的热烈情感变成炸弹。

孙云晓
二〇一八年一月二十八日
于北京云根斋

目录

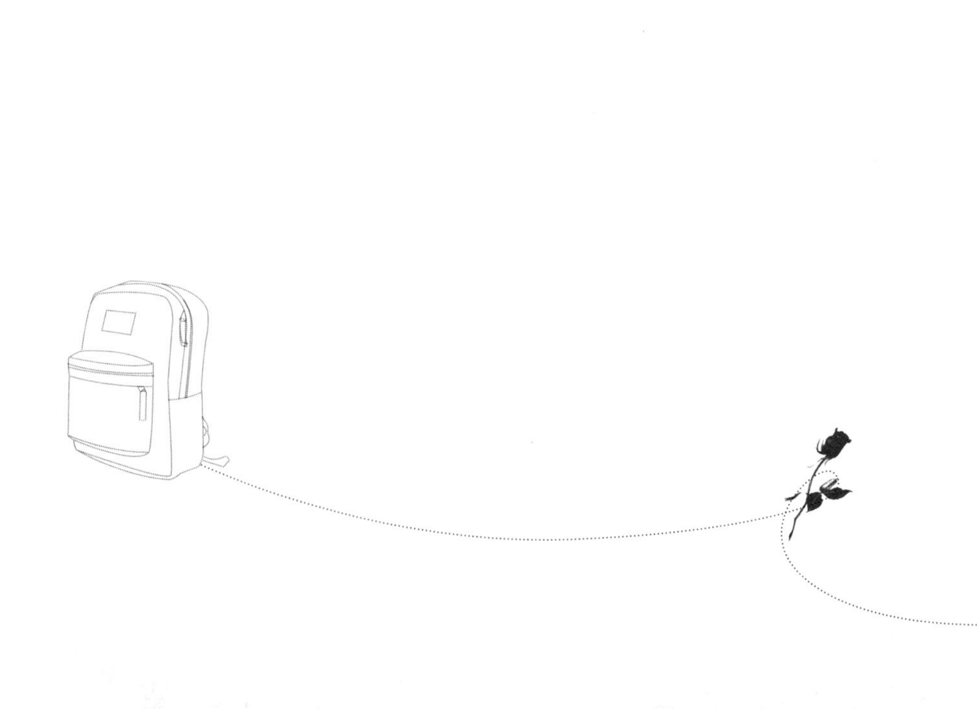

第一章　男生视角下的爱与性

“为什么相同的男生，有的人天天说想要有一个女朋友，有的却只字不提，整天都不想似的？我觉得毕竟都是男生，年龄也差不多，应该都会有这样的想法，但问他们，都说没有，我觉得很奇怪，不知为什么。”

男生女生事件

我们见面时，天已经黑了，但我还是认出了他。我总是能凭直觉认出我的受访对象，他们有一些与众不同的气质。伟峰的个子不高，脸圆圆的，很可爱，有种自信满满的朝气。

我们刚在麦当劳坐下，他就迫不及待给我讲了一个“浪子回头”的传奇故事：

初三那年，我第一次被学校开除。我妈托了好多人，又把我送回学校。但上学第一天我就逃课去打游戏，马上又被开除了。没办法，我又去了另一个学校，我舅舅是那个学校的主任。我对文化课没兴趣，但我一直喜爱画画，一直都是。正好当时学校新分来一个美术教师，以前教我画画。我后来又认识了一大堆要考美院的人，都比我大六七岁，我天天和他们玩，跟他们去画画。这时我才认识到以前我的确没好好学。我又找到原来的初中，希望他们再让我读一年，但他们谁都不愿意要我。我进到办公室，都没有老师理我，后来我终于进了年级组长的班。我终于又行了，特别出乎他们意料，上课不闹，考试总前几名。等后来我考上大学，学校又拿我做典型了。从那次复学以后我一直都是好学生。当班长，专业不错，文化课也还行，包括现在，在班上学习也还不错。

你小学成绩好吗？

好！但从四年级开始就不行了，因为换了一个班主任，他说我们什么都不是。那我就什么都不是！

你初中成绩特别差的时候，你父母对你怎么样？

特别糟糕，简直要绝望了。但后来我特用功，父母在数学、英语上又给我请了家教，我一个假期把所有英语单词过了一遍，记住了85%，数学也过了一遍，开学就能跟上了。

你小时候挺崇拜你爸爸的？

是，一度崇拜过。他是武警队长，天天都带着枪。那时候他真打我。但是现在已经退休，“坐在楼梯上已经苍老”，他在我心中的形象亦正亦邪。

你和父母谈过与性有关的问题吗？

没有。

为什么到今天，父母还不能直面这个问题？

因为他们没受过这个教育。我记得特别清楚，我问我妈：“孩子是怎么生出来的？”我妈说：“你长大就知道了。”还有一次，我看出土文物“金缕玉衣”的展出，男性展品的生殖器给包起来了，我当时特别小，问我妈：“这是什么啊？”我当时真的不知道，我妈却给我一个嘴巴！我记得特清楚。还有一次，我妈逗我：“就你这样，娶得到媳妇儿吗？”我当时真的是特童心的一句话：“那我娶你得了呗！”我妈又给我一个嘴巴！打得我莫名其妙。那时候觉得我妈真够损的，长大以后才明白其中的道理。就这两次，别的事我妈都挺好。

可你们也没受过这个教育啊！你认为这个原因是时代的变化吗？

因为我们这拨人本身就有一些鄙视教育，不拿成年人当回事，但其实他们早就把我们给影响了。

上了初中以后，我妈对我就不怎么管了，但是她知道我在做什么。从小学开始，我喜欢某个女孩，我就和我妈说，甚至我和女孩发生性行为，她也知道。我妈想管也管不了，她就说："你要是弄出什么事来，我绝对不管你！"初三的时候，我从同学那借来婚前教育的书，藏在柜子顶上，我妈发现了，就说："那书都是什么啊？我收起来了！"过了两天她想了想，又给我放回去了！还有我初二的时候，家里给我洗衣服，洗衣机里全是我的衣服，洗到最后，突然漂上来一个安全套，我妈吓一跳："哎呀，这是什么啊？"我爸来一句："这他妈孩子！"

初二时候你拿那个东西干什么？

我有女朋友啊。但我没用过，我准备着，觉得准备一个会更帅。因为当时你若和一个女孩有了这种关系，大家会羡慕你的，有一种虚荣心。

和老师谈过这方面吗？上过生理卫生课吗？

没有，不可能和他们谈吧。上过生理卫生课，但是特别简单，一带而过，我都觉得不用学，我全知道。

性知识是从哪来的？

小时候根本就不知道性这回事。小孩是怎么生出来的，我也不知道。

但初一初二时我开始留意这些内容，看杂志《女友》，看《医患问答》，就全都知道了。不过主渠道还是通过聊天，我经常和身边俩女生聊天，和她们一起玩——她们比我大，而且说得特具体。我恍然大悟，暗喜终于知道了。

书上讲男孩女孩互相有一个排斥期，你有过吗？

我印象中还真没有，我一直没有排斥过女生。我幼儿园的时候，就对女孩子感兴趣，一直都这样，但没想过为什么感兴趣。

我真正意义上了解女生，可能在四五年级吧。六年级的时候，正式交过一个女朋友。现在小孩都早熟，小学生看着已和初中生差不多了。

那你初中的女朋友，还是六年级的那个吗？

不是。到初一时，我和那个女友就莫名其妙分手了。她和我一个哥们儿好上了，我俩因为什么分手，现在都忘记了。上初中后，我也有了一个新女朋友。后来我和原来那个女孩还经常一起出去玩呢,她带她男朋友，我带我女朋友，也觉得没有什么。我和她分手以后，又和两个女孩好过，但是都没有发生关系。和第二个女朋友接过一次吻,但不是第一次接吻了。

你还记得第一次接吻在什么时候，是什么感觉吗？

反正挺小的，也就小学二年级左右。不好意思，确实有点早。我也不知道那是怎么回事，也不为什么，我们玩“过家家”嘛，和我“老婆”入“洞房”。躺那儿也不知道做什么，就接了个吻。我记得当时那种感觉，躺在床上莫名其妙我就兴奋了，还把窗帘拉上了。看着她我就觉得得靠过去。她也没什么反应，半推半就吧。

这个游戏结束了？你并不知道接下来要做什么？

不明白。我明白的时候大约是小学六年级吧，那时有大孩子和我们一起玩，说给我们的。

为什么你们在一起会说这个问题？

这没什么，这么大的孩子在一起几乎都说这些，十二三岁，都在谈论这个话题，青春期嘛。具体的我都不记得了，但是若让家长听到，一定会觉得那是小流氓的行径，怎么这么下流啊！反正就是这样，谈这些事情时心情挺好，感觉特无拘无束，想说就说。

那你们有没有一个愿望，和别人认真地谈一下这个事情？

没有，因为当时没有一个较为宽松的社会环境，让我们公开谈论这个事情。这种东西根本不可能去和家长、老师谈，他会觉得你早熟。

那也就是说，等到你做这件事的时候，你的知识储备已经很充足了？

相当充足了。

那心理上呢？负担重吗？

毫无负担，我以前也试过几次，但没有成功，闹得满脑门是汗。

那后来呢？后来你怎么知道该怎么做了呢？

通过电视、书本和与朋友聊天，太简单了，我尝试这件事是在初二。

你说初中时学校就有怀孕的，多吗？

我们那一届大概有三个。

有没有公开教育过？

没有，什么教育都没有。尽管官方没说，但谁都知道。唯一的是校长住院了——气的。当时还有这么一件事：一个老师把学生闹怀孕了，当时在初三一查，老师已经和许多女学生有性关系了。我们学校的几个坏小子也被公安局抓走了。我们那个初中确实挺热闹的。

你怎样看女孩的贞洁？怎样看自己在这件事上的能力？

当时会怀疑自己的性能力，但对女孩子的贞洁没什么感觉。她若和自己的男朋友，那应该是很正常的；她若与很多人有关系，我就不这么认为了。

就在你们这个年龄，是不是也有一个女孩和很多男生在一起？

有啊！虽然我觉得不正常，但是大家都接受了。我有过一个经历，我们一屋男孩在一块玩，然后有个比我大三岁的女孩，在对面挨个叫，叫一个过去一个，不一会儿又回来了。可能不是那种真正意义上的做爱，只是亲热一阵。因为那时候大家都不懂，那女孩可能有种荣耀感。但现在那个女孩特惨，她已完全没有名誉可言了，而且身体也很差了，怀过很多次孕，传闻是在做妓女。后来我见过她一次，整个人虚胖胖的，就像馒头被泡在水里了，太不珍惜自己了。

这种成长经历，你不觉得有些过头了吗？

我没有过，但这个女孩她是过了，好多男孩也跟着过了。

你们这代人，是否有一个从特别在乎到特别不在乎的变化？

这是青春期的问题。一个人的青春期是无法与成熟后相比较的，青春期时他什么都不会多想，是很单纯的，心里想什么就做什么，高兴笑悲伤哭。但人成熟后就不会这样，不高兴的时候他还会笑。比如我那时候能接受的事，到现在我肯定接受不了。比如我能接受“叫鸡”，但我接受不了一群人叫一个。尽管每个人叫一个也很脏，但是互相看不见。我接受不了一大群人去……我现在比那时候保守多了，可能是因为年龄大了。

你总结一下自己恋爱的状况？

我喜欢过几个人，小学六年级那个我挺喜欢的。我从第一个女朋友，到现在这个女朋友，一共有八个吧。有过正式关系的，有四个吧；给我印象最深的——其实每个都不一样，每个印象都挺深的。

老师知道你初中是这样的吗？

老师知道我谈恋爱，只是知道谈恋爱。我们学校初一就有怀孕的，所以老师肯定知道会有这事，但老师从来不和我说，不教育我，而说我女朋友。因为当时我女朋友全班学习最好，而我是全班最差的。老师奇怪，她怎么会跟我？

是否每所普通的中学，情况大致相同？

现在和我一块玩的孩子，大家经历都差不多，我还是算早一点的，也就是说这种状况相对已经很普遍了。我是一九八〇年出生的，早上了一年学，还比应届生小一岁，初一的时候我十二岁左右吧。

那也就是说我们国家在一九九三年的时候发生了剧变，至少与一九八三年相比。

那是肯定的，当时对我们影响最大的就是香港电影，黑社会、色情、暴力，大家开始以这个为价值观。就是作为一个男孩要特能打，这样女孩才会喜欢，才特有面子，混得开。那时候女朋友的数量也很重要，当然还是先要质量上的。女孩子也想要一种安全感。当时我们把成绩的概念完全颠覆了。可也奇怪，原来我班成绩好的，到现在混得都不好，特平庸。也有几个还行，真聪明的也有，当时有一拨完全拒绝我们的，他们现在状况都不好，他们太死板了。

你们这群“暴力色情”影响下的人，读大学的有多少？

就我一个，其他有不上的，有上职高的。后来分成了两拨，有一拨我们也不和他们玩了，觉得他们太坏了，真的成了黑社会一样，还有就是我们这拨，我们这拨就我一个上大学的，其他的基本都工作了。

伟峰是一个活泼又敏感的男生，对自己周围的一切事物都观察仔细。当他描述一件事物时，并不是简单的词汇堆砌，而是充满了趣味和画面感，令人印象深刻。

你第一次做这件事的时候，有愉快的感觉吗？

我做这件事有好几个阶段，刚开始并没有愉快的感觉，因为我第一次并没有做成功。

做爱之前，你对女孩有没有过幻想？

当然有啦，当时感觉不过如此嘛。通过这件事我明白了人生的一个道理：没得到的事物，永远特美好；真正得到了，其实很普通。

这件事后你对这个女孩子的态度有变化吗？

有，更喜欢这女孩了。我还是比较尊重女孩的，我没有玩弄过女孩的感情，都是两个人在一起挺好的，很自然地就发生了关系，然后又自然地分手了。每次恋爱到后来都很痛苦，非常痛苦，是沟通上的不愉快和互相之间的不理解。我现在还是希望一个人，在达到我的人生目标之前。

当时你和她想过结婚的事情吗？

想过啊，我和初中的女朋友好了六年，感情一直不错。当时特纯真，想着以后会在一起，那时还老听苏有朋的歌《不管他们怎么说》。都是特形式上的，别人问我俩行吗，我就纳闷，有什么可怀疑的？她愿意我愿意，有什么不行啊？这个事，我一开始不信，后来和她在一起就信了——我看她诚恳的眼神，就信了。

高中情况怎样？

上高中后她去外地上学，有段时间没什么联系。我有个朋友的学校离她很近，他有天看到那女孩和另一个男生走在一块。后来放假回家，尽管我们住得很近，但我也没想找她。有一次我去修车，遇到她姐了，她姐就问我知不知道她回来了，我说不知道，她姐就热心地找她出来，然后我俩就去我家了。当时我就有一种特想报复的心态，我说这么长时间我都没和你做爱，然后就……这是高一的事情，那个时候我就发现她不是一个处女了，我一直对这点有疑问，因为以前我用手，不知道是不是我用手把她的贞操给破了。

当时我也表现得不像第一次了，因为这种感觉我已经很熟悉了，只不过是形式不一样。但因为是出于报复的心态，所以，就没有成就感。

然后又好了一年多，两年，后来她与别的男孩有来往，因为又有人追她了。她大一的时候，我们分手，她是我第二个女朋友。

你是否觉得女孩的感情更不稳定？

客观地讲，是这样。

记得我第二个发生关系的女朋友，当时刚认识两天，吃两次饭，她喝多了，然后就大雪天打车非要和我回家。她有男朋友，我喝得半醉，说什么“我爱你”，然后就和我一起住了，这是我高中的时候。后来我就忙着高考，郁闷时需要发泄一下，她都没拒绝。那女孩还特把我当回事，赶紧就和男朋友分手了，和我在一起。当时我出了一次门，我从北京站回来，她去接我，我却认错人了！最终还是分手了。后来我发现那女孩是阶段性的狂热恋者。忽一下就起来了，唰一下就又下去了，这种热情又会转到另一个人身上。所以如果你和一个女孩好，这个女孩正好还有个男朋友，那你千万别接受这女孩，不然有一天她也会离开你。

你担心她们怀孕吗？

担心，现在的女朋友在秦皇岛上大学，她比我大两岁。我第一次不担心，没有任何顾虑，因为我体外射精。有次我去秦皇岛找她，还住在一起，也没有怀孕。但是有一次她找我，怀疑是怀孕了。我们就去检查，结果什么事也没有，两人在医院门口哈哈大笑。出去大吃了一顿，因为省了一笔钱嘛！

为什么不采取避孕措施？

避孕套很少用，避孕药没用过。因为觉得不舒服，而且对身体不好吧。

对谁的身体不好？

对女孩，我到现在仍这么觉得。因为没知识，没有避孕方面的知识，也没见谁吃避孕药。避孕套都不爱用。而且好像没那么容易怀孕，我是侥幸心理，反正没遇到过。但是每到月底的时候都会特担心。

下次接着还是没有保护措施？

现在我开始比较重视这个问题了。女朋友要求，她愿意用，不用那么担心，也不用射在外面，射外面多难受啊。我会去买避孕套。投币，挺好玩的，我俩一起去，但总有些中年人在看着。

讲到这里，他禁不住乐了，我也笑起来。他在对面的椅子上左右摇晃，给人一种赶着做完这件事，好去忙下一件事的错觉。

于是我问他：

你的人生目标是什么？

我想在中国的广告界立足，当个挺出名的人。我身边若有一个非常不省心的女孩，我不会很诚恳地对她，因为我是做艺术的，与生活状态有很大关系。

其实现在的女孩子也已经很独立了，但也难说，因为你们都是独生子女，所以也有一些弱点。

还行，现在我的女朋友是我养着呢，我不向家里要钱。

可是你养着一个女人，这就是个大问题。

而且她不觉得。

那我觉得你们够呛，因为谁也不会愿意长期养着别人。

是，所以我明天就打算和她说分手，这是我来之前想好的，实在是无法沟通。她很漂亮，但是我觉得要保持距离，而她根本就是为自己，不体谅别人，她太独了。

她发现你要和她分手了吗？

发现了。我们说要分手都已经好几次了，但谁都下不了决心，都是没想好。我总觉得她是个漂亮的女孩，舍不得。她也不是不喜欢我，但实在没办法。比如我怕她不高兴，我说抱一下，她不说话就走了。我问她怎么了，她也不说为什么，甩来一句：“你想什么时候抱就什么时候抱啊?！”我根本就没办法回答，她经常是这样。

你是个替女孩子想得很多的男孩子吗？

我还算是吧，虽然不多，但也还行。这个事情需要年龄，需要精力。以后我不想把精力再放在这上面，两个人天天在一起，吵来吵去，真的没有必要，没有意义。我觉得我现在要全力以赴去做我应该做的事，正等着我去做的事。

可是，你再信誓旦旦，也还是会进入这个循环。

没错，而且男孩会对漂亮女孩有种本能的好感。我们每天拍东西接触那些学表演的女孩真是如花似玉的，让人赏心悦目。所以你一定要清醒。我觉得我自己还是很清醒的，但大多数人不够清醒。

这件事情对你的生理和心理产生的影响是什么？

都没有。这个过程与所有认识事物的过程是一样的，没挫折也不成功，很平和的。

对学业我现在倒是觉得有一点耽误。

那你觉得当前的性教育跟得上吗？

我觉得在教育者与被教育者之间有一个鸿沟。其实一个正常人在社会上在成长中得到的信息，是自然得到的信息，其中包括教育者不愿意承认的、不愿意去面对的非常现实的东西。

这带来的最大恶果是：大家不完全信任教育了，对学校给的东西来一个“批判地吸收”；容易给学生造成性压抑。比如他不懂，他会尝试，失败，就会造成阴影。他在这方面怀疑自己，他就有可能在其他方面也怀疑自己。很可能有孩子在生活受挫以后，完全否定自己，或整个人增加了消极的因素和人的虚伪性。这不是一个能避而不谈的事情，很多学生每天都去想。这个矛盾肯定会梗在他心里，很可能是一辈子。

教育管用吗？

我觉得现在性教育要解决的是怎么让大家正确对待这个问题，而不是说什么肃清或者禁止。现在传媒渠道那么多，黄色网站很容易就能够找到，也很容易买到黄片儿，所以这个教育是应该的，并且要越来越被重视，这是未来的一个趋势。

对伟峰的采访一直进行到半夜。从麦当劳出来，大街上已经空无一人，我们说话的声音在清寂的夜空飘荡。

虽然在刚才的谈话中他提到要和现在的女朋友分手，但是在整个的采访过程中，他们没有停歇地互通信息。

感情在一些青春期孩子的生活中占有举足轻重的地位，但是很多的大人用很简单的理由就会把他们非常珍惜的东西毁于一旦。其实它没有这么简单。

他准备去一个合适的方向打出租车，我则快步回家。整整一天的工作，到现在，大脑仿佛停止了思考。我一边走一边对自己说，其他更严肃的问题以后再慢慢地想吧！

时间过去了一年，我再次与伟峰见面，他的精神状态改变了好多，人变得清爽、安静，去掉了许多浮躁之气。穿一件笔挺的黑色皮夹克，同色的牛仔裤。我笑着说："一年不见，你好像帅气了很多。"

他仔细地看着自己的访谈文字，提出许多修改意见。后来他忽然对我说："没见过你这样做事认真的人。我读大一的一年时间，帮别人设计的两本书都出版了。"

我只好说："不同性质的书和事，之间并没有什么可比性。"

他说："书出来了，一定要送我一本，因为这是我青春的一份纪念。"

再次修改这份采访的时候，这个曾经准备在广告界出人头地的大男孩，已经实现了自己的梦想，甚至可以说是名扬天下了。而那些青春的经历，芜杂的思想，都成了他生命的营养……

蠢蠢欲动的身体和爱情

对孙杉的采访，是在他的坚持下完成的。繁忙的工作后，到了约定采访的时间，我感觉已经筋疲力尽，甚至不想说话。但我和他改时间时，他坚持当天，我只好强打起精神赶到约定的肯德基。

他正在读高三，学习特别紧张。在东北老家读书时，是一个优秀的短跑运动员。他身材匀称，目光清澈，可能是因为经常参加比赛，神情非常沉稳。而且与其他男孩“问一句才答一句”的被动模式不同，他有很强烈的表达欲。在我未开口提问前，便平静地自述了一段经历：

我家在东北，父母为了让我上北京的大学，我就到北京住在亲戚家。在老家时经常练习跑步，短跑成绩是头几名，到北京以后就很少参加比赛了。但是作为一个体育特长生，文化课只要达到一定分数就可以上大学。我高一下学期到的北京，学校里有宿舍，周末回亲戚家。我觉得北京人有好的，也有不好的。我有些朋友，特铁特好的没几个，一个人不可能有那么多铁哥们儿。我有时打打篮球，玩电脑，我做事还是有原则的，不该做的绝对不做，该做的也不会放过，尽管有时会违反纪律。

你从什么时候开始对女孩子感兴趣的？

小学五年级吧。我们那边小学五年，初中四年。但那时的想法是很单纯幼稚的，有好感就和她在一起，特开心，特合得来，就是那种样子，再多一点的想法都没有。

你小时候从哪些途径得到性知识？

小时候不是在北京，而是在老家，主要是听别人说吧，民间传播。那时可能是初二，一下课，我们一大帮男生就全跑到教室外边去了，站在外边聊天。大约有那么一段时间吧，每个课间都在谈论这件事情，突然大家都对这事特感兴趣。当时只能谈一些“初级性行为”，男的该如何，女的又该如何。但是那时年龄还是小，根本谈不明白，知道的也不多，表达得也不清楚，谁都没做过这种事情嘛，胡侃。主要还是因为对这件事情感兴趣吧，好奇心使然，加上些“荤段子”，特逗。

第一次有性意识，比如遗精，是什么时候？

也就是初二吧。那时候，我们学校有一门课，叫生理卫生课，而且发过一本书，还聘了一个老师来讲课，但老师讲得类似于生物课，什么人体骨骼之类的，后面生殖那部分没讲，可是书上都写了，我们就自己看。我看了后，起码知道了自己身体变化哪些是正常的，哪些是不正常的。

你觉得父母和老师在启蒙中的作用是什么？

其实，好像没什么作用，他们没有教我们什么，从来就没有过。我上初一的时候，家里装了电话，我有自己的一个电话本，我妈曾经看过，看到几个女生的电话，就和我说，不许想别的，好好学习。从那么早的时候就开始阻止你，从你稍微有些想法时就阻止你，你已经不能向前走了。但是生理变化明摆着呢，又必然会发展下去。正常的路被堵死了，就有可能会往歪了走。有的人歪了后能绕回来，有的人就绕不回来了，越走越歪。

也就是说异性之间的交往，是谁也阻止不了的？

我曾看过一篇报道，说中国有个地方几乎男女都分校，这只能让男女生上课时都在想下课的事，解决不了根本的问题。我家附近原来有个女子中学，每天放学后，大门口男生比女生还多。

你正式交女朋友是在什么时候？

初三。初三下学期老师重新安排座位，把我俩安排在一起。我上课不是特老实，爱聊天，她性格和我差不多，两人聊得特高兴。当时那种意识我有，但不是特别强，只是觉得上课和她聊天特有意思。放假的时候，她找过我几次，那时候才开始一起出去玩。

你和她平时在一起时间多吗？放学是否一起走？

我们是相反的方向，但有几回我送她回家。我和她在一起的时候，我父母可能知道，因为班主任看出来，找我家长说了。我妈也没有太多说我，只是告诉我现在太小，这种事情说不准，什么海誓山盟，到最后根本不是那回事儿，经常告诉我要注意点。最后我们的结局是七个月就分手了，我觉得她不是那种特乖的女孩子，经常和学校那些小混混来往。我和她说过我特看不惯她这点，但她并不收敛，最后没办法了，只好分手。

你第一次接吻是和她？

是。当时我觉得……我觉得我应该会，现在电视等媒体好多这种镜头，但真正开始时，大脑却一片空白，大概有过那么两三次，才能够稳住自己。

你第二个女朋友怎样？

第二个女朋友就是现在北京的，她在上大学一年级，她上学早。我原来东北家里有个特别好的朋友，是女生，经常一起聊天，她和我女朋友是一个学校的。有一次是她们学校开元旦晚会，她有个小品，邀我去看，我去了。结束的时候，我说我请你们吃饭吧，她们就去了。从那时候起，我对她就有了好感，后来我们几个常在一起吃饭，出去玩。那时我高二，一年前的事情。

你们发生性行为的原因是什么？当时是什么情况？

因为之前我俩间接地说过这个话题。我当时只是问她，你明白这种事吗？她说知道一些。我就感觉她开玩笑似的，我说你想实践吗？她说不想，根本不想这事。我说也许只是你现在不想吧。她说以后也许会想。我问她什么时候啊，她说等几年。第一次是这样，然后我就没再往下说了，有那么几回，反复地说，越说越深吧，最后发生这件事是在我的宿舍里，那天是周末，宿舍没人。

到了此时，你的知识储备如何？你知道你要做什么吗？

我觉得若想了解一个事物，就必须实践，而且至少要做那么几回。我那点知识，还是从电视上获得的。现在的学生，特别是大学生，经常会从大街上买一些黄盘，这是了解这方面知识最快的途径。我们班有个同学，去和母亲购物，他在商场门口等他妈妈，这时有个女的卖盘，他就开始挑。刚要付钱的时候，他妈出来了。他妈问，干什么呢？他说同学让他帮着带张盘。他妈说，这么点小孩了，买这干什么？他要退，他妈说买了吧。但买了就再也没给他，最后他还是翻出来了。他家父母想得特别开，只是不让他看而已。我觉得只能在平等的前提下说这个事情，若老带有教训的口吻，会很难让人接受，甚至有逆反的心理。

你跃跃欲试时，是好奇心多一些，还是身体本身的欲望多一些？

好奇心更多一些，因为经常看却不能做，很想知道这是什么样的一种感觉，特别想知道，而且那种电影又是那么夸张。

当你想尝试这件事的时候，你觉得你女朋友的感觉是同样的吗？

我觉得有可能。她和我说过，前几次的时候，她特害怕这种事情，我就哄骗她说没什么。害怕的原因她没说，我也没问，我估计无非是怕怀孕之类。

她是自愿的，还是被迫的？

两个人都不是很清楚，我一时冲动，她不是很想做，特被动，当时我也没有买避孕套这些东西。我当时也没想过什么后果,完全是头脑发热。

她最终也同意了？你觉得她是不是也是好奇心？

应该是好奇心占很大比例吧。

你当时做这件事的愿望是什么？

我俩那时在一起大概半年多，八个月吧，我觉得可以再向前走一步了，不用停留在这个阶段了。

在做这件事时，你想过你要对她负责任吗？还是认为双方都要对自己负责任？

责任我也想过，但之前考虑得不太多。有时回忆这件事时，自己会想想责任的问题，她没强调，但是我自己想到的。

发生关系后，你俩相处时的态度变化大吗？

变化大。因为这件事后，两个人就不再有什么顾忌了，什么话都可以说了。我身边有些男生和他们的女朋友经常吵架，最重要的原因就是有人一生气，就什么都不说。但我俩之间，不管她有什么心事，不论是心烦还是高兴，心理和生理上的她都和我说。

她当时是第一次吗？

对。

除了更好的沟通以外，你有没有这种感觉，你得到她了，就不再很珍惜她了呢？

我认为这正好相反，比如做这事之前，我有时去学校找她，看到她和他们班男生说笑，觉得很正常，但做了那事之后，我再见到这种情况，会挺不自然的，很在意她。

你今年多大了？

今年十九岁，我做这件事时是十八岁。

当时你看到她的身体，是什么样的感觉？

看到她身体？她没让我看，黑灯瞎火的，她还用手挡着，她到现在一直都是特别害羞。

现在回想，你觉得第一次美好吗？

美好？完事后，感觉很后怕，直到下个月她告诉我她来月经了，我才放下心来。从那次以后我就有准备了，买了避孕套，还可以预防传染病。但是我老怀疑，避孕套本身带不带病菌？因为我看到好多避孕套的包装都很粗糙。我不敢光用价格来确定好坏与否。生产厂家、生产日期都写着呢，但我也不相信。

有一次我要用自动售套机，但有人反映说那个不好，我就放弃了。学校宿舍围墙后面有家店，去过一趟，但实在不行。货上边落了一层灰，好像质量很差，没有保障的样子。所以很长一段时间，我都很担忧自己用的安全套是否真的安全。其实男生都不爱用这个东西，但又不得不用，也是出于两点考虑吧：一个是安全，防止女孩怀孕；另一个就是这东西能够防止病菌。

男生不爱用安全套的最重要原因是什么？

感觉不好——我是这么想的，但我女朋友说，对于女孩来说感觉是一样的。

你觉得你的第一次成功吗？

当时已经昏头昏脑的，一切都特别快的就都过去了，算是一次小小的失败吧。毕竟是自己没经历过的事情，做得不够好。

她当时特害怕，一直在问我："万一有了怎么办、怎么办、怎么办？！"我劝她不要担心害怕，其实我心里比她还害怕。

你会想这件事情吗？

有的时候会，比如说受到了外界的刺激，比如看了片，或上网了，我的邮箱经常会收到这种邮件。可能会想吧，但是更多时候不会想。

你能控制这件事情吗？

我现在只能勉强地控制这件事情的发生，一旦有发生的机会我就控制不了了。

有什么压力？

不知道她的感受。有时候和她做爱，我特别舒服，但我会想我能否也让她感觉到舒服，我几乎每回都会想这件事情，我有的时候也会问她。

你能体谅她吗？

有的时候能，有的时候不能，比如屋里没人的时候，我想做，可她不想，我就会说服她；但若真是她身体不舒服，我也就算了，还是经常考虑她的实际情况。

你喜欢她什么？她有什么特点？

我特别喜欢她的性格，她很文静，但软中带硬，做什么事总是特较真儿。有些事她该放就放，但是正事她从来不放。她是学商务英语的，总是教我学习讨厌的英语，特像我的初中老师。

你担心她爱上别人吗？

担心。因为他们学校的学生有机会出国学习，我觉得国外太乱，我担心这个问题。有时又觉得虽然这个事没发生，可是一旦发生了，就想得开点吧，两个人的事若只是自己这边较劲，那只能使自己越来越痛苦，没什么好结果。

想过和她结婚的问题吗？

零零碎碎地想过。但是我觉得一个中学生谈论这个问题，还是太远了。她好像也想过。有一次我俩去西单，有个婚纱摄影店，特大一牌子上写着："我们结婚吧！"我就逗她说："我们结婚吧！"她说："好啊！"她肯定会想过一些，但女生的想法和男生还是不一样，她们想得特浪漫，男生想得更实际一些吧。

你觉得这件事对你心理产生的最大影响是什么？

可能是责任，至少能让我明白，怎样才能算对一个人负责。就是一个人考虑两个人的事呗！做一件事，事后的结果如何？心里不光是想自己，也应想想她，非常具体，但这样挺累的。

这件事对你生理的影响是什么？要做的根本原因是什么？

其实这是一个生理问题，在青春期，就像饿了要吃饭一样，这时生理需要占很大比例。你虽然不想，但生理需要却要求你这样。你反正已经阻止不了了，那何不去正确地引导呢？

像这种"饿了要吃饭"的状况，需要一个什么样的引导？

还是沟通吧，从特别科学的那种角度来讲这件事。比如男女生是如何发育的，做完的结果及补救措施等，都要讲的。一件事若经常讲，就不会成为事了。有些事你从来不和他说，而突然有一天他发现这件事很美好，那他当然想去做了。

这件事如果引导了，对双方的伤害会降到最小吗？

我认为是这样，因为在做这件事之前，他已经知道了很多，明白了很多东西，所以他肯定会考虑后果。比如会出现什么样的意外，他至少应该知道如何去做，至少不会像现在这样一直隐瞒下去。

这件事对你的学习影响大吗？

还是有影响。因为学习和心情关系很大，心情好，学习就很轻松，心情坏什么也看不进去。若我俩吵架了，就心情特坏，我俩就什么也做不了，对学习还是有影响的。

你期望将来过什么样的生活？

我的生活应该是那种疯疯癫癫的有钱的乞丐，到处乱走，不是那种特平庸的生活，还是刺激一点会好一些。

这件事过了一年了，现在你回过头来，如何评价自己的行为？

还是挺顺利挺成功的，因为我和我女朋友关系特别好，我的同学朋友都知道，也经常夸她好。我觉得在这件事上，没有什么后悔。虽然影响了我的学习，但这都是很正常的，一个允许的范围，每个人肯定都会有什么事影响自己的学习。

你和其他朋友谈过这个问题吗？

谈过。宿舍里谈得少，主要还是和特好的朋友边喝酒边聊，那样谈得比较多而且特真实，全是说心里话。我们会交流一些，只能是分享一下快乐，没有特细节的。但也有例外，一个同学来问我这种事的具体过程，因为他知道我有过，还叫我陪他去买安全套。我就给了他一张光碟，让他看，我真不知道该如何告诉他。但那是一个科教片，是真人模特儿，普通话旁白，后来我问他结果，他说“成了”，我也就没多问。

你的同学怎么看这件事？

宿舍晚上聊天时，我们会拿自己的性器官来开些玩笑，会比较大小、长短什么的，经常有这种情况，会编一些笑话。完全是放松自己，觉得特过瘾，也是一种倾诉与发泄吧，高考的压力还是太大了。我们宿舍六人，只有两个没做过，其实都是好奇或是欲望。有一个男生，他不断地和不同女孩发生性关系，并不断地使这个数字增加。

你现在的爱情观是什么？

信任、忠诚，两个人都要信任对方，忠诚对方。我不可能原谅在已有爱情的前提下，还和别人发生关系，我觉得“一夜情”是特堕落的人才会做的事情，这种人已经失去了人生目标。

你怎么看艾滋病？

我认为这病是挺可怕的，但也没有必要去害怕它，基本上不做什么违法的事，是不可能染上这病的。传播这病的渠道主要是性交、吸毒。吸毒主要是注射，还有就是母婴传播，其他的没什么吧？艾滋病病毒离开人体几分钟就死，没什么可怕的。

你觉得你周围的环境安全吗？

还是比较安全，毕竟在校园内。虽然有的同学之间会有性关系，但都是同学之间。我希望我的同学别去招惹社会上的人，因为他们的背景很复杂。

在结束对孙杉的采访后，直萦绕在我脑海中的一个问题是他对安全套质量的质疑。很多时候，中学生都只敢在一些街边小店中偷偷购买，以免被老师或熟人发现。但是这些店里的安全套的质量有什么保障吗？在所有公开媒体报道的对产品的质量抽检中，基本上还没见到有对安全套的质检报告。如果一些学生为了安全却用了不安全的安全套，那不是饮鸩止渴吗？

还有一个问题是采访过程中的男女之别，比如，我可以直接问一个女孩何时第一次来月经，却不知怎样问一个男孩何时第一次射精。虽然在访谈中，我已经变得比较成熟，不会对一些问题面红耳赤，但我还是不能特别正常地与孙杉探讨诸如自发勃起、自慰、梦遗或其他一些男性青春期的生理现象。

有时，是因为我的采访对象在回避，大部分则是因为我以为男孩的这些问题不是什么大问题。但实际上，我的这种看法并不是完全正确。因为男孩也会从儿童期步入青春期，他们的身体也开始发生各种各样的变化，他们也会在心中出现各种各样的困惑。

一个“后现代”少年“纯属娱乐”的经历

我是通过网络找到晓伟的。

一天，一个非常痴迷于网络游戏的少年朋友打电话给我，有一个网友跟他在一起玩游戏有两年了，是和他差不多的人，整天泡在网上。他们聊得多了，就知道了这个男孩的一些事。他告诉我，这个男孩交过八个女朋友。我想采访一下这个男生，于是请他帮我约。很快，我的朋友给了我这个男生的电话。

我放下电话，想了一下，但是甚至不能想象一个大概。于是干脆直接打电话给这个男孩。没想到，我们聊得很愉快，互相有兴趣见面。

我们约定在韬奋书店附近的一家麦当劳里见面。中午这里并没有很多客人，与往日的人声鼎沸相比，让人甚至有些不习惯。坐在我面前的男孩眉目清秀，稚气未脱，做派却老练从容，表情淡定。晓伟这样描述他自己：

十九岁，北京人，在北京一所职业高中就读。热爱网络游戏。是一个爱玩爱闹的人，喜欢跟朋友在一起，喜欢那种热闹的气氛。母亲是一家合资企业的经理，父亲在单位里是科长。他们之间感情很好，非常恩爱。他们从小就很爱我，给我挺多的东西。我上小学时，觉得挺无聊的，没意思。一天到晚被人管着学习，郁闷极了。初三我上过两年，毕业后我先读高中一年，学习成绩跟不上，只好转到职高。上课从来不专心，不好好听讲，爱玩爱折腾，整天不学习，父母很失望。唉，总体说来我是一个讨厌学习的人，初三之后尤其这样。

什么时候开始对女孩子有了不同的感觉？

小学到初中，我有不少非常聊得来的女性朋友，但直到初二，才把女孩当成异性来看。那时候我在网上找到一个交友网站叫“心动朋友”，在那里认识了一些比我大很多的人。我们在一起玩，自然会聊到男女之间的事，很多关于性的知识是在那时知道的。后来有一个大姐姐经常跟我一起玩，打打闹闹的，无意中接触到身体的某些部位，于是就谈到这些事情，从她那里我又了解了很多。但这只是一个开始，要说真正对这件事有了解，是初三毕业真正实践后。

和第一个女朋友是怎么认识的？

中考刚刚结束，我去参加一个朋友的生日聚会。来了很多人，朋友家里乱成一锅粥。这时候我看见一个比较文静的女孩，在角落里翻看一本画报。她留着一头披肩长发，每一根看上去都很整齐，听话地垂在她的耳边。要知道，她那样子在当时的环境中非常引人注目，应当说是引我注目。她显得很稳重。我问一个朋友，她是谁？朋友就冲那女孩嚷嚷起来。

这时女孩抬起头来，我看见一张挺精致的脸，化了一点妆，眼睛与我对视的一刹那，我有些紧张，似乎有一种过电的感觉。这之后，我们就认识了。她那时已经学完了职高的课程，正在毕业实习。她十八岁，比我大两岁。她经常来我家，我父母都知道这件事，但他们什么也没说。

他们只表示了一种知道的态度。像平时一样，母亲只是唠叨学习之类的事情，父亲什么也不说。

你一共有几个女朋友？

他沉默了一会儿。

一共有四个吧，现在的女朋友不算。

这四个都是正式的女朋友吗？

不。有的不是。

她与你关系怎样，相爱吗？

应该是。她长得非常漂亮，我是说非常非常漂亮。她对我非常细心，关心我照顾我，事事为我着想。她是学文秘的，我们认识不久她就工作了。开始时她有男朋友，可以说我是从别人手里把她抢过来的。

他显得有点洋洋自得。

你们的第一次怎样发生的？

是初三毕业那年夏天。那会儿我跟她正式成为男女朋友时间不长，也就一个多星期吧。刚考完试，还没放假。有一天，她到我家，我父母不在，上班去了。我们俩在家里一会儿看看电视，一会儿听听歌儿，一会儿又翻翻杂志，一会儿吃冷饮什么的，说说笑笑地闹啊闹啊的，不免搂啊抱啊。突然，我就有了一种冲动，也可能就是头脑发昏吧，我想做这件事了。现在回忆起来，她当时并没有反对我的举动。我抚摸她，她好像很享受的样子。脱衣服的时候没有别人说的那种很恐惧的感觉，可能因为她比我大吧。虽然第一次我就成功了，但真的没有什么特别满意的感觉。只是感觉紧张。我看见自己没见过的事情，真实地发生在我面前。整个过程都有，但很快就结束了。我当时甚至都顾不上看她的反应。我只注意了自己，没考虑她。

现在看来，那时候还是太早了。自己的身体机能还不健全。我觉得自己的男性生理现象特别早地出现了，应该就是从此之后。不过做了就做了，也没什么可后悔的。

怎么可能是在这之后才有的呢？这是你在初三年级之前身体的正常发育呀。难道你没上过生理卫生课吗？

他没有回答，可能是对一切上课的话题没有兴趣。

我们俩维持了一年，一直有这种关系。基本上是在我家。这种事有了第一次就有第二次。这很正常，是不是？

那你们有没有什么避孕措施？

第一次没有。因为她是月经刚完的第二天。我根本就没有想过要避孕什么的，她这么一说我当然就知道没什么问题。人常说，前七后八嘛。后来当然就戴安全套了。

你看过这方面的东西吗？

看过。主要是卡通片，我不看真人的。从朋友那里借的，我认识的很多朋友都有这种片子。

你这样不怕耽误学习？

我非常非常讨厌学习，九年义务教育培养出我这样的人真是失败。至少我父母是这样认为的，他们对我很失望，但还没有放弃，还是希望我看看书、学学习、画画画儿，有空的时候看看画展。但是，这一切我都没什么兴趣，我一心玩我的电脑。和女朋友做这件事，纯粹也是娱乐，开心就好。对我来说这没什么影响，因为我根本就没有花什么心思在这上面。只是为了舒服，做完了在床上一躺。唉，就是这样。

他仍然平静，笑容很浅，表情变化的幅度还是很小，任何描述都一带而过，仿佛这些在别人看来比较重要的大事，在他完全像吃饭、穿衣一样普通。

我们分手的原因很平常。我经常放她的鸽子。你知道，我要玩游戏嘛。我也经常不理她，因为我不能老陪她。那时候挺傻的。她渐渐地就不跟我来往了。隔了很长时间我才重新开始恋爱，是一个原来认识的女孩，比我年纪小。

你是说第二个有性行为的朋友？

不是。第二个是一个朋友的朋友，我之前并不认识。有一次跟朋友喝酒，她也在，大家喝得很痛快，糊里糊涂的。当时喝完酒，我打车送她回去。到了她家楼下，她要我扶她上去。上去一看，家里没有人。醒来已经是下午了，她做了一点饭，填饱肚子我就走了。后来也没有任何联系，就忘了。

发生这件事情时，你们没有任何防护措施？你怎么保证你的行为是安全的？

当时，我没想过性病、艾滋病这些事。觉得戴不戴安全套都一样，没有什么大不了的。况且，那时候手边也没有安全套。

我有几秒钟没有说话。他看着我笑了。

能告诉我你为什么那么迷茫地看着我吗?

我不知道该对你说什么。

纯粹的娱乐而已。我根本不想做爱中的那些事。不过，我们基本上是有安全措施的。一般情况下，除了安全期或者手头一时没有工具，我都会有安全措施的。

什么样的措施?

我用安全套或者她吃药。像第一个女朋友，我们除了第一次和偶尔一两次没用以外，都还是蛮注意的。每一次她都会提醒我。记得有一次，只有一次，没在安全期，第二天她告诉我，她吃了一种事后紧急避孕药。我当时还很吃惊呢，还有这种药?我脑子里根本就没有这个概念，可能和她都考虑到了有一些关系吧。

你买什么样的避孕工具?

杜蕾斯。对,就是这个牌子。因为这是我所知道的很贵的一种避孕套，大概三十多块钱吧，即使不是最贵的，也是次贵的。一盒十二个。

第三个呢?

纯属娱乐，连感情都没有。

第二个不也是没有什么感情吗?

噢，对，第二个只是一次就完事了。第三个是一个上班族，比我大三年零七个月。交往了两个多月，有过那么几次。

他忽然和几个走过他身边的孩子打招呼，有三个孩子一边走一边说，没停下来，有一个女孩却停下来跟他聊了几句。他们都不理睬旁边还有我和我的录音机。她走了之后，我接着问。

当时是怎么发生的，怎么开始这个游戏的？

嗯，也差不多吧，我们一块出去玩，就见到她。后来渐渐熟了，就交朋友呗，自然有那种行为，抚摸，接吻，发生性行为……就这样。还是非常完整的一套交朋友的模式，但是没有一点激情。看着她，我就想起了我老妈。好惨。不是说她长得老，而是她心非常碎，非常细，什么都想到了，天天嘱咐我。什么晚上睡觉前要刷牙，两天要换一次袜子，这个也要说。我终于忍无可忍，就分手了，我要找的是女朋友不是老妈。

第四个呢？

第四个就是现在这个女朋友。在上大学。

你喜欢她什么呢？

这个，你问对了。我喜欢她什么呢？我喜欢她的脖子。她的脖子特别美。

和第四个女友是怎么认识的呢？

在网上认识的，大概一两个月后我们就见面了。她与我想象的样子完全不同。她属于娇小玲珑的那种，如果不说年龄，看上去绝对不比我大。她非常活泼，声音清脆悦耳，说话频率非常快。她见到我的第一句话就是："你怎么这么瘦啊！"我想，我也跟她想象中不一样吧。我没想到她比我大，见面以后才知道她比我大三岁零九个月。也不知是怎么回事，我看上眼的都比我大。她上大一，在学校挺闲的，她的专业好像是计算机什么的，对她那样的智商来说是小菜一碟。所以我们经常有时间在一起，基本上一个礼拜两三回。她虽然上大学了，但是我觉得她在某些方面还是挺显小的。或许是我比较成熟。我们经常约会，出去玩，买买东西，逛逛商场，或者干脆回家。可能是由于个性都比较独立吧，总的说来，我们各自有各自的事情，她并不烦我。这多好啊。

对现在这个女朋友，我很在乎，她提出的要求只要我能办到的都会去帮她。她是一个很独立的人，一般也就是一些需要上网解决的事才会找我，现实当中的事情都会自己解决。

你觉得你的父母对你的这些事情关心吗？

他们对我总是很放心，对我做的事情总是不闻不问，不管不说。一般我说要出去玩，他们就答应一声，顶多再加一句，钱够不够啊？如果我说要出去买东西，他们就问，中午回来吃饭吗？后来我也不说去干什么，好像也没什么关系。

其实我真正和父母面对面的时间很少，基本上他们清醒的时候，我在睡觉；他们睡着了，我在打电子游戏。我爸我妈每天回来的时候一般情况下都心情不错，一进门就要问，儿子啊，干吗呢？噢，玩游戏呢，注意休息一会儿眼睛。然后就做饭去了。只有吃晚饭的一小会儿和他们有说话的机会。

也许是因为他们已对我失望了吧，其实我对自己也挺失望的。不过，我想慢慢会好起来的，先在职高上上看吧，混个文凭。

你对自己的生活满意吗？

还行吧。我就是这样的人，觉得开心就好，特别喜欢玩，特别喜欢闹。

你认真地想过一些事情吗？

我最讨厌想事儿了。因为越想事情就越复杂，越想心里就越没底，越没底就越没有信心，没信心基本上就完了。所以我做事情只想一大半，差不多就行了，等有麻烦的时候再说吧。无所谓，我对什么都无所谓，想得太多第一伤神第二伤身，对我没什么好处。就像避孕这件事，人家在安全期我当然不用了，不在就用呗；做爱这件事，没有什么想法，每次大脑都是一片空白，还不如做梦那样有异彩纷呈的感觉。我觉得应该是为了快乐去做，而不是为了舒服去做。这件事对我来说基本上还算快乐吧。

这时候，他似乎有些倦怠，或者是对采访本身的兴趣已大大减弱。他把嘴唇挤成一条缝，然后嘴的形状又变成了一个圆圈。我滔滔不绝地讲了一番大道理后，他已经极不耐烦，好像是忍无可忍之后，他说他要到外边去抽一支烟并且要发个信息。

我眼看他转身就走，呆了一下，才起身去给自己买一杯水喝。过了一会儿，他晃晃悠悠回来了，我们接着往下说。

你的初吻是在什么时候？

初二。她也比我大，大一个年级，一个学校的。我喜欢她，她不太喜欢我。我就告诉她："我想跟你在一块，我们做朋友怎么样？"逐渐她也就同意了。有一次我说："咱们接吻吧。"她说接吻就接吻。那时候我不会，她说："不就一张嘴一吐舌头嘛。"我一想，就这么简单？我问她原来跟谁接过吻，她说你别管跟谁。我觉得第一次接吻挺逗的，除了张嘴吐舌头什么都不知道。有意思。

你手淫过吗？在交女朋友之前。

没有。

你对手淫怎么看呢？

我不太想这事！

学校老师对你们谈恋爱是什么态度？

反对。要是老师发现，就会天天找你，狂说你，不许以后缠着人家，说什么两人在一起会影响学习影响前途什么的，那个累。但这不是我，我初三谈恋爱的时候，老师根本就不知道。

你对性教育怎么看？

对我没什么。因为我会上网去了解这些知识。男人在发生梦遗时，脑子里会浮现出男女做爱时的景象，朦朦胧胧的，我觉得这就像一种启蒙教育。上初二时，有些女生告诉我一些事，我就大概明白了。后来有了性行为，也就没有什么太多感想了。

你在性方面与父母、老师都没有任何交流。与女朋友有没有交流呢？

除非学校开这门课，不是指生理卫生课，我可以和老师聊一聊。否则不是这样的场合，我跟老师说不是找开除嘛！语文老师对我们说过，你十六岁干十九岁的事，千万别让我知道，我要是知道，作死！这个老师特别有威严，厉害，六十岁的老头了，特有阳刚之气，特酷。我们全班同学都特敬重他，学他，觉得他很棒。

女朋友，有时候我会问她，你是什么感觉，她回答说，那种感觉无法表达。我只好不问了。我至今也不能确定女性的性高潮是怎样的。

我总在本子上记下一些文字，他把头凑过来，好奇地看我写了些什么，很多字看不清，我说是"表情淡定"。

"淡定"是什么意思？

就是漠然，脸上没有太多的变化，对任何描述都一带而过！

我和他解释。他又坐回原位，一切恢复"淡定"。

这些事挺稀松平常的，世界上只有两种人，男人和女人，谁都会有这些事情。

你喜欢夜里出来玩吗？

是。我喜欢夜里的那种天气，那种感觉，没什么人，没几辆车，但可以去玩的地方并不少。和三四个朋友，自由自在。我经常夜不归宿，在朋友家喝酒聊天，或者在网吧上网。到高中以后，我玩得更厉害了，晚上不回去，只要给家里打个电话就行了。我平时最用心的还是在电脑上面，制作 FLASH。

采访结束后，我和他谈起性病和艾滋病预防的问题。他听完之后对我说："非常感谢您告诉我这些。我这就明白了。"可是过了一会儿又对我说："唉，你告诉我这些，我现在知道了，但是没准明天一早我就忘了。还是该怎么就怎么吧。"在采访之后的好长一段日子，我经常能想起这个孩子满不在乎的表情。他所说、所做很像是一个"后现代"少年。

离开麦当劳后，我和他穿过隆福大厦旁边的时装一条街，共同去大马路上坐出租车。在这条大街上游逛的都是非常年轻的人，有不少是男女朋友，手拉手，显得很亲密。这时我问他："你自己理解的，真正意义上的爱情是什么？"他若有所思地说："爱情就是无限的付出和无限的痛苦。"当时，阳光正照在他白皙的脸庞上，仿佛透明般，整张诚实的表情扑了过来，一时竟让我有点恍惚。

难道爱情的要义每个人都懂，包括一位"后现代"少年，但现实中又完全是另一套逻辑？

晓伟更多的是一个对很多事情都满不在乎的男孩子，不愿意过多思考。愿意沉浸在网络的虚幻世界，或者在吃喝玩乐中消磨时间，因为正在上职业高中，轻松学业让他有了更多的空余时间，父母宽松的管教方式，让他过着自由自在的生活。

他平时的花销完全来自父母，对钱并不发愁。同一学校能谈得来的同学很少。因为他们太小，跟他们没什么可聊的。为数不多聊得来的都是整天玩玩闹闹不求上进的小青年。父母对他来说，永远都放在最后考虑，因为他们什么都很好，用不着自己操心。唯一在乎的人是现在的女朋友。最后悔的事是因为自己的不懂事失去了第一个女朋友。

在他的生活中有两个关键词，网络和女朋友。

从他的描述中，我们不难看出，网络在当代的青少年生活中所处的位置，已经是非常重要了，有很多的孩子，可以因为坐在电脑前，而觉得没有必要和父母再多说一句话。

第41次《中国互联网络发展状况统计报告》指出，截至二〇一七年十二月，我国网民规模达到7.72亿，全年共计新增网民4074万人。其中，十九岁以下网民约占总人数的22.9%。

晓伟在网络上游荡主要是为了玩游戏或者交友，因为最开始接触网络，就上了一个“心动朋友”的网站，接触了比他大很多岁的异性，从她们那里得到了很多性知识。这件事对晓伟的影响有两个，一方面他在女友的选择方面，偏向于比自己年龄大一些的女孩。另外，他对性行为这件事已经有所了解，从他的角度来看，与一个女孩有感情，进而发生性关系，速度很快，也好像是一件顺理成章的事情。

分析

每个男生的发育状况都不尽相同

“为什么相同的男生，有的人天天说想要有一个女朋友，有的却只字不提，整天都不想似的？我觉得毕竟都是男生，年龄也差不多，应该都会有这样的想法，但问他们，都说没有，我觉得很奇怪，不知为什么。”这个问题一直困扰着男生孙杉。其实，这个问题很有代表性，因为在生命的不同阶段，性感受的强度是不同的。孙杉的疑惑在于，他以为所有的男孩都要产生与他相同的感觉。

实际上，这就像身体的发育一样，有人长得高，有人长得矮，并没有统一的标准。况且也有一些人，他们并不是把注意力全部放到这个内容上来，而是被踢足球、打篮球、阅读或其他更丰富多彩的事情所吸引。

问题的关键是，为什么一个天真烂漫的小男孩会忽然变成一个情况复杂的“男人”呢？

这其中，有很大的奥妙。

从生理的角度来看，整个青春期内，男孩的身体将发生以下的变化：

年龄	发育表现
9岁～11岁	睾丸开始增大
12岁	喉结开始增大，前列腺开始活动
13岁	阴毛萌生，睾丸、阴茎激增
14岁	声音变粗，乳部发涨
15岁	阴囊色素增加，腋毛、胡须激增，睾丸发育成熟，遗精出现
16岁～18岁	脸上长痤疮，体毛较密，阴毛分布成年化
19岁～22岁	骨骺闭合，长高停止

（摘自《追上成长的孩子》第61页，张玫玫主编，科学出版社，2002年）

看看自己的成长是否与上表所示契合，如果不太符合，也不用担心，因为每个孩子会因为营养、遗传等因素而有所不同，不会整齐划一地按照表格中的排列发育。但是，如果偏差太大，则须引起注意，要尽早到医院去检查，看看是什么原因影响了身体的发育。

从表面上看女孩总是敏感、细腻，对自己的身体充满了疑惑与担忧。其实在这一点上，男生与她们有着同样的烦恼。

比如，在前边的访谈中，孙杉提到在男生宿舍中，大家会把自己的性器官拿出来比大小或开玩笑，可见他们对自己阴茎的大小还是很在乎的。

除了这些器官上的变化会带给少男们忧虑之外，他们还要面对很多其他的问题。

男孩子发现自己开始注意女孩子的一举一动，渴望与她们交往，尤其是自己心仪的女孩子，身体内开始滋生一种陌生而又甜蜜的感觉。这就是他们理解的爱情产生了，虽然是那么稚嫩，但是很宝贵。

他们在生活中对一些“爱和性”的信息唾手可得，根本没有时间辨其好坏与真伪，就一股脑地接受了下来，包括一些垃圾知识。

身体已经跃跃欲试，心灵的成长却不能比翼齐飞！先来看看你想用自己的身体参与进来的那件“性”事，到底有哪些含义：

- 学习如何成为男人或女人的全部过程。
- 对于自己身为男人或女人的感觉与态度。
- 有关生为男人或女人的一些想法、经验与表现。
- 与同性及异性的交往方式。
- 与同性及异性建立的关系模式。

有些男孩可能从来没有想过这些问题，其实也是因为没有人愿意好好跟他们谈这个问题。

“性”被轻率地误会了，实际上，“性”是那么重要，乃至关乎人们的一生。

青春期男生承受的勃起困扰

曾有位受访的女生提到，她一直以为男性生殖器永远处在充血状态，她还总在想，那男孩平时生活怎么办呢，多难受啊！她甚至觉得当男孩也挺痛苦。

其实，有些男生还真会为此事苦恼。因为，有时他们的阴茎会不受自己的控制，自发勃起。所有年龄的男性，甚至婴幼儿，都可能有勃起现象。勃起可以在男性产生性欲时发生，也可以发生于其他情况。勃起这种情况有时会给男孩子带来很大的尴尬。有时只是想到性也足以引起勃起的发生，况且勃起并不总是与性有关，这在青春期尤其如此，当你没有做任何与性有关的事情时，也可能会出现勃起现象。

青春期时发生勃起现象的频率最高，持续时间也较长。当你进入青春期，开始产生许多新的激素，这些激素使你的阴茎更加敏感，也常常会导致勃起，甚至在你没有触摸它或者没想与性有关的事情时，突然，勃起就发生了：阴茎变得很硬。阴茎中有许多海绵状的勃起组织。尿道是位于阴茎内输送尿的中空管道。阴茎中还有神经、血管及其他类型的组织。但是勃起组织占据了阴茎的大部分空间。

当你勃起时，将血液输送到阴茎的血管开始扩张，血液流入阴茎并充满了这些微小空间，使海绵状组织膨胀。膨胀的海绵体压迫阴茎里的血管，减缓了血管里的血液流动，使血液停留在阴茎里。随着越来越多的血液流入阴茎并大部分滞留其中，这些微小的空间很快充血变大。勃起组织充满血液，变得膨胀。结果造成阴茎变硬，直立，与身体成一定角度。随着勃起过程的延续，或者因为你射精了，阴茎会逐渐变得软起来。

首先，流入阴茎的血液减缓并恢复正常。这使得血液开始从海绵组织流出并减少膨胀。膨胀减少降低了对阴茎中血管的压力，这使更多的血液从阴茎血管中流出。一旦血液流动恢复常规，勃起组织中吸入的外部血液流出，阴茎又变得柔软和松弛了。

以上大致介绍了男子性行为中最重要的一种现象，接下来，再把男子的生殖器官比较详细地介绍一下，这有助于男孩子理性地善待自己的这些器官。

- 阴囊：是阴茎后方松弛的囊袋，里面有两个睾丸。
- 睾丸：两个卵型的器官。能够产生精子和睾丸激素。
- 附睾 ：精子在附睾里面成熟。

• 输精管：贮藏成熟精子的地方。

• 前列腺：也分泌一些液体加入到精液之中。

• 阴茎：外部的性器官，在射精时释放精液。

• 尿道：从膀胱（储藏尿的地方）起，沿着阴茎体直到尿道口的一条管道。

• 尿道口：阴茎顶端的开口。

阴囊内的两个睾丸是体内的精子工厂。每个睾丸都是由几百个小隔间组成。在每个小隔间里面，有许多微小的线形细管。这些细管紧密地缠绕在一起。在两个睾丸的连接处，每小时产生的精子达到 600 万个，由于睾丸二十四小时不停地工作，这样一天所产生的精子总量大约有 1.44 亿个。

成熟的精子在输精管里贮藏，直到射精或死去时才离开身体。如果一个男性有一段时间没有射精，精子很快就会死，并被身体吸收。每天都有几百万新的精子生产出来，取代那些死去的。

但是，男孩子什么时候开始产生精子和第一次射精的时间，具有很大的个体差异性。多数的男孩第一次射精的时间都出现在他们十一岁到十五六岁之间。

先解释一下射精和性高潮的区别，射精是从阴茎中排出精液的身体行为，而性高潮通常是伴随着射精行为而产生的感觉。当性兴奋感觉逐渐聚集，形成一定的压力，突然释放出来时，会使人产生强烈的性快感，就是所谓的性高潮。

刚开始，男孩射出的精液呈白色或淡黄色。随着男孩的逐渐成长，开始产生出更多数量的成熟精子，精液的颜色也更为发白。男孩越成熟，在射精时推动精液的收缩力量也越强。

你可能会想，为什么很多人热衷于“性交”这件事？除了它是一种与自己所爱的人亲近的特殊方式外，还因为性器官有很多神经末梢，这些神经末梢能将信息传送到我们脑内的快乐中枢。

青春期男生的特别注意事项

要预防手淫带来的心理问题

手淫是指通过自我抚弄或刺激性器官而产生性兴奋或性高潮的一种行为，这种刺激可以通过手或是某种物体，甚至两腿夹挤生殖器产生。手淫在青春期男、女均可发生，以男性更多见。据说在一次生理学会议上，学者们在讨论手淫问题时，会议主席说：“谁能说自己从无手淫？我年轻时就曾有过，在座的各位呢？”与会的学者几乎都举起手来。有人认为手淫是“危害健康的不良习惯”，有人认为是“不道德行为”或“犯罪行为”，显然这些看法受了手淫会“耗精伤髓”“大伤元气”的传统观念的影响。

在现实生活中，也确有一些青少年因手淫而精神萎靡、学习成绩下降，甚至悔不欲生。其实，手淫的害处并不在于手淫本身，而在于“手淫有害论”带来的心理挫伤。手淫后的恐惧心理、犯罪感、自我谴责、悔恨心理才是一切手淫危害的真正根源。手淫是一种自慰手段，是释放性能量、缓和性心理紧张的一种措施。当然，手淫过度也是不利的，过度的手淫会使肉体的性感高潮在无须异性的正常诱惑下就得以满足，这是一种异常的、变态的性满足方式。所以我们不能笼统地谈论手淫的危害，也不提倡手淫。

医学专家吴阶平教授对于如何对待手淫的这段话是很有启示的：“不以好奇去开始，不以发生而烦恼，已成习惯要有克服的决心，克服以后就不再担心，这样便不会有任何不良后果。”

要注意保护自己的生殖器官

男性的生殖器官到二十四岁至二十五岁才能完全发育成熟，如果早早地过性生活，性器官还没有发育成熟，损耗过度，容易引起不同程度的性功能障碍，成年后容易发生早泄、阳痿、腰酸、易衰老等病症。如果恣情纵欲，不知节制，生殖器官长期充血，会引起很多毛病。

医学研究表明，男子的生殖系统要求在较低温度下为宜，经常穿牛仔裤，会使局部温度过高，对精子形成不利，因此不宜常穿牛仔裤，尤其是在夏天和气候潮湿时不宜。

男性也要注意自己性器官的卫生，比如，包皮过长者，要经常清洗包皮垢，因为包皮垢会引起阴茎癌。

很多青少年提到，自己在身体或感情碰到一些问题后经常惶惶不可终日，不知该向哪里求助。其实，充满爱心的社会有青春援助热线。除了向同龄人、父母或老师求助，还可以拨打相关法律援助热线，或是向一些医院特设的青春期保健门诊求助。在医学科学知识的帮助下，正视自己身体的变化，及时预防和治疗自己的生理问题，从而健康、顺利地度过青春期。

第二章　女生视角下的爱与性

“这件事对我的爱情观、婚姻观产生了很大的影响。不只这件事，包括这段所谓的感情，也使我对爱情产生了很大的怀疑，我不知道这个世界上到底有没有爱情，搞不清楚。”

涩果的味道

历历是一个神情独特的女孩子，一头顺直的长发，修长挺拔的身材。我们在挂满了枯叶的树底下边走边聊，去找一个可以说话的地方。

肯德基比较合适，虽然周围特别喧哗，但我俩坐得很近，所以彼此声音很低，也能听见对方的讲话。我看见对面一个少女正在仔细地描眉、涂口红。我想起了电影《情人》，不由自主地问：

你觉不觉得年轻时更容易发生和接受性行为？

从生理角度来讲，是这样；但是我觉得从心理角度来讲，还是应该就你个人的成熟状况来定，比如说你认为性是很恶心的事情，那就不行。所以你要有相关的性知识及相关的心理准备。我想，至少该在二十岁以后吧。

你自己当时几岁？

十六岁。从头说吧。我的初中是一所还不错的学校，我很喜欢我同桌的男生，他也很喜欢我。因为当时班里也有不少同学谈恋爱，所以后来我们就比较自然地在一起了，然后就学会了接吻。

当时你会接吻吗？

初中时看过爱情小说，不能说会不会。记得郑渊洁在他的童话里写过：接吻就是舌头之间的拳击。我觉得挺对，就是舌头之间的拳击。后来面临中考，我俩就心照不宣地分手了。但是，没想到我们又考到了同一所高中。

为什么对他印象好呢？是相貌还是才华？

都有。其实初中谈不上什么爱情，就是周围一帮朋友撺掇撺掇，就在一起了。所谓的在一起，就是放学一起走，一起去面包店吃面包，再打打电话什么的，挺单纯的。

性知识从哪来？

生理课上，电视里也会有。但电视里不会讲得很清楚，无非是一个男人压在一个女人身上。其实，我直到第一次发生性行为之前，也不知道勃起是什么，基本上处在懵懂状态。

高一时，学校有一个自愿自费的交流项目，我俩就都到了澳大利亚去参加交流学习。在那个环境，没有老师，没有父母，我们又住在当地人的家里，每天很晚回家，很多在一起的机会。再加上以前的某些感情因素，促成了当时的激情冲动。

但我记得那时候，好像我对性也没有太多的了解，应该说，还是没有任何系统的性知识。

当时担心怀孕吗？

非常担心，因为当时我们两人都没有太多的性知识，也没有采取任何避孕措施。第一次就很担心，实际上那不应该算是一次真正意义上的性生活，没有射精，也没有高潮。

你跟父母谈过这件事吗？

不会和父母谈这种事的，从来没有谈过。至于生理卫生课，就是老师介绍一下男性生殖器是什么结构，女性生殖器是什么结构。我不知道阴茎伸到阴道里时需要一个勃起的过程，这完全是从实践中得来的。而且，我第一次触摸到勃起状态的那个东西时，太惊讶了：怎么会是那种状态？太惊讶了。

这件事后，你们的感情变得更好还是更坏？

因为本身也不是很好，所以也就无所谓变化。现在回头想想，当时没有任何哪怕是最基本的喜欢，但是在那个环境，自己让自己觉得是喜欢的。因为同去的都是高中新同学，跟他们不熟，我只有他一个人可以真正地说说话。但实际上那不是喜欢。所以回国后，一切都瓦解了。

你当时的生理变化明显吗？

没有，我的处女膜本身就破裂了，比如大运动量什么的。我当时特别傻，我问他，知不知道我的处女膜在哪？他竟然说不知道。

第一次拥抱是什么时候？

初二，很温暖的感觉，但没有很激动。

抚摸呢？

隔着衣服还是不隔衣服？

不隔吧！

那就是和性行为同时发生的。

你渴望抚摸吗？小时候父母爱亲你抱你吗？

嗯，我觉得抚摸有一种温柔的力量，能让人安静下来。我不记得小时候父母是否给过我很多亲吻和拥抱，就记得小时候去一个阿姨家玩，晚上和她的小女儿一起睡觉，阿姨给我们关灯之前吻了我和她女儿的额头一下。我当时心里有种说不出的温暖，因为我妈妈从没有那么温柔地吻过我的额头。

为什么中国父母不能和自己的孩子坦率地讲性呢？

首先是“中国”这个大背景，中国人本身对这个话题避讳，朋友之间也很少讲，哪怕像现在。我自己也是这样的，我想我也不会在自己的孩子十八岁之前谈这个话题。

如果她问呢？或者她已经怀孕了呢？

我一般不太喜欢这样的假设。你非要这样问的话，我觉得我会很坦然地去面对吧，因为自己已经有这样的经历了。

你们在澳大利亚时，为什么一直都没有采取任何安全措施呢？

因为当时我俩都只有十六岁，都没有相应的性知识，做过之后才开始害怕。而且，有第一次，就会有第二次、第三次。当时害怕到什么程度，就是有时候对着镜子，发现自己开始干呕，极度紧张。我们整天打电话探讨这些问题：是否会怀孕？怀孕了怎么办？回国后怀孕了怎么办？直至又开始来月经，才停止。而且，另一方面，我觉得他挺自私的。

你怎么觉得他自私？举个例子好吗？

初中的时候，有一次他把我最喜欢的一个发卡弄坏了，然后他居然就把它那么支离破碎地还给我了，一点歉意都没有。

在澳洲发生性关系，你心里是自愿的吗？

也不能说是太自愿吧，心里有一点好奇，也不想拒绝。其实，在发生这件事之前，我是一个很单纯的人，我以为，我只有嫁给这个人，才会和他发生这种关系，我觉得我们以后肯定会在一起的，所以才这样，但事实上不是这样。

通过很长一段时间的痛苦思考，我觉得，以后自己要为自己所有的言行负责。

当时有生理上的快乐吗？

谈不上，更多是好奇。

满足了你的好奇心了吗？

差不多吧！就这个事情本身而言，和一个男人光着身子抱在一起还是挺温暖、挺不错、挺满足的。但所谓的快感，当时的确没有。

“嘿嘿嘿。”她自己低声笑了。

做爱时，男朋友替你想得多吗？

一般般吧。

如果重新选择，你还会在十六岁发生这样的事情吗？

对这件事，我的确非常后悔，因为我不想它发生在十六岁，也不应该这么随便，至少应该弄明白了再去做。什么年龄该干什么事，就应该干什么，在十六岁，就应该拥有纯洁的爱情。

做爱这件事，对你在性的需求方面改变大不大？

不大。我在欲望方面，几乎没有什么变化。

你们为钱争吵过吗？

没有，没有。

你对钱是什么态度？

钱是好东西，但也能改变一个人。

我们两个的谈话有点鬼鬼祟祟的味道，因为一些词汇非常敏感，她很担心被别人听到，所以声音忽高忽低，有时候整张脸离我很近。我们两个人都有点哭笑不得，但我还是坚持平静、坦然地提问。

你觉得发生性行为对你产生的最大影响是什么？

这件事对我的爱情观、婚姻观产生了很大的影响。不只这件事，包括这段所谓的感情，也使我对爱情产生了很大的怀疑，我不知道这个世界上到底有没有爱情，搞不清楚。

这就是我所说的“什么年龄该干什么事，就应该干什么”，因为我以前的人生观、爱情观，全都破碎了。

后来，我高三忙于高考，把这件事忽略了。到了高考后，有空闲我会想：假如你为钱去做“鸡”什么的，在我看来也无所谓，反正都已经发生过了，再做什么都无所谓，随便几个男朋友都无所谓，我觉得自己不珍惜自己了。但碰到现在的男朋友，他对我的影响挺大的，让我逐渐恢复到一种正常女孩子的状态。

高三时，大家看我很正常，表面上一直在笑，学习也很好，但是没有一个人知道我内心的挣扎、想法以及对自己的自暴自弃。

你这样痛苦，难道没有一个人可以帮助你吗？

我觉得这件事必须是自己一个人消化掉。我当时十六岁，我周围的朋友也是十六岁，他们没有任何经历，我怎么跟他们说？

你怎么认为他们没有？

凭自己的判断吧！他们没有什么不正常的，而且我也是在自己经历过之后才会告诉要好的男同学。

他的反应怎样？

很平静。

你对这件事到现在为止，怎样评价？

有两方面：首先，我对很多事有了怀疑态度。当时我说，为了赚钱，我去给人当“小蜜”也无所谓，但实际上，我不会这样去做。另一方面，这事让我活得比较现实了，以前的理想化活法在残酷的现实面前不攻自破。这件事让我明白只有自己能好好保护自己,爱情都不能解决这个问题。

虽然我的心灵深处还笼罩着一层黑幕，虽然这是一段失落的感情，但在我内心深处，还是很渴望真正的爱情。

从外表看，我觉得你是一个比较强悍的人，别人不会影响到你，但聊了之后，发现不全是这样。

我的确是一个有主见的人，也把什么表情都写在脸上。有什么看法我都会直接说出来，我希望我的人生很有故事，很有经历，我不希望到死时还不知道痛苦是怎么回事。我觉得一个人经历了痛苦之后，才会明白幸福是怎么回事，所以这件事在让我痛苦的同时，也使我学会了很多东西，明白了很多道理。

你喜欢和什么样的人在一起？

年龄比我大、层次比我高、懂得比我多、能让我获得东西的人。

后来的感情怎样？

回国之后还有那么几个月，我们在一起，但因为回国之后条件不方便了，就正式做过一次吧，然后就彻底分手了。

在这件事之前，我自认为是一个从一而终的人。我做事情就是这样，要么把它做到最好，要么干脆不做，所以我认为回国后是一种惯性，停不下来了。到现在为止，我也说不上来，对这个人到底是什么感觉，不是朋友但也不是敌人。我觉得他害了我，但是他可能也受伤害了……真是非常矛盾。

在我上大学之前，我曾认为傍个大款，挣点钱也没什么关系，而且可以再交一个男朋友，我不告诉他这些，我也不会珍惜。珍惜有什么用，得到的还不是伤害？我觉得这段历史完全可以隐去，装一个处女。

可是我碰到了现在的男朋友，我完全可以很坦率地和他谈这些事情。我们通过 E-mail 聊天，他让我有一种倾诉的欲望。我认为他是一个值得信任的人，真爱的前提是完全的信任。他也在一定程度上改变了我，让我的爱情观慢慢变得可救。但实际上我还是有戒心的，不然结果又会变得一塌糊涂，他也觉察到我有一些抵触的心理。

你现在怎样想这件事？

这事发生到现在也有很多年时间了，我不知道以后我会怎样想，我只知道，我自己有一个不断思考的过程，至少不会像一个真的很小、很单纯的女孩那样一片空白。所以这也不是一件纯粹的坏事。

和一些怀孕的中学女生相比，我已经幸运很多。我以前一直以为，这都是很独特的故事，很不一样的经历，现在也觉得没什么了，有故事的人多得是。我现在也把这件事看得很淡了，这就是我能很平静地把它讲出来的原因。

你怎么看中国的性教育？

这是一个非常大的问题。我觉得现在的孩子太早熟了，看过三级片的孩子多了去了。有同学跟我说，他们男生聚在一起看三级片是很普通很普遍的一件事情。所以你不要认为他们真的很单纯，你可以很坦率地跟他们交谈。不要讲得那么理想化，什么精子游过去，找到那个大卵子，它们幸福地结合在一起。甚至应该讲得危言耸听一些，如果一个女孩子做这件事，就可能会怀孕。我觉得应该说得明白一点。

你希望医院的医生有什么态度？

如果有一个未成年女孩怀孕流产，大夫应该很温柔地对她，至少不应该用冷酷的态度，应该像家长对待一个需要帮助的小女孩，帮助她。但我觉得这好像是不可能的。

想对同龄人说什么？

千万不要轻率地做这件事，一定要学会说NO。不要从所谓的爱的角度出发奉献自己，当然爱是要奉献的，但在这方面，一定要关爱自己。

你觉得我们正在做的这件事有意义吗？

实话说，意义不大。全社会都来关心这个问题，但也是一阵风，绝不会因为你今天做出了这样一份东西，社会教育就全变了。这也和学校有关系，重点学校少一些，普高和职高很普遍。其实这种事也很容易发生，如果两个人都有一种冲动，在夏天，很方便，只要有身体的接触就会一发而不可收拾。至于怀孕，到时再说吧。

对这件事，你觉得教育有用吗？

其实这个问题的关键和实质是：你有没有爱自己，有没有一个对自己负责的态度。应该把这件事想明白，再去做。如果你完全沉浸其中，把其他都抛在脑后，伤害自然会跟随其后。

你了解艾滋病吗？

知道，它叫什么什么什么免疫症吧。

你知道它的传播途径吗？

体液、伤口血液传播，好像接吻不传播，唾液不传播，如果口腔中破了一个洞，流血，接吻会传播。

你觉得自己周围的性行为安全吗？

我不好对整个学校做评价，至少我周围是安全的。

和历历的访谈结束后，天已经完全黑了，她还是坚持送我到公共汽车站搭车。我发现历历的情绪有点低落，我问她：“你英语这么好，以后还会不会再去国外生活？”她摇了摇头说：“短期会待一段时间，长期是不可能的，我已经知道了国外的实际情况，没有什么向往了。其实，任何事情自己的体验是最重要的。只有自己能教育自己。”

我想，也许这句话，历历想说的不止出国这一件事。

再次见她，是我的访谈整理好以后，我们约在一个联欢活动中见面。迎来送往之后，我才有机会坐下来和历历谈稿子的事情。我让她先看稿子，我还要招呼其他几位嘉宾。但是，在所有人的欢声笑语之中，我发现，历历在擦眼泪。

我是一颗没有被压伤的草莓

小熊是典型的双鱼座女孩，有着双重性格。她从小在广州长大，每天都过得很开心。看完了《藏在书包里的玫瑰》(2004 版) 就迫不及待给我写信，因为她很想把自己的故事告诉我。

她在信中对我说："相对书中的人物，我想我跟他们不一样，我的故事对于你来说也许没什么可取性，但还是想告诉你，因为这一切改变了我！我是一颗没有被压伤的草莓，我没有男朋友，没谈过恋爱，是处女，有初吻，哈！哈！我在广州一所艺术学校读书，我们学校是那种挺开放的，因为是艺术学校嘛，我们班上有很多人已经和别人有性关系，我想我和另外两三名同学还是'国宝'呢！她们天天都鼓励我去尝试。对于性，我真是抱有很大的好奇心，也曾想过去尝试，因为我想变得和大家一样。但那件事改变了我……"

我用电话对小熊进行采访，长线那一端的声音非常清晰。

你是在学习戏曲吗？

不是的，我是音乐表演系的，在一所公立专科学校。

作为一名艺术特长生，你的相貌如何？

我一米五九而已。还好啦，我不想太高，这么高就已经不错了，我挺满意。我好像在信里有照片啊。

对，我看见了，但不是很清楚，因为你在照片里面挤眼睛，所以我看不清楚。睁大眼睛是什么样？

我是属于那种没有什么特别的地方，但是五官比较端正的那种。不是说眼睛特别大、鼻子特别高，然后嘴巴特别小的那种，而是好像五官都挺协调、挺标准的。

班里男生、女生的比例是什么样呢？

女生是二十五个，男生是五个。原来女生有三十多个，后来读着读着有的人就不读了。

你们这个学校的风气怎样？学习气氛浓吗？

我觉得一般般吧，广州像这样的学校都差不多，很多小孩子拍拖，我们都见怪不怪了。可能因为看到自己的学校这样吧，你没见到人家，然后听到人家说人家的学校怎样的时候就觉得不奇怪了，可能是地方的问题，我觉得跟学校没有关系的。

你觉得广东这个地方是不是比较开放？就是说整个省的气氛。

早两年还可以，但是这两年变化好大，真的好大变化。

这个变化指的是什么？

女孩子比较开放，谈恋爱的小学就有，已经比较常见。以前初中的时候感觉社会风气没有这么开放，可能学校老师会严一点，经常督促你。到现在，你看到那些小学生，有的小学生好像比中学生还要成熟一点。中学管理方面不是很严，因为老师觉得说也没用，然后又懒得管。特别是在广州这种情况比较普遍。

你们学校有关于性知识方面的教育吗？

很少，非常少。初中的时候有，但是都很简单，一带而过。都是随便讲点生理结构，没有讲太多有用的，都是按照书本上面的来讲，是讲过了又讲的东西。

这些知识对你们来说有用吗？

没有什么作用。都是讲人体的结构，翻翻书就可以了，初中生物书上面就有讲人的生理结构，讲得很详细，但是再详细也只是照本宣科，我觉得没有什么用。

你的父母对你有这方面的教育吗？

他们说得也比较少，很少，不是说特别刻意地去说这些问题。因为在外面读书嘛，出门的时候会说，注意一下交往这方面，然后女孩子要注意一下，自爱一点，就是这样地讲几句。

他们两个的感情怎么样？

非常好，他们是模范夫妻。这个问题我自己也搞不懂，因为我妈妈长得比较胖嘛，我爸条件很好，但是他对我妈非常好。

我记得有一次我妈因为子宫瘤做手术，住医院了。我爸平常很忙的，那个时候他天天陪在我妈身边，虽然挺小的那种手术，可他那段时间天天陪在我妈身边，寸步不离，对她照顾很好。他那段时间心情特别不好、特别烦躁，我妈出院以后就心情好了一点，对我妈非常好。我眼睛看到的、感觉到的就是他对我妈很好。

你觉得他们的这种感情对你的影响大吗？

影响比较大吧，因为我身边有好几个好朋友的父母亲都离了婚，我看到他们表面上跟我好像都一样，但实际上心里面要承受的东西是比较多的。比如我有个朋友嘛，她的爸爸妈妈在她很小的时候就离婚了，她天天跟妈妈在一起，比较自立，心理也比较成熟，接受很多外来的压力觉得已经习惯了。我感觉他们好像太成熟了，家庭的这种条件使他们过早地接触到社会。

那你觉得这样的成熟，还有你这样的生活状态，对于你或者你的同学在情感方面的影响体现在什么方面？对你们情感的态度，还有你们处理事情的方法有影响吗？

因为他们没有了家庭的束缚，做什么事情都比较轻松，想干什么就干什么。我跟父母亲在一起，他们又养我那么久，想做一些事情的时候会想到他们，会想一下自己要做的事情是否应该做，但他们就没有必要考虑这些问题。

你自己从什么时候开始对男孩子感兴趣的？是怎么开始的？

我觉得是初一。小学时我参加过合唱团，合唱团里面有男生。虽然是一个团的，但是很多人来自不同的学校，大家都很小，每个星期就在一起排练见那么几次面。有的时候排练了一个学期，一些人也没有说上过话。后来上初中，分了学校以后，我就退出了那个合唱团，但我发现有几个同班男同学就是以前合唱团的，觉得挺有缘分，跟他们感情特别好，比在小学时密切一点。

你的父母和老师发现这个变化了吗？他们是什么态度？

父母倒是觉得一般，因为我们小时候在一个团，父母经常送我们去参加排练。有时候会见到其他学生的家长，基本上都互相认识。因为对方也是比较好学的孩子，我父母比较相信我，觉得我不会跟人家那样的，只要是男女生之间正常的交往就行了。可能老师刚开始不觉得怎么样，因为那时候都是初一、初二，我们也不是非常亲密地在一起，就是平常喜欢在一起聊聊天、玩一下。当时老师也有对其他同学发出警告，因为初中的时候就已经有同学在谈恋爱了，然后老师就注意那些同学，对我就没有什么了。

你在初中的时候，你们学校有女生怀孕的事情吗？

有。初中时，我有一次放学，见到我们学校的两个女孩子。她们就对我们说她们朋友有了小孩很想打掉，但是没有钱，就想向我们要钱。我们都说身上没有钱，因为觉得她们好像是在骗钱的嘛。那两个女孩都是我们学校的，一个没毕业，一个毕业没多久，所以我觉得这种情况在学校里面应该是有的，只不过家长和老师都不知道。因为是重点学校嘛，那两个人我知道她们在学校成绩都是比较好的，一般成绩好老师就不太在意她们的生活方面，只在意成绩。

你觉得对于一个人来说，生活阅历重要还是成绩重要？

对我自己来说是生活比较重要。因为在学校所学到的知识有限，在学校成绩很好不一定能适应社会，那毕竟是书本上面的知识，范围太小。我觉得在生活中可以学到很多书本上面没有的东西，平常老师不讲的东西。我们可以通过课外书，或者广告、新闻之类的媒体渠道懂得这些东西，然后到社会可以用上。

那你觉得其他同学呢，他们是不是更注重学习？

因为毕竟是重点中学嘛，很多学生都是埋头读书的，有的很早就回去复习了，有的很晚才走。像我们这样的学校好像能包容不同性质的人，但是绝大部分都是勤奋好学的学生。可是现在读了中专，回去见了以前初中的同学，以前读书成绩很好的，现在他们的成绩不行了，赶不上别人了，有的连大学都不敢去考，我也不知道为什么会变成这样。

后来对你影响挺大的那个男朋友是在上艺术学校之后认识的吧？

对。他是我的舞蹈排练老师。

他是一个什么样的人？

个子不是很高，但是也有一米七多吧，是一个舞蹈演员。他在我们学校只是个外聘老师，给我们排完练就回去做自己的工作。

你觉得他为什么会比较注意你呢？

因为我那时候站前面的嘛，然后经常会跟他说上话，不过他其实跟我们班很多同学关系都是不错的。他的年纪比较大，今年刚好三十岁，我才十九岁，我俩刚开始的时候就像哥哥、妹妹在一起，没有太多别的成分在里面。他很成熟，对我很好，不是特别的热情，但很关心。可是后来两个人相处时间长了，那种感情就慢慢地开始质变了，是在什么时候变的，我自己都不清楚。

他有没有讲过他的女朋友？

他婉转地讲过，不过我明白他的意思。他感觉女朋友事业比较成功。然而，两个人在一起走，一个人走得快一个人走得慢，前面的人宁愿先走一步。他打了这个比方，我就明白了他的意思，到后来他们没有在一起。我知道他还是喜欢他的那个女朋友，可是他一直都不承认。

你觉得什么事情使你们的这种关系发生了质变？

我不知道具体是什么事情，反正他是一个怕寂寞的人。因为他以前跟女朋友同居的嘛，他经常说，女朋友在的时候他觉得房里挺安静，他说自己是一个挺怕寂寞的人，有个人在房子里面即使不跟他说话，起码也不觉得寂寞。他是那种心态，想找个伴的那种心态。但是我觉得他这个人比较好，很少见到有这种人。

那你和他相处的时候，你觉得你是愉快的吗？

还好啦。没有特别兴奋，也不是一见到他了就特别高兴。因为我那时候感觉自己挺单纯的，没有想太多，也没有想到要刻意制造两个人在一起的机会，都是很多朋友在一起玩，所以我觉得那种关系是挺正常的，在一起的时候也很平淡。但是他人好，所以跟他在一起没有太多的防备心什么的。

后来的那件事情是什么时候发生的？你对这个事情是怎么看的呢？

去年的十月还是十一月，就是前段时间发生的事情。

那个时候你才十八岁吧？

是。

你知道这件事情是要干什么吗？在这之前你是不是对这方面的知识有所了解，比如一个男人跟你在一起相处，如果他有什么样的举动，你知道他要干什么吗？

刚开始的时候我应该是知道的，我应该感觉得到。那主要是自我保护意识吧。但相处了那么久，他也没有那方面的情况出现。如果那个时候他有那些举动的话，我是能感觉得到的。

你们的故事怎样发生、发展的？

我从没想到，我会和他那么好，因为他本来是那么遥不可及。事情顺理成章地开始，后来，到了我们快放暑假时，有一晚给他发短信，他突然打电话来和我聊天，说他扭了脚，不能动，一个人在家。我那时还问他："你女朋友呢？"他就不耐烦地说："你问她干吗?！"

好奇心驱使我在暑假去了他家。他真的伤了脚躺在床上。我们就坐在床上聊天，聊一些生活上、学习上的事，后来我在他家住下。因为我家不在广州，而他一个人在广州住。据我所知，他之前是和女朋友同居的。

说真的，长这么大，第一次与男孩子"同居"，而且那几天，我都照顾他，做饭给他吃，他一直说广东女孩好。后来，他的朋友也过来一起玩，我们都玩得好开心，我第一次和男孩子玩得那么近，我们一直都分开房间睡，而他也没有什么不安分的行为!

他很爱干净，有责任心、有内涵、有礼貌，又会做家务，我第一次见这么好的男人，但那时我确实对他没有什么别的感觉，一直当他是哥哥，他也一样吧！什么都没表露出来，但从他态度来看，直觉告诉我，我们会在一起！后来开学了，那段时间，我一有空或周末都在他家过，但很少在那儿过夜，而那时他也在为我们学校另一个班排节目。

改变我的就是在那个有小雨的晚上，那时已经是秋天。下午，我和朋友去北京路逛街，好晚了，我才赶到他家，还买了一瓶消毒水去帮他拖地。一进他家门，他很惊讶，因为我们一个多月没见面，我瘦了很多，他说我瘦了，变漂亮了，后来一起搞卫生。累了，就吃消夜，他还不时夹菜给我。从那开始，我心里有种说不出的怪感觉，但我不能确定是什么，只是觉得一定会发生什么！后来，他去洗了个澡，我趁他洗澡时，快速换了内衣。他一出来就说我很美，然后，我们一起坐在床上看电视，他自己喷了点香水在身上，还问要不要先听点音乐（那时已是晚上十二点多了)，我说不用了，我当时闪过一个念头，他会不会想那个……

那天，我有点累，他说今晚就在这张床睡吧，我也答应了！因为我想他不像那种人，关灯后，他很安分，自己睡自己的。

可是大概没过多久，我刚睡着，就感觉有人在吻我脖子，而且他的胡子刺到我了。他不时用手抚摸我的手臂、肚子，但他一直没有摸我的重要部位，那晚，我有点戒心，所以一直穿着内衣睡。他不断地亲我，叫着我的名字“小熊、小熊”，还喘着气。我开始知道他想要干什么，而且我已经十分清楚了，但我身体很软，动不了，心跳很快，而且奇怪的是我也没有想到要反抗。我想我完了，也没办法了，死就死了，迟早的事。

他坐起来好几次，想把我翻到正面来，我一直装睡，不愿动，我知道只要我一翻身，他就压在我身上，我就完了！我一直不动，死死的，他也没办法,他问我:“有没有男朋友,真的不想吗？”……我仍一直“睡”，没作声。后来，他起来上厕所，我松了口气，马上换了个姿势，脑子快速运转想后果。后来他似乎见我不愿意，就这样抱着我睡，一直没动我。但我在这过程中，偷瞄了他一眼，他的表情很恐怖，我没想到这么好的一个人会有这样像野兽的表情，也许这就是人类兽性的一面吧！

第二天早上他吻了我一下，就匆匆赶往我们学校帮排练，而我一晚都因为守住防线没睡好。确定他离开后，我也马上离开了那房子。那时很迷惘，虽然没发生什么，但我的心情却像被人强奸了一样。他后来打电话给我，说想我、想见我，那时我再也不敢去他家，我有点怕他，一直逃避他。

我不明白他的心态，他不说喜欢我，也没提过那晚的事，但感觉已把我当他女朋友似的，后来当我想尝试再和他交往时，我们之间却出现了另一个人，她是我的好朋友，刚好是他排的那个舞的女主角，他们好上了，但可以肯定没有发生关系。

只是有段时间老找不到他，我知道他已经不再“想”我了，但我不敢肯定，直到无意中看到那女的和他发的那些暧昧信息。我心往下一沉，大哭了一场，然后再没有联系那男人了。再次见面我们形同陌生人。但他在注意我，我也是。后来我偷偷给他前女友打了个电话，说想跟她学唱歌。后来，我们见面，她收了我这个学生，而老师不知道我和她前男友有过那么一段小插曲，我也不晓得他知不知道自己的前女友成了我老师。我只知道，最后他们俩还真复合了。我再一次肯定了自己的直觉。

至于那个女同学，当她听说我老师（即他女友）找过她后，就叫他不要再去找自己！我知道终有一天，我老师会知道我和他的事，我也不晓得她会对我说些什么，我也有兴趣等那一天，而且我知道那天快到了！这个故事还没完。

一个怎样的结局，对于我来说已经不重要了，但这件事已经改变了我的一切，这个故事在我成长中有很重要的作用。我的一切，从那次开始改变，它使我成熟了！我庆幸那晚没让他得手，但有时又有点后悔没有让他得手。

为什么有这样的想法？

有点侥幸的心理吧。第二天的时候，我松了一口气大声说，好了！那时候我觉得好像自己打胜了一场人家打不赢的仗一样，因为我觉得在那种情况下应该是逃不过的，我感觉得到。我拍拍胸口觉得还好，挺侥幸的心理。

就是说你对他的感情自始至终都不是爱，是吗？

我分不清爱跟喜欢，可能这种阶段谈不上爱吧。毕竟我们经历的事情太少了，我觉得不能跟一个人那么随便下个定义说爱，因为我觉得爱这个词，含义挺深刻的，必须你自己要清楚什么叫喜欢，你才能弄明白什么是爱，我觉得爱应该是在喜欢的基础上的，可是自己连喜欢不喜欢的定义都搞不清楚，就没有资格说爱或者不爱。

但是你和他相处，比如肌肤相亲或者是在一张床上的时候，你自己本身从欲望的角度出发有这个想法吗？

对这件事情是好奇的，但是没有想过去尝试它。因为现在是学生嘛，我觉得那种事情工作了以后是可以考虑的，没有必要等到结婚。因为工作了以后，你自己就有了一定的经济能力，发生了什么事情可以自己照顾自己。现在是学生，如果发生了什么事情的话，会涉及到很多方面的东西嘛。所以我意志一直都比较坚定，而且我那时候对他也不是说特别地肯定，我觉得没有必要那么随便就跟男孩子那样，女孩子还是应该理智一点比较好。

如果发生这种行为你觉得你在身体上会发生什么问题，自己可以照顾吗？

如果不小心怀孕了怎么办？要把小孩打掉就需要钱，如果把小孩打掉，你身体上肯定很虚弱，你肯定需要一段时间休养。如果你长大了出来工作了，有收入了，可以自己照顾自己了，可能问题就不那么大了。我现在是学生，万一这些发生在我身上，会涉及到学校、父母，也会影响我的将来，这个问题挺大的。毕竟自己没有经济来源，都是靠父母，一直都是父母照顾你，你身体上有什么变化，父母肯定一下子就能知道的，我感觉这样不太好。

那你觉得你的男朋友不能照顾你吗，在这些问题上？

在这些问题上啊，我觉得男孩子一般都会逃避。他们不会照顾女孩子，热恋当中他可能会照顾你，可问题出来他们就害怕，想逃避了。我身边有同学就发生过这样的事情，还没确定怀孕或者什么，只是有点怀疑可能是怀孕了，没查出来，男朋友一听马上就跑了，找都找不到。我觉得男人还是信不过的。

你怎么会对男人了解得这么深刻呢？

我比较注意身边的东西吧，但是我不喜欢看爱情小说，可是我身边的人都是喜欢看爱情小说的。

你觉得一些女孩子特别轻易就发生了这件事情，跟她们爱看言情小说有关吗？

我觉得可能有一部分原因是相关的，我觉得那种人太笨了。因为那种小说比较商业化，琢磨透了年轻人的心理，他们把很多黄色的情节、不现实的爱情写在里面，看多了自然就想去模仿，我觉得那种小说对学生影响蛮大的，所以我个人就不太提倡看那种小说。我觉得那种东西不会发生在现实的社会中，因为现在的社会已经非常现实了。我劝一些同学不要看那些小说，但她们好像都着魔了，每天在看，我没有办法管得了，因为我自己的事情还没有管好呢。

那你觉得现在，包括我书里面写的那些小孩，还有现在的中学生，不管是有感情也好，还是有这种性行为也好，你觉得是什么原因造成的？

我觉得有很大一部分责任是父辈们太封建了，越是封建就越是让人想冲破封建，你越守住，就越想知道守住的东西是什么。我觉得应该让孩子发挥自己的才华，让他们的生活空间拉长一点。他们那辈人养育下一代的方式不太好，很大的责任在他们自己身上。

你觉得你的父母在这方面做得好吗？

我不知道他们做得好不好，好像对我没有什么影响。他们对我很好，但是他们没有经常督促注意，偶尔离家回学校的时候，就提醒一声而已。他们平常不会约束我什么的，他们越是对我好，我越是不想违背良心，每每有这种念头的时候，我就会想到父母对我很好，他们那么辛苦地养育我，我就不愿意辜负他们。可能我小的时候他们对我心理素质方面的培养比较重视吧，形成的心理状态一直维持到现在。我比较依赖父母，就不会经常想去追求一个男朋友或者别的什么，很大程度上父母是我的精神支柱，所以我觉得比其他的人好一点。其他人是什么样我不知道，但是很多方面肯定是因为家庭。

你说得一点都没错。

因为我们从出生那一刻起所接触到的人就是父母亲，很多观念都是他们给灌输进去的，如果他们在这方面灌输得不好的话，会对我们将来产生很大的影响。接触最多的就是父母，谈话谈得最多的也是父母，所以父母应该注意一下对孩子这方面的教育。还有很多其他心理素质的培养都应该注重，我觉得人应该多方面地培养比较好。

可是现在大家只注意成绩，别的事情都来不及管，你觉得是这样吗？

我觉得成绩在两年前是比较注重的，现在的父母亲，不是我的，是其他的家长,可能比较注重孩子将来能不能赚到钱这方面。他们让你读好书，目的就只有一个，将来找个好工作赚钱，最终的目的在钱上面。两年前他们叫孩子学习，是让他们多学点知识也许能用得上，现在是多学点知识才能赚到钱。因为经济发展得很快，人才很多，如果不小心的话就被淘汰了，而且人越来越现实，都觉得钱是比较重要的。

那你自己有没有想过怎么去赚钱呢？

有吧。谁不想有钱？有钱自己就能做很多事情的嘛，可是我所说的赚钱还是正当的途径比较好，会用得心安理得。我追求的，不是当幼儿园的老师，或者像其他的老师去舞厅唱唱歌，一个晚上几千块那种。我比较倾向那种商业女强人，雅芳的董事长是我的偶像，我觉得我应该向她靠拢。

这是一个并没有产生伤害的故事。但是，在我看来，它却充满意义。一个女孩在怎样的情况下，可以保护自己不受伤害，也许在小熊的故事中可以找到答案。

后来她给我打过好几次电话，也写过好几封信，为了让我了解一本他们同学中传阅的书，她还给我寄来了一本。她告诉我：

“我准备去爱一个人是让我重新认识自己，重新爱上自己！我也一直很想知道他到底有没有喜欢过我！因为他真的很好，很体贴，让我有很温暖的感觉，但我想让他知道，我不是他眼中的小妹妹，我真的可以自己长大，而我也从没怪他，那晚所发生的一切，我知道他是个人，而且是个正常的男人！

“六月高考，我想考星海，虽然只有1%的机会，但我还是想感觉一下去追梦的过程，那对于成长历程很重要！我现在有时还会想那个人，但我更想他和我老师永远好好生活下去。而我到现在还不知道什么叫爱。我想那不是一下子可以体会了解到的东西，需要一个过程吧！也许会很漫长，但我会等。至少我希望我的人生清晰明亮，没有疑惑。”

雪花飘零时，我会复活

萦萦出乎意料地清秀，毛茸茸的刘海遮在眼帘之上，脸庞上有一些稀疏的雀斑，只是她的眼神有点迷离，看人时分外认真。

她低头仔细看了看采访提纲和保密协议，然后抬头问我："如果你采访结束，就此消失的话，我该怎么办？"

我愣了一下，张口结舌地说："不会吧！你可以打电话找我呀！"

然后我也问她："怎么样，你还有什么问题？"

她笑着对我说："没有问题，我愿意配合。"

小时候学习成绩怎样？

我小学时成绩很好，初中开始下滑。初三那年我玩得特别狠，期中考试时，我爸知道我的成绩这样了，开始逼着我学习。虽然老师已经不对我抱什么希望了，但我知道自己的实力。借着对画画的一点灵感，我考上了省重点中学的艺术班。

你和父母的关系怎样？

我母亲在我七岁时去世了，大约半年，我接受了现在的母亲。问题还是很多的，我小时候很开朗，但母亲去世后，我变得有点孤僻，我有时也和继母带来的小我一岁的妹妹有冲突，可能会打她。父母亲会把这事怪罪到我头上来，我气了，给爸爸写过一封很绝情的信，他才发现对我可能太狠了。后来，我们的关系有些缓和。

上初中时，我爸说我把家当成了一个旅馆，就是回来吃饭睡觉，然后要钱交学费，凡事都不沟通。到了高三时，去外地学专业才发现，其实继母为我付出了很多。现在我们之间很融洽。

你最大的梦想是什么？

我从小就想成为一名画家。

现在也是吗？

现在想做一个广告人，或搞创意，我希望有地位有钞票，为父母也为自己。其次是我要做给那个人看，我的存在要有价值。以前很单纯，就是为了艺术而艺术。

什么原因让你变成了这样？

可能人长大了就不想向父母要钱了吧。我一直都是一个很要强的人，不想比别人做得差。况且我曾经爱过的那个人说过一句话，说我不长出息，我说他鼠目寸光。我应该证明给他看，但不等于我仍为他活着。

第一次交男朋友是什么时候？

高中，我就这么一个真正意义上的男朋友。后来虽然也有一些，但都是一般相处，因为自他以后，我就很难再接受其他的男人了。

那是什么时候？

高二的秋天到高三的秋天。

你从什么时候开始对男生感兴趣？

小学一年级就和男生挺好的。我的朋友不泛滥，都是货真价实的。

对不起，我有点激动了。

我发现她的眼圈红了。

在小学一年级，我妈生病的过程中，我爸把我托付给我舅妈，和我关系很好的小男生是我舅妈的邻居，那时我们无话不谈。后来回到自己家住时，就分开了。

小学三年级时，我认识了另外一个男孩子，他现在在北京某重点大学。我们在小学三四五年级时感情都特别好。小学那会儿，有一份参考资料特别重要，可以上课回答老师的问题，他让同学复印了两份，其中的一份给了我，我保留了好几年。但搬家时还是弄丢了。

在和这些男同学交往的过程中，有没有涉及一些性的话题？

有一个男孩，现在可以说是社会渣滓，他问过我，知不知道什么是月经？我说不知道。然后是初中时，我和一个女孩子的关系特别好，和家里人关系特别不好，当时我俩就想，接吻是什么感觉呀？我俩就对吻了一下。我们当时特别要好。后来她考了一个专科学校，今年寒假该结婚了。现在我们已经没有什么共同语言了。

高中时，为什么会碰到这个男孩？

不是男孩，他三十一岁，比我大十三岁，是我们学校摄影小组的指导老师。当时我对摄影特别感兴趣，他辅导了我们一个月后就走了，但是留了一些作业和他的电话号码。独处时，他曾邀请我去他那玩，说可以教我拍一些东西。

他是一个什么样的人？

他身高有一米七九，肤白，光头，大胡子。是个很能干的人，特别有说服力，特别能让人相信他，就算他说的是错的。

喜欢他什么地方？

我喜欢学艺术的人，也喜欢年龄比我大的人。他的年龄特别容易征服我，大人骗小孩总是容易些，还因为他有事业心。但他是一个受过感情伤害的人，所以他对感情的忠诚度要比我差很多，这个落差直到现在还让我难以承受。因为我们的感情不是同步的。

具体讲讲你们的故事？

那几天是元旦前后，我正在看一本书《一个女人》，写罗丹的情人卡米尔。我当时就是想做一个女艺术家，看了那本书，挺难过的，整个人就被那种气氛所笼罩。结果在大家都很快乐的元旦晚会上，我喝醉了之后开始哭，最后被几个男生送回宿舍。

也是在那天晚上，我给他打了一个电话，问他元旦是否有空，想找他去玩。他说过会儿给我电话。我想是不是打扰他了，就算了，挂了吧。没想到过了四十多分钟，他打给我说："我到你们宿舍下边了。"我当时喝酒喝得迷迷糊糊的，不过从女孩子的直觉出发，还是觉得有点不对劲。但我没接触过这样的事情，以为就是在他的车上说说话。

当时我已经上床睡觉了，我没穿胸衣，也没穿袜子，只穿了秋衣、羽绒服就跑下去了。

坐上他的车以后，我才开始想我们之间的一些事情。我只知道他离婚了，从平时的上课中，也知道他喜欢我，仅此而已。但我凭直觉还是相信他。我们开车去了他家。他家里的东西挺全的，但颜色就一个浅浅的黄调，家具简约而现代。我们没说什么话，坐在沙发上看碟。

那时你的酒劲过去了吗？

因为我从没经历过这样的事，就像做梦一样，而且已经是晚上十一点多了，我是睡了一会儿又醒来，迷迷糊糊的。他建议我去洗个澡，之前我还想：我为什么要在这里洗澡？

我以为他家里会有两个房间，或者有一个沙发床什么的，其实只有一间卧室一张双人床。后来我想，干脆就一晚上不睡觉了吧！我真的没想过会有什么事发生在我的身上，所以洗澡出来时，我还是穿得严严实实的。出来后，我还是很冷漠地坐在那儿，他特别试探性地来吻我。

这是你的初吻吗？

对，我当时没有惊慌失措，很木然，我脑袋里还在想罗丹和卡米尔的故事，他俩的故事长达十五年，最后却很悲惨。我当时又觉得……我也说不上来了，我已经记不清楚了。

开始，只是亲吻嘴唇，后来挺深入的，我虽然被动但是并没有反抗的意思。有一点好奇。我一直带着一个问号往下走，我一直想知道后边到底是什么。

后来他去洗澡，出来时没穿下边的衣服，我觉得特别恶心。小时候，可能是我两三岁时，我有过一次经历，就是我爸单位有一个人，老是给我讲鬼故事，搞得我特别怕鬼怕黑，而且他让我用手帮他自慰，我不知道那是什么东西，我觉得那就像一个紫茄子，这就是我小时候的记忆，我把这事跟我爸说了。

你爸当时没有任何反应吗？

我那时才两三岁，那么小，就记得那个情节了。而且我八岁时，差点被人强奸了，是一个初中的男生。他把我堵在墙角让我脱裤子，我就问："为什么呀？"他说："某某都脱了。"我就要哭。他没办法，就把我送回家了。这次，我也和我爸说了。我爸还去找了他爸，以后每次我去厕所，都和我妹一起去，一起行动。

现在这件事情让我觉得对不起我爸，好像我把自己卖了。所以这时看见他没穿裤子，我的反应特别强烈，直冲他喊："你赶紧把裤子穿上，别这样。"

后来，很晚了，我们还是在一个床上睡了，也不是特别别扭，因为毕竟还是很喜欢他。

那天，俩人没发生什么？

没。过了一天，我去学校。他打电话给我，说："你真沉得住气，不给我打电话，也不和我联系。"我呢，在没有与他见面的那段时间，迅速买了两套内衣。

第二次也没发生什么，就是同床睡觉。我不同意他发生下一步，除了那一步，其他的他都可以做。

第三次时，要放寒假了，放假就要在家里住。我就想：反正现在不做，将来也要做；如果不跟他做，他都这么大了，也会和别人做。干脆做了吧。然后就做了。

第一次是什么感觉？

特别疼，他那天晚上进攻了三次，我特别疼，就往床下窜，几次都没成。后来就睡了，第二天早上九点多钟，他又整个人压在我身上，我跑不了，又没法动，他成功了。

后来，我们一起去邮局，他还问我疼不疼。接着我就来月经了。

我们白天很少会在一起，只能是晚上，我经常觉得我就像一只"鸡"，况且我对他的情况一无所知，我毕竟是一个高中生，还得上课学习，而且考学的压力也很大。

你觉得这件事对你的影响大吗？

特别大。首先我在他的影响下，对艺术不再那么执着。其次，我觉得爱情没想象中那么高贵、真诚。最重要的，我知道了男人的目的是什么，我开始会和他们玩感情游戏了，而且比他们更会玩。

他当时对我的定位是情人，我知道卡米尔也是罗丹的情人，但是我却用男朋友来要求他，毕竟是我的第一次嘛，我可能过于认真。他比我大十三岁，经历比我多很多。

做这件事，你内心的愿望是什么？

我没希望天长地久，我也知道，每个人最终都要回到自己生活的原点上去，但我不知道，这件事将以怎样的方式结束。

当时害怕吗？

我没有怕过。我认为没有必要非等到结婚时才发生这件事情。怀孕害怕过，因为有那么两三次，他没有用避孕套。后来，他觉得我过于担心了，所以以后每次都会用。

第一次呢？

用了，应该是用了，我记不清了。

你当时感觉怎样？

疼，而且我一直在琢磨他是在怎样一种状态，我一直在冷静地观察他。

你不关心自己的生理感受吗？

还可以吧，没什么恶劣的反应，我知道事情迟早会开始，该结束也会结束。我什么都知道，所有的问题我都挺清楚的，却带着一个特别大的问号干了这件事。

次数多吗？

坚持了九个月十七天吧！有时候，一星期会见一次，有时候会见三次面，见面有时会做一次，有时两次，可能有过三次的情况吧。

你觉得精力如何？

当然应付不过来，我觉得在学习上挺成问题的，其实他开始喜欢我，也是因为我好学、聪明。

当时你的压力大吗？有人知道吗？

很多人知道，因为我们经常打电话，还夜不归宿。这事过了好几个月，我才发现班里同学都知道。因为我在班里比较低调，所以大家没有向学校反映。而且我对同学的窃窃私语不屑一顾。

你们分手的原因是什么？

因为我有一次去他那里，发现他还带别的女孩子回来并且住在他那里。我现在也不知道，他和那个女的是怎么回事。他跟我说："我没动她一根汗毛，只因工作需要。"他希望我相信他，直到现在我仍相信他。但我不能否认这事令我很痛苦。因为这件事，我提出和他分手。第二天晚上我们在一起时，我说了一句："我爱你。"他说："我并不值得你爱，你不了解我。"

后来我们经常谈判，谈这个，谈那个，但坐上他的车，再也不会直接去他家了，再也不会回到以前那种状态了。

再后来，我也没有勇气深更半夜去他家了，因为……

她哭了，哭得很平静，只有泪珠从脸庞滚过，没有一点声息。

也许我今天不该来，因为我不想再回忆起这件事了。他一直说是为我好，那就应该一直为我好。干吗要开始呢？

也许我的态度太认真了，而他只是希望在工作特别累的情况下，有一个缓解的方式，并不希望我把责任都推给他。

想过嫁给他吗？

没有，但我是一个占有欲很强的人，也许在我们分手之前他就有别人了，你觉得是这样吗？算了，不说了，这事让我挺难受的。

你还相信爱情吗？

我不相信爱情了，只是喜欢这个游戏。到了考学那一年，也开始好好学习。

你和男友在一起，存在钱的问题吗？

没有，因为我不是图他的钱。他只给我买过一副手套吧，后来他一直都在忙。

你喜欢和他做爱吗？

我觉得做爱是另外一件事，我只是需要一种温暖，我希望他能爱我。后来我才发现，我只是他生活中极少的一部分。

生理方面你还有记忆吗？

记忆还有，但我一直不知道什么是高潮。做那件事的时候，我并不是非常专注，因为我一直在思考，他到底爱不爱我，我想得太多了。一开始我想得少，问得多；后来是想得多，问得少。他也知道我在想很多事情。

其实，我们的最后一次很美好。只是我没想到那是我们的最后一次。那时我觉得一切都很美好，我无法想象将来我们会分开，我便问他："你说我们会怎样分开呢？""要有一个心狠的。"他答道。我心一沉，不知该如何回应。后来就睡觉了，再后来事实果然如此。

以后，我再没有和别人发生这样的事情。虽然有这样的机会，但是我已经变得非常冷静，因为我知道了男人对女人的最终目的是什么。

生理上有需要吗？

会有吧，这种需要其实只是一个干扰自己想法的过程，会让自己特别烦或什么，所以我会用特别游戏的方式去发泄。

和他还有联系吗？

没有，想有也可以，但是没有了。有时白天想起这件事，觉得没什么，但有时半夜醒来，却会特别绝望，不知道该怎么解脱。

这件事以后，也有人想接近我，也会表现出一些感情的东西。但是当我知道他开始认真时，我会让他难受。这种状态已有很长时间，也许已经成了我的人生观：男人就是那么回事。

你还有可能接受别的男人吗？

不知道。有时我特别想去找心理医生，我需要一个特别温暖的地方。我发现自己抑郁得不能承受，我会想起他，特别喜欢他抱着我，很温暖，他的身高适合我，微胖，有肥肉，腿特别直。现在我觉得所有的男人都很恶心，而他永远都是一个例外。

你觉得老师、家长应该怎样和孩子沟通？

首先，不论是谁，应该让孩子明白这是怎么回事，为什么会有这样的事情，性知识应该是一个生活常识。现在的情况是很多观念都是我们自己形成的，通过电视、碟、网络，小孩很早就知道了这件事，但大人从来都不知道小孩的实际状况，所以大人应该张口。

至于我自己，我知道一切都在预料之中，我知道一切都会发生。

你想对同龄人说点什么？

我不太关注同龄人，他们想怎么活就怎么活，多点经历也挺好的。人的一生就那么一点时间，如果你真活得那么规矩，也挺没意思。

对萦萦的采访，是在我心中引起最大波澜的一次。那几天，北京一直在下雪，每次看见飘在空中的雪花，就会让我想起那个只有在下雪和下雨时心灵才会复活的精灵般的女孩。

她嘴里总会蹦出一些奇怪地串联在一起的句子，想象奇特、丰富，她对自己的未来充满幻想，把所有的伤害都藏在心底，拒绝去想，却又时时想起。

她把一张麦当劳的心愿卡从两面撕开，这张心形卡就这样被一分两半，她拽着拴心的红绳子，摇晃给我看："这就是我。"

我们又见面了，我把整理好的文字给她看。她改动了好几处地方，后来，她看到后记部分时，泪水涌了出来，大滴大滴的泪珠滑过面庞。我有点吃惊地看着她，没想到时至今日，她还在为此事伤心。

英国著名动物学家、人类行为学家德斯蒙德·莫里斯在《亲密行为》一书中说："任何动物的求偶形式都可以归纳成某种典型过程，人类的恋爱过程当然也不例外。我们可以将人的这一过程分为11个阶段：眼对身、眼对眼、话对话、手对手、臂对肩、臂对腰、嘴对嘴、手对手、嘴对乳房、手对生殖器、生殖器对生殖器……"莫里斯认为："最后阶段的动作（即性交阶段）也就使整个恋爱过程展现出全新的一面。"

一般说来，当一对恋人由相知相爱到激情性交，会对彼此产生巨大的影响，使他们更加珍惜和爱护对方，更坚定地履行自己的责任。诚如莫里斯所言："前面各个阶段都有助于使两人的感情联系更紧密一些，但是这最后的交媾行为，在生物学意义上讲来，显然是早先的那些亲密行为发生了效果从而使感情联系得以凝固的产物。所以当一对恋人因兴奋之极而最后导致性交活动之后，他们便会希望彼此永不分离。"

然而，当萦萦走过这些恋爱的阶段，并持续九个多月之后，不但选择了分手，竟然还觉得自己卑贱如"鸡"。

稍有生活经验的女孩子都知道，与男人单独相处应当特别慎重。譬如，年龄小的女孩尽量不与男人单独约会，如非约不可应选择公共场所等等。可是，萦萦却在酒醉之后的夜晚，主动约见一个离婚的单身男人，而那个男人当即赶至学校门口接她。结果，萦萦“没穿胸衣，也没穿袜子，只穿了秋衣、羽绒服就跑下去了”。就这样，一个女中学生夜晚去了男教师的家。

萦萦是个有艺术气质的女孩子，情感丰富。但是，她在性的方面过于轻率，导致了她的不幸经历。试想，深夜时分，一个女高中生迷迷糊糊地去了一个单身男人的家，并且顺从地洗了澡，顺从地与男人深入接吻。接下来的事情还用猜吗？

性是一个复杂现象。我们不能简单地认为性交双方谁是好人谁是坏人。在很多情况下，不存在通常意义上的“坏人”。况且，这个男人与萦萦有过一个月的师生关系，并且有一点“相互喜欢”。可是，仅凭这样一点朦胧的感觉就上床，是对自己负责任的选择吗？

对于人类而言，性生活是一种刻骨铭心的交往，必然涉及到性伦理学的基本问题，即性道德。美国伦理学家蒂洛提出，要把人的性活动的道德影响区分为社会方面和私人方面，正是这两个方面的道德影响及其相互关系，构成了性伦理学的基本问题。

北京医科大学徐天民教授指出：“男女的性爱，虽然以性欲作生理基础，属于个人私事原则，但从本质上说性爱也是一种特定的社会关系，而且充满了高尚的道德状态和道德关系。”

在萦萦与男教师的交往中，道德不见了，只剩下性。当性离开道德而孤行之时，人就退化成了动物，而一旦人性复归，便常常生出不堪回首的痛感。

性怎么成了感情游戏？

爱情是一所学校，许多优秀男女都是从这里毕业的。显然，爱情具有提升人生品德的非凡作用。可是，在感情旋涡里苦苦挣扎的萦萦，却决然宣称：

"我觉得爱情没想象中那么高贵、真诚。最重要的，我知道了男人的目的是什么，我开始会和他们玩感情游戏了。而且比他们更会玩。"

"生命诚可贵，爱情价更高。"这曾是几代人口口相传的至理名言，因为它说出了爱情的崇高。让我们回想一下古今中外的文学艺术作品，歌颂美好的爱情是永恒的主题，这不正反映了人类最深切的体验吗？中国的《红楼梦》《梁祝》、英国的《罗密欧与朱丽叶》、俄罗斯的《安娜·卡列尼娜》等作品，都是撼人心魄的代表作。

或许，有人会说，那是过去的事了，如今情况不同了。实际上，当今社会固然有商品化的趋向，也更有精神需求提高的趋向，并因物质条件的改善增加了人们的自由。萦萦的生活也证明了这一点。

萦萦总是感觉自己受到了伤害。的确，这样缺乏责任感的性生活，会让多数女孩子恐惧不安，因为这与她们心目中的爱情大相径庭。然而，萦萦自己也值得反思：发生此事的时候，你已经十八岁了，已经是成年人了，你应当对自己的行为负责。你抱怨别人在玩感情游戏，你自己是否在主动地玩这种游戏呢？你说："所有的问题我都挺清楚的，却带着一个特别大的问号干了这件事。"你还觉得：性交这件事"反正现在不做，将来也要做；如果不跟他做，他都这么大了，也会和别人做。干脆做了吧。"这不是一种游戏心理吗？

就情感世界来说，最玩不起的就是性游戏。关于这方面，西方人感慨万千，而中国人更是痛不欲生。对于少男少女来说，情感游戏是一种毁灭性的摧残，因为这会使他们不相信爱情，不相信异性，这无疑会让他们生活在黑暗的世界里，甚至成为人类社会的一种破坏的力量。悲剧在于，这完全是一个误解，但往往被气疯了的少男少女们奉为真理。

在谈及性关系时萦萦反复强调了两个字：温暖。她说："我需要一个特别温暖的地方。""特别喜欢他抱着我，很温暖……""做爱是另外一件事，我只是需要一种温暖……"

一位著名的心理学家说，有什么样的童年，就有什么样的人生。我们对萦萦的分析，也应当追溯到童年。

萦萦七岁丧母，有孤僻倾向。后来，又与继母及其女儿常有冲突，并因此与父亲关系冷漠。所以，上初中时，父亲说她"把家当成了一个旅馆，就是回来吃饭睡觉，然后要钱交学费，凡事都不沟通。"自上高中开始，她便离开了家。

从上述经历看，萦萦的情感支持系统是脆弱的。这是她不幸的开始。任何一个人如果他的童年是快乐的，他就获得了幸福的基因，他往往会友善地看待世界，并使自己的情感处于稳定状态。反之，童年的不幸可能使人缺乏安全感，灵魂到处漂泊而无所皈依。他们一旦抓住可以依赖的目标，便会现出童年的本性，极欲补偿失去的温暖。假若，他们发现这个目标并不可依赖，往往会怨天尤人，甚至更加绝望。萦萦即是如此。

由此说来，家庭的责任是更大的。父母之爱犹如阳光，是孩子成长不可或缺的精神支柱。父母之爱当然更要体现在教子做人方面，也需要细致的亲情关怀。譬如，亲吻与拥抱、抚摸与牵手，都是亲情的必修课，切不可让孩子成为情感孤儿。

在对萦萦的分析中，从小缺乏亲情，几乎是唯一可以作为辩解的理由。那么，是否她就别无选择了呢？不然。许多长大的孤儿，为什么自然顺利地融入社会呢？显然，这与其个人努力分不开。如注重学习，严格要求自己，以后天的修养弥补先天之不足。

概言之，世间自有温暖在，春天来了花会开。

分析

全球少女提前进入了青春期

我们用花季少女来形容青春期的女孩，可以想象她的美丽，但同时也要懂得怎样来保护自己少受侵扰，顺利长大。有一个基本要求：先了解自己，了解属于女性身体的特点。因为全球的少女都发生了月经提前到来的事实，所以很可能一个十岁的小女孩，就会发现自己的身体开始发生变化：胸部隆起、身体很多部位长出毛发等等。

但是，女孩子在青春期都会有一个基本的发育过程，请看下表：

特征	首次出现的时间
乳房的发育	7 岁～13 岁
阴毛的生长	7 岁～14 岁
身体的发育	9.5 岁～14.5 岁
月经初潮	10 岁～16.5 岁
腋毛	阴毛出现后两年
汗腺和产生油性物质的腺体，粉刺	大约与腋毛同步出现

（摘自《拯救女孩》第 51 页，孙云晓、李文道著，作家出版社，2011 年）

可以参照上表，了解自己的身体发育情况，如果偏差太大，就要及时就医。

很多女生对生理问题仍一片空白

先了解一下女性的胸部。它有一个大家熟知的名称：乳房。

在女性荷尔蒙雌酮的作用下，少女乳腺开始发育，雌酮主要由卵巢产生并输送到身体内。因为乳腺本身非常敏感，于是生成脂肪组织来保护乳腺，这样乳房就会隆起来。构成乳房的脂肪组织内含有纤细的、能产生乳汁的腺体。所有女人的乳腺体几乎都一样多。乳房的大小和形状是由脂肪乳汁的量和联结组织机构决定的。一般无法改变乳房的形状，因为这是遗传决定的。

女生历历当年对生理问题一片空白的情况，或许仍能反映不少青春期女生的现状。所以，先要重点谈谈外生殖器这部分。它位于耻骨之上，进入青春期后这里长满阴毛，但其浓密程度、颜色深浅都会因人而异。大阴唇位于阴部和延伸之后臀部的皮肤之间，是两片厚厚的皮层，围绕着阴道口。小阴唇是两片较薄的皮层，对触摸很敏感。两片阴唇上端的相接部分形成一个特殊的小盖，遮盖住纤小的阴蒂。阴蒂近似豌豆大小，因人而异，在性交中对女性有重大的意义，它对男性的阴茎做出反应，传递快感，让女性达到性高潮。

阴道口位于尿道口下面。尿道口很小，位于阴蒂和阴道口之间。阴道口被一层薄皮封锁，人们称它为处女膜。处女膜并未完全将椭圆形的阴道口封闭住，而是有一个或多个很小的孔，以便经血流出。

对于处女膜，有很多人仍觉得没有结婚就不应该失去。如果失去了，那意思是，你以后就嫁不出去了，找不到一个好人家。不管这个男人如何，如果这个女人不是一个处女的话，那这个男人永远都不会在意你。

这是很典型的中国传统文化的一种教育和思想，也是封建专制的糟粕，成为女性成长中的一种残酷枷锁，新时代的人应该打碎这一枷锁。有些女婴，也许还为数不少，生下来就没有处女膜。随着女孩的成长，参加各种体育活动，在无痛和不出血的情况下，也有许多女性的处女膜自己破裂了。

没有人——哪怕是医生——能肯定一名女孩或妇女是否发生过性交。

但是，在阴道里或阴道周围有精子，或是有性传染病的症状，或是受到性侵犯，出现了明显的淤血、撕裂、流血，就肯定可以说明这名女孩已经不是处女了。怀孕有时候也不一定非要撕破处女膜。

坚持要女性保有处女膜是一种丑陋的习惯，与其说是对女贞的坚持，还不如说是由于对女性身体结构的无知。

只有自己清楚自己还是不是童身。而别的人，有什么必要知道你还是不是处女呢?

好，我们再来看看隐藏在女性体内的性器官。

阴道的平均长度约为 8 厘米，从阴道口延伸至子宫颈外口，通常阴道内壁就像没有被穿在身上的衣服袖子的内侧一样，会相互贴在一起，而阴道壁是有弹性的，在性交或生产时会自动张开。通过这种方式，阴道提供给婴儿离开母体的道路和适应男子的阴茎。性兴奋时，阴道壁会分泌一种液体物质，这种液体使男性阴茎的进入变得可能和容易。

两个卵巢位于骨盆上部的左右两侧，储存着大量的卵子。卵子在许多小卵泡中住着 ，每个女孩出生时，她的卵巢中已有大约 20 万个卵子。

其中约400至500个卵子在你具备生育能力时会排出体外。

每四个星期会有一个成熟的卵子运送到两条输卵管中的一条里面，在输卵管里等待受精，如果没有，就会如期来月经。

输卵管位于骨盆上部，左右各一条。输卵管的开口贴着卵巢，但并没有紧固在卵巢上。

输卵管从卵巢伸向子宫。

子宫是一个空腔的、拳头大小的、形状像梨的肌肉器官，位于小腹的中部。子宫可以很大程度地扩张，它的上半部能变大，提供给胎儿足够的生长空间。子宫壁有很好的弹性，有孩子出生时会增厚，通过肌肉的收紧婴儿会自然地被挤向阴道中去，经过阴道后来到人世间。子宫壁的不同组织和肌肉层有各自的特殊功能。最内侧的组织层每个月为受精卵子的到来做好准备。

子宫口在子宫的下端和阴道相接。子宫口被一黏液凝块堵住，此黏液块上有一小洞，经血从此小洞流出，性交时精子也由这个小洞射入更深处。

子宫颈（即子宫下半部分）中的黏液在自然避孕方式下是确定可受孕期或非受孕期的依据。

学会做自己身体的主人

你可能会被描述中那些直接而又生硬的名称给吓住了，这只是因为你还没习惯用一种端正而温和的心态来接受它们。

其实它们一直在你身体上，和你一起长大。你觉得它们神秘，是因为你没有机会公开而科学地谈论它们而已。可是，为什么不讲呢？我们都知道，如果一旦害怕什么而不敢谈，那这样的东西就真的会变得很可怕。

从小到大，许多人一直都觉得外阴很脏，但实际上，外阴并不可怕。一些人认为外阴脏，是因为外阴处的开口与尿和粪便排出体外的必经之路很近，但其实我们嘴部的细菌要比外阴处的细菌多。

所以，如果你愿意，你可以用一面镜子，用你在上文中了解到的常识，来查看一下自己的身体。会有收获的，相信这一点。

不少女孩子在青春期里的生活因为有一些戏剧性的变化而显得与众不同。更确切地讲，是因为重新选择了奋斗的态度生活，因此也获得了更为坚实的幸福和快乐。

但是，这样扎实的快乐，却来之不易。这之前，一切都显得扑朔迷离，包括与自己同在的身体。

身体！想来好笑，记得有一位著名人士讲过，我们对几亿光年之远的某些星球了如指掌，却对腹部以下的身体结构茫然不知或耻于了解。

不知应该给这样的现实找出怎样的借口：文化传统或封建思想？但身体就是身体，其变化不以所谓“文化传统”为转移。每个女孩成长过程中，各种身体变化纷至沓来，也要面对形形色色的世界，犹如面对战场上呼啸而过的子弹，不知何时何地，你会被其中的一颗子弹击中，而导致一生的阴影与漫长青春期的一蹶不振。

不是危言耸听，比如有的女孩有浓重的毛发，她会觉得夏天简直是“世界末日”的来临；有的女孩不幸长了满脸的青春痘，所有的美丽与自信瞬间与她绝缘，下一次的美好感觉永远不知在何方。

也有一些女孩，仿佛在变化的灾难中成长，一点不知自己会有一次初潮，好端端正在上课，忽然觉得裙子湿了大片，椅子上血迹斑斑，课堂乱作一团，幸亏女老师体贴镇定，让几位女生购买卫生巾并送她回家，几位女生去水房冲洗椅子。

因为没有做好充分的准备，因此永远不知如何气定神闲地与之周旋。可悲的是不少学校和家长有意无意地剥夺了孩子们应该享有的知情权。当幼儿园的孩子问父母自己是从哪儿来时，父母敷衍地回答道："从树上掉下来的……"

家长和学校不应剥夺孩子的知情权

青春期的孩子因对异性产生好奇而苦恼时，换来的不是父母帮助排除苦恼的信息，而是各种指责。

孩子果真像大人想象的那样"傻"吗？这让人想起一则在网络上流传甚广的笑话。

读小学的独生子突然问爸爸："我是从哪里来的？"爸爸回答："你是我和你妈妈从垃圾堆里捡回来的。"儿子"哦"了一声，一声不响地走开了。

他又跑到爷爷的房间问："爷爷，我问您一个问题好吗？"爷爷慈祥地看着宝贝孙子："乖孙，什么问题啊？""爷爷，我爸爸是从哪里来的？""你爸爸啊！是这样的，我和你奶奶年轻的时候非常想要一个孩子，就天天祈祷。结果有一天早上，一只老鹰叼着一个襁褓中的婴儿放到我们家门口，就飞走了。所以我想，你爸爸是上帝送给我和你奶奶的礼物。"孙子用怪异的眼神看了看爷爷，一言不发地走出了房间。晚上爸爸给他检查作业时，看见他写了一篇作文《我的家庭》，其中有一句是这样的："我的家庭太奇怪了！从爷爷奶奶到我的爸爸妈妈，我们家已经两代人没有性生活了！"爸爸看得瘫倒在椅子上。

哈哈哈！你一定大笑不止，心想，真逗！还想骗现在的小孩。

但是，一边是大人不敢用一种直接、诚实的方式告诉孩子身体的真相，另一边是不明真相的孩子十三四岁就去医院做流产手术。有些人会说：“我不认为孩子在这个年纪需要了解性知识，我想让他们保持天真，我希望他们有一个快乐的童年。”

对于这种想法，美国儿童性健康教育专家麦格·黑克林却有完全不同的犀利看法。

首先，她认为这种话语表达了一些人对此事的羞耻感，反映出这些成人的孩提时代，性知识肯定是被看作神秘下流的，是只有大人才能知道的事情。可是如果你能像一位科学家那样去想一想，我们生孩子的方式并没有什么可耻的，而要了解我们自己的身体就更没有错了。

其次，知识能起到保护孩子的作用。为什么性骚扰者总会选择一个完全无知的人作为目标？正是因为无知，他不会告诉别人。父母在这个话题上保持沉默，会让孩子认为这是一个禁忌。一个无知、未受过性教育的孩子是不安全的。

最后，我们教给孩子科学概念，告诉他们性交是怎么回事的时候，并不是教他们去做，也没有说尝试性交对他们来说是合适的。我们教孩子的是“人体科学”。他们也许永远没有性交经历，可他们需要保持健康，而性健康和饮食健康并没有什么区别。

如果没有正常的教育渠道，孩子的困惑会以另外的形式悄悄发生。比如在报纸上看到诸如“性功能障碍”的字样，就会在心里打问号：什么是性功能障碍啊？

也许成人觉得很可笑，会认为这些孩子的想法不健康、不纯洁，但真正的健康，其实是掌握了科学的性知识后的正常反应。

中国的现实不容乐观，但在北欧一些国家，例如瑞典，早于我们几代的父母就已受过良好的性教育，他们能很客观很开放地谈论性，极少性问题的包袱，也不像其他人那样可能在性方面受到压抑。

从一些统计数据来看，那儿更少发生性虐待、性骚扰、流产、自杀和青少年怀孕，性传播疾病也更少。

也许有一天，我们也能达到他们那样成熟科学地对待性的程度，使孩子们不再在这方面有无穷无尽的困惑与烦恼。

对身体，应明察秋毫，尽在掌握之中。

第三章　长大后如何面对自己

“如果我比较成熟了，有处埋这件事情的可能，再做这件事情，可能心里会更平衡，不会像那会儿觉得自己完了。但当时我没有那么多想法，我只是觉得和一个人在一起，我会跟他结婚，既然我会和他结婚，这件事就是可以的。”

风花雪月的故事背后

蔓菱个头不高，娇小玲珑，人却很有活力，声音清脆，讲到可笑的地方总是咯咯笑个不停。她对很多事都有自己的思考和见地，不随波逐流。我开诚布公地提问，她很坦率地回答，整个过程都很专注，很少左顾右盼，只是偶尔会流露出一点忧虑。

你成长的经历怎样？和父母的关系怎样？

我小时候特别调皮，爱看电视、卡通书、言情小说，但毅力不够，总是只看一半。成绩特别差，总被父母打，但和他们关系挺好的。父母对我的期望值挺高的，因为他们都不是正儿八经的大学毕业生，所以特别希望我能上大学。而且我也是一个挺好强的人，小学第一批入队没有入上，我还哭了好几天呢！上初中时，特别巧，我们家离老师家特别近，我跟她女儿同班，每天一起上学，关系特别好。从那时候，就开始好好学了。

小时候是否对男孩有兴趣？

小学时，就对一个男孩感兴趣，如果和他做同桌，就特高兴。还有一次和表妹等人在院子里玩逮人的游戏，一个男孩老是逮我，我就觉得他挺好的，那时才三年级。

你第一次是怎样接触到和性有关的事物的？

小时候从来没有人告诉我这方面的事情。我一直以为女人和男人结婚，只是为了对他好，所以特别纳闷小孩是从哪儿来的。直到上高一时，我也不知道这件事到底是怎么回事。第一次知道和这件事有关的内容好像是通过我妹妹。当我知道真相时，特别惊讶。有一段时间，我不能接受任何男的和女的在一起，看见自己的父母，我心里都难受。因为知道这种事后，心里老会想。

你妹妹怎么向你描述的？

她就是告诉我男人和女人怎样，我妹妹是从她同学那里知道的。她那时上职业高中，同学和我们学校的不一样，我的同学都比较保守，好像没怎么接触过这方面的事。

这之前你交过男朋友吗？

有，初三吧，交过一个男朋友。

他是一个怎样的男孩？

是挺普通但是挺上进的那种，那时我坐在他斜前方，他英语比我好，我老问他问题。慢慢就觉得这人特别好，我喜欢和他接触，给他打电话。

你第一次接吻是什么时候？

就是初三的时候，和那个男朋友。我记得当时咬着牙，他说你能把牙张开一点吗，我说不能。当时还不知道，以为接吻就是嘴唇碰一下，后来慢慢就会了。

老师和家长的态度怎样？

父母不知道，老师太忙了，因为那是初三下半学期，她有点顾不上管我。

你和这个男友没有谈到这方面的内容吗？

有，有一天在他家，他想做什么，但被我阻止了，因为那时我什么都不明白，以为“倒霉”的时候和男孩在一起就会怀孕，特别害怕。我初三时才“倒霉”，起初我在“倒霉”时都不敢和男孩坐在一起，甚至我父亲。我妈妈之前什么都没跟我讲过，一切都是自己在摸索。

她没有告诉你怎么办吗？

我真正来月经的时候，她才告诉我。

学校的教育呢？卫生课呢？

初二就上过了，但这种课只让我知道了女人为什么会来月经这件事，除了这个，其他就不知道了。

后来和这个男孩怎样了？

后来我们考上了不同的学校，感情自然而然就淡了。

再之后的男友是怎样结识的？

在美术班里认识的。他画画很好，还做好多小礼物给我。但我们到高二就分手了，因为我爸爸当时是我的老师，他发现这件事后，打了我一顿。哎哟，真是刻骨铭心。但我当时真的特别喜欢他，即使我爸打我，我也要跟他好。但后来他对我说，不希望我因为他而受苦，提出先分开冷静一段时间。我那时很痛苦，因为太喜欢他了。没想到他和别的女孩好了，我真的每天都会哭。

后来，在我高三的时候，在一个画画补习班，又认识了一个男孩，他当时在上复读班。他家离我家特别近，所以我们经常一起回家，这样就熟悉起来了。

在认识他之前，我以为我一辈子都不会忘记前男友。但是结识这个男孩后，我觉得他也很好，能带给我很多乐趣，而且他比我年龄大，我跟他接触才让我忘了上一段感情。

我记得我喜欢他，是因为他骑着摩托车到我们家的胡同口，然后打电话给我，告诉我说他路过这里，顺便看看我。我觉得就在那一刻，我喜欢上他了。

这件事你父母知道吗？

我感情上的事基本都不让他们知道。但有一次我给初中的那个男友写的一封信被我妈看到了，她和我爸狠狠地斥责了我一顿。我觉得他们在教育上有点问题。

如果是这种情况，那你在高中发生性行为，压力应该非常大？

我其实是一个思想很保守的人，一直都觉得只有嫁给了谁，才会和谁发生性行为。没结婚就发生这件事，很不好。高三的这个男友一米八五的个子，长得非常好看，也挺要强的，上了自考的大专，他还想学很多东西，想再考大学，将来出国。他家里情况比较好，父母年轻时比较能干，挣了不少钱，哥哥和嫂子都在加拿大。他对我好时，让我觉得再没有一个男人会对我这么好了，这段感情太甜蜜了，谈恋爱太幸福了。他很会鼓励我，帮我补英语，有时还会用老师般的口气教育我。

我当时觉得特别幸福，这辈子肯定得嫁给他，好像我生命里不会再出现他这样的男人了，他特符合我的要求，为他做什么都值。要是前边有个悬崖，为了他，让我跳下去，我也会跳。

寒假时，我们去了他哥过去的家，他们移民加拿大了，但什么东西都没带走。我们去那里玩，一起做饭、看影碟什么的。其实，一开始有好几次都有可能发生这样的事，但我一直都在拒绝，我老觉得不行，还是不行。后来我可能还是太喜欢他了吧，我看着他的时候，没法拒绝他，就发生了。

当时感觉如何？符合你的想象吗？

我一直觉得这件事不好，所以也从来没有想过它会发生，特害怕。我怕有人会知道这件事，所以我没有跟任何人说过。但我觉得，为了他，是挺值的。

他也是第一次吗？

是，但他知道他要干什么。我特紧张，也不是一下就这样了，是循序渐进的。刚开始时，特害怕，什么都不敢看，只知道使劲闭上眼睛。而且，还有逃避的心理，总觉得这件事不好似的。但是这件事之后，他对我就更好了，后来我就确认我的选择是正确的，我不后悔，为了他一切都值，我就觉得他特别珍惜我。

你觉得他做这件事时，照顾你的感受吗？

我们做完这件事后，他总问我怎么样，疼不疼。但是我觉得，发生时，他没照顾过我的想法，我觉得我完全是被动的，有点被迫的感觉。

后来再做，也有被迫的成分吗？

是的，关键是在他家里，老怕他爸妈回来，每次都挺匆忙的。

后来次数多吗？

不是很多，因为我俩当时都挺忙的，再加上他后来受伤了。我更喜欢和他相处，并不是想和他做这件事，但为了他更高兴，我还是与他做了。

第一次有避孕吗？

没有。

后来呢？

会用避孕套。不用的次数很少，因为实在担心会怀孕。我记得，我妹妹的同学向她借钱，因为女朋友怀孕了。那同学说："我怎么这么倒霉，已经是第二次了。"我觉得他不是想到女孩受伤害了，毕竟怀孕会造成特别大的痛苦，而是先想到自己要花钱，太可怕了。

那你担心吗？

因为是第一次，我流血了，特别害怕，所以很快就结束了。后来就特别小心，因为当时还不知道什么是安全期，所以就特别小心地注意安全。

这件事对你的身体影响大吗？

开始时，老觉得疼，月经也一直都不准。

这个过程影响你的学习吗？

因为我觉得我心里有股劲，就是想上大学，所以这件事发生了以后，没影响我的学习。但我一个人的时候，老会瞎想，老害怕，同时又觉得只要有他，我就什么都不怕。

那年四月份时，我参加北京一所美术学院的专业考试，他骑摩托车来接我，被车撞了。

那天刚考完试，他给我发了一条短信，说有事晚了，不能来接我了，我的心一下子就提到了嗓子眼。因为这不是他的风格，平时他无论多晚都会来接我的。我往他家打了两百多个电话，都没人接，呼他也不回。后来终于有一次，他哥哥接了电话，口气特别厉害地告诉我，他住院了，但别的什么都不肯告诉我。

当时医生说，他那天晚上要能挺过去，就有可能恢复，过不去，他就瘫了。我当时都快吓死了，但我想不论他变成怎样，我都会和他在一起的。

我不知道他到底怎么样了，为此，我告诉了我妈我谈恋爱了。因为我在家里不由自主地哭了起来，我妈问我这件事有没有影响我的学习，我说没有。虽然在思想上这件事有影响但实际对考试本身影响并不大，反而一门比一门考得好。

后来我去看他，他那时一只耳朵已经完全听不见了。他跟我的好朋友说，怕耽误我，让我最好找别人。后来，我说不可能，我必须跟他在一起。可能也就两个多月吧，他就完全恢复了。医生说这是奇迹。我说过的这句话他也听见了。

我觉得，跟他在一起还是挺幸福的。

你现在还和他在一起吗？

还在一起，可是不那么好了，我也不知道什么原因，他已经不那么在意我了。可能是因为两个人在一起好几年了。他脾气不好，老发火。我每次觉得特难受时，我就告诉自己要坚持，因为我太珍惜这段感情了。我原来那么想跟他在一起，那么想嫁给他，我觉得心里特别难受，我已经挽回不了了。

我之所以坚持不和他分开，是因为我害怕今后找到一个自己真正喜欢的男生，而他会因为我做过这件事对我有看法。

现在再想他，觉得他的优缺点是什么？

躁，脾气特躁，和我心中想的那个人不一样，我想找一个大哥哥型的人，对我好，但他可能被家里人惯坏了。

这件事的前后他变化大吗？

不大，后来有变化，是因为什么，我还不太清楚。

你后来喜欢和他做这件事吗？

我俩特别好的时候是，觉得两人特亲密。但现在不是了，不知道为什么，我总觉得他是因为这件事，才把我们的关系维持到现在。他不准我问他任何问题，不准我查他任何东西，可我老觉得不放心。身体的交往，永远是互惠互利的。不代表谁失去什么，谁得到什么。但是，这段感情使我觉得，如果我有下一段感情，还是会这样——好的开始，不好的结束。

你现在怎样评价当时做的这件事？

有阴影在我心里，不知为什么，我觉得在别人身上都没有发生过这样的事情，却在我身上发生了。我觉得他们好像比我更纯洁，更无邪。

你觉得在班里其他同学发生这类事的人多吗？

不多。我的几个朋友应该没有，而其他更多的人，我不知道他们有没有，看不出来。

你自己的这件事，别人都不知道吗？

是，我害怕别人知道。因为如果知道了，他们会用另一种眼光看我。我自己也会想，我是不是很不好啊？

不过，我的一些还在读高中的朋友反倒觉得这件事非常正常，而且他们在一起还会交流经验，我觉得太可怕了。我妈一直教育我，干得好不如嫁得好，没有结婚就不应该发生这件事。如果发生了，以后就嫁不出去了，找不到一个好人家。不管这个男人如何，如果这个女人不是一个处女的话，那这个男人永远都不会在意她。我从小接受这种教育，我永远都摆脱不了这种想法，所以在家里，他们随便说一句话，我心里都会难受。

你觉得这件事能让父母知道吗？

不能，坚决不能。如果他们知道了，会把我打死的。我们这一代人长大了，还会有很多人像现在的家长一样。反正将来我们要成了家长，意识会好一些，我们至少会觉得对孩子来说，这是一件很正常的事。

如果再回到十七岁，如果重新选择，你还会做这件事吗？

如果还是那个我，如果还是在当时的那种情感状态里，我觉得还是会发生的。

第一次时，能控制，能让它不发生。可是后来因为喜欢他，我还是让这件事发生了。高一和那个男孩好的时候，他就想那样，我就说死都不行。我觉得当时我没有控制不了自己,我也没发现自己有那方面的想法。但两人真好以后，就会有这种想法。

有时和朋友聊天，大家也都认为做这件事在十六七岁最好，也许那时状态很好。

你们为钱吵过吗？

没吵过，但是这是一个很大的问题。他会向我借钱，但不可能还给我，有时挺不高兴的，因为都不容易，钱都是父母给的。

你还相信爱情吗？

我信缘分，而且我觉得生活总会变化。

对自己将来的家有何想法？

我对自己的要求比较高，对我来说，事业是第一位的，家庭是第二位的，所以对我的事业的追求没有太大的影响。虽然我有时情绪不好，会哭，但我不会停止奋斗。

其实特别希望有一个自己的家，有一块属于自己的地方。所以，我还会期待。

你觉得现在青春期性教育搞得怎样？

一点都不好。我觉得很多人都是因为不懂或不明白才发生这些事情的，这就是因为国家和社会不重视这方面的问题，他们觉得没必要告诉孩子，因为孩子太小。可是他们不知道，孩子有太多的好奇心，他年轻，他小，他什么都想知道，什么都想尝试，他不知道自己做得对不对，他可能会摔跟头。我觉得最亲的人，我们的父母应该告诉我们。

为什么父母不告诉孩子这些？

因为他们怕我们知道了就会这样去做。父母太想保护自己的孩子了，而没有想到他们的方式是错误的。一点都不好。

你觉得他们应该怎么做？

我觉得他们应该慢慢地告诉孩子，从青春期生理变化呀，月经呀，告诉孩子，她长大了，她变化了，为什么会有这样的变化，或多或少地给她一点意识。但现在，就连这点意识他们都没有给过，我觉得父母对孩子的要求太多，只关注孩子外在的表现，很难了解孩子内心深处在想些什么。

你觉得我们做这件事有意义吗？

我觉得特别好，能出一本书，让社会在这方面有一些意识，我觉得大人们太不在意这些问题了。

有人说，担心少男少女们看了这本书会模仿。

如果他们想做这件事，不必模仿这本书里的内容；如果相反，那他们会从这本书中得到很多有益的东西。现在孩子都比较早熟，因为他们生活在一个信息化的年代，虽然不一定都会上黄色网站，但都会找一些和性有关的内容来看。其次就是好奇，他们自己会慢慢了解。

这种事情越来越多，跟孩子越来越孤单有关系吗？

有关系。在北京这个大都市里，孩子们都住在单元房里，孤单单的。如果突然有一天，一个男孩或一个女孩进入到你的生活里来，就会觉得这个男孩或女孩对你要比你的父母对你好得多，所以我觉得有很大的关系。

是否也和思想早熟有关？

是，我老觉得孩子不知不觉就明白了。有些孩子懂得特别早，小学就明白了。现在从生理上来说，有些女孩在上小学就“倒霉”了，这必然使她们成熟一些，早明白一些。

这件事有负面影响吗？

对学习会有影响。理智的人能解决这个问题,不理智的人就会摔跟头。所以一定要知道自己生活的目标是什么，把自己的目标定好了，就按照自己的目标去做。如果自己追求的东西都失去了，那就什么都没有了。

你怎么看媒体对这方面问题的态度？

我觉得他们的态度都不好，极力地反对。他们没有端正态度，没有从孩子的角度考虑问题。

你想对同龄人说什么？

我希望同龄人能做自己喜欢做的事，活得比较洒脱，而不是像我这样沉重。能像外国人，把这件事看成跟握手、吃饭一样自然的事。

蔓菱对“性”这件事情看得很重，虽然现实生活中已有其他种种事实让她紧张，担忧的心境稍有松弛，但毫无疑问，在她内心深处，这还是一个比较“沉重”的问题。

她长得很美，记得一位朋友得知我们做这件事时曾与我探讨过，我们得出一个结论，这些女孩子一定都长得比较出色。事实证明，这个结论是对的，她们在外貌上更容易吸引男孩子。但是，每个人的成长都有其独特性和复杂性，有时和相貌的关系不大，更取决于自己在生活中的某种遭遇和父母所给的教育。

蔓菱所描述的是一个爱情故事，情感的交流在其经历中占了很大的比重，因为学业和时间，身体的相处并不是其中的重头。

在中国，性行为与一个人的道德品质有直接关系，其结果是这个女孩很容易被定义为“坏女孩”，其前途也就此被蒙上了阴影。她也是这样想的。

但我们的采访还是很愉快，因为目前，她还没有与这位“第一男友”分手，虽然他们的感情已经危机四伏。

十年后相约再见

我和蔓菱十年没有见面了，老远看见她，还是一眼认出来。她比十年前沉静了好多，衣着打扮精致优雅。

点了牛奶咖啡，边喝边聊，气氛轻松愉快。十年前的沉重也一扫而光。奇怪，我怎么会想起沉重这种感觉，现在的她是轻盈的，没有被不愉快笼罩。

人和人之间，随着时光和阅历，有时候不需要说太多话，重要的讯息已经开始传递。

我拿出手机放在咖啡桌上，我们的手机也是一样的，都是苹果，我笑了，我们的话题先从苹果说起。

十年以前没有苹果手机，现在它改变了一切。我们还是先从小时候说起，你在这十几年当中怎么克服父母对你的影响，尤其是负面影响的？

回想起我的童年，特别不美好，心里永远很痛苦。好多人想用现在所有的一切换十年、二十年前的时光，我觉得我只能一路往前走，永远也不要往后退。不想回到小学、中学，现在比以前更好，现在的生活是我最想要的。我觉得我只能用自己不断努力变强大，让他们觉得我有能力做出正确的事情，到后来慢慢让他们能够不干涉我，不影响我。

虽然童年不美好，但不会影响我对我父母的感情。

这是血缘的力量？

我不会因为爸爸曾经打过我，或者无端的训斥，让我今天说我恨他，或者说我不给予他一个孩子应该给予父母的东西，不会，反而我会希望我能做得更多、更好，能让他们因为我的存在更快乐。

我之前和别人讨论过，人生来是为了治疗自己，真的要治疗自己一生，你受的伤害，你只能自己治疗。然后你就会发现，如果你能力特别强的话，你很可能痊愈。其实大部分的人，哪怕是运气很好的小孩，最终也要靠自己，自己承担自己的成长。我觉得大人的作用实际上是有时间段的，好的坏的都有时间段。

我记得我小时候，不仅是我爸妈对我不好，就连我家里人——二姨、三姨、姥姥对我都不太好，因为我是家里第一个孩子，我这一拨的，还有二姨、三姨的孩子，都是妹妹。我感觉在家里没有一个人看好我，我三姨那会儿讲一道题，或者变一个什么魔术，都只教给我妹妹，不教给我，我只能偷偷地学一点，看着她怎么弄的。我从小就特别不自信，因为没有人看好我，但是我相信自己。

你有没有想过，小时候他们为什么不喜欢你？

我那时觉得因为我妹妹家有钱。

你觉得小时候谈到性教育，一直到现在，这个问题你怎么克服？

我不认为他们给我的性教育是正确的，到现在我依然这么认为。我还是认为应该有正确和正面的引导，会让你明白更多东西。反过来，我觉得如果站在爱惜自己的角度去考虑，如果你自认为能够承担做这件事情的后果，那这件事不一定是错误的。

你现在觉得你是一个坏女孩吗？

不是。

为什么？

因为好和坏不以性来界定。

这个道理你什么时候明白的？

在我有了第二个男朋友，就是觉得这件事变得不重要的，至少在对方看来。

这也就是说是他让你明白了这个道理。

让我觉得原来别人是可以接受的，或者他不在意这个。我记得那时候他跟我说，如果一个处女摆在他的面前，他是绝对不会碰她的。我问他为什么，他说我担不起这么大的责任，我不会和她在一起的，这个是一定的。反正他让我突然间放松了很多。

回想十年前，你觉得如果不跟当时的男朋友在一起的话，这辈子就完蛋了。现在你对那件事情的看法有改变吗？

我现在认识到错误了。我当时不知道如何面对这件事，对以后可能存在的爱人有一种愧对感。我觉得如果他是我的第一个人，当然是最好的。

但是你觉得能吗？

如果再来一次也很难。就算没有当时的男朋友，之后也很难撑到现在。青春来得很突然，你还没有学会处理，它就已经来了。

你记不记得十年前的时候，我们两个讨论这个问题，你说如果你的丈夫介意的话，会是很可怕的后果。我跟你说，你嫁的是八〇后的男生，如果他有这样的想法，那你跟他分开好了。是不是你觉得不完美？

对，就是有一点不完美。

完美是不存在的，所以这个问题的关键是什么呢？

就是你期望和你爱的一个人在一起的时候，能把你的全部给他，你觉得这才能证明我和你在一起，然后我们会永远在一起。

明明知道这是不可能的，为什么还这么想？你不觉得这是被塑造的吗？

有时候只是想让他觉得你更好。

你认定了会发生这件事情和你自己有能力处理这件事情，应该是两个概念，你怎么来处理的？

我认为我应该在自己能处理的情况下，再来办这件事。

也就是说那个逻辑应该是正好反过来，就是我能处理这件事情的时候，我再去做这件事情。如果我自己都处理不了的话，那我就别做这事情。

在我看来应该是这样的。

但是你当时觉得你能处理吗？

不能。

你觉得你的这个逻辑说明了一个什么问题？

我回过头想应该是这样。如果我比较成熟了,有处理这件事情的可能，再做这件事情，可能心里会更平衡，不会像那会儿觉得自己完了。但当时我没有那么多想法，我只是觉得和一个人在一起，我会跟他结婚，既然我会和他结婚，这件事就是可以的。

也就是说迫不得已，只好把这件事情界定为青春的一部分，就是说在你年轻的时候，会发生各种各样匪夷所思的事情，它们都是合理的。

对。

归结到性教育，如果知道青春期要发生这么多事情的话，你从婴儿时期就要做准备的,从三四岁就开始才是合理的。如果你有了十年的准备，你就真可以决定能做什么，不能做什么。但是你从婴儿起没有准备，从十三四岁才刚刚开始，那就乱了，机会已经丧失了一部分。

对，是这样的。

我最近帮一个朋友看一本关于性教育的书，特别吃惊，因为有很多知识我都不懂。比如说卵子比精子大很多很多，因为卵子携带了在子宫着床前需要的营养，精子是什么都不带的，卵子要准备好所有营养，它才慢慢腾腾地出来。其实精子进入卵子的时候，不是跑得最快的获胜，是前边的精子往里边冲，然后把卵子一个部分打薄。运气最好的精子，在前边的精子倒下之后，它在最后一刻进入卵子。

你以前不知道这些事情？

根本不知道。看了这本书才知道。

我记得，那个时候你为了情感要跳悬崖，你现在还会这么想吗？

不会了。

你现在怎么想？

还会有更美好的。

就是一定要留得青山在。

对，只要你还在就一切还有可能，但如果你不在，就一切都终结了。而且我认为那太不值得了。

是不是可以说生命是最宝贵的，比爱情还宝贵。

在我看来是的。因为生命存在才可能有爱情。但只有爱情显然不太行。

你觉得当年是爱情吗？

一开始它不是爱情，更多的还是青春期的好感、萌动、未知。我觉得能谈到爱情的东西可能更多的是你能付出多少，忍受多少，给别人多少，并非简单的我就是喜欢和你在一起。

那你到现在对天长地久这个事怎么看？

就是结婚的那个人，应该相对更有可能和你天长地久，在没走到这一刻之前，谈天长地久都太遥远了。

你觉得在上中学的时候，你第一次恋爱，就谈到天长地久是可能的吗？

我觉得是幼稚。

现在你回头再看我们的性教育，你觉得有进步吗？

我觉得有，可能我没有和一些比较小的、还上学的孩子有过这方面的交流，但在我看来大环境更包容了。因为见得太多了，有这样故事的人也太多了，所以人们更能相对平淡地去看待。但我认为父母和老师在这个方面没有太多的进步。

如果是你自己的话，你会怎么对待自己的孩子，在这个问题上？

我跟我同事也讨论过这个问题，他认为应该在孩子长到一定年龄的时候，以他希望的方式，比如说放一本类似的书，无意地放在某一个角落，让他无意地看到。但如果是我的孩子，我想我会在他成年的时候或者成年之前，十四到十六岁，在他生理上发生变化的时候，我会跟他讲这些事情。

你觉得还来得及吗？刚才已经讨论过了，其实孩子这个时候想做的都已经做了。

对，已经晚了。

应该从他刚出生的时候就开始。你知道有一句名言，在孩子出生三天的时候开始性教育，已经晚了三天。

是这样吗？那他能明白吗？

不，这个教育指的是你怎么对待他的身体，男婴和女婴对待他们的方式是不一样的。在这个漫长的长大过程中，小孩还有无数的问题。另外，在这个问题上，并不只是知识的作用，在家庭里，对这件事的态度是至关重要的，有没有交谈的氛围，有没有交谈的对象，态度是遮遮掩掩的，还是坦率的，这一切都潜移默化影响着孩子。我觉得能够有交谈的可能，就已经成功百分之八十几了，如果十四到十六岁才开始，有点晚了。

看来是。

想想你自己，你的孩子在你那个年龄，你在想什么他就会想什么，如果没有十四岁之前漫长的沟通和铺垫，你可能无法教育他，就像你的父母无法教育你一样，对吗？

应该是吧，我又落伍了，我应该往前进一下。我没有考虑到，事情可以开始得这么早。

所以你要准备的事情可不是一星半点。我们那时候还讨论过外貌和女孩的关系，你现在怎么看呢？你觉得外貌和内心和女孩是一个什么样的关系？

我觉得有时候相对好的外貌能让她得到更好的东西，但内心的成熟还是最重要的。性格很重要，好的性格可能会淡化外貌这些东西。有一些女孩因为性格不好，很难和男人交往。

那么你觉得什么是好的性格？

我觉得应该是活泼的、向上的，内心是阳光的，对美好是相信的。

相反呢？

我觉得那种比较阴暗的，在她眼睛里看到的都是坏的，把一切东西都当作是仇视的，可能对她性格是很不利的，会慢慢朝着越来越窄的道路走去。如果你的心是敞开的，可能你面对的东西就更宽阔，如果你心里是闭塞的，你给自己留的路也越来越窄了。

你对现在的自己满意吗？

基本上是满意的，但是希望能做得更好。

不满意的是什么呢？

我还是希望自己工作状态能更好一点。

你说的更好指的是什么？创造力，工作效率，或者是什么？

我希望现在公司能够稳定，虽然我们在一起工作，但还是有种不安定感。像现在这个公司，虽然很无味，但很稳定，只要你不想改变，它会一直不改变。

但是现在是不是经常会被迫有很多改变？

对，你要为了你的公司，为了生活，为了生存，做很多事情，你可能要面对你很不喜欢的客户，但是你的目的是为了要挣他的钱。我记得有一次去见一个女客户，特别土的暴发户，她的酒店我也特别看不上，但她让我去做一个标志。我记得她给我打电话让必须马上过去，我一路上就生气，一见到她的时候却得满脸堆笑，我自己都觉得好虚伪，但又没办法。每一笔钱对于公司都很重要。

你觉得经济状态怎么样？

我觉得还是不太好，反正我觉得我能做的就是努力地把自己能做的做得更好，包括把我们的客户联系得更稳定。但是有时候还是觉得社会压力太大，贫富差距太大，你觉得你要追赶很难。

但是你有没有想过你离他们的生活状态可能有很远的距离，同时你会比其他大部分人的生活状态又要好很多。

对，我总在觉得其实不管怎么样，还是比上不足，比下有余。

你从什么时候开始对自己有把握了？

我觉得从工作、感情到人际交往都比以前更成熟了，能更淡定和平淡地看待很多事情了。我觉得十年前还属于很盲目、很害怕，对一切都未知的，而且你不知道你曾经的很多会给你将来带来什么，到后来你发现一切都是在变化中的，等你开始长大，以前的那种惶恐都改变了。

你觉得你以前最惶恐的是什么？

对未来的一无所知，不知道我的工作会是什么样的，以后会和一个怎么样的男人在一起，还会面对什么样的伤害。现在觉得很多事情变得我可以控制了。

你觉得工作上的改变是一个什么样的脉络？什么样的经历？

我刚开始的工作是家里人介绍去的，在那个公司里工作很难受，第一次到一个陌生的环境工作，被别人接受是一件很难的事情，我记得我一个月几乎没有说话。我回家里跟我妈说，快跟我说话吧，要不然我就要变成哑巴了，因为当时没有一个人跟我说话。

为什么呢？

可能因为他们对我不了解，我又不愿意特别主动搭话。我记得当时在十八层，跟我家现在的房号一样，1801，我记得特别清楚，也是一个大的落地窗，有一次在那个房子里，我就坐在窗户边，没有一个人跟我说话，我当时就想我还不如跳下去好。但我当时就有信心，当时我们的总监做东西特别好，然后我就想，你虽然现在不跟我说话，但你总有一天会跟我说话，虽然我现在的东西你可能看都不带看的，但总有一天你会看，你会帮我指点，让我做得更好的。

后来是这样吗？

是这样的。

在那儿待了多久？

八个月，因为公司要搬家，就搬到望京这边，我觉得离家太远了，当时就决定辞职了。后来他们不愿意让我走，但是我认为这八个月我特别努力，我通过我的眼睛，我的耳朵，虽然我说的话很少，但是我会把你跟别人说的话或者别人做的东西，都看到我自己的眼里。我觉得这八个月可能比大学四年获得的知识更多，就毅然决然地走了。

后来我在上海工作了几个月，帮朋友的公司做一套东西。在那儿帮他们组建了一个部门，做了一些招聘的工作，我突然间觉得长大了。

后来呢？

被之前公司的老板招回来了。他在做奥运杂志，觉得特别需要我，因为我是最熟悉那个工作的，他就把我从上海叫回来，说你无论如何帮我把这期杂志做完。

当时怎么想的？

刚开始工作的时候，我就想不断地学习，想换不同的新的工作，然后通过每半年或者一年的工作让自己的能力、见的人都有一些改变，能有一些新的东西。后来我又决定走，那时候他就跟我说，奥组委正好在招聘，我说我愿意试试，挺幸运地就考上了。在奥组委工作的那一年多的时间，真的特别快乐，而且有一种荣誉感。记得我的方案被奥组委专家选上的时候，我心里特别高兴，我觉得我实现了一个梦想。我上大学时候就有一个梦想，希望有一天我设计的东西能出现在大街小巷，进奥组委实现了我一个特别大的理想。我记得在每一个生命的转折点，每一个改变的过程中，我都更相信自己。我觉得我能做事情，我有成长的空间。

你觉得是不是事业对女人自信心的改变是最重要的？和情感相比，哪个更大？

在我看来是事业，因为我觉得它有时候让你觉得是脚踏实地的，这些东西不会因为一个改变突然间没有了。就像工作，可能我今天没有了这个工作，因为我的能力、我的积累，我可以找到一份类似的，或者更好的工作。但感情你往往还是被动的多。

你现在的感情是比较稳定、愉快的状态，在这上面你的变化是什么？

我觉得我变得特别放松，我和以前不一样了，我老公经常跟我说以前你一直在奔跑，向着你自己的目标在奔跑，但是你忽略了沿途的风景，你很少去停下来看看身边，欣赏美景，但是我就要做那个拉住你的人，让你多享受生活，多感受身边的美好。我觉得他给我的感觉就是特别阳光，特别美好，他不要求你一定要挣多少钱。不像我原来觉得女人一定要自立，我要做到什么，我将来要到什么位置，我才能得到幸福。我现在突然觉得幸福不是单纯的以钱的多少、以你的地位为基准的，而是看你心理上的那种满足感，偶然的一个小幸福感。可能今天我们坐这儿，喝杯咖啡，我的幸福感要大于我挣了好几万块钱的感觉，要更让我觉得轻松和快乐。

在这十年当中，觉得你的情感、你的脉络，是往快乐上发展的。

我觉得我十年一直在寻找一个能做我老公的人。

我后来上大学的时候认识过一个人，他比我大十三岁，有一个自己的摄影公司，是我们接一个活认识的。他对我特别好，我也能从他身上学到很多东西，毕竟他是做这个行业的。但是他曾经很爱的女孩离开他以后，他就希望从不同的女人身上得到不同的需要，所以他开始喜欢很多女孩，他说他有很多女朋友。

我当时把自己看得特别高，觉得自己能够挽救他，想感化他。结果他在我大学毕业的时候结婚了，我特别痛苦，我以为自己是救世主，最后发现很多事情跟想象的完全不一样。我记得特别清楚，那天我大学毕业，然后我妈就说，我怎么觉得你不高兴。我记得我工作的时候，觉得很揪心，在想他结婚了，头一次有这种感觉，用这种结婚的方式来结束你对一个人的感觉。

他没有给你任何解释吗？

我们在学校对面一个饺子馆吃饭，我记得特别清楚，他说我要告诉你一件事，我要结婚了。之前我就知道有这个人，我一直知道有这个人。我曾经也跟他探讨过，我说你既然能这么多年不结婚，就应该找一个真正适合自己的。结果他就告诉我，他要结婚了。特别简单，结婚了我们就不能再在一起了，因为我可能会在街上碰到他的家人、他的亲戚，这样彼此都会很不好。他说这些话的时候我就泪流满面了。

你最伤心的是什么？

我以为，他比我大很多会很成熟，会很疼爱我，结果完全不是。

那你觉得这段感情最大的收获是什么？

我和他交流过程中，我了解了很多，或者他跟我讲了很多东西，因为他毕竟比我成熟，比我大很多，包括他对人和对事。虽然当初或许我不认可，但在慢慢走过来以后，有时候我会回想他说的几句话或者他的一些观点，我发现是对的，不是感情方面，而是生活上、工作上的。他认为我把过多的时间给了家里人，这不是最正确的。他认为家里人更多的是索取，但是你需要成长的东西是你要到外面才能有的，而不是天天陪着家里人，浪费那么多时间。他有些观点，我觉得慢慢我能认可。而且他对工作、对客户有很多的方法，包括他觉得我工作特别用力，而他认为工作应该有一些方法。反正让我觉得人和人的人生观不一样，这个很重要，你得找一个和你价值观、人生观一样的人。

但很难吧？

特别难，所以我老觉得我挺幸运的。虽然现在也有很多家庭的琐事，或者老公有一些举动会很烦，他是射手座的，经常毛手毛脚，打碎这个，弄碎那个，有时候我也很无奈，但我觉得大方向还是好的，那就够了。

我还和一个同事交往过，他长得和我的初恋特别像，我突然间就觉得没有中间所有的故事，我好像还跟那个人在一起，心里特别开心。我还带他去剪了个头发，剪成跟以前男朋友一样的，但这所有的事情他都不知道。我特别努力地想和他在一起。他是唐山人，家里条件不太好，我父母都极力反对。

为什么你这么坚持？

因为我觉得他就是最像我丈夫的那个人。其实在我出差的时候，他跟别的女孩在一起过，我提分手，结果他在大街上就给我跪下了，说没有我就什么都没有了，我原谅了他，就因为他特别像那个人。所以我决定分开的时候，也很难过，因为自己一直这么坚持着。

父母还是很反对吗？

我爸说，我要跟他好就跟我断绝关系。我记得那回，同学还到我家跟我爸说很多好话。我觉得可能还是因为地域上的区别，我们人生观和价值观差太远了，之间的那些美好慢慢被磨掉了。而且他对金钱、对欲望会控制不了，有那种急切希望得到的感觉。包括我买房子的时候，他就提出要写他的名字，尽管他一分钱都不出。

写他的名字？

对，我当时说不行，因为是我妈妈给的钱，我没有决定的权利，而且当时我们俩还没结婚。结果他那脸唠就耷拉下来了，来了一句，她管得着吗？把我丢在家里，转身就走了，特别不高兴。我突然意识到原来他把这些看得这么重。没有考虑过很多其他的东西，但他突然间那种变化，让我心里特难过。

可见你还是比较清晰的，没有被爱情冲昏头脑。

那会儿我就觉得我们俩要完蛋了。后来，我刚开始和我现在老公相处的时候，他让我觉得这个人特别干净，特别阳光，和他在一起，就像回到了很多年以前，特别单纯的那种感情的状态，他对生活也是特别热情。我突然回想起来，从我谈第一次恋爱也没有碰到这么一个人，冥冥之中就感觉是这个人了。

怎么决定的？

我记得有一天我跟我爸聊天，家里只有我们俩，我就问他，你觉得我应该选择谁？我爸说，无论你选择谁，你都是我的女儿，我不能替你做这个决定，我只能告诉你，我认为一个北京的男孩给你的稳定感会更强，你们毕竟是在同一个环境里长大的，而且我觉得他各方面的情况都比那个人更好，对你来说，家庭生活也会比较稳定，公婆这边还能帮助你很多东西。他给我分析完了，虽然没有给我答案，但我认定了是这个人。

你父母反对你和那个男朋友的原因可能不只是条件的问题，肯定是那个男人的一些品质，让你父母有直觉，就是成年人的直觉来判断，对于你来说非常危险。

所以他就认定这个人不是一个正派的人。

从你讲的这些事情，包括他在你出差的时候，跟别的女孩子好，这些都是非常危险的。当然我们不能说，因为这一次后来就会怎么样，但是他有这样的前科，你就原谅了他，他就会很容易再发生这样的事情。因为他已经没有底线了，他对自己没有要求。

我在这三年里特别努力，我就希望能让他改变，我找朋友给他介绍工作，我用自己很多的力量，希望让他更好，包括他家里，帮他去买一些家具、床上用品，各方面的东西，把他所有的东西变得特别好。我觉得你做不到，我就帮助你。但是外表的改变都很难，不是你今天给他穿一件品牌的衣服，这个人的气质就能跟着改变了。我做了很多的努力，找了很多朋友给他介绍一些更好的工作，最终他都没成功，我觉得我做什么都无力了。我记得我们俩分手的那天晚上，是在我生日。

你的生日是不是也是八月？

对，当时是我姥爷病危的时候，加上那天是我生日，我是一天都在家特别坚强的状态，我给大家做了很多饭。晚上我让他陪我去趟药店，给我姥爷买一个东西，一出来就哭了，他没有给我任何的温暖，拥抱或者说什么安慰我的话，他就说了一句，特别严厉，你要干吗，从今天开始哭丧吗？特别特别狠的话。我就觉得完了，我俩就这么完了。但是我当时想，我不愿意在今天跟你说分手，因为今天是我生日，但是我在心里觉得真的完了。结果我跟他提出分手的时候，他把我从单位接回他家。我记得在他家里，我往出走，他就在地上抱着我两条腿。他说我求求你，我拽出这条腿，他抱那条腿，我觉得特别难受，其实我知道我只要稍微不坚定，可能一切就都回去了。但是我觉得没有可能了，没有意义，回去你可能对我好三个月，但你还是你，你不会改变的。

那你觉得这第三段情感最大的收获是什么？

我觉得最大收获是让我看清楚了。我觉得他给我画了一个特别漂亮的样子，在一开始，他会对你特别关心，好像对你特别特别好，让你突然间觉得这种关心、这种好特别少，但是我觉得我一直在用一种麻痹自己的方式，为了相信他这份好，想撑到最后。日积月累，我认清楚了他是一个什么样的人，也证明了不是一个只对你好，或者是你来麻痹自己，或者和你以前男朋友像的人就是适合你的。

你有没有想过，其实你爱的是你第一个男朋友，并不是他，你投射的是那段情感。

我觉得是，曾经有一次我还在网上碰见过我以前的那个男朋友，他问我怎么样，我说我现在男朋友和你长得特别像，他说别让我再害了你，你要想清楚了。那个过程，有很多人帮助我，最后让我确定了，他不是适合我的。

其实你对他的情感是对第一段情感的一种投射。

我记得那会儿，带他回到我家，我最开心的时候，就是他和我父母都在的时候。他当着父母面对我的表现特别好，只要从那间屋子里一出去，他就完全变了，说话跟刚才不一样了，表现也跟刚才不一样了。我觉得这个人差距怎么这么大，前一分钟在这个屋里他还那样表现，当着你爸妈，哄你，照顾你。一秒钟后，你们俩出了那个房间，就一句话都不跟你说了。

那你有没有想过是为什么呢？

没有。

这些细节也就都过去了。

我认为他是为了讨好我爸妈。我问我一个同事，我说我们俩在一个屋子里，一个晚上一句话都没有，这是正常的吗？他觉得这个状态肯定是不对的，但是他又不能帮我去确定这个感情是不是应该结束。

那你觉得第四段情感是一个什么状态？

他让我觉得踏实、稳定，从认识他起，我们俩都是朝着那个方向去，就是我们要永远在一起，而且我们都觉得，如果能早一点认识多好。我认识他后，有时突然间会想，如果在十年前有人告诉我，十年后会出现一个人，我应该为他等着，那我就一直等到他出现。

还有一个问题，我记得十年前聊的时候，觉得一个女孩寻找一个男朋友，或者是发生这样的情感的时候，总觉得自己缺乏温暖，就是很想寻找温暖，你觉得现在是这样子吗？还是这个原因吗？

我觉得需要温暖。

你觉得温暖和女孩子到底是个什么样的关系？

她希望被呵护、被拥抱，那种拥抱会让她心里很温暖，因为这可能是从父母身上得不到的。因为你到了一定年龄，他们不会再像小时候把你呵护在臂膀里，会经常拥抱你，会慢慢地缺少这些东西。我记得在单身的时候，有一阵我就有感觉。我觉得皮肤这样饥渴，我需要拥抱。我会让我爸抱抱我，就是很简单的，很单纯的，我需要那种让我觉得踏实和温暖的感觉。

你觉得原因是什么？

我觉得肢体上的关爱太少了，而且父母对孩子的那种感情可能会随着成长慢慢地变化，不再是呵护，更多的是通过一些严厉的话语希望能激励你更好地怎么样，但有的时候你会觉得感情变得很淡漠。你从心理上又需要一种呵护，所以有时候你需要通过异性找到那种感觉。

那你觉得父亲的爱是不是特别重要？

对，我认为特别重要。

如果缺乏的话会怎么样？

我觉得父亲对我太重要了，我的性格也继承了我父亲的很多东西。我从小是跟爸爸长大的，因为我妈妈上班。我爸爸是老师，假期大量的时间我是和爸爸在一起的。我觉得他对女儿的感情是特别不一样的，和对其他异性都是不一样的。父亲给我的那种感觉，可能就像后来的男朋友一样。

那你觉得你现在的爱人像你父亲吗？

不像。

最大的区别是什么？

我爸会让我觉得他是一座山，特别大，特别厚，让我觉得坚不可摧。我老公像我心里一道温暖的细流，他会很细腻，对我很好，但又不是可以无所顾忌，完全依靠于他的，我觉得他是可以和我共同努力奋斗得到更好东西的人，但不是他一个人能够给我带来很多。

与蔓菱交谈中，她提到一个问题：如果知道十年后会碰到现在的老公，应该把自己完整地保留到现在。我反问她，让你重回过去，你能做到这一点吗？她认真想了想说，做不到。

那天，采访结束后。我又匆忙去见另一位朋友，并且在他的推荐下，认识了他的朋友，让我称她为李艿吧！很偶然的原因，我们聊到了感情，也聊到了她和男朋友的关系，甚至聊到了性。她和蔓菱同岁。在漫长的成长过程中，在李艿没有确定自己的真爱之前，她一直在等待，直到自己的“真命天子”出现。

她们两位现在的情感状态都比较愉快。不同的是，蔓菱有过很长一段时间的恐慌期，除了对未来的恐慌还有对自己未来嫁人不是一个处女的严重恐慌。李艿则比较简单，一路忙着读书、工作，性格也是风风火火的。

我想说的是，在古代很容易做到保持婚前贞洁，那是因为当时一般十四五岁就结婚，而现在很多人都是二十岁甚至三十多岁才结婚，结婚年龄的推迟导致难以保持婚前守贞，婚前性行为上升已经成为一个趋势。而在美国，国会委托进行的一项研究调查报告也显示，参加过专门的“守贞课”的美国学生与未参加相关教育项目的学生相比，在性行为和观念方面并没有表现出更多的节制。

一切都是因人而异，其实这是一个非常私人的问题，我们每个人都能找到自己的答案，地球上有七十多亿人，那么就有七十多亿条通往性幸福的路。

重要的是你要了解自己，更要了解自己要什么，害怕什么。

青春是一条流浪在外的狗

上个月，家明来我家做客，他站在洒满阳光的窗前发呆，我正在张罗往桌子上摆放茶叶茶杯之类的东西，家明回头对我说：“引墨，你应该在这里种上蔬菜，它们一定会长得很好。”我说：“好啊！等我有空的时候，种一些小西红柿。”我看着他，想起时间竟然已经过去了十五年。

我俩第一次见面是在韬奋书店，然后我们穿过美术馆后街去一家肯德基。

家明是一个有点瘦弱的男孩子，他特认真地看着我说了第一句话：“我觉得你在做一件特好的事，我觉得这事特有意义。”我听了，虽然身处冰天雪地的环境，但心里暖极了。

当时家明是这样描述自己的：

我特别追求人性和自由，希望过一种激烈的生活，很小的时候，组建过乐队。现在我觉得社会发展得很好，而我的不满都是自己的事情。

当时为什么会叛逆？

我觉得什么都没有意思，恋爱也是。尽管初恋特别美好，但那种爱情的激情从来就没有经历过。可是我想有一个自己的精神家园。家里没有人告诉我该做什么，只告诉我应该拿文凭，但这个文凭解决不了我精神上的需要，所以我当时只喜欢摇滚乐和电影。摇滚乐至少让我有了发泄的地方，当时还不能表达什么，只是学一种东西，见识一些东西。

和你休学有直接关系吗？

没有。关系最大的是我的性格。当时接触到一些自由的思想，对比之下，感觉自己活得特别不像一个人。我能领悟到摇滚乐的精髓是人性真正的精彩。你还没见识过的人的无数种可能，不带功利色彩，就是人本身。

那现在呢？

现在又不得不去学学校安排好的东西，因为我在复读，准备考大学。现在回头想，父母所说的话，不一定全是错的。我发现，我现在的价值观变得和他们一样了。我走这一步，是一种妥协，一种失败。回头的路，不是很好。但之所以再回头走，是因为我发现自己不是一个天才。我如果一个人这么搞下去，也许我什么都搞不出来。我觉得应该踏踏实实走一条老路，学一些东西。

我们把话题从摇滚转到了性，因为是周末，肯德基人声鼎沸，但家明说：“能够在大庭广众之下公开而严肃地谈性，是一件不容易的事。性这种事，很小就有感觉。开始是一种美好的感觉，我周围的女孩比较少，我把她们都看得比较高贵。那是小学一年级，甚至在没上学前就有这种想法了。因为距离吧。”

你小时候喜欢和女孩一起玩吗？

喜欢，是一种本能吧。我那时老缠着我妈，让她带我去找某个女孩玩，她都有点不好意思，但我还是死缠着她，让她带我去。当时这样想，就这样去做。长大了点还是希望得到异性的关注。比如说过年了，如果收到一个自己喜欢的女孩送的贺年卡，就会特别高兴。排节目时有身体上的接触，到了晚上还会想想这件事，但不会有什么邪念。

最早怎样接触性方面的知识？

看书。有一次，我们班一个男生拿来了本黄色杂志，现在想想，写得挺恶心的，都是一些尼姑的不幸遭遇，和性有关。记得那一个下午，我们躲在护城河沿下看，看完受不了就把杂志扔了。后来，还会在家里翻一些旧杂志看，学知识谈不上，仅是好奇。我有一个小表弟，才上小学，我记得我俩中午就待在他家看片子。电视里如果有接吻之类的镜头，他都会录下来，结果录了整整一盒。

和父母能谈这个问题吗？

根本无法谈。学校里也会放性教育的片子，但就是一个人坐在那里说，提醒青少年不要过早失身，要注意卫生什么的。它是以教育为目的，而不是以知识为目的。我自己到现在还是不明白，性到底是怎么回事，始终也没有一个真正的认知。

我觉得教师应该从小就教孩子性知识。虽然学校里该有的课都有，但就讲一些男人和女人生理结构上的不同，举些案例，同学们都把这当成一个笑话。

以前我会成心和哥们儿把话说得特低俗、特流氓，因为我知道周围坐了很多女生，觉得她们一个个都是假正经。在家里，也成心和家长开这种玩笑，家人或同学一听这个就觉得我特不正经，全是道德上的判断，他们从来不认为性是一个重要的话题。我觉得中国人在很多事情上都是假正经。因为压抑，许多人不敢谈这件事，许多人却把这件事当成唯一的话题，特别变态。学生身上发生那么多故事，但他们不能跟任何人说，包括父母、老师、同学，只能郁积在心里。

你在什么时候体验到了真正的爱情？

初三吧，我们相互都很喜欢。以前要不就是人家喜欢我，我不喜欢人家；要不就是我喜欢人家，人家不搭理我。这次我才知道有真正的相爱。

你喜欢这个女孩的原因是什么？

气质上与众不同吧！我对初恋确实很认真，我觉得她长得很可爱，双方都感觉特别合适。

高中不在一个学校，关系还持续了两年。

有什么特别难忘的事情吗？

没有，或许每件事都特别难忘。总的说来，就是个“累”字。我就好像是她的丈夫，每天早上都按时送她上学，晚上再接她回家，距离特远，但感觉特别好。逐渐地也有了一些亲密的行为。

一开始会接吻吗？

不会，两年之后我还不会。电影里人家的舌头怎么动，我记得特清楚，比如看到《古今大战秦俑情》里张艺谋与巩俐接吻，我就会想他们的舌头那样动有什么好处呢？

你怀疑自己接吻的能力？

差不多，当时很自卑，都不知道怎么做，就跟这题你是蒙的一样，非常狼狈。等到我和我的女朋友有真正的性行为了，很多时候也是在模仿看到的毛片。但是真正的做爱应该是什么样，谁来告诉我？我看这部电影，觉得是这样，就会模仿；看另一部电影，觉得是那样，又去模仿。我根本不知道真相是什么，永远处在一种模仿状态。

你当时只有这一个女朋友吗？

是，也试图追过别的女孩，但是没有成功。后来两人慢慢没有什么感觉了。你会觉得有她在你什么都干不了，两人之间没什么好聊的了，非常厌倦，以至于有时候你真想自己干一些事，一个人待着。甚至你和这个女孩一起上街，会觉得她有点难看，老想看别人的女朋友。

谁知道这件事？

我父母知道，但他们比较迁就我。我这人比较浑，有时会跟家长对着干，说出自己的想法。现在慢慢地家庭气氛比较轻松了，以前我见我爸就直哆嗦。后来他们周末在家，我带女朋友回家，他们也不会太反对。虽然提醒过几次别做过分的事，但他们好像也不想多说什么，而且我在他们面前也装得比较乖，让他们觉得我可能不是那种人。

但后来成绩越来越差，考试又那么多，一着急，我就退学了。我也没有想到要补考什么的。父母当然不同意了，惊天动地地，给你交了三年学费干什么去了？最后学还是退了，搞了几年乐队，但现在又开始补课考大学。所以，在家我从不和父母理论什么了。

发生性行为是什么时候？

高一。当时我爸妈要参加一个联欢会，准备带我去，但我骗他们说要参加班干部培训，然后就把女朋友带回了家……

你当时怎么做的？

好像一下子就脱掉衣服了，没费多大工夫。那种感觉没有我想象得好——梦寐以求的禁果就要吃到了，才发现对方跟自己区别不大，不是很特别。我现在如果有妹妹或要好的女朋友，会告诉她们这种事了解得越多越好，参与得越少越好。

经历过这事之后，有一天在学校长跑，大家都站好了，我一哥们儿忽然说了一句“一滴精，十滴血”，听到他这句话，我当时心里就咯噔一下：哎哟，我把自己弄成这样，身体肯定完了。后来，觉得自己身体挺虚的，就枣呀、核桃呀，煮了一大锅吃。

至少有一年的时间，心里一直很恐惧。想做这件事，但不知该怎么做，硬做了吧，又不知是好是坏，很自卑，心理压力特别大。因为各种条件不成熟，比如说，做这件事应该有个很好的环境吧，房间里不能太热，自己也不能太饿，最好能洗个澡。而且应该能轻松地细细品味这个过程吧！

女朋友什么都不懂，也很紧张。但是我觉得女孩有一些天性，自然而然地自己长大。而我完全没有掌控能力，在性行为过程中能感觉到的愉悦特别短，我们的动作也毫无美感可言。我总觉得当时特费劲就是不知道该怎么去做，该去问谁，该怎么办。身体出现一些问题，我不知该向谁咨询。现在想想，这些顾虑对人的影响特别大。越有顾虑，压力越大。其实很多人在过性生活的时候，心理都处在一种折磨状态，而且我觉得我周围很多朋友的心理都是这样。

你担心她会怀孕吗？

不。

你们有什么避孕措施吗？

没有。

为什么？

不知道，好像刚开始时是因为特别懒。后来我觉得不舒服，也可能是自己太自私了。

你俩何时分手的？

高三，实在无法相处。

分手时心里难受吗？

不是特别难受吧！因为当时已经不是很想见她了，一切都已经抓不住了。我那时特别累：首先吃不好。当时在职高里吃得特别少，为了省钱买书看电影，老饿着很难受。而且休息得也不好，我每天早上比初三的学生起得还早，还要送女朋友去学校。那段时间，我特别懒，身体状况很不好，所以对一切都很厌倦。

通过这件事，你是否对自己有了一个认识？

我是那种感情特别强烈，欲望也特别强烈的人，但是对自己的人生缺少规划。我一直都对自己不满意，又有些自恋。虽然跟哥们儿说起这些事，语气多少会有点下流，但我其实不知道如何谈这件事。比如我该怎样告诉别人，我怀疑自己“早泄”，我怀疑自己肾虚。我认识的一些哥们儿他们也不同程度地对自己有一些怀疑。

现在回头想那些压力，我觉得是一种无知。我当时不可能和父母交流，也不能和女朋友说，得装得特别威猛，特别正常。

那几年的困境就是这样的，第一无知，第二没有正确的方法，但感情是真的。

现在回头想，你后悔吗？

说不清楚。毕竟那段时间非常宝贵，应该用来不断充实自己，光恋爱确实很无聊。因为你不知该干些什么，没有钱，不能老去看电影，只能经常遛大街。这种恋爱太浪费时间，好多事都办得不太顺利。现在让我重新选择，我不会这样。这种经历太粗糙了，这种回忆实际上对双方都是一种伤害。

你想做这件事，是好奇心还是欲望？

平时没见她时，满脑子都是欲望，但与她见面了，就是好奇心了，都有。在关键的时刻大部分是好奇心。

就这件事本身而言，在生理上你觉得有乐趣吗？

有，人与人能那么近，没有距离，那种状态，感觉特别好。

你会用什么词来形容这件事呢？

幸福，我觉得就是幸福。让两个人的关系进步了很多。

这件事情后，你的变化大吗？

没什么变化，但我对她的态度变得越来越坏。

有过要娶她的念头吗？

有过，但现在想起来，当时说的那些话都像是假的一样。可当时确实特别真诚，恨不得把心掏出来给她看。

这件事对你将来的生活最大的影响是什么？

最大的影响可能就是使我在性的方面积累了一些经验，得到一些教训。这些经历使我对这件事有一种厌倦的情绪，特别是有时会有一种疲惫的感觉。有时你的兴奋程度会变成一种短时效应，高潮过后，特别平淡，没劲。人没有了持久的耐力，变得很浮躁，特别浮躁。

你还相信爱情吗？

相信。爱情就是你特别为一个女人着迷，而你的想法她都懂。爱情就是一种天大的勾引，让你神魂颠倒。勾引越大，差距越大，情感越好。我特别怀疑两个人老在一起不是爱情。

周围别的男孩怎样？

我周围的男孩都特别压抑，生活特别乏味。身体上性冲动得不到满足；心中的感情和想法没有人可以倾诉；认识的异性太少；生活中别的机会不多，也没有全心全意投入到任何一件事情当中去。我们之间说得特别少，仅仅开开玩笑。

解决性压抑这个问题有办法吗？跑步行吗？

跑步行，但只有千分之一的作用。假如这个人真正爱上长跑了，也许他跑完了就什么都不想干了，但就一个普通人来说，他应该有自己真正喜欢的事，不然就会无聊、压抑。考大学是简单的一条路，不能使人产生兴趣。而性这个事，不是说你特别努力就能有成就感，它只会给人一种虚无感。

我觉得这事应该是全人类都要面对的吧！你说美国的青少年就高枕无忧了？恐怕也不是，但至少我们中国的青少年应该知道性到底是怎么回事，不能让大家都干守性饥渴，却不知道这是怎么回事。我特想干性教育这事，但我需要足够多的知识。

我们性成熟的过程太畸形，比应试教育还惨。应试教育起码整日有人跟你唠叨不停，还有考卷可做，而这事连资料都不好意思找，找着了也不知有什么用。如果性教育不能公开，那就要有自我教育的可能和空间。但现在市面上的东西，不是特假正经就是特下流。

你对艾滋病了解多少？

不太了解，但是关注过。有一次去理发，人家把我的耳朵剪破了，其实当时并没有特别的感觉，但是回想起那个发廊男男女女特别暧昧的状况，觉得那个发廊有点脏，我就打给一些有关“艾滋病”的热线电话咨询过。当时赶上“世界艾滋病日”，发过一些小册子，但是那里边讲的也很简单，看了还会有弄不明白的地方。

后来更可笑，没几天，我的大腿内侧长出了一片红斑，问过父母，他们说是被裤子磨的。那时在小广告上看到“尖锐湿疣呈菜花状分布”，吓坏了，但是也只能把这种恐惧埋在心里。后来，父母带我去看医生，说是癣，开了一瓶“达克宁”，抹了以后，没几天就好了。

你觉得你周围的环境安全吗？

有担心过。和有些女孩相处时间不长，就发生了关系，现在想来会有一些后怕。唉，还不了解她呢，她交过什么朋友我也不太清楚。我记得当时问过一个女朋友最重的话是：“你有没有做过什么大手术？”我觉得这是最有可能和艾滋病发生关系的一个途径，因为要输血嘛！

你认为学校、家长在性教育方面应该怎样做？

首先不应该一上来就说什么对错。我记得以前学校只说要怎么着，不要怎么着。我认为应该有一个论坛式的东西,让大家把各自的情况写出来，讲一讲自己碰到的真正问题。否则老师只管在课堂上讲自己的，而学生心里还是那些永远也得不到解决的问题。

从老师开始就要有一个真正面对这些事情的态度，应该像我们今天谈这件事一样，真正把事情谈清楚，不能再遮遮掩掩的。

父母可改变的程度太有限了，我们长大后做了父母或许会好一点。我觉得青春期挺危险的，父母应该从小就给孩子讲讲这些事，这是最安全的渠道。但现实情况是孩子做什么事，家长根本不会知道。比如说女孩子来月经了，男孩应该照顾她一下，但现在我们并不知道，好像她们这种很影响身体的事情跟我们没有什么关系。我们的教育环境有问题，我身上也会带着父母、学校粗疏教育的痕迹。

你怎样理解青春期？

就像我上边说的那样。但我还想讲得更具体一点，比如说，我家养的一条狗跑出去了，你不知道它干什么去了，但它活着回来了，还长大了、长健壮了。我觉得青春期也是这样，就像我家那条出门了很长时间的狗。

青春期这段时间，我们对性产生好奇心，容易产生想尝试的心理，应该积极给我们指导，这总比处在一种蒙昧状态，什么都不知道要好。我觉得性教育这件事比别的事都重要一些，它影响深远，尽管很难。

有人觉得我做的这个采访如果公开，会有负面影响，你认为呢？

那我觉得他们并不是真的了解中学生。一听要关注这件事，就认为中学生整天都在干这个，觉得你在宣扬不好的思想，那是他们看不到问题的本质。应该有人把问题的关键说出来，从小培养青少年对性的科学态度，这不是上几堂生理课就能解决的问题。

我觉得，在少年时，应该尽量找到一个自己的最佳才能区，至于对异性的感觉，还是多一些距离好一些。可以想象、感受，尽量多积累一些性知识，但不要过早去参与这件事。

他和我侃侃而谈，虽然我几次提醒他下午补课的时间要错过了，但他毫不在意，还是与我一味地谈下去，谈下去，仿佛要把这几年积在心中的困惑、不解、压力统统倒掉，我的心情也随着他的讲述而跌宕起伏。

如果不碰到他，不和他有这样一场深入的谈话，我几乎以为九〇后孩子的青春期已充满阳光和鲜花。其实不然，他们的青春期与其他任何一个年代孩子的青春期没什么不同，反而因为信息与疑惑的无限增大，而充满了更多的可能与艰险。

历时近五个小时的采访结束后，我还有事急着要走，他准备再回韬奋书店看一些书。他非常专注地看着我，问我这么冷的天，怎么不围围巾和戴手套，我笑笑说，早晨出门太匆忙了。

他叮嘱我路上小心，然后我们分手。回去的路上，我想，他已经真的在过去的生活中积累了怎样讨得女孩子喜欢的经验。也许这会让他在今后漫长的与异性斗智斗勇的生活中占一点先机。

再见家明

十年前与家明见面时，他退学，又决定复读考大学。我上一个采访的稿件写好后，正在修改，他告诉我拿到了大学入学通知书。大学毕业在家写作，之后决定出来工作，就忽然忙碌起来。

我们再次约采访见面花去半年时间，他从一种缓慢的生活节奏变快，频繁出差，但是我们对十年之后的见面畅谈都充满期待。看起来，我们都有话想说，而我，对这个有精神世界的男生充满好奇，在这漫长的十年他会有什么变化和收获?

见面在一所大学附近的咖啡馆，很多年轻的面孔，他们在复习功课，或者聊天。家明看见我，忍不住从男性的角度评价了一下："你很波希米亚啊！比十年前还年轻漂亮，哈哈哈。"我不得不在瞬间回想十年前，刚刚生完宝宝的我生活狼狈不堪，每天能记得给脸上抹一点油就不错了……

不过家明一如既往地忧郁爱思考，竟然已经有了白发。我们这样一场严肃的谈话，竟然从钱，这种重要的生活必需品开始了。作为成熟的需要养家的成年人，家明第一次觉得，弄清楚对钱的态度后，挣钱也变成了一件轻松的事。

关于钱，你想得最多的是什么？

拥有钱之后你会怎么生活，怎么工作，你会做什么样的事。对钱的态度是一个平衡的问题，不是欲望降低了，而是对物质的态度更顽强了，把自己已经有的东西发挥到极限，生活会简单很多，烦恼也变少了。

人有时候，简单就好，可能这辈子吃缸菜，就会觉得特幸福。当然也会追求物质的东西，但是你得是真喜欢。就跟你特别渴想喝个水，哪怕去沙漠里找，也不怕辛苦，你得真是这样。

过去这十年你都干了些什么？

上学、上班。

你恋爱了几次？失恋了几次？

次数不是很多，还真不愿意掰着手指头数。

对感情的认识有什么大的变化吗？

记得上大学的时候失恋了，失魂落魄的，什么事都干不了。后来我突然就想，看电影、听音乐这些事情到底有没有意义呢？为什么只因为感情中的一个事，每次就打回原形了，人因为情感而难受的状态跟十六岁时完全一样。

当你有新恋情出现的时候，那种兴奋感也相似吗？

相似，但是我觉得打回原形的事不对。后来我开始对着一部电影，一个镜头一个镜头地画出来，理解导演怎么分镜。这个过程中我突然明白在恋爱之外，可以有更广阔的世界来抒发你的情感，体现你的能力。我会想如果是我跟那个女孩之间的故事，应该怎么展开第一个镜头呢？用另外一种方式模拟生活，会发现现实中的情感对象是很具体的，有时候这个具体的对象很适合，有的时候不那么合适，但是你心中的情感是没有错的。你没必要对一个那么具体的对象抒发那么广阔的情感，也可以抒发在其他事情上。

一般你在想这个问题的时候，会把它想象成一个什么样的状况呢？是雨果的那句话吗？比天空更广阔的是人的心灵。

用这种感觉来对人或者对事，就充满了爱和理解。比如说有一个交往很久的女孩突然说分手，我不会刨根问底，并非出于冷漠，而是因为我能理解她，那是她受到生命的另外一种召唤，可以为她喝彩，也可以嘱咐她一些事情，虽然不再见面了，但是实际上仍能感受到她的气质、眼神，这种感觉是很奇妙的。一些人因为情感的问题过不去，我非常理解。这种感受一点都不寒碜，像一层窗户纸一样，捅破之后就能豁然开朗。我现在再说起交往过的女朋友，心里都是很感激的。音乐也好、小说也好、电影也好，我觉得可以用这些东西把我刚才说的那种理解记录下来。

你内心的空间更大了？

就是你的心不会为很表面的东西奔波，应该有一种比较轻盈的、超越环境的心态，别老是受困于现实，而要主动去改变环境，尽管不保证你每件事都干得很好，但用行动去做最小的改变，哪怕把地扫干净，也会引起你思想上比较大的改变。我有一次心里难受，我妈也没问我为什么，她在那儿织毛衣，让我帮她缠毛线球。先开始缠的时候特别烦，想这干吗呢？但是后来那种感觉特别神奇……

其实很多人的生活方式里面也充满智慧。

对，我觉得除了上学、上班之外，我还有一个转变就是独立地生活，因为我是一个从小向往独立生活的人。我认为上班不应该只为糊口，还要为了养家。虽然我现在没有结婚，但得要有养家的能力，看这个情形就是这样的。至于独立生活，很多人都是如此，没什么可沾沾自喜的，但是对于我来说这确实是一个转变。

其实我觉得成长就这么简单，就是想明白之后，坚持住自己的想法就可以了。

坚持自己的选择，就可以减轻生活的困惑？

罗大佑有一首歌的歌词是“让风尘刻画你的样子”，就是说一个人他等的不是别人，而是自己的那个样子。现在就总想更好地控制自己的习惯，也许每天你都在抽烟，但是实际上你特别烦这个事，所以摆脱这个毛病是特别有必要的。我觉得生活越简单越好，然后学会控制自己。现在虽然要糊口养家，但日子过得简单多了，最难的是上学的时候，那时我是一个很容易遇到心理问题的人。咱们也没有习惯看心理医生，我得不断面对内心的问题。我现在吃饭的时候喜欢看电视上的情感节目或生活类节目，那些有困扰的人的心情我都可以理解。

其实每个人都会被现实卡在那儿，都会以为这个现实是最重要的。

对我来说有两个比较重要的过程，一个是面对情感，一个是面对生活。我觉得理解很重要。每一个孩子不只是在学校里接受教育，当他的尊严遇到挑战的时候，他不想跟家里说的时候，要怎么处理。再遇到挑战的时候又怎么办？每个人有每个人的理解方式，但是你确实要理解，不然的话你遇到这些事还会被打回原形。它是更内在的东西，不会轻易被触动，不是别人的一句话、一个举动就能触及到的东西，不是这些。你没看清楚这件事之前，它会变成很多表面的问题，你跟人打了一架，不针对人或事，而是出于某种情绪，青春期可能就是这样的。

再回头看那个时候，无论是性也好，性教育也好，你有什么新的认识吗？

我没有什么新的认识。但是如果回到以前，我可能会交更多的好朋友，不会跟一个人谈得那么深，生活应该更广阔一些，不只是爱情和性。

那你觉得是什么影响你不能展现得更好？是爱情和性吗？还是教育环境？

可能是环境，或者不够自我，有的人内心比较灵动，有的人则容易受限制。年少的时候正是玩得开的时候，要去闯，确实不是过日子，通过恋爱也好，性也好，找到自己是更重要的，让人生更丰满，更有风格。很多人三四十岁还没有自己的风格，没有找到自己，所以会造成伤害和困惑。

作为一个中国少年，你不得不上学、高考，但是这些都改变不了你个人的真正的风格。而且你在这种环境下更需要自己的风格，人应该活得更精彩一些。性也好，爱情也好，是那个时候的一部分，不能只有学习和考试……你喜欢吃一道菜，你自己会做，做得特别好，它就是一种精彩；你的感情有表达的方式，是一种精彩；写歌，写诗，画画，甚至织毛衣，对于自己生活的想象，你有能力去完成，也是一种精彩。

但是我那个年龄没干别的，净谈恋爱，早、晚自习基本上没有上过。你不会因为一首歌没写出来就崩溃了，但是你会因为一个女朋友走了而崩溃，爱情对你生活的影响更大，那几年真的是那么疯狂。

你觉得谈恋爱太浪费时间了？

不是，咱们从小花在政治体育的时间不比这个少，但是它们并没给你留下任何感觉。不是说非得在感情上，包括性上，你能感悟到这些东西，但为了让这些事更美好，为了不伤害别人，需要对它们进行反思。

你看那个时候，你觉得“青春是一条流浪在外的狗”，你现在再看这句话是什么感受？

现在属于狼狗的状态。家犬还是会回去生活，而狼狗可以去捕猎，可以自己在森林里生活。

年轻人在社会上会遇到很多事，这些事有时候沟通也没用，要自己去解决。青春期的人就像离家出走的狗，不断地成长。狗怎么吃，怎么尿，怎么交配，是不用教的，它都会。但它也是慢慢学会的，我觉得青春期就是这样。

现在再想起你从上学到退学，最负面的东西是什么？

当感情遇到问题的时候会很难受，遇到很多解决不了的问题，也不能让家里解决。当时没有自己的空间，力量最薄弱。比如说以前谁都有过这个时候，当你不喜欢一个人，但她喜欢你，你喜欢一个人，人家又不喜欢你,这些都是大问题。现在我还是觉得感情不是说非得稳定了才好，而应该充满理解。不会为了一些小的刺激，无端制造麻烦，这反而对自己有很大的伤害。

但是我休学不是被感情耽误，还是跟性格、价值观有关系，就是你对这事不感兴趣，不感兴趣的东西继续也没有意义。

现在的你对性的理解和以前最大的差别是什么？

我觉得那个时候，因为年龄比较小，这个事多少还有点偷吃禁果的感觉。现在性就是性，就是生活中的一部分。

还有一个不同是现在戴避孕套，之前上学不戴。我觉得这不麻烦，保护别人，又保护自己。我觉得这是一种责任，尤其是对男的来说，你得意识到这种行为会伤害人，可能影响到未来的生活。我记得我之前有一个女朋友怀孕了，我陪她去过医院，非常痛苦，无端地带来那么大痛苦，是完全没有必要的。

一个男人，看到了两个女人，一个特别漂亮，而另外一个更让你喜爱。这两种感受一样强烈，那感情是一个什么样的状态呢？

还是有区别的，只能说感情第一步是身体的冲动，但有的时候，长得漂亮没有那么重要。漂亮太简单了，你要想找个漂亮的女孩不难，但是找一个能让你的内心很安宁的女孩不容易。你自己出去旅游时会想，跟她一块走这条路会是什么感觉，你不会想，一定要跟一个特别性感的女孩走这条路。对于我来说，你会有这个冲动，但不是决定性的。

也就是说男性的感情，由冲动变为情感，取决于精神上的可能性？

对，比如你遇到点事，跟两个女孩说，得到的答案是不一样的，一下就看出来了，这就是内心的氛围，我觉得这些挺重要的。在以前，可能对冲动表现得更直接一些，现在觉得冲动必须要有，但不是这么简单。

所以男性在选择女人的时候，多数男人还是选择那些善良的、温和的？

比如说一个朋友带女朋友过来，一看就会觉得他会被这个人害得挺惨的。我以前看不出来，现在可以看出来的。

我十年前见你的时候，给你一个评价，说你在这种和女人斗智斗勇的生活当中，一定占尽先机。

没有。我觉得这个先机就是你能学会对女人进行判断。以前跟一个女孩在一块的时候，我会问自己一个问题：我能给她什么？现在，我首先判断她的价值观，她想过什么样的生活，她是什么样的人，如果这些跟我距离特别远，就不要有什么瓜葛，就是这样的。

我上大学刚交了一个女朋友，一个女友就和我说："我觉得这个女孩不适合你，虽然你们俩现在挺好，交流起来应该没有问题，但当你们出现问题的时候，你的话她是听不进去的，你是无法跟她交流的。"这后来被不幸言中。我非常吃惊，我说这怎么也看得出来呢？可现在我觉得我是看得出来的，你还是能通过一句话看出这个人是否在乎别人的感受，就是你难受的时候她是否看得出来，不是说她冷漠不冷漠，她有的时候是看不出来的。这样的人，真有问题的时候，你跟她是没法交流的，她没有这根筋。我觉得在爱情这件事上，两个人的价值观要是差得很远，就会很有问题。

之前，我不懂什么叫价值观，但是我珍惜趣味和快乐。在一个人年轻的时候，包括青春期的时候，对于性应该是要追求的，只是选择好追求的方法，避免受伤害。

你刚才说，还是应该追求性。

可能现在过于理智。我当初不是这样的，当初浑着呢，谁说也不听。我觉得本能地去追求这个事挺好的，至少我觉得是。但是比如说你该怎么做、该注意一些什么事情，你遇到问题，包括心理上的问题，应该怎么解决，这些还是可以寄希望于环境的改变和完善，别的你改变不了。

我认为在这个年龄，性是一个很普通、很正常的事情。那么它变得不那么普通、不那么正常，是不是跟我们的文化什么有关系？另一方面，可能是因为，这个时候你就应该学习，不应该追求这个，因为你还不成熟，不是这个年龄所干的事。

这跟国情有关系。

也就是说我们用国情这个词，或者文化什么的掩盖了很多很真实的东西。比如说我们真实的需求。

中国人很少说性，比如说我跟哥哥姐姐是不谈这个问题的，他们不是我这一代人，对这些事情会不太清楚。在初中谈恋爱，在高中谈恋爱，这个事挺有压力的；而且你如果独自去追求性，压力会更大，因为你面对的未知太多了。

那时候我们还讨论过性无知比应试教育还惨。你曾经很叛逆，终于是变成了这个社会欢迎的人，老老实实工作，还打算买车、买房，准备跟妻子愉快地生活。你不觉得这是一个很荒诞的事吗？

这个事不荒诞。我觉得年轻人的路太少了，大路也少，小路也少，所以就不知道要去什么地方。其实他可能不是想叛逆、退学什么的，他只是想生活再丰富一点，但是如果没有这样的环境，得不到沟通，他就可能采取极端的做法，像我就不上学了。

我可不可以这么理解，就是生活得丰富一点，只学习真的不丰富。

那肯定不丰富。

但是会有人说你好好学习，进入到探索知识的境界以后，就会觉得学习挺好，挺丰富的。

人是不能通过知识来生活的，我觉得是生活中的情感，衣食住行，是这些在改变你。我想那样生活，我喜欢这个女孩，想跟她在一起，就有这种选择，包括学习，我觉得中国的教育就别说了。

咱们两个十年前就讨论过这个问题。我问你怎么转移性的注意力，你说，如果你爱跑步，它也许能够发泄身体的能量……

注意力不用转移，性也没法转移，这个事的存在很正常。以后我的孩子在这个年龄有这个问题，我会跟他谈比较务实的东西。不是从三十岁以后接触这个事，人生就安全。如果你对它懂得不多，没准更惨。这个事是不可避免的，比如你是一个很规矩的女孩，而我是一个不怎么上课的痞子，老缠着你，以后的生活中也会有这样的事情，你都要学会处理。这是一个大事，会在这个年纪发生，更多的人对它不了解，造成的影响是很大的。

现在的学生也不了解，生活在孤独里的感觉。因为人在社会中，世界对你敞开那扇大门是从一个人开始，不是从一本书、一张卷子开始的。那个年龄就是异性相吸。我的家庭一直比较和睦，但是我觉得当时女孩跟我说一句话和父母跟我说一句话是不一样的。回归到书本和回归到业余活动，是两码事。但性这个事确实是，我觉得再让我回到那个时候，我可能会用另外的方式让它成为主题。

依然是主题。

对，肯定是。也许它是人一生的主题，是生活向你打开的一扇门。就是一个人对你的那种感觉，那种情感的生活、恋爱的感觉，是特别美好的。

我觉得性不能被代替，它是不能通过游泳、打篮球、看书代替的。即使在多元化的社会，也不会被代替。其实越是咱们这样的社会，问题越突出，你拥有全世界的信息，但是你生活的空间、你的感情生活又那么地狭窄。

今天说的这些，当着学生说出来，对他们也不是完全没有作用，我觉得这是一个人生的经验。你如果这样做要注意什么问题，可能会受到什么伤害，遇到这种伤害应该怎么办？在整个过程中间，你避免了这个伤害，其实还会引出很多别的东西，一系列的问题。你总要面对各种心理的问题，教育在这方面也应该加强。对性的心理上也需要更健康的教育：它不是禁果，不是罪孽，也不是放荡，或者值得炫耀的东西，都不是，它就是生活，把这个要看清楚了。

和家明的交谈持续了一个下午，结束后，坐出租车回家。脑海里回荡着很多词汇：超越现实、价值观、追求情感生活很重要……

青春真是一个麻烦的时期，回忆起十年前的家明，我竟然想起愁苦这个词，爱思考的孩子都给我留下这个印象。现在家明已经三十岁，在我的访谈过程中，有各种工作电话打进来找他，他都耐心地一一回答。

十年前他不是这样，刚刚退学，虽然内心坚定觉得自己没有错，但茫然的情绪挥之不去，在性和爱之间，包括对于未来，有太多疑虑，无法找到答案。

但现在，他是确定的，除了认真工作，爱思考的毛病一点都没变，我们讨论了诸多问题。这个谈话有点散乱，原因在于十年前是大问题的“性”，现在忽然就什么问题都不是了。

比如，他说，看清楚自己的内心和目标，所有事情都简单了。他细致地描述了对女孩子、对情感感受的心理变化：因为失恋，变得失魂落魄，那种难受和十六岁的时候一样，被完全打回原形，但是又因为一次剪片子，对感情有了一种更广阔的理解。

提起如果可以回到过去，他唯一会改变的选择是交很多朋友而不是一个朋友。他总觉得那个时候，人应该活得更精彩一些，不应该只有学习和考试，在那种单调的氛围中，恋爱是一个重要的主题。

家明说过，青春是一条流浪在外的狗，那他把现在定义为：狼狗。因为狗还是回去生活，但狼狗要自己去捕猎，可以自己在深林生活。而发生性关系，在那时候被称为偷吃禁果，现在它就是性。

我们还谈到了两性的差异，从脑的结构，决定男性对性是直接的。家明解释说：一个男人把自己最初的冲动变为感情，取决于精神上的可能性。而爱情这件事，最终取决于两个人的价值观。

家明还有一句话，我印象特别深刻："世界对你敞开那扇大门是从一个人开始，不是从一本书、一张卷子开始的。"

分析

男女生的差别

十多年前开始写这本书的时候，我对家明最深的印象就是他的两句话，即“青春是一条流浪在外的狗”“性成熟的过程太畸形，比应试教育还惨”。他之所以有这样的感触，是因为“应试教育起码整日有人跟你唠叨不停，还有考卷可做，而这事连资料都不好意思找，找着了也不知有什么用”。大学考不上可以再考，人生的基石毁掉了，则是一个更大的悲剧。

十多年后再来评说家明，我发现，他变成了一个哲学家，依然在苦苦思索自己的经历与追求，只是原来的狗已经变为狼狗。实际上，这正是一个人的成长过程，而当走过青春期回望过去，或许可以看得更加明白。

与青春期男生容易在自己的性欲望中煎熬略有不同，青春期的女生则更需要情感的交流，更渴望精神的成长。

蔓菱的经历就是一个典型的证明：她有过两段刻骨铭心的爱情经历，第一次因为父亲的粗暴干涉而中途夭折，这样的教育是不会有什么好的效果的。果不其然，不久这个女孩子就结识了另一位男友，而这一次的感情更强烈。她没有仔细想过，要把自己的爱维持在哪个层次，甚至在发生性行为以后，她也不清楚自己是否应该做这件事，只知道自己是爱这个男朋友的。环境的诱导使她没有时间思考自己的欲望。性行为使他们的爱在特定的时间段内失去了高贵的意义，使双方都陷入到一种手足无措的境况当中去。

可见，性早熟并非感情成熟的标志，而且它不利于感情的成熟。他们过快地从对父母的爱过渡到所谓的爱情选择。这种短暂的关系很少有美好的未来，它使经历者感到不确定，让他们以为一段长久的关系是不可能的。

而值得欣慰的是，今天的蔓菱生活得充实而幸福。但是，这十年的路走得并不顺利，那种揪心的痛时隐时现。如她所说："如果我比较成熟了，有处理这件事情的可能，再做这件事情，可能心里会更平衡，不会像那会儿觉得自己完了。"实际上，许多女生在中学时代经历性体验之后的很长时间，都会有类似的心理折磨，心理脆弱者甚至可能引发难以想象的悲剧。

性早熟与感情成熟并不对等

其实，我们每个人都是性塑造的生命，我们每个人都是伴随性的发育成熟而长大，性是我们生命的一个组成部分，不能把性局限在生物本性，而要理解性对人的生命发展的崇高意义。

每个人，从十八个月到三岁，自我性别的辨认已经确立，有了"我是男孩"或"我是女孩"的意识。进入情窦初开的青春期，性意识发生精神动力学上的巨大变化，萌生性欲意识，产生越来越强烈的亲近异性的欲望。

性欲的实现，最深刻的内在能力的实现，会直接促进并使所有其他状态的器官活跃起来。这种能力归根结底是个体总状态的标志，是整个具体的生物系统发挥职能的标志。

路德说："如果有人想抵抗自然的需要，因而不去做他想做和该做的事，那就犹如一个人希望自然界不再是自然界，希望火不会灼人，水不会打湿东西，希望人可以不吃饭、不喝水、不睡觉一样。"这些描述都在强调性对人的重要性。如果没有性，生物就不复存在。性对人类有存亡和快乐的本能要求。首先，性使两个生命相结合，性产生着第三个新的生命；其次，性需要的满足是作为生物体的本能需要，健康的性生活满足人肉体和精神上的快乐，增进人的身体健康；最后，人类由性发展为爱，满足了人类精神上的需求。

在性成熟的过程中，任何一个男孩或女孩面对身体的这些突如其来的变化，如果不了解这种发展变化，就会感到不适及困惑。我们大多都了解，男性遗精和女性初潮，是性成熟的标志。

由性成熟伴生的是强弱不同的性冲动，产生各种性行为。心理学所谓的性行为即受性需求驱使由性感唤起的性欲、性吸引而表现的行为，如：性自慰、性变态（性心理障碍）、调情、性交以及异性效应（边缘性行为）等。

然而，很多青少年还是会把发生性行为当成自己成熟的标志，这有很大的误会在里边。当我们研究青少年实际经历了什么，即通过有质量的谈话仔细观察时，就会发现这次性经验的性质和它所带来的后果：促使他们这样做的往往是好奇心，而不是真正对爱的渴望。他们需要温暖或是需要关心，希望有人能用臂膀环住他们，希望享受两个裸体皮肤相触的感觉，并不是真正想要性交。

青少年时期更需要爱与被爱

有一位少年提出，爱情对于大多数青春期的男孩女孩来说不过是场游戏，那么需不需要责任？

回答仿佛十分简单，是游戏，也是应当讲游戏规则的，何况爱情从来就不是游戏，凡以游戏方式对待爱情的人，必定会被爱情所抛弃。男孩与女孩在青春期的关系是不稳定的，在欲望和选择中他们往往感到不确定，他们的焦虑会让他们容易跌入到第一个到来的人的怀抱中。

青少年时期是一个困难的时期，因为双重的成熟正在进行着：感情的成熟和性的成熟。一些权威的调查显示，这个时期他们更需要爱和被爱。

大家会说，性欲是这样自然，这样必不可少，这样势不可挡。但是，在这里需要强调的一点是，仅有性欲是不够的，因为我们在这里分析的是人的性欲。在认识青春期少年与性欲的关系时，应该清楚一点，性欲是一股强大的力量，如果失去控制，它就可能成为灾难。

而且，少男少女在走向性成熟的道路上，会碰到两大障碍：第一，他们认为到了十四岁就该知道关于性的一切，其实他们并不知道自己在许多方面知识不多。第二，我们的社会还没有达到性教育成熟的水平，很少有人会公开谈论性健康，因而少年会因为缺乏经验而受到伤害。

在青春期的进程里，把性置于感情之下是青春期教育的重要课题之一。这个课题有时候是让人难以忍受的，它要求少年们首先做的是从这一行为中得到有益的感情收获。至于生理的愉悦，不管它有多重要，它与有益的感情收获不完全是一回事。

为什么少男少女的性问题如惊涛骇浪一样不断出现？对家明来说，他只是想要过丰富的生活。恋爱虽然遭受巨大的压力，却像岩石下的野草一样完全生长，因为这是生命的本能，所以就会“野火烧不尽，春风吹又生”。其实，教育最神圣的使命就是促进人的全面协调的发展，启蒙和引导爱情是青春期教育的重要责任，而我们的许多学校和家庭失职了。

可能有人会抱怨说，性教育在中国是没有条件的，没有充足的师资，没有理想的教材，也没有社会广泛的支持。是的，这些都是完全必要的条件，同时又的确是严重缺乏的，需要尽快加强和完善。但问题在于，孩子的成长是不能等待的，这十年的等待不是已经付出高昂代价了吗？所以，我认为“性教育首先是一种态度”。大家想一想就会明白，当孩子出现性问题的时候，是因为父母或教师缺乏性知识所致吗？也许，更多是因为一种态度，如是否理解和尊重，是否关心和帮助，其实这与价值观关系更为密切。

我们不能继续麻木不仁了，为了真正给予少男少女有效的帮助，需要改造成年人的世界，需要改变落后的家庭教育和学校教育。当然，少男少女们也需要担负起自己的责任。

第四章　单亲家庭的情感教育

“我羡慕别人，到现在也是这样，我一直认为班里最优秀的孩子并不是那种特别穷、能刻苦的类型，而是有非常好的家庭环境，非常快乐的童年经历的学生。”

我一直装作和别的孩子一样

我与凌凌认识已有七年，这期间，她从初三升到大一，但直到最近我才知道她从四岁起就只和妈妈生活了。那年，父亲有了外遇，粗暴地威胁凌凌的母亲与其离婚。我问她："为什么不早告诉我这件事？"她很平静地对我说："这又不是什么光彩的事情，有必要到处去说吗？我想尽量装得像个正常家庭里长大的孩子。"

她说这话时，阳光正好，我们两个半躺在晒得发烫的草地上。有一搭没一搭地聊着让我有些难过的事情。凌凌却非常淡然，她平静地讲述，无论是字与字之间，或句与句之间，都毫无音调高低的变化。有一个时刻，她说了让我无法忍受的情况，我却又在与她年龄不相称的淡定中安静下来。

谈话就在阳光的照耀下有条理地进行着……

你四岁那年到底发生了什么事？

有的小孩长大需要十几年，有的只需要经历几件事。四岁时的那件事让我迅速长大。只有我自己清楚，那一年，我其实什么都懂。

当时我妈妈并不想离婚，因为她不想我这么小就没有父亲。况且，那个年代离婚还不是一件特别普遍的事情。我记得妈妈带我去了好多地方，朋友家、大姨家，她到处去哭诉，想寻到一种理解和帮助。

让妈妈最终死心的事也发生在我四岁那年。那天，爸爸和妈妈又开始吵架，我坐在床边，妈妈说："为了孩子，我不同意离婚。"但我爸突然冲进厨房拿出一把菜刀，冲着我妈喊："你不就是为了她不和我离婚吗？现在我宰了她，看你还有什么说的。"我妈当时一下子就明白了，这样的男人，留下他又有什么用呢！

你的同学也知道这件事？

本来如果不是你的这个采访，我完全可以掩藏此事，因为没什么好说的。作为一个单亲家庭的孩子，我总想伪装得很好。

但，事与愿违？

是。记得上小学时，有一天放学回家，我和一个女同学说，我爸如何如何。她特别吃惊地问我："你爸不是和你妈离婚了吗？"我一听就呆住了，她怎么什么都知道，当时恨不得有个地洞钻进去。

你母亲对你和你父亲的关系是怎样的态度？

我妈总觉得，应该让孩子多和父亲接触，这样对孩子的成长会有帮助，她不知道，在我心中对我那位父亲已没有什么爱，而更多的是恨。况且，还有更惨的事发生在后边。

八岁那年，我爸带我去火车站接生意上的伙伴——一个年轻女人。后来为了休息，我们来到爸爸一处闲置的房子。我们三人并排躺在床上，我在最里面，旁边是那个女人。我爸爸和那个女人弄出了很大响动，我朦朦胧胧地知道他们在做什么，那种行为意味着什么。我记得特别清楚，当时我冲墙躺着，墙上挂着一幅中央电视台主持人的挂历，我一直盯着那幅挂历使劲看。大了之后，我更加知道他们在做什么、怎样做，这件事一点点地刻在我心里。它带给我的影响和伤害无法估量，也许我父亲到现在也不清楚，我竟然懂得这种事。

我父亲是一个品质太差的男人，这是我长大后，给他下的定义。

但当时，以我八岁的年龄，太难对这件事释怀了。所以，真正对我伤害的并不是他们离婚。如果把我的心灵比作沙堆，那离婚本身，充其量不过是在沙堆上铲了一个洞，要填很容易。但这件事就好像拿刀在沙堆上一点点刻，弄出许多细致的花纹，很难再把这一堆沙子恢复原状了。

你长大以后，这个影响还存在吗？

虽然人已长大，但感情是和童年接轨的。现在的我承受能力很差，不能有一点风吹草动，对男人有很大的怀疑。

我们本来面对面坐着，然后又顺着同一个方向横躺在了草地上。我想起一些曾经看过的资料，想起一些冷冰冰的研究数据。很多数据显示，单亲家庭的孩子会更早发生性行为。

想想那些紧张而恶劣的夫妻关系，使父母失去了作为成人的榜样力量。孩子得到的信息是父亲很不可靠或者母亲非常粗暴，他们彼此仇恨，不接纳，使孩子失去了基本的对与错的判断。在访谈中，我发现凌凌对自己的父亲给出了非常不客气的负面评价。而且这位父亲几乎影响了女儿对男人的态度。

由于本应该在家中存在的亲密和分享消失了，孩子需要从外部和别处寻找。家中缺少安全感会使孩子以不理性的方式去寻找亲密感，身体上的亲密感不能带来真正的亲密感，但却是感官上的替代品，让人暂时感到安全。

凌凌刚刚十九岁，在北京某大学读大一，采访前的那个寒假，她与自己暗恋了四年的男孩发生了性行为。

而那天，他们俩一起先到我家来玩，又一起离开。

一个女孩在成长中如果没有父亲，最大的影响会有哪些？

我是在一个没有男人的环境里长大的，所以对男人没有概念，包括怎样和一个男人说话、相处，这对我都是很大的难题。

因为父亲在我心中产生的恶劣影响，我对男人的期望是找到一个和父亲这种类型截然相反的人。我不停地告诉自己：坚决不能重蹈上一辈的覆辙。但是，这种想法发展成为一个极端，照样也避免不了伤害。

十四岁那年我认识了一个真正喜欢的男孩，他十八岁，刚懂事的年龄。

那时候，男人对于我来说仅仅是两个汉字组成的词语，如果非要说这个词意味着某种情愫，那么就应该是我对父亲形象的零星回忆，以及成长中对那个回忆的更大的厌恶。

这个男孩有哪些你喜欢的特质呢？

他不英俊，但是勤奋和内敛，他是我唯一不害怕的男生，因为他和我父亲没有丝毫的相似。我真心地感动于他的存在，所以不假思索、欣喜若狂、手舞足蹈地爱上了他。就这样，他扮演了一个榜样的角色，用无形的精神指引我，我是那样喜欢听他讲道理……

是一种暗恋吗？

绝对是，但是暗恋也是有趣的，这样就可以回避接触带来的摩擦，回避伤害，我可以匿名给他留言，可以向他的朋友打探他的消息。但是暗恋也是孤独的，没有交流，只有猜测，猜测就会有很多种结果。除此之外我还能做的就是等待。

就这样，每年我只能见到他一次，只有春节的时候我们会礼节性地在一起吃顿饭。

这样的交往持续了多久呢？

一直到我读大学一年级的春节。

那年的大年初一他约我傍晚见面，那种约会仍然是礼节性的，我没有多想，但是那次我们没有一起吃饭——他带我去了他家。我们在他家里看了一部叫做《东成西就》的电影，那是一部喜剧，看电影的时候他一直在笑。我也笑。他喝完了两罐啤酒，等电影结束，他突然拉过我的手……然后把我平放在他的单人床上，用全身抱住我，我丝毫没有乱了方寸，只是僵在床上动弹不得。许久，我才对他说："你知道我等这一天等了多少年。"他语无伦次地说："你太不了解我，那时候你太小……"然后他开始慢慢地吻我，脱下我的衣服，我仍然僵直。

你喜欢做这件事吗？

不知道。我只觉得我们光滑得就像两只虫子，而我赤条条地袒露在他原始的欲望和目的面前，这种感觉让我几乎快要窒息。我知道自己根本没有力量和他做爱，但还是避免不了，因为我也没有力量挣脱他的怀抱。我只想快点结束，快点结束……

我们终于安静下来。这张床让我想起十年前的那张床，所以我拒绝躺在床内侧，他有点奇怪，但还是让我靠在他的怀里，珍惜而有力地握住我的手。那一瞬间，我居然感觉到他是爱我的。我压抑住心里剧烈颤动的自卑和自责，开始和他聊天，那时候他一直微笑着。我发现认识多年，我们的确有很多叙旧的资本，他没有改变，仍然是我爱的那个人……我让自己陷入他肩膀的黑暗中，对他说："明天早上咱们走出这个房间的时候，就当什么都没发生过吧。"他说："有些事情还是顺其自然。"我不知道为什么自己会提出这样的要求，更不知道他为什么会这样回答，只说：“好的，我听话。”

夜很深了，我盯着沙发上我们两人堆在一起的衣服，全身的神经都痉挛疼痛，我想当时的自己看上去一定傻极了，有哪个人和自己喜欢的人在一起会比我更失败……

那件事情结束后，你们的关系有进展吗？

那一天很快过去，我又重新开始过我平淡的生活。我开始明白无论我爱上一个怎样脱俗的人，最终都将以人类最常规和本能的方式接触和了解。在这一点上，每个男人都和十年前父亲的样子惊人地相似，我想逃避的最终还是逃不掉。所以偶尔回忆起那天晚上感觉自己或许是幸福的，或许我可以慢慢习惯这样相爱……但是，从那天以后我就再没有见过他，连春节也是。他从这个城市消失了。也许他认为，是不是只发生过一次的性行为可以视为什么也没有发生过。其实，我仍然相信这感情中有某些希望的存在。因为，在我心中男人就只有这两种，我想我总该对其中一种心存幻想吧！

为什么会出现这样的结果？

因为我的心理、想法都是有点畸形的，它无疑会使我怀疑自己感情的真实度。但我在成长过程中的这种心理挣扎，是谁也不明白，谁也帮不了的。只有长大了，对单亲有了更清楚的认识，这种影响才会慢慢减弱。

单亲家庭的家庭关系，会使孩子对自我形象有所怀疑，感觉自己会是不受欢迎的人或者是被别人另眼相看的人。因此很容易通过性行为来肯定自己，感知自己对别人的重要性以及吸引力。

离婚家庭的孩子也更容易对感情产生怀疑和轻易放弃，因为他们很小就知道，结婚是一件正常的事情，离婚更加是一件正常的事情，一切都没有什么可以大惊小怪的。

你觉得一个单亲家庭的孩子，在哪方面受到的影响最大？

主要还是精神层面的东西。我一直觉得，我和大家不一样，是一个特例。因为我想的你们一定不明白，也不会理解，比如说上边提到的那几件事，你们不会知道这些事对我的冲击有多大。它虽然没有影响我的自信心，因为我身上固有的优点和缺点并不会随之增多或减少，但它严重影响了我的安全感。我知道，没有爸爸，再也不会有人站出来替我撑腰，况且当时单亲家庭并不多。我羡慕别人，到现在也是这样，我一直认为班里最优秀的孩子并不是那种特别穷、能刻苦的类型，而是有非常好的家庭环境，非常快乐的童年经历的学生。弗洛伊德也说过：一个人儿时的成长状况，会影响他一生的感情基调。如果你儿时是幸福、快乐的，那你这一生也会幸福、快乐。如果你童年是消极、灰色的，那你这一生就是灰色的。

你自己会努力改变自己的想法吗？

会。现在想想，我尽自己的力量把这种影响降到了最低。实话讲，任何一种特质都不是靠单亲来培育的，单亲能培育出什么美好品质？它倒可能培育出你原本没有的性格。

你会怨恨父母吗？

没有，我只是觉得庆幸，还好我没有判给我的父亲，否则我会因为对父亲的极端厌恶，而对所有异性失望，然后成长为一个同性恋。

你会在乎周围同学的看法吗？

小的时候，周围人给我的印象是：你们家怎么就你妈一个人呀！感觉特丢脸。现在长大了,最自卑的时期已经过去了。我自己都要开始谈恋爱，思考爱情了。我周围的同学也不会再问：你家怎么就你妈一个人呀！我的同学也已经开始在感情的旋涡里分分合合，大家都很坦然了。

好不容易长到今天，我不能再妄自菲薄，也不会对爱情婚姻有偏见，对父母有憎恨。其实，我在物质上没有失去太多，主要是精神上的损失，而且这些可以在心灵成熟的时候慢慢修补。

你和妈妈的关系好吗？

挺好的，我们所有的事情都可以交流，也能很亲密地商量。虽然我一直有暗恋的男生，但是上中学时还是有陪在身边的男同学或者说是男友。我们的相处方式已经非常成人化，一起上下学，周末会和对方的父母一起吃饭，也会一起出去看电影或看展览，不过一般都是免费的展览，消费很低，因为我们很穷嘛。当然周围也有一些同学更加成人，他们会有性行为。

学校里的性教育如何？

几乎没有这样的可能吧，我们都要忙着高考，没有谁会管这件事。我是因为陪一个女同学去堕胎，才明白无论学业多么繁忙，都不能遏制属于人的一些本能的东西，比如感情，比如性。

妈妈会和你谈到和性相关的事情吗？

好像很少，但是我们会谈一些感情的问题，我的男同学如果去我家，她不会像其他父母那样盘问个没完。有时候她也会告诉我一些和男孩子相处的方法。总的说来，用处不是很大，因为这些事情还是要自己来摸索和总结经验。

其实，整件事还有一段插曲。凌凌在发生关系时，没有采取任何措施，之后她一直怀疑自己怀孕了。这个打击是巨大的，因为男生完全消失，妈妈又没法告诉，一切后果都要由她自己承担。我记得那天劝凌凌别担心钱的问题，因为我会帮她，她才平静下来。好在之后有惊无险，但是在这条全靠“自己来摸索和总结经验”的路上，凌凌吃了太多苦头。

一位九〇后的编辑在看完这个采访后提出：“单亲问题在当下好像有较大转变，从希望父母不要离婚、保持家庭完整，变成了如果婚姻不幸福，父母分开也许更好。”她的感受特别敏锐，其实，在三十年前，就有进入青春期的孩子这样建议父母。

我的一位出生于七〇年代的女友，在自己读初一的时候，就很严肃地和妈妈讨论过，劝她离婚，因为她父母整日吵架打架，在那么小的她的眼里，这个婚姻和男女关系都是毫无意义的。

但是，世界上的事情并不是非黑即白，并不是那么简单，一切事情都有个体差异，那些看起来要用一个概念来囊括的事情和人是不存在的，对 a 可以直言相告的，对 b 却要深藏心底，提都不能提。

成年人的感受更是复杂，记得著名作家池莉离婚以后，一直瞒着女儿，直到女儿中考之后才和她说，没想到女儿淡定地回答：“我知道，你就不用说了。”原来她在书架上发现了父母的离婚协议。为了不让父母知道她已经知道真相，所以自己也没说什么。

不少孩子已经懂得尊重父母的选择，那么，要做的就是积极地调整自己的生活。

如果事情已经发生了，你最先要做的就是，按照自己真实的心愿决定跟谁生活在一起。这或许会使你为难，尤其是当父母一方或双方把你作为要挟对方的筹码时。你需要把自己的成长和发展放在首位，选择能够使你健康成长或与你合得来的那一方。

必要的时候亮出自己强悍的看法，要让父母了解你的权利。要让父母知道，作为子女，你有权看望不在一起生活的一方，有权选择与谁生活在一起。

尽管父母离婚会给你带来一些麻烦和痛苦，还有其他一些说不清楚的难受之处，但这的确是他们的权利。如果只把眼光放在眼前，你会在相当长一段时间里沉溺于沮丧、绝望的情绪之中。其实，一个人一生的幸福在很大程度上并不取决于他过去和今天经历了什么，而是取决于他怎样用行动和对生命的至诚塑造自己的未来。把眼光投向未来，对自己未来发展渐渐有了打算，就会更有勇气面对眼前的困难。

在生活中，每天都会出现我们意想不到的变化。这些变化会对我们产生何种影响并不取决于这些变化的本身，而取决于我们对这些变化的态度和应对策略。人性中许多珍贵的品格正是从那些看似不幸的经历中锻造出来的，虽然这种锻造确实让你非常无奈。

分析

二〇一七年二月二十八日，国家民政部发布《2016 年社会服务发展统计公报》。公报显示，二〇一六年依法办理离婚手续的共有 415.8 万对，比上年增长 8.3%，其中：民政部门登记离婚 348.6 万对，法院判决、调解离婚 67.2 万对。离婚率为 3.0‰，比上年增加 0.2 个千分点。

杭州 12355 青少年服务台主任宋健男说：“我们平均一天接听的心理咨询电话为十至十五个，一年接听四千个左右，80% 以上来电者是家长，其中 1/3 的家庭处于离异状态。”

这已经是一个很高的数据，还在持续走高。这样一个客观的社会现实，给孩子的成长带来了无法弥补的缺憾。

单亲家庭的孩子也是正常孩子

人的每一个举动都能从童年生活中找到相对应的影子，父母、家庭、生活环境，那些看似只是“人生道路”的星星点点，却常常对人的一生有着难以估量的影响。父亲送给孩子最好的礼物就是永远深爱他们的母亲，母亲同样也是。

父母的离婚是说明了婚姻的失败，同时离婚也是解决问题家庭的方式之一。要从中看到，既有消极的因素，也有积极的因素。没有爱情的婚姻对孩子的成长是不利的。

有些家庭由于种种原因，夫妻之间没有了爱情，甚至在感情上相互折磨。这样的婚姻名存实亡，在这样家庭生活的孩子，更容易被扭曲，因为他生活在无奈和折磨中。所以家里出现问题要积极解决，通过各种方式消除和化解矛盾，建立信任。当一切都无法挽回时，离婚也是一个积极的方法。离异和单亲家庭并不一定就是问题家庭，然而有时确实容易对孩子，特别是对孩子情感上的成长构成伤害。

主要表现在:第一，父母间的战争是孩子的灾难，都是对孩子的伤害。认为爱情很丑陋，人性恶的一面爆发出来了。父母的恶斗对孩子人格是一种摧残，总是揭对方的短，用恶毒的语言攻击对方，温存的理解不见了。凌凌的情形更为极端,年仅四岁就目睹了父亲如何拿刀威胁母亲离婚，暴力的记忆让她对婚姻产生了恐惧心理。

第二，离婚后带孩子这一方容易犯的错误是经常在孩子面前谴责对方，比如妈妈会说，天下的男人都不是好东西，爸爸可能会说，天下的女人都是狐狸精。其实这些话都容易使孩子对爱情和婚姻不信任，甚至对亲情都不信任。所以可能会出现这种状况，父母离异的家庭的孩子，将来离婚的比率会更高。

切记单亲家庭还是正常家庭，单亲家庭的孩子也是正常孩子，关键在于确立现代的观念，保持生活的平衡，给孩子以良好的教育。

什么是平衡生活？首先，要心理平衡，认可离婚是人的权利，离婚并不丢人；第二，要关系平衡，父母虽然离婚了，但对于孩子来说，父亲还是父亲，母亲还是母亲，父爱母爱依然存在；第三，要生活平衡，太阳照旧从东边出来，该怎样生活还怎样生活，并且要生活得越来越好。

单亲家庭如何做好情感教育

具体怎么做呢？我提出以下建议：

第一，与前夫或前妻友好地达成关爱孩子的协议。一般说来，离婚是夫妻之间的事情，与孩子没有直接关系，所以双方常常会对孩子怀有愧疚之意，因此在孩子问题上容易达成谅解协议。作为抚养方的父亲或母亲，要以孩子的健康成长为最高原则，搁置或化解个人的怨恨，与对方达成合理友善的教子协议。允许孩子和对方有一定的相聚时间，最好能具体商定，比如要求对方每周陪孩子半天以上，带孩子看爷爷、奶奶或姥爷、姥姥等，让孩子享受到完整的长辈之爱。同时双方都要保持乐观向上的精神状态，不要让孩子因看到父母痛苦的表情而感到压抑，请记住父母积极的精神面貌会给孩子多方面的积极影响。

第二，坦然对孩子说明离婚真相。有的父母因害怕离婚对孩子产生不利影响，不愿意对孩子说出实情。事实上，现代的孩子心理承受力远远超出我们的想象，父母完全不必多虑。从法律层面说，他们有知道父母离婚事实的权利，也有表达个人想法和做出自己选择的权利。作为家庭的一分子，孩子应有知情权，而且离婚后由哪方抚养孩子也应征得孩子同意。当然，这是一件困难的事，父母要讲得自然一些、平静一些、正面一些。

孩子得知父母离婚时，可能会产生难过、生气、失落、焦虑、无助等不良情绪。父亲或母亲应在生活上尤其在孩子的心灵上倍加体贴和关心，尽可能地抽出时间和孩子相处，交流感情，如有可能，和孩子出外旅行一次是不错的选择。要用温和的语气和态度告诉孩子，离婚是爸爸、妈妈解决自身的问题，不是孩子的错，不应该责怪别人，也不需要自我忏悔。父母必须清楚地告诉孩子，虽然已经离婚了，但爸爸永远是爸爸，妈妈永远是妈妈，而且就算爸爸、妈妈无法复合，孩子还是可以同时喜欢自己的爸爸和妈妈，爸爸、妈妈仍会像过去一样爱他。还可以选择一些父母离婚而孩子健康成长的例子与孩子分享，让他感到自己的生活充满希望。

第三，允许孩子情绪出现反复。许多父母期待孩子能尽快适应生活上的转变，而告诉孩子："现在我们家和以前不一样了，所以你要懂事一点、独立一点！"但事实上，孩子也需要一段调适与疗伤的时间，如果过分要求孩子在短期内急速成长，反而会造成孩子过大的压力。因此，父母要给孩子一段时间适应。同时不管多么忙碌，都要让孩子知道自己在忙些什么，定期与孩子谈谈话，表达对孩子持续的关怀，让孩子的心灵得到安慰。如果孩子感到委屈或郁闷想吵想哭，应该让他吵让他哭，因为宣泄具有缓解压力的疗效，父亲或母亲不宜指责孩子。当孩子哭闹够了，应和他平静地倾心交谈，往往会有较好的沟通效果。

第四，为孩子保持双性化的成长环境。不要因为离婚，担心孩子心灵上受到创伤，就百般袒护、溺爱。有的单亲家庭自认为用这种形式可以得到孩子的谅解或减轻自己的负疚感，殊不知这样可能会使孩子骄横任性，使他们的个性得不到正常发展。特别要提醒的是，父母离婚后，不宜让孩子生活在单一性别的环境里。实际上，离异的夫妻难免在教育中出现缺失。建议带孩子的一方，必要时可采取选择代理角色的做法，如在孩子的交往中选择异性亲戚或为孩子的教育活动选择异性教练，使孩子生活在双性别的环境里。

第五，不给孩子加压。经历离婚的双方一般都需要一段时间平复情绪，这是很自然的，但有的父亲或母亲会在离婚后把子女当成自己的唯一希望，无形中加重了孩子的压力。如有的单亲会对孩子要求：“以后我全指望你了，你要好好学习，考大学，为我争气！”这样的要求会造成孩子的心理压力，从而产生恐慌。明智的父母不要表现出大难临头的样子，夸大离婚对家庭生活的影响，应该平静地对待，帮助孩子调整好心态，正常地学习、生活。

第六，及时和老师沟通。父母离婚，有可能使孩子遭受歧视甚至攻击。因此，当遇到这种情况的时候，父母要及时和老师沟通。特别在刚离婚时要尽快和老师取得联系，说明情况，请求老师适当关照孩子，并随时随地了解孩子在学校的表现。最好建议老师不要在同学面前谈论其父母离婚的事情。尊重孩子的隐私权，保护孩子的自尊心，这是家庭和学校都要遵守的原则。

第七，单亲家庭更需要注重性教育。之所以强调一个“更”字，是因为单亲家庭的孩子往往有更强烈的情感需求，他们发生早恋的可能性更大一些。所以，应当及时对孩子进行必要的性教育。父母不必有畏难情绪，如果没有教育经验，可以买一本权威的性教育的书放在家里。一般说来，青春期（10 岁～20 岁）的孩子非常需要一本性教育的书相伴。特别要注意的是，避免无意之中对孩子的性刺激，如不宜与青春期的孩子同床睡觉，父母洗澡或换衣服要避开孩子等等。对于孩子与同伴的交往，应当给予积极的支持和艺术的引导。单亲家庭父母要看到，对孩子进行性教育时，自身婚姻失败的教训，或许能给孩子以刻骨铭心的感悟。

回看凌凌的案例，父母在婚姻破裂之后处理不当，给她留下了不可挽回的负面影响，以致她很小就学会了隐藏单亲家庭的事实，活在谎言之中，也过早地有了性经历。不过她摔倒得多了，没那么自卑了，对未来也树立起了希望。可见，父母的引导是重要的一方面，单亲家庭的孩子也要靠自己的力量走出伤痛。

第五章　花季少女遭遇性侵害

“一个人最终不能坚持自己，被无情地打乱，可怕的是并没看到什么意义，简直是生不如死。而这时候没有拥抱，没有呵护，没有坚实的肩膀，甚至没有温度……冷得心发抖。”

那种痛不堪回首

吉颖是一个很醒目的女孩，会让人过目不忘。我俩在太原开往北京的火车上认识，她坐在我的旁边，我不得不多看她几眼。有几个男人想和她搭讪，我感觉她是为了避开他们，所以和我很亲密地开始讲话。我想会不会一个女孩子也会以自己有这样的美女朋友为荣呢？

这个女孩其实和她“盛气凌人”的美貌有着很大的距离，很细心，很善良，很敏感。她个子比我高，力气比我大，下火车后，看到我一堆行李，就一直把我送到汽车站。

后来，吉颖到北京参加一个短期的表演培训，我们有了更多时间见面，特别深入地谈了谈她之前的经历：

她小时候，父母在一个山沟里的工厂工作。这是一个兵工厂，生产武器零件的，就是那种六十年代建立的“三线建设”企业。因为要保密，那里非常封闭，与外界的联系非常少。

她的父母都是厂里的干部，一个搞行政，一个搞技术。他们的思想很保守，好像不知道世界在发展变化。他们就像清教徒似的，晚上睡觉是分床的，怕打呼噜影响对方。父母从小告诉她男女授受不亲，他们自己也是这样做的。

父母对她要求很严，不允许她跟男孩子有来往，所以她从小学到初中只要跟男孩子多说两句就会脸红，看见别的男女同学在一起搂搂肩、拍拍背简直无法接受。高中以后，在班里跟男同学总是保持距离，所以生活很平静。但是，她的相貌注定她会成为男孩子追逐的对象，只是我没有想到这会让她有那样漫长而痛苦的心路历程。

你长得这么漂亮，是不是有很多男孩子追？

我们那个山沟里有很多“待业青年”，就是学习学不进去，考学考不上，工厂效益不好又找不到工作的孩子。他们大多数在十六到十八岁，整天没事可干就“劫”女孩。我开始并不知道“劫”是什么意思，后来慢慢地听说就是猥亵、强奸女孩子。他们之中有的被抓了。可没想到这种事会轮到我头上。

当时的你经历了什么？

当时我初二。回家的路上经常会碰到他们，被他们伸手拦住，流里流气地说“交个朋友”之类的话。我一看他们出来就害怕，马上号啕大哭拼命地在山里面跑，可是他们并不害怕，一路追到我家门口。一看家里只有我一个，就砸门，那时候门锁并不好，我就顶着门，生怕门被砸开。从此，我就很恨男孩，觉得他们很坏又强势，我很弱小，没法对付他们。我觉得我一下子变得非常脆弱。

还好我有个好朋友，比我大六七岁，是那种挺妩媚动人的女孩子，大家都叫她“妖精”。她有男朋友，又好帮人，老是保护我。那时候我刚刚月经初潮，还不规律，心理压力又大，似乎内分泌都有问题。不能对父母说，因为我觉得这是很丢人的事。整个人被弄得都不对劲了。“妖精”有个单身宿舍，我就经常到她那儿去，跟她哭诉。

期末考试的时候，有一个男孩跟我撂下话，等考完试要跟我“谈一谈”，还是那一帮人里的。这下子我紧张得要命，心里急死了，就跟“妖精”说让她在考场外面接我。她跟她的男朋友也说定了。这天考几何，我心神不宁的，最后好几道题都做不出来，抬头往外一看，那个威胁我的家伙的弟弟正趴在窗户上找我呢，那也是个“闲人”。我的心一下就揪起来了，不敢看那张脸，手发抖。这时大家都交卷了，我什么也写不出来，只想哭。“妖精”的男朋友在窗外出现了，他冲我招手要我出去。我就像看见上帝一样，交了卷赶紧往外走。突然那个“闲人”一把揪住我肩膀上的衣服，叫我跟他到楼梯另一边的露台去。学校因为在山里，楼梯另一边荒凉得一个人影都没有，更别说警察了。我吓得直哭。这时，一只手伸过来把我拉住，拽到一边。我看见是“妖精”人高马大的男朋友。他很老练地对那人说：“你先放开她，人家一个小姑娘，有什么事咱俩说。”那个“闲人”问他：“你是干什么的？你想怎么样？”“妖精”男朋友使眼色叫我跑，我就跑啊跑，跑到一个地方看见“妖精”在等我，她抱住我，我们就哭起来。

很快我知道这两个男孩打了一架，“妖精”的男朋友挨了一刀，伤得非常严重。这事闹得很大，我爸妈被叫到学校、派出所，很快我就转学到了太原。我本来就胆子小，出了这件事后更害怕了。很长时间我都在这个阴影底下，完全变成了一个感情脆弱的人，总觉得自己只能作为一个受害者。

你父母没有宽慰你吗？

他们被叫去问完回来，好像心情也很坏，不仅没有安慰我，还说苍蝇不叮没缝的蛋。所以我感觉可能是自己不好，招惹了这帮人。

后来我听说，那帮人被抓了，有二三十个。有人参与轮奸，被判刑了。

我还被保卫处叫去作证，知道我在他们的黑名单上。好在那个男孩救了我，我逃走了。我一直很感激他，还有“妖精”。那时候我一点自我保护的能力都没有。可惜最后他俩也没成，“妖精”的父母不同意。

她一边说一边从口袋里拿出一瓶眼药水，滴在眼睛里。我问她眼睛怎么了，她仰着头对我说，这样可以让眼睛看起来水汪汪的，很好看。我有点愕然，但她很快直起身来，继续回答我的问题。

到太原以后，换了环境是不是好一些了呢？

等我到了太原，很长时间在亲戚家住。我一直特别“独”，不仅不跟男孩来往，就连对女孩也很冷淡。做梦老是梦见他们追来了——我怎么办呀？

我们班有一个女孩叫张文莉，她在那一片很出名，有点像电影里的那种交际花。人长得漂亮，很风骚，特别爱跟男孩子在一起。她很爱跟我说话，问长问短，约我一起去玩，每次我都会拒绝。我知道她挺恨我的。

是不是因为你漂亮的缘故？

不是。我实际上没她漂亮。因为我不爱跟人交往，或者个子高腰板挺得直吧，他们都觉得我很傲气，好像有什么后台似的。张文莉很会讨人喜欢，有一天她要我陪她去买衣服，那天也不知怎么回事，就旷着课跟她去了。那是我第一次看见小飞——一个直到现在还影响着我的人。

他上身穿休闲西装，下身牛仔裤，头发整整齐齐的，在马路边一条腿支着身子，另一条腿微微弯着站在那儿，是那种张扬的人，很有锋芒。他跟张文莉说话，但是眼睛一直看着我，我心里觉得他帅极了。他是学饭店服务的，刚从广州实习回来。在这种情况下我觉得很尴尬，心里很着急，想赶紧离开。我看见他们嘻嘻哈哈特高兴地走过来，对我说：“我和小飞好久没见了，咱们一起看录像吧。”一听这话，我就明白被她愚弄了，心想她根本就不是要买衣服，可当时也没把她想得那么险恶。我想走，但是我不认识路，没办法走。这时她说："你别生气嘛，先把车子存了，在跟前这个商场逛一下。"我不情愿地跟着他们进了商场，因为我觉得和他们根本不是一路人。那时候我就是这样，跟他们比显得傻极了。

一会儿又来了一个男孩，我们一起进了录像厅。录像厅很小，都是两人座的包厢。张文莉跟刚来的男孩坐，我跟小飞坐。当时放的是《倩女幽魂》，张国荣演的。本来录像厅里有人抽烟，空气特不好，那个片子又是鬼啊怪啊的，弄得我很紧张。我硬着头皮应付着，心里高度戒备随时准备走。坐了一会儿，小飞就不老实了，一只手伸过来搂我的腰，嘴里说着"你怎么这么可爱呀"这样的话。我马上就生气了，甩开他的手。他特别老练，立刻说一些安慰话稳住我。可手一直若即若离地不肯拿开。其实他只比我大一岁，但在这方面熟练得惊人。我简直没办法，眼泪不停地流，腾地往起站，一次又一次地想走。他坐在外面，一只脚伸出来挡住我，很酷地看着我轻描淡写地说："要走吗？"他就是这样的人，不会拉住我不让我走，只会用眼神暗示，给我压力，好像在说："又没怎么样你太小家子气了。"就因为这么想，我又咬牙坐下。但是他并没有停下来，居然想亲我，我觉得他的嘴已经碰到我的嘴唇了，一下子忍无可忍，立刻跑了出去，还被他的腿绊了一下。

我一到街上就狂哭起来，觉得被骗了，似乎被人强奸了一样。因为对太原路不熟，我花了好长时间才找到存车子的地方，然后在街上漫无目的地骑车。又花了好长时间才找到家。当时亲戚家的人还没回来，我把自己关到房子里用橡皮拼命地擦嘴、擦脸，疯了一样，好像是有了心理障碍。一直自言自语，哭，发呆，不能接受发生的这件事。那天我一夜没睡，一直在想不能就这么算了。虽然他很吸引人，很帅，但是为什么这么不平等，他那么强势，想对我怎样就怎样，我这么弱小，只能被欺负似的。我得想办法让他喜欢上我，然后再把他甩了——可能是琼瑶小说看多了，潜意识里是这样。

从那时候起，张文莉在我心中变得很坏，但是又有用——我要利用她报复。后来的一两个月就变成我去找她问小飞的情况，问怎么样能再见到他。就这样陆陆续续地又见了一两次面。每次都很简短——他在学校门口等我，一起走一走。他永远都是笑眯眯地对我很感兴趣的样子。后来的半年又见了四五次，都是张文莉牵线，我还在舞厅找过他。慢慢地就和他近了一些，但总体来说还是不能太过分，还是紧张。

后来你怀疑过这件事的起因吗？

我后来才知道他们是串通好整我的，起因是张文莉看我心里不顺，就找来小飞，但我一点也没意识到。

什么时候和这个男孩子走到了一起？

后来不久，我在大街上碰到一个打扮入时的中年女人，告诉我她是电视台的节目主持人，她觉得我很漂亮，介绍我去当模特儿。我高兴极了，感觉从此奇迹就会在我身上发生。但是我父母死活不愿意我干这样的事，认为这是“戏子”。

我把这件事告诉小飞，他倒是很支持我。后来他还帮那个主持人又物色了很多漂亮女孩。这时候我开始疑惑，他怎么认识这么多女孩呢，而且很多年龄比他大好多。后来我在街上看见他跟一些特别时髦的女孩走在一起，他穿得很漂亮，帮人家拿东西什么的，心里开始明白他就是那种人家说的“小白脸”。我明白自己只是单相思，但自己欺骗自己“我是有目的的，不是为了谈恋爱”，其实心里只是不想结束。

过了一段时间，电视台的人找我参加一个巡回演出，就是到全国各地进行舞蹈表演。我妈不同意，为这事我跟家里人闹得不可开交。我跟这个演出团到了广东的很多地方，最后发现根本不是他们所说的什么舞蹈艺术表演，而是一种半色情表演。我们这些高中都没毕业的小姑娘什么都不懂，穿的是人家发的表演服，实际上很暴露。直到有一天我在街上看到我们表演的广告，写着“本团青春靓女演出如何如何暴露”，才恍然大悟，我们都上当了。但是其他女孩并不这么想，这让我简直受不了，要崩溃了。

这时候我在珠海，小飞来了。因为给我们领队推荐了不少演员，一打电话领队就很热情地让他来，居然连路费都给他报了。他被安排在一个宾馆，那个标间似乎就是为我们准备的。那时所有的女孩子都很单纯，她们知道我有男朋友，甚至很羡慕我。我心里清楚，我们只是准恋爱关系。

他一见我就毫无掩饰地想要和我那样，我坚决不同意。无论他怎么说，就是不行。时间一长，他急了，说：“你是不是有什么毛病？还是受过什么伤害有心理障碍？我见过的女孩多了，哪个不是三天就搞定？你怎么是这样的？”我听着这些非常刺耳的话，心里很难受，你看他把我当什么了，一点都不平等，好像他的要求我就得无条件满足。但是不管他是软是硬，我还是不同意。他看说不服我，就将我的军说：“如果你这么想，那咱们就算了，在一起对谁都不好，没法继续下去。我是不会哄女孩的，干脆分开吧。”我们像拉锯战一样，僵持了很久。每天我在他的房间待两个小时就回自己的宿舍睡觉。最终他失败地回去了。临走那天，他向我要钱，说是要回去给他妈买生日礼物。见他这样我很气，就向队长借了一千五百块钱给他——可能是不愿跟他为钱纠缠吧。但这件事他一直耿耿于怀。

后来呢？

回太原之后，我跟他又见面了。他并没有放弃，还在要求做那件事，我还是不同意。我们只要在一起就谈这件事，好像这是唯一的主题一样。这时我们的关系已经在不知不觉中发展成男女朋友了。但这种关系并不太正常，在他心目中我就是一个他难以征服的对象。可我依然很傻，总觉得他身上的某些东西在吸引我。而且我一个人在太原，父母不在，没有什么朋友，只有把仅有的感情都投放在他身上。但对性行为的拒绝一直是我的底线。直到有一天……

那是十一月，天气很冷，很阴沉，快下雪了。有一天早上我去找他，他还在睡觉。我一进门就收拾屋子，他在单人床上眯着眼睛冲我撒娇。我觉得他那么小，就像一个可爱的孩子。

我发现桌上有一个袋子，是医院装药的那种袋子，就问他："这是什么？"他哼哼唧唧地说："昨天我跟妈妈去医院看病……"我一听就特紧张，问："什么病呀？"他慢慢地说："做了一个检查，医生说我还有 50% 的机会，这种病很难治愈，会一直跟着我的……"我一听害怕极了，也听不懂他说的到底是什么病，就说："是真的吗？检查得准吗？是不是搞错了……"就开始不停地掉眼泪。说着说着，他顺势把我一搂，可怜地说："昨天我迷迷糊糊的，下楼还摔了一跤，所以就起不来了。"

这下我完全受不了了，哇的一声大哭起来。我说："你赶紧说这都是骗我的，这不是真的，只要你好好的，我就什么都依你，你快说呀！"他突然把我推开，眼里充满了惊恐和不安，说："你怎么这么好，你离开我吧！我是骗你的，我在逗你玩呀，你真信了？"我一听反而高兴了，说："你说真的，是骗我的吗？太好了。"知道他没病，我特激动，骗不骗并不重要。

可能是这时候他良心发现，真的为我的傻、我的乖感动了，露出了善良的一面。他很认真地说："我不再要求你什么了，你离开我吧，我配不上你。"我说："你不想要我了？别不要我，我不怪你。"我就是那么单纯，根本不是他的对手。或者是他第一次表现出的真诚真正给了我一个喜欢他的理由。我先感动了他，然后又被打动，也许实际上是自己把自己感动了。经过这样一折腾，我整个人软了，防线垮了。就在这天，我经历了自己的第一次。

第一次是什么样的感受？

从头到尾我都在哭，而他在老练地重复那些话："你要是有什么毛病，或者有什么不好的事情，别怕，跟我说。"我觉得特别疼，他紧张得一身汗。我就不明白，人为什么要做这事，这么痛苦、这么可怕是为什么？他对我说，没想到这么不好，挺灰心的。

我们躺了一会儿，还没休息过来，他哥哥回来了。我只好硬撑着起来。这时候我深切地感到我的世界完全乱了，我已经不是从前的我了。而他的举动让我非常难以接受——他去叠被子——他从来都不会叠被子的。这个举动让我想到他是在床上找有没有血，因为我第一次并没有流血。也许这让他失望，他一点也不高兴，只是不咸不淡地说："你休息一会儿吧。"就到外面房间跟他哥哥说话去了。

我很失望，我期望的那张阳光灿烂的脸并没有出现，放弃自己的结果并不能取悦对方，我付出之后什么也没得到。

那天是他哥哥开车送我回的家。下着雨夹雪，我住在远郊，一路上很颠簸。我一个人坐在后面，小飞坐前面。我感到自己完全是块木头，没有知觉，只有一个念头——想死。一个人最终不能坚持自己，被无情地打乱，可怕的是并没看到什么意义，简直是生不如死。而这时候没有拥抱，没有呵护，没有坚实的肩膀，甚至没有温度……冷得心发抖。

到我家了，小飞愣愣地坐在车上没有下车送我的意思。他哥哥说：“下着雨你快去送人家。”他这才跟在我的后面，一起上楼。一进楼洞，他说了一句“过两天联系你”，就飞快地走了。

从一楼到六楼，我的心里简直经过了一个世纪那么久……神经高度兴奋，每一层的想法都在变化。到了五层，我想应该给父母笑容才对（那时候父母刚刚迁过来）。一开门，他们看见的是一张笑脸，然后就跑进去。跟他们撒了一个小谎，马上冲进厕所，呆坐在那儿。其实那几个月我看了很多书来了解这方面的知识，可能是为了谨慎一些。有一本书说事后用醋洗可以防止怀孕，然后就倒了很多的醋洗。一边洗，一边哭，好像是在修理自己被破坏的身体。整个人变得很奇怪，看什么都不对头，连父母也觉得血淋淋的。一切仿佛都暴露出丑恶。

你们的关系变得如何？

第二天，他没有来。我敏感到手脚都麻木了，大一点的声音就让我心跳得很厉害。我开始无法控制自己，拿来一个刀片，心想他如果不来，每过十分钟就在手腕上划一道。这样开始一刀一刀划，每次都不深，只是为了让自己镇静下来。我认为自己始终还是处于理智状态的，只是浑身疼得厉害，不能动。大概一共划了五六下，浅浅的，有一点出血。我听见有人喊我，是一个女孩的声音。

当我肯定了是在叫我的名字时，感到有救了，我是幸运的。在最困难的时候，总是有人来帮我。我在窗户上答应了一声，她上来了，是在山沟厂里时的一个同学。

她钻进被窝里跟我说话，发现我不对头。因为看见我一直拉着袖子，就问我：“你的手怎么了？”我说没什么。她硬要看就拉我，结果看见了。这下她不敢走了，一直陪着我，说我：“你别发疯了！”我不想让她知道事情的真相，想让它烂在肚子里，所以嘻嘻哈哈地强颜欢笑。她一直用怀疑的眼光盯着我，不敢走开，直到中午我爸妈回来。

下午，小飞来了，带了另一个男孩。一见我二话没说就要钱，说要请一个远道来的朋友喝东西。我简直要崩溃了，心里觉得这还是人吗？只想让他赶紧走，就给了他钱。就这样，明明是很深的痛苦，心里很软弱，无力走出那种阴影，也下不了决心摆脱他。外界也没有一种强大的力量给自己撑腰。

又过了一两个月，我再一次跟他发生了关系。慢慢地能忍耐了，也不那么讨厌。后来就有点放弃——算了，从一而终吧，就这样一直跟他好到二十二岁。

可是他狗改不了吃屎，一直乱来，连他父母给他雇的英语家教也没放过。我认为他内心有一种自卑，需要通过对女性的占有来证明自己。他自己也跟我说："我不正常，我是畸形的。"

采访中，她纤细的手指扶在我们所坐的圆桌边缘，说到难过处，手便伸回去，紧紧握住另一只手。

你想过吗？为什么在别人那里并不一定严重的事，在你这里这样凄凉和无助？原因除了小飞外，和自己的学校、环境、父母有关吗？

一个人十四五岁的时候特别重要，太需要健康友爱的环境了，我那时候找不到这些。因为和父母长期不在一起，那种来自于他们的爱，都是片断。比如收到一封信，我会哭几天，仅此而已。日常生活中没有人问寒问暖，任何事都是自己做决定，没有人教我、帮我。只能相信自己，看似十分自信，实际上不能肯定这个决定是对的。所以经常有挫败感，因为那些决定很快被证实是错误的。这样就会觉得自己不行，没准下一个决定还是错的。但是也没有办法，只有一个人撑下去。

现在回想，小飞打动我的那几次，一个是他有很好的家庭——他们一家人经常一起出去吃饭，聊天，互相评价，那种气氛在我家是从来没有过的。我妈常跟我说："不要去管谁美或丑，重要的是他的思想。"我们家根本就不允许那样的东西，所以很羡慕他有那样的家。我觉得在这样一个平等、自由的家里，他也不会差到哪儿去。

他父母那样恩爱，是在生活上很讲究艺术感的人。他妹妹弹钢琴特别好，达到了十级，我听她弹琴特别陶醉。还有，我们刚认识的时候，他问我："你生活行吗？一个月得花五百块钱吧？"我说："用不了啊，除了吃方便面，我一个月只花几十块钱。"他就说："不可能吧，你没钱要跟我说。"我当时就很感动，天啊，除了父母，还有人能这样对我！实际上他并没有做什么，我还是被打动了。在那个年龄，如果不能有人爱、不自信，就会变脆弱。

还有我刚从一个封闭的环境里来，很多多元的东西闯进来，自己处理不了。我感觉小飞就像一个窗口，跟他在一起，我就有了虚荣心，就要穿花花绿绿的衣服，用那种皮质发亮的包，因为他喜欢。我会买很深颜色的口红，那些标志全是关于他的。就这样，我一点一点变得注重外表了，非常注重外表，我觉得这不只是装饰自己，也是用外表去影响别人对自己的评价。这一切绝对来源于他。他完全都是看外表的东西。甚至我觉得，他最不喜欢的就是我这样的长相。我皮肤黑，他喜欢白；我是一张圆脸，而他喜欢尖脸；头发短他也不喜欢。我变换各种方式打扮，总是不能取悦他。

你在根本不懂得男人的情况下就撞了进去，所以你特别屈从于他，

显得毫无力量……

是啊。所有的一切都特别被动。我本身觉得再有理的事情，只要跟他一见面，就翻过来了，没理了。这可能说明我是弱者。这件事对我产生了非常不好的影响，以后我再认识男孩或男人，不管怎样交往，都不太相信感情了。

你当时跟他在一起的时候，身体似乎不是很好？

一开始来月经那段时间，精神总是处在紧张中，后来月经就不是很准了，来得特别频繁，经常相隔半个多月吧。小飞笑我："颖儿也太女性化了。"那时候我月经紊乱，也不经常避孕，可从没怀孕。小飞又说："颖儿没事，不会怀上的。"我听着，觉得他很残忍，很痛苦地看着他，可他一脸不在乎。

虽然那时候年龄小，但我打扮得特别老气，脸上的表情也是很不舒展的，总之觉得不太对劲。

我在错误的时候，认识了错误的人，我一直都不肯承认。直到现在，看到某种东西想起他时，心里还会咯噔一下子——可能永远都会这样子。如果承认自己是错的，那就意味着过去的时间里，我完全是失败的。自己生命中近一半时间都为这件事情焦虑，这些精神包袱都因为我的选择错误，打击太大了。

总是告诉自己，我学到了很多东西，阅历一个，等于别人几百个。我变成了这么偏颇的一个人，处世态度，做事方法……弊远远大于利了。否则我一定会很好。大家都会认为感情在那个年纪不会占那么大的比例，但是我在那个年龄、那个状态，就是占了那么大的比例。

现在有稳定的生活了，身体慢慢地好起来。离开他一两年后，我生活状态好多了，月经特别准，身体真是脑子控制的巨大机器。

你们俩的关系一直持续到什么时间？

一直到我二十二三岁吧。最后,他去上海所谓学习拍戏时准备分手了。所有的朋友，从十来岁开始交往的朋友，都知道我和小飞的事，说起来就像珍藏版似的。茶余饭后聊起我们俩的事，如果他们说："你知道吗?小飞又谈了一个有钱的大姐。"我也只能故作轻松地说："那个贱货……"心里很难过很难过，也替他难受。他其实很弱，从小太虚荣了，被很多美丽的光环笼罩。

我有时还是忍不住，每年还会有一两个电话。

我觉得你们两人在成长的岁月就像长在了一起……

是啊。记得最后一次跟他有那种关系是在前年。那时候，我已经认识现在的男朋友了，但我经常梦见他，觉得不能不见面。在解放路，他远远地走过来，浅色裤子牛仔上衣，里面穿着深色的毛衣，我竟跟他穿得一模一样。虽然质地不同，但颜色什么的一模一样，太可怕了，那种感觉实际让人很难过。在一块时间太长了，有太多的相同处了。

他一见我就说："找个地方坐一下吧。"这在以前，都是很少见的。因为我们过去一见面，总是去找一个房间。

你们在精神领域留的空间太小了，在肉体和表面上的东西太多了。

是呀！那天我们很尴尬地坐在一个地方。面对面，中间只隔半米，感觉无话可说。其实我早就希望能这样跟他坐坐,彼此看着对方。我对他说："你眼睛好了。你做了手术？"我是指近视眼手术，因为他近视，以前眼睛总是睁不开，眼袋也很大。他回答我说："颖儿，你到底是我老婆，太了解我了。我就是做手术了。"而他的意思是做眼袋手术。他突然说："能看到疤吗？"我仔细看，只能发现一点点缝线的痕迹。他现在的眼睛黑黑的，大大的，睫毛长长的，冲我一眨一眨，离我那么近。我叹了口气，心里说，这太像他做的事了。然后问他："在哪儿做的？多少钱？"他一下子打开了话匣子，告诉我哪个明星是做的，哪个明星做得不好……又问："你看我最近瘦了没有？"接下来又谈减肥药，谁的鼻子又怎么样了——完全像两个女人在聊天，或者是两个模特。我心里特别不舒服。聊着聊着，话一下就说尽了，气氛变得很干巴。他就说："咱们到房间里再聊会儿吧。"我稀里糊涂地又跟他走了。

你对他的感觉变了吗？

我觉得那次去也好，以后就永远永远都不会再想了。可能是两个人的生活已经完全不同了。他变得特别瘦，一米八五的个子，只有一百三十多斤，还拼命地减肥。他坐我腿上，我感觉他的屁股是尖的。脸小小的，很病态，就像那种"磕药"的。他脱掉外衣，我就想哭，我跟他刚接触的时候，他十七岁，我十六岁，两个人彼此看到身体上的变化，是长大不是衰老，是逐渐成熟，变得像大人了。

我观察他脸上的神情、皮肤，觉得特别可怕，就像趴在时间年轮上的那种感觉。我们俩都特别明显地发现了对方身体的变化，互相问着，特别痛苦。这个人一直是属于我的，我知道他以前怎么样，就像妈妈一样，或像亲人一样。但他还是说："我真的觉得你好，我跟任何女人都会客套，跟你就不会。"这是对我的恭维吗？听了只会让人难受，我交的男朋友这么恶心和无耻。虽然我很痛苦，可是他永远是那么自然。真是一开始是什么状态，就一直是什么状态。他开始占了强势，我就永远是弱势。

那天分手的时候他问："我要去 ××× 玩，你去吗？"我说我不去。他就上车走了，而我一直站在那儿。过了一会儿，我还是忍不住给他打电话，我说："这是最后一次，你以后再也不要给我打电话，够了！真的够了！"他轻描淡写地说，"噢，那行，十七号咱们到 ××× 再说吧。"

他就是这样，完全不受我的影响，该怎么样还怎么样。

之后的两年就只有通电话，没再见过面。我想，可能以后还会跟他联系。总归是越来越明白吧，走出来是那么不容易，不会再犯错误了。

把一切和盘托出后，她轻轻地叹了口气，轻到不注意听很难察觉。当她说到“走出来是那么不容易”时，突然站起来，在我面前来回走了几步，像是摆脱了一个巨大的负担，身体猛然轻松了，这份轻松连我也能感受到。

在他之后还会有很多男孩，但他对于你就像是一个咒语。

真的是一个咒语，就像是前世欠他的。

你那么不喜欢还在一起，他一直对你有吸引力吗？

不是，一开始和他在一起，以后就会这样。第一次跟什么人，太重要了。

第一次那么不愉快，以后还可以慢慢接受吗？

可以。因为他并不是那么讨厌，所以会慢慢说服自己。他有理论又有实践，很会说：“第一次会影响你一辈子，我不能让你不高兴。慢慢要让你觉得这是美的事情，不能让你觉得这样特恶心。”过了很长时间，慢慢地会想了，但又快要分开了。

那时候我已经快二十岁了。感情和身体的发展就像两条线一样，此起彼伏。我们俩在一起特别不和谐，这对他一样有影响，后来他也不觉得很有兴趣。他最后对我说：“我一见你就紧张。”这时候我开始看出他的虚弱。我太了解他了，明白他的好恶和弱点，我们关系当中的那种力量的角逐开始发生变化，我渐渐占上风了，因为我变成熟了。他的心理在变化，他所倚重的那种控制力在削弱，新的不和谐产生了。

另一方面，这一切发生得太早，我们太小了。不管快不快乐，都非常空洞，没法驾驭，没有支撑的平台。就算好又怎样呢，人生那么长，你现在一下子能做完吗？以后干什么呢？过早打开潘多拉的盒子，只能被假象所迷惑甚至误入歧途。

你曾经说过，过去你总是有一种很急切的心理，什么都不能等，好像机会稍纵即逝，是不是在对人生的很多方面的选择上都受到了这种心理的影响？

是的。从参加电视台的演出到我后来当部队文艺兵，以后拼命地要退伍，再到北京学习戏剧表演，都存在这种心理。总是怀着冲动和对艺术的无限憧憬，害怕不趁现在就会没有这方面的希望了。一会儿学这，一会儿学那，但什么都没成，生活一团糟，都跟这种年少的浮躁有关。我觉得是缺乏综合教育，缺少各方面的知识，应该广泛地了解，不需要很深，主要是文化素养的积累。

我那时候没有人引导，初中看琼瑶的书，高中大量地看张爱玲的书，连金赛的也读过。都是写感情什么的，就觉得人生苍凉啊、人际关系复杂啊。对这些问题不能分析辨别就全盘接受、信以为真，认为生活中这些事情任何人一定要都经历到，甚至迫切地找那些人，准备把这种经验填进去。现在想想多幼稚，那么小的孩子怎么能面对这样的事情呢？所以觉得综合教育非常重要，不能像我那样一门心思追求感情生活，关注的东西太狭窄了，非常偏激，跳进去难以自拔。

我一直需要指导，权威的现实的指导，不管是过去还是现在。发生那么多事，很大程度上是没有指导，黑暗中自己做决定，总是错误。

你觉得感情经历中的第一个男人对女人影响大吗？

太大了。从我和我的很多朋友的经历来看，第一次有什么样的性行为，以后就会有一种相应的情感状态。第一个人的很多性情、很多特点会“附身”于你，很长时间这种影响难以消除。可能是因为那是一个人的成长期，可塑性强，所以无法抵御那种影响。我现在变得特别能理解那种性观念开放的人，但又鄙视他们，很怪异的角度。

谈到男女终极关系的可能性，吉颖有点激动，再次强调爱对一个人成长的重要性。父母、同学、朋友，一个充满关心和交流的环境，一个正常稳定的生活学习环境，会让人以平常心对待感情的经历，顺利通过考验，而不是像她这样在完全孤立的环境中随波逐流。

至于性行为，吉颖认为，还是越晚发生越好，当自己比较成熟，具备了处理感情问题的能力，站在一个支撑情感享受的平台之上，才能让自己少受伤害。

她是我认识的女孩子中的一个异数，相貌姣好，却为相貌所累；期望一种普通的感情生活，却从来都在既定的复杂形式中打转，走不出来。情感的压抑伴随的是选择前途的模棱两可。

她和小飞的交往，也是一场性格的战争，只是她太弱了，没有一个肯定的声音和肯定的温暖，所以才会在情感的交锋中节节败退，差点连命都搭进去了。

因为对于性行为，男孩和女孩的感受、期待都是不一样的。几乎所有的男孩都不知道那些发生在女孩身上更复杂的感受和伤害。

男性的处女情结，女孩在性行为之后的自我价值的贬值，对女孩会有双重的伤害，以至于吉颖会在第一次性行为之后发出这样凄凉的感慨：“一个人最终不能坚持自己，被无情地打乱，可怕的是并没看到什么意义，简直是生不如死。而这时候没有拥抱，没有呵护，没有坚实的肩膀，甚至没有温度……”

这还不算，第一次有什么样的性行为，以后就会有一种相应的情感状态。第一个人的很多性情、很多特点会“附身”于你，很长时间这种影响难以消除。换句话说，如果你特别简单轻率地对待自己的第一次，那么，你一定会后悔。往往你十六岁犯在这个人手里，到了二十八岁还会犯在一样类型的男人身上。

情感的学习在年少时总是被贬抑和禁止的，所以有多少经验可以吸取呢？

我想强调一下：真正的爱情是平等、互利的。如果你们相爱，一定是为了彼此的生命更加丰富、更加饱满，或者，起码你要发现自己的学习成绩有所提高，而不是整天惶惶不知所措，或者做很多你不想做的事情。

而吉颖初中时期的经历，更是令我震撼的。前阵子，“红黄蓝幼儿园性侵”事件（尚不知真相）使国人开始关注“性侵害”，一位女友在微信中写道：“与大学同学聊天，很感慨，有多少女性在十八岁——好吧十四岁之前，没有受到过任何形式、来自成年人的猥亵和性骚扰？亲戚、熟人、老师、教练，在公共汽车上，在学校……多少年没有看到过批判不合理欲望的小说、电影、电视……猥琐即是深刻的人性。”

性侵预防与遭遇援助先行者隋双戈博士在接受凤凰卫视采访时说道：“每一个孩子都有遭遇性侵的风险，无论男女。”有调查显示，20% 的女孩、10% 的男孩在十八岁之前会遭遇性侵，80% 是熟人所为。与其他事件引发的心理创伤相比，早年虐待、性侵创伤对人生的影响最为严重和深远。

吉颖因为相貌出众，数次碰到各种男性骚扰，但她既没有能力反抗，也没有人可以求援，父母只会责怪她。

这种情况在今天的社会氛围中，依然严重存在。

十二月二日，“杭州交通”报道一则新闻：小梅（化名）是一个漂亮的沈阳姑娘，无论在学校还是工作单位，都有很多人喜欢她，可她始终没有谈恋爱。最近，家里人和单位同事给她介绍了几个相亲对象，她勉为其难见了一个，可回到家后却大病了一场，又是发烧又是呕吐。看了医生后，小梅说了一个埋藏在心底多年的秘密：上中学时遭遇强暴，长大不敢交男朋友。事情发生后小梅羞于启齿，所以家里人也一直不知道。医生说，像这样的患者，在遭遇不幸时应该大声说出来，这样才能有助于重新开始生活，恢复自信。

医生还说，如果在童年的一段时间之内，经常会想起自己不好的遭遇，表面看没事，其实心理会出现问题。如果孩子因虐待和性侵受到心理创伤，一定要及时找专业人士做心理治疗。

医生同时提醒，如果家长发现孩子出现下列情况，要注意和孩子沟通：

1. 孩子突然从外向型性格转换成内向型性格，一夜之间就变了，家长要注意。

2. 在孩子出现意外后，孩子身边的人不要刻意去强化、宣扬这段经历，最好能脱离开这个经历，通过别的事情多鼓励孩子，使其振作。

3. 不要等孩子主动跟家长倾诉或沟通，家长和孩子每天都要有足够的沟通时间，这样才能了解自己的孩子有哪些经历。

4. 如果发现孩子不开心，家长要及时处理，可以通过游戏的方式了解孩子的难处，让孩子及时恢复自信。

我最后再加一条：父母要细致入微地观察孩子的情绪和动作，小时候当孩子愿意和父母亲近的时候，是有这个机会和可能性的，所有青春期的致命问题，不是青春期才发生的，是从出生一直累积到青春期的一个爆发。在有机会解决问题的时刻，不要白白错过。

随风飘散的伤害

彩霞是广东省梅州市一所小镇中学的高三女生，因为她学习过于繁忙，我们的采访不得不一推再推。我们尝试用网络交流，但是她们那个小镇的网吧里已经人满为患，后来我们打算用电话，这样她就必须在宿舍里当着许多室友和我谈这些比较隐秘的问题，但是听到她在室友大声喧闹中传过来的镇定自若的声音，我也就放心地开始提问了。

在一个周末的深夜，彩霞说出了原本不准备告诉任何人的、藏在心底的事情和想法。

她的声音纤细，但是咬字清晰。我们每谈论一件事情，她总能平静地描述。虽然看不见她的样子，但我猜测她一定是个清秀的女孩。

你和父母的关系好吗？

不好。我爸爸是一个包工头，帮人装修房子。他心情好的时候还比较好说话，心情不好的时候会非常暴躁。记得小时候，我爸妈吵架，他们当时在二楼，吵得太厉害了，我和弟弟妹妹吓得待在一楼，看见妈妈把家里的那种老式磁带全部从楼上扔了下来。这件事到现在我还记得。

他们经常吵架？

经常。他们的感情很不好，据说爸爸在外边还有女人。我开始并不相信，后来有一次在家里找东西，找到一封信，是一个女人写给我爸爸的。我们是客家人，这封信是用客家话写的，我读懂了80%，我开始相信妈妈说的话都是真的。

父母的关系影响到你的成长吗？

其实父母对我的管教很少，我基本算是自由自在长大的。爸爸前几年在深圳和香港可以找到事干，半年才回来一次，很少过问我的事。妈妈和妹妹的关系比较好，和我一天说不了几句话。我小时候是个非常拘谨的孩子，从来不会和男生打打闹闹。初三那年结识了我的第一个男朋友，虽然这件事情结束得特别苦涩，但是对我的性格却有很大的影响。从那以后我变成了一个还算开朗的人，好像愿意让自己过得稍微开心一点了。

你所在的小镇中学里性教育的情况如何呢？

初中的生理卫生课自己看书，高中还是自己看书，所有的知识都是从杂志上看来的。

你妈妈和你说过这方面的知识吗？

没有。她知道我来月经后，就往我怀里塞了一包卫生巾，然后就什么也没有再说了。

你们小镇的气氛保守吗？

很保守。我们这个镇的经济是这片地区最发达的，这里还有一所省立的重点中学。但是父辈的思想还是很保守，如果他们看到有女同学和男同学在一起走就会乱说，真是讨厌。

虽然我们这里的人很保守，但高中生还是会知道很多与性相关的知识，大多是从报纸、电视上得到的信息。有一次在报纸上看到有些地方的大学生不知道艾滋病的传染途径，我们都觉得不可思议，因为在我们这个小镇的中学里，大家起码都知道这些知识。怀孕、生孩子这方面的事情，有时候也会从年龄比我们大的姐姐那里得知。

彩霞是我第一个采访到的乡镇里的孩子，可能是因为广东地区经济比较发达的缘故，这个镇上的小孩所描述的生活和城市生活几乎没有太大的区别。但是，彩霞所提到细节值得注意。

比如，保守的成人和开放的孩子之间的关系：彩霞提到在他们的小镇上，父辈的思想还是很保守的，如果他们看到有女同学和男同学在一起走就会乱说。但是，孩子们却很开放，而且他们认为自己的性知识一点也不少。

但是，彩霞告诉了我一件非常重要的事情，她觉得这个让她伤心的故事会让同龄的人得到经验教训，也许其他一些女孩能够因此避免错误和伤害。

你和第一个男朋友是如何开始的呢？

其实，我和第一个男朋友的关系有一点奇怪，我们一直都没有很认真地确立或者向别人承认过是男女朋友。

他是一个什么样的男生？

我上初三那年认识的，他比我大两岁，可是没读书，也没工作，就那样混日子。

你为什么会喜欢这样一个男生？

当时觉得他比较斯文，老实，很自由，总是不受任何束缚的样子。

第一次性行为是在什么情况下发生的？

好像是在一个周末，他和一个男孩一起来找我，说是一起出去玩，我答应了，我们还去找了另一个女生。四人结伴打算去市里玩，他建议我们租两辆车，我当时很爽快就答应了。可是到了半路，他说，他们两个没跟上,我们在这儿下车等等他们吧！我只好莫名其妙地下了车。下车后，才发现四周一个人都没有，而且我们旁边好像是一个很大的湖，看起来风景还不错。现在回想起来，才明白这一定都是他早就设计好的，但当时并不觉得。

我们开始只是靠在一起说话，后来他就动手动脚，我吓呆了，不明白为什么他突然有这些举动。他解释说自己没有性行为很久了，很喜欢我等等……我开始并没有答应，但是后来觉得没有办法，也就发生了。

后来呢？

后来，我马上就后悔了，觉得自己干了一件极其愚蠢的事情。因为只一个月的时间我就明白他是把我当成了一个发泄欲望的工具，每次的行为之后，他都没有太多的兴趣理我。

有一天，我特别想他，就打电话给他。他却显得特别不耐烦的样子，还对我说，他得了绝症，过两年就要死了。我根本不相信他的这些骗人的谎话。后来他再打电话找我，我就不接了。我们很快就疏远了。现在回想起来，就像做了一个噩梦。

他还来纠缠过你吗？

没有，再得到他的消息，是通过我的一个死党。大概是去年年底，因为死党有一个妹妹在酒吧工作，死党去找她玩时，看见我的男朋友也在那里喝酒，正好他碰到了一帮以前与他有仇的人。结果，十几个人一拥而上开始打他。死党回来向我描述这件事，说他被打得很惨很严重，但我听到后却一点难受的感觉都没有，想到他以前那样对我，现在得到这样被人打的结果，真是活该。

被迫与第一位男友发生性关系，彩霞非常后悔，虽然后来她振作起来把心思都用在学习上，但是第一次不愉快的性侵行为还是给她带来了伤害。

你现在有男朋友吗？

现在有一个新的男友，他正在浙江当兵，我们是在网上认识的。他家在广东汕头。我们只见过一次面，高二那年，在汕头。后来他就去当兵了。

我们的关系仅仅停留在情感上，没有性行为，可是他非常关心我。我的身体一直都不太好，他每天都会打电话来询问我的情况，让我很感动。

性在你们这个年龄是一种什么样的存在状况？

我记得曾经问过自己的男朋友，如果他有冲动，想有性行为，我不愿意，他会不会压下自己的欲望。他说会的。他这样说，我很高兴，因为他在乎我的感受。可能这种状态是我们女孩比较喜欢的性的状态，能够理性地控制。但是有很多的事情出乎我们的意料和控制之外……

这些事情你的父母知道吗？

不知道，我的任何事情都不会和父母说，也不和同学说，因为现在大家都一门心思地学习，没有太多的人关心这些事情。

在学习的间隙，你会想起以前的不愉快吗？会觉得自己是一个很不好的女孩子吗？

偶尔会想，我也会把自己以前的事情拿出来和现在的男朋友讨论。他总是给我很大的安慰。他说，他喜欢的是我这个人，不仅仅是我的身体。

我们交往的过程中，我经常会有无理取闹的时候，他都会原谅我。

我有时候也觉得自己以前的行为很不好，或者觉得自己很脏。但是事情已经发生了，没有回转的余地了，只好把这些不愉快从自己的记忆里抹去。我觉得没有必要拿别人的错误来惩罚自己。

你会经常想到你的将来吗？

我希望能考上大学，我很后悔自己高一高二没有认真学习。现在追赶起来太艰难了。不过，以我现在的学习状况，上一个二类的大本还是没有问题的。家里人对我的期望很高，我爷爷奶奶所有的孙子孙女里只有我读到了高中，他们都特别希望我上大学。如果能上大学，毕业了找工作也会容易一点。

我和男朋友讲，我要把所有的精力都用到学习上来，高考期间，不想在感情上出任何问题，更不想为了感情耽误学习，我们都努力让对方快乐一点。

我不想老沉浸在过去，因为对我来说只有现在和未来才是有意义的，还是向前看比较好。

网络已经渗入青少年的日常生活中，他们通过网络了解世界，查找自己想要的知识，包括性知识，他们很容易碰到黄色网站。彩霞的第二个男友也是她的网友，庆幸的是这位网友是一个人品比较优良的男孩。但更多的情况下，网络交友会让青少年在扩大交友范围的同时要面对更多的陌生、诱惑和欺骗。孩子的成长过程不知不觉变为了一场历险或者一次胜算很小的赌博，完全搭上了运气的成分。

我把这一次采访的女孩的名字取为彩霞，有一些自己的想法，当我写下这两个字时，眼前浮现出满天的彩霞，也许这片彩霞还镶有一道阴影的黑边，但是无论如何也不能阻挡彩霞的华丽，昭示着生命的绚烂！

之所以会有这样的联想，是因为在我所有采访过的女孩子里，90%因为有过性行为而自喻为不好或不洁的女孩，甚至认为自己应该生活在黑暗之中，而不配再与好的男孩认识并相爱。但是，彩霞却不这样认为，她觉得事情已经发生了，没有回转的余地了，只好把这些不愉快从自己的记忆里抹去，没有必要拿别人的错误来惩罚自己。

这并不是自欺欺人的想法，因为过去只有为将来创造经验和教训才会成为有意义的过去，哪怕是伤害，也应该把它们转化为生命的营养。

分析

正如前文所说，彩霞懊恼于被迫和第一位男友发生性关系，第一次不愉快的性行为给她带来了不小的伤害。

通过像彩霞和吉颖这样的例子可以发现，女孩子在性方面可能更容易遭受到危害。

不少女孩的“第一次”并非自愿

一方面，女孩子经常觉得自己是被男孩拖到性方面去的。很多人和彩霞一样，在发生初次性行为之前，心理往往是矛盾、犹豫的，不知道是否应该因为爱而跨越性的门槛。一些恋爱中的女孩，还根本没有做好发生性关系的准备，或者根本不愿意过早进行性行为，但在男友的不断要求下，尤其是男友提出断绝恋爱关系时，抱着“喜欢他就要为他付出”的念头，不情愿地发生了性关系，事后又非常后悔和自责。

还有的女孩甚至来不及认真想想自己的感情，出于“好奇”或者“不知道该如何拒绝”而发生了性行为。这种经历对她们的心灵冲击更加强烈，一些女孩因此自暴自弃，不再珍惜自己，甚至以为，反正都已经发生过了，再做什么都无所谓，随便几个男朋友都无所谓。

青春期的男孩和女孩对双方都有很强的吸引力，也有很高的期望，但他们彼此之间的差别也很大，他们对爱情的理解和渴望也不尽相同。女孩希望男友能温柔体贴，能理解她、拥抱她、爱抚她，能和他说说自己的感受和问题，想整日和他待在一起。青春期的男孩则有更强烈的性渴望，有时候他只想和女友亲热而不去想别的。对这些问题认识思考得越多，想得越清楚，女孩越不容易盲目做出令自己后悔的决定，青春期女孩要学会做“行动上的矮子，思想上的巨人”。

父母要让女孩明白，在性的问题上，她不必去迁就任何人，不能被任何人催促和强迫。性是一种特别美好的、一生中都很重要的事情。在她们的一生中，还有很长的时间供她们支配。因此，在这种关系中，没有所谓错过的机会，有时我们要往后推一推，去等待更好的机会。这种认识会给女孩以安全感。

女孩遭遇的性侵害多来自身边人

彩霞男友的行为，其实已经构成了性侵犯。而吉颖的少女时代，更是时刻遭受着小镇青年的骚扰和暴力威胁。

最近，北京大学妇儿保健中心与世界卫生组织在北京、郑州、南宁、深圳四城市十家医院的共 2002 名要求做人流的未婚女青年当中进行了调查，这份“性与生殖健康调查报告”中的数字显示：性暴力的发生率是 11.7%；首次性行为中，约有 7.8% 是被迫的。施暴者中，男友的比例是 76%，认识的人占 11.7%，陌生人占 6.5%，性伴侣占 2.6%，其他占 3.2%……”

有专家指出：“性暴力的施暴者往往正是受害者所熟悉的人。”彩霞的遭遇也从另一个角度印证了这一研究结果。性暴力发生时，施暴者往往是利用了熟悉的面孔来降低对方的戒备之心，陌生人所占的比例反而极小。

在我国传统的文化观念中，大多数男性在性行为中是主动的发起者和控制者，而有些女性为了维护和男友的关系而对自身受到的性侵犯保持沉默。虽然性暴力一般都是在男性的强迫之下发生的，但是部分女性缺乏自我保护意识以及不能采取自我保护行为也有着一定的关系。

如何防范性骚扰和性暴力是性教育的重要内容

可以说，如何与异性交往，如何对性骚扰、性暴力进行防范是青少年性健康教育中不可忽视的内容之一。

性骚扰可能会有许多的形式，取决于这种行为对方是否乐于接受。性骚扰不总是故意的，以下行为都属于性骚扰：

言语上的性骚扰，比如，带有性色彩和性暗示的言论，嘲笑别人，模仿别人的口音，向别人调情（性邀请），传播谣言，带有猥亵的电话，未经同意的信件、传真或电子邮件，反复的不受欢迎的邀请，侮辱性的玩笑，反复追问关于个人生活 / 性活动的问题，使用不适合在公共场合使用的语言，叫外号（带有性意味的不受欢迎的绰号，比如“大屁股小姐”）。

非言语形式的性骚扰，包括如下内容：1. 提出性方面的建议，在电脑桌面上、屏幕保护中、电子邮件里张贴侮辱性的下流的图文，通过电脑、传真或手机发送具有侮辱性的图文或视频。2. 带有暗示性的表情、眼神，侮辱性的手势或姿势，不受欢迎的玩笑，表露和倡导男性至上的卡通画及影射别人的文学作品。3. 侵犯他人的个人空间，比如，无必要地倚靠别人的身体。4. 没必要的肉体接触，比如，掐、拍、擦过别人的身体；违背别人的意愿与之接触、亲吻、拥抱；下流的带有性侮辱或侮辱企图的推、挤、撞；装作付钱，把手或东西放入别人的口袋，特别是伸到别人的胸部、臀部或后裤兜。5. 性骚扰的另一些形式也可以是犯罪性的攻击，比如，通过邮件邮寄淫秽物品，打下流电话，发下流信息，企图进行下流的攻击。

青少年在生活中遇到性骚扰，应该严厉予以制止。如果对方行为过于明显，或对提醒不予理睬时，青少年需要立即告诉老师或家长，通过正常渠道解决。如果在公共场合遇到他人的性骚扰，应大声呵斥，并向周围的行人或警察求援。切不可由于胆小怕事而容忍性骚扰事件的持续发生。

同时，青少年要建立自我保护意识，不论出门前多么匆忙，都应该告诉家人、室友或好朋友，自己的目的地、与谁有约、预计归来的时间等，并尽量避免一个人夜行黑暗且行人稀少的僻路。当陌生人与你搭讪，或特别夸赞你时，即使为同性，也应提高警惕。陌生人问路时，口头告诉即可，不必亲自带路。

一旦发现有人跟踪，赶快找附近商店或可靠的住家求援，再打电话回家要求家人来接你。尽量不要太晚回家，如果非得很晚才能回家，女生可请男同学送你一程，或请家人前来接你。

假如夜晚需搭乘出租车，应首先观察出租车是否是合法经营的车辆，拒绝搭乘“黑车”。上车前应观察司机状态，如发现司机眼光或行为异常，应借口有事不能上车。若司机状态正常，上车后把暗中记下的车牌号信息告知家长（发短信、QQ 或微信），或直接打电话告知家人正在回家途中（可说明搭乘的出租车颜色、所属营运公司名、预计归程时间等）。

如果万一你被强暴了，最重要的是立即“寻求协助”，包括立即告知家长并报警，去医院检查内伤与外伤，查明是否感染性病或艾滋病，服用事后避孕药，接受心理康复训练或治疗等，而不是跑回家悄悄地哭泣。被强暴不是你的错，不要把所有的过失都自己承担。发生这样的事是不幸的，但你有权不让这种不幸蔓延。

第六章　网络交友的风险

“年轻人嘛，都喜欢刺激一点的东西。她们都是糊里糊涂地就把自己交给了别人，自我保护意识都不太强。我对我的这些朋友特别惋惜，虽然我从来没有跟她们说过，但是看到她们这些事情我觉得特别难受。”

十七岁夏天的一段错乱经历

紫琰给我写了一封很长的信，讲述了自己的遭遇。我当时就想，如果有机会应该和这个女孩子见面聊聊，也许可以给她绝望而灰暗的心情一点点安慰。

我来到成都，与她在一家肯德基见面，慢慢感觉到文字与语言在安慰别人时的苍白与匮乏，她用毫无起伏的声调讲述自己的故事，这个相貌普通、讲话缓慢、性格温和的女孩，被一个在成年人看来太平淡无奇的经历伤害了，也许一生都无法自拔……我们的谈话直接进入主题，可是那些碎屑一样的情绪，不得不再一次提起。

她是个慢性子的女孩，奶奶陪她买的裙子颜色有点浑浊，深灰色上有些若隐若现的条纹，与她的年龄不太符合。她坐在那里，好像被一团愁云罩着，餐厅里的明亮与喧闹都与她无关。

我也静默了好一会儿，才开口问她：

面对以前没有办法了吗？

好像面对以前的事情都觉得挺无助。

你觉得最大的收获是什么？

学会怎么保护自己，不要让别人过多地伤害自己。

你觉得那样的事情对自己是一种伤害吗？

有一部分是吧，以前不懂事，现在想起来是对自己很大的伤害吧，如果没有以前的那些事情，我可能不会像现在这样子。可能我会是另外一种性格，另外的一种生活方式吧，不会像现在这样。

现在是一种什么样的生活方式？

以前我跟家里的关系不是很好，什么事情都跟爸爸妈妈吵架，造成了现在我爸爸妈妈特别不相信我。我觉得以前听话一点就不会是现在这样子，就不用花那么大的力气去弥补这些过错。

你的变化是从什么时候开始的？

十七岁。高二。

你高二的时候是在什么样的学校里面？

我的学校是省重点高中，升学压力特别大，家里给的压力也很大，父母就让你好好学习，然后考大学，思想不能有一点放松。而十七八岁的女孩子正处在很叛逆的阶段。

你现在回过头来再想你的十七岁，究竟叛逆在哪些方面？

比如说我妈让我看书我就不看，父母叫我干什么我偏不干什么。在学校里也是，经常不去上课。看书让我心里很烦，看不下去，压力太大了。甚至看到书都不想去摸，有点厌学。

你觉得厌学的原因是什么？这个压力是从哪儿来的？

可能是升学的压力吧，也有可能是自己不会调节。

她一直低着头，很偶尔会抬一下头。听到我的这个问题，她面露轻微的茫然之色，但很快就开始回答。

你那天晚上是怎么在网吧认识那个男孩的？

我那天晚上没有回家，也不可能睡到同学的家里，那样爸爸妈妈肯定会找到我。我就想在网吧里过一夜。上网的时候我和我认识的一个网友说，可不可以到他那儿去睡，我说我睡你的房间你睡沙发，他说可以。我们两点多回去的吧。

这个朋友你之前认识吗？

之前不太熟。

是中学生？

不是。我觉得我当时特别单纯，如果自己再多一点心眼，可能不会犯下这么大的错误。我从幼儿园到初中毕业都是跟爷爷奶奶一起长大的，他们都非常溺爱我，什么事都保护我。我很少接触社会，很单纯，特别容易相信别人。到别人家里住，完全没有防范的意识。

那个男孩的家里只有他一个人吗？

好像家里的人都睡了吧，当时我没觉得有其他人。我才十七岁，他都二十二岁了。那个时候我特别不懂事，特别容易把自己交给别人。

你妈在哪儿找见你的？

是一个同学打电话，约我在一个地方见面，我妈妈就找到我了。然后我妈妈和那个同学带我回家了。

你有没有觉得这一夜之间的事情像是故事？

我真的觉得是一个很错乱的故事，一个不该发生在我身上的故事。

你现在能把这个故事从头至尾讲一遍吗？

我十七岁那年夏天，一天下了课，玩到特别晚才回家，又跟父母吵了一架。

你为什么和父母吵架？

因为父母不相信我，他们觉得我那天又没去学校上课，还非说我撒谎。

你到底撒谎没有？

我没有撒谎。但妈妈不相信，非要去我班主任那儿核实。结果第二天我就没有回家，骑着自行车到街上游荡，不知道该到哪儿去，后来就去了学校附近的一个网吧。我知道爸爸妈妈在找我，待了一会儿我就跟网友说要到他那儿去住。

你了解你的网友吗？

了解得很片面。

你怎么认识他的？

是在 QQ 上认识的。现在我觉得特别傻，男孩子看到不懂事的女孩投怀送抱，大概都是比较开心的吧，但是当时的我并不了解。我出了网吧，在去网友家的路上看见爸爸妈妈在找我，但是他们没有看到我。如果当时我去喊他们，或者走到他们面前，这些事情没准很快能够解决，但是我没有，只想快点逃开他们的管制和他们带来的压力。当时我就是这样想的。我骑着车飞快地走了。见到网友，我们又去唱了一会儿歌，然后和他一起回家，两点多的时候我们就上床了。他并没有去客厅睡，我也没有拒绝，我们之间发生了那种关系。

你们是第一次见面吗？

对，是第一次见面。

你喜欢他吗？

谈不上喜欢吧，我只想找一个地方能够让我住下来，能够让我有一个安身的地方，我就是这个想法。五点多的时候我离开他家。

你当时是什么样的心情？

应该说是很漠然的心情，什么都没有感觉到。因为我并不喜欢那个男生，我们纯粹是肉体关系。

戴安全套了吗？

没有，没有任何防范的措施。

这次的性行为没有给你带来乐趣吗？

没有。没有任何意思，只是纯粹的一种发泄吧。

你和一个男孩子在网吧里认识，然后你和他到家里，到跟他发生了这样的关系。在整个过程中你有没有想过会发生什么样的事情，发生了这些事情以后你怎么办？

想过，发生事情以后我想过会怀孕，最糟的就是怀上孩子，当时我就懵了，不知道该怎么办。

他呢？

他在这之后很久都没有跟我联系，这让我特别消沉。那时候我觉得万一有了孩子怎么办，但是我又没他家电话。

你觉得发生这件事情最重要的原因和责任是在谁的身上，是在你父母身上吗？

不是，不单纯是他们的责任，我自己也有一些责任。自己不懂事，没有学会保护自己。但是我父母跟我说这方面的事情特别少，所以我觉得是两方面的原因。

这件事情结束之后你的心情好一点没有？

没有，觉得自己什么用都没有了，对自己很失望。觉得自己没有办法去改变命运，希望都破灭了。好像一夜之间自己成了一个没有用的女孩子。后来我经常试着去忘却这件事情，但是做不到。我觉得这是自己开始放荡的一个标志吧。

你是怎么放荡的？

对自己的身体不再那么重视，不再那么在意，觉得自己不是一个处女了，就什么都不管了。比如在基辅留学时，新交的男朋友，他对我有要求，如果我还是处女的话一定会拒绝他，但是那时我从来没有拒绝过他，反正不是一个完整的身体，无所谓了。就是放任自流的那种感觉，什么都可以放弃。还有我跟这个男朋友分手以后，还跟一个在当地做厨师的很大年纪的男人发生过三次性关系，但没有任何感情。

你现在多少岁了？

十九岁。

两年过去了。这两年你的生活怎样？

那件事情以后，我去了基辅。在那里我有了一个很好的我很喜欢的男朋友，他比我小五个月，就是前面提到那个。因为我一个人在国外无依无靠，很想找一个人温暖自己的心灵。十七岁那次不算真正的恋爱，应该叫一夜情吧。但是基辅这一次我是全身心地投入，我真的很好地去对他，但是得到的很少，我觉得特别失望。

你怎么很好地对待他？你为什么爱上他？

因为我觉得他学习还不错。

你们是在基辅认识的吗？

对，他跟我学的都是乌克兰语，他学得不错，我跟他在一起是想让他帮我补习一下。另外我想找一个更亲近的人在自己身边，可以照顾自己，至少不会那么孤独。我觉得这是我喜欢他的最大原因。

他这个人本身有什么优点呢？

学习蛮不错。

长得好看吗？

像个小孩子吧，不算太好看，但也不算太难看。脾气不错，很会做饭。

你喜欢他表现在什么地方呢？

比如他指出我的缺点，我都尽量地去改正，尽量地去满足他的要求。

他提过什么要求？

他说要好好学习，跟他去见他朋友应该多给他一些面子什么的。

那你觉得他喜欢你吗？

我也不知道，因为我现在觉得，他可能也是想找一个可以说话、可以温暖自己的伴吧。对我的感情不是特别深。

你觉得他喜欢你，都表现在什么地方？

他上午有课，我下午有课，我回来就可以吃到可口的饭菜。买东西之类的事情都是他去做。他还帮我补了一段时间的课，其他的我没感觉出来。

那你们为什么分手？

我也不知道。我春节的时候回家了，二月十一号才回到基辅。当时我放下行李收拾了一下，就赶到他的寝室。那天他一个人在，关上门就说想跟我分手，我看见他哭了，就没有问他理由。当时我真的不知道该说什么，我看见他哭的时候感觉好像要崩溃一样，没有任何表情地走了。隔了一天，我喝醉了，摇摇摆摆的，在我们寝室的楼上抱着我同学哭啊哭的，好像天要塌下来一样。

因为什么回国的呢？

自己没能坚持在那边待下去，还因为爷爷比较想我，就回来了。

和跟他分手没有关系？

没有。因为我跟他分手是在下半学期开学的时候，经过半年的调整应该没有感情上的纠葛了。

现在回想起他，你感觉怎样？

他对我打击真的很大。他应该算是我第一个真正喜欢过的人吧，虽然那个时候的感情不是很成熟。

你跟第二个男朋友在发生性关系的时候有愉快的感觉吗？

有。

你觉得这样好一点？至少你喜欢他。

对，因为我们之间毕竟有感情的基础。

你觉得你跟他发生性行为的时候他是一个能照顾你的男人吗？

我跟他都不是太成熟，要说照顾到女孩子可能不会。我觉得我们之间还是有很多事情要学习的。

你和第三个男人在发生这件事情的时候，是不是纯粹为排遣寂寞？

大概最主要的是身体上的需要吧。

你觉得你已经开始有身体上的需要了？

大概是吧。因为在国外特别特别寂寞，那种寂寞难以忍耐，大概就是为了排遣寂寞。

他的年纪比你大很多？是中国人吗？

中国人，大概比我大十几岁吧。

你觉得他爱你吗，他喜欢你吗？

不，只是身体上的需要。我们不存在爱，没有真正的爱，大概只是彼此需要才走到一起，后来实在觉得这个事情非常可恶。

你觉得？

对，然后慢慢地疏远了。

那你和他怎么认识的？

他是一个餐馆的工作人员。

你去那里吃饭认识的？

对，我经常去那里吃饭，因为只有他那里有中国菜。我们就认识了，就有了这种关系。

你们为什么会有这种关系？

当时是他要求的。

他想的？

对。

他自己在国内是不是有家庭？

这个我不知道。

你从来没有问过他？

没有问过，我想大概有吧。我离开他的一个原因就是我不想去破坏他的家庭。如果他有家庭的话，我不想去做第三者插足一类的事情。大概第三次以后我们就逐渐地疏远了，慢慢地分开了。

跟他在一起你觉得愉快吗，身体上是不是要比前两个有经验呢？

毕竟他那么大了，肯定在这方面的经验比较丰富。但是对我来说很难分辨谁比较有经验，谁比较没有经验。

你觉得这些事情有没有办法避免呢？

有方法。比如说可以让自己思想再成熟一点，多借鉴别人的事例可以少走很多弯路，最主要的是要增强自我保护的意识。还有就是不要和家里人赌气。

那你觉得父母应该怎么做，小孩才不会跟父母赌气？

父母要多和小孩谈心，多了解孩子是怎么想的，给孩子讲一下自己是怎么想的，彼此多沟通才能够理解。当孩子说了心里话，父母也不要太惊奇。父母还应该在某些方面给孩子一些提示。对孩子不能简单地打骂，打骂肯定会使小孩心里受到伤害，会让孩子有事情也不敢跟他们说。我就很讨厌我爸爸妈妈老是打我，所以特害怕跟他们说一些自己的心里话。

他们为什么打骂你？

因为他们有望女成凤的思想，如果我犯了一些错误让他们不顺心，出乎他们意料之外，他们就会打骂我。可能我父母跟我之间的感情不是特别深厚，因为我从小跟爷爷奶奶住，对他们的感情比对我父母的要深一些。我现在还是跟爷爷奶奶住，有种割舍不下的感情。

你是怎么理解父母的，通过什么事情理解的？

怎么说呢，他们现在对我的看法好像跟以前不一样了，教育方法也改变了很多。现在爸爸妈妈特别理解我，也不像以前那么爱猜疑了。我觉得理解是彼此的，现在我也特别能感受到他们对我的爱，所以我自己要做得更好一些，我不想再回到以前那种混乱的生活了。

你的父母知道你和这三个男朋友之间的事情吗？

不知道。我从来没有告诉过他们。因为我爸妈算保守的那种，他们很少跟我说这方面的事情，只要我好好学习。我小时候跟爸妈一起看电视，电视上有接吻的画面，我妈妈都会遮住我的眼睛，不准我看。我觉得这种事情，在他们那儿得到的教育非常少，所以才造成了我十七岁发生的那件事。如果跟他们早有交流的话，大概会避免，至少不会发生得那么早。我觉得我爸爸妈妈知道的话肯定会非常伤心。

你自己对于发生性行为是怎么想的，觉得自己是一个坏女孩吗？

是，我当时觉得真的是一个很坏的女孩子。我已经错过一次了，但是后来还是那样做，还不知道爱惜自己，可能真是无可救药了。好像有种心理在作怪，觉得自己没有办法挽回的那种堕落。当时，我去上海，在黄浦江边，真的想从那儿跳下去。我一直在反思，为什么要那么做，为什么一直伤自己的心，伤父母的心，但一直没有想出一个结果。听别人说过，从哪里跌倒就从哪里爬起来，但是我却没有从跌倒的地方爬起来，反倒一而再再而三地犯错误。

在高中的时候你们班里的同学，不管是恋爱或者是发生性行为的人多吗？

蛮多的。我认识的很多人都在谈恋爱。我很要好的一个女朋友，读高中时成绩不是很好，后来就退学了，开始和男朋友同居。我高三毕业时她来找我，说她打了一个孩子，流了很多血。还有一个认识七年的朋友，也是跟她男朋友特别好，为了男朋友打了两次胎。我心里特别为她们伤心，觉得她们的身体受到了伤害，我不希望她们这样糟蹋自己。

你觉得这是什么原因？

年轻人嘛，都喜欢刺激一点的东西。她们都是糊里糊涂地就把自己交给了别人，自我保护意识都不太强。我对我的这些朋友特别惋惜，虽然我从来没有跟她们说过，但是看到她们这些事情我觉得特别难受。

你觉得中学生这样的多吗？

可能有一点多吧。

为什么？

一个是压力大，一个是因为自己叛逆吧，青春期的叛逆。还有些是因为不懂事，糊里糊涂地就给了别人。

你觉得这就是刺激吗？

不太刺激，因为我当时的心情和他们不一样，我是跟家里吵架而产生的叛逆心理，然后自暴自弃才发生了这种关系。我觉得可能很多女生会认为，谈恋爱嘛，可以为男朋友做一切牺牲，不会考虑后果，糊里糊涂就跟男朋友发生这种事情。这大概是发生性行为的最主要的想法。

你现在是不是觉得你做的这些事情都太坏了？

我曾经以为什么都可以放弃，现在看起来特别傻，特别蠢，难以想象我曾经的生活。曾经的我对什么事情都没有积极的想法，很消沉，走一步算一步。

你觉得性这个东西在你的生活当中扮演了一个什么样的角色？你是怎么理解这个东西的？你觉得它对女人来说意味着什么？

现在我觉得性在我生活中是可有可无的一件事情。但是性对于其他女孩来说就像潘多拉的盒子，你打开了也许有很好的东西，也许有很坏的东西，一旦尝试了就一点意思都没有了。

那个过程是不是很有意思呢？

那个过程大概算一个成长的过程吧。性可以让一个女孩成长为女人，很多痛苦的回忆对你的成长非常有用。我的第一次对我现在有很大的教育意义，能够让我坚强起来，比以前做得更好。不会像以前那么糊里糊涂的，做什么事情好像都不过脑子一样，什么事都相信别人，什么事情都想得那么简单。这就是性给我带来的好处。

当然也有一些坏处。曾经让我很堕落，没有奋斗的方向，让我觉得一切都是迷茫的，没有希望，没有生活的目标。我现在想起当时的情形还会有难以忍受的感觉。

你喜欢你的身体吗？

以前大概不喜欢，现在觉得要珍惜。

当你和一个男人赤裸相对的时候，你觉得他喜欢你的身体吗？

以前觉得不会。好像他们爱的不是我和我的身体，爱的只是性行为本身而已。

你觉得你以后会过得更好吗？

我不知道，只能靠自己努力了。

如果你以后再有男朋友的话会怎么办呢？

再有男朋友，不会轻易地付出感情了，因为我受的伤害挺大的。

你应该好好地了解一个男孩子，真正地了解他，然后真正地知道他爱你。

但是我觉得即使他真的爱我，我对他都不会有信心，因为我对自己没有信心。

对紫琰的采访结束后，我在那个灯火辉煌的肯德基门口发了一会儿呆才离开。心情因为这次的采访变得极为抑郁。还从来没有见过这样毫无理由、平淡无奇、莫名其妙的一夜情，只是为了想自暴自弃一下，却给自己留下了无法平复的心灵创伤，接着就是更加剧烈的自暴自弃。

我们的谈话，我的劝慰，对她的作用都是微乎其微。她的情绪一直都非常低落。我特别希望她能够重新振作起来，变成一个开心的少女，毕竟，被雨水打湿的翅膀，总有一天会被太阳晒干的，还可以继续展翅飞翔。

我一直有一个观点，教育尤其是性教育其实是一个非常个人的事情，每个孩子在身体和心灵上都千差万别，例如，我昨天采访的一个女孩还满不在乎地和我说处女是一个负担，今天另一个女孩就会告诉我，因为自己失去了处女的身份，就连活下去的勇气都快要丧失了。所以我们一再强调家庭性教育的重要性，就是这个原因，只有父母才可以掌握孩子身体的变化、真实的想法、情绪的好坏、心情上的波动，才能在最合适的时候给孩子最合适的帮助和教育。

而比较糟糕的亲子关系会适得其反，会使孩子的情绪变得更坏，行为更叛逆，成长更艰难。同时，孩子本身要承受的压力也就更大。一个缺乏父母之爱的女孩，在心理上也会出现各种各样的问题。紫琰因为从小没和自己的父母一起长大，所以没有那么多的亲近之感，她的父母不仅没有发现自己在女儿童年时所造成的这个不能弥补的养育缺憾，相反更加地严厉和不信任自己的女儿，以至于在学习和家庭的双重压力之下，她连活下去的兴趣都没有了。

孩子发生性行为常常被忽略的一个原因就是他们生活当中无所不在的压力，这个压力是成人无法想象的。

拿紫琰的压力来说，在重点学校里，毫无疑问升学的压力很大，在家里，父母就让她好好学习，然后考大学，思想不能有一点放松。十七八岁的女孩子正是很叛逆的阶段，又会有叛逆带来的压力，虽然这个叛逆也可以理解为孩子在寻求独立过程中的一些正常表现，但如果这种表现没有得到理解和谅解，也会成为压力的一种。十七八岁毫无疑问也会有被异性吸引带来的压力，如果很容易被吸引，那么就会有约会、交往的压力，因为这在我们的环境中是不允许的。如果因为相貌平常不能被吸引，也会有压力。总之这个压力清单可以永无止境地开下去，那么陷入这个压力怪圈的少年，就会发现自己的表现不能达到每个人的要求，自己几乎做不好任何事情，也没有能力做好一些事情。也许这个时候，有机会他们就会用性行为来发泄，这种简单的身体互动，可以在短时间内让他们的压力得到释放。

今天的孩子们生活在各种形式的压力之下，父母常常不明白这种压力会有多强烈，当情感和精神压力开始堆积时，性可以提供立刻的满足感。

它涉及到身体、头脑和情感，让人短期内能释放紧张情绪。

青少年所经历的压力是真实的，性为他们提供的片刻解脱也是真实的，当然，性不能解决紧张的环境，但它的确提供了暂时的逃避。当紫琰被学习的压力折磨到厌学，对妈妈的毫无道理的训斥还嘴，以致离家出走，自己觉得痛苦、迷茫、混乱、不知所措的时候，也许她在当下会觉得性关系可以给她带来安慰。

在我采访过的孩子当中，几乎无一例外提到压力，也有一些青少年把自己发生性行为的原因归结为压力，但是他们忽视了一点，就是学会对自己的行为负责。也许他们对父母的关系没法改善，对老师的态度没法改变，对周围朋友的行为不能反对，但是他们忘记了他们可以控制自己、改变自己。如果他们可以通过自控和自律处理压力，就不会觉得需要求助于性来解脱压力。如果他们可以把注意力集中在自己的意志、性格、品质上，就可以真正认识自己，明白个人的价值，健康成长。

但是，达到这个目标的有力支柱是他们需要得到父母的配合和帮助，与其站在一旁喋喋不休地抱怨孩子，不如拿出实际行动帮助孩子解决压力，获得正确的解决问题的方式。

在紫琰的生活中，还存在一个现实的压力，那就是失去处女这个身份带给她的绝望和沮丧。我们先来探究一下，紫琰最在乎的处女膜的真相：从一个妇科医生的角度来看，处女膜并不是很重要的身体组织，这种黏膜的作用主要是阻挡一些病菌的侵入，对少女的身体有保护作用。少女时代，她的小阴唇和大阴唇都是闭合的，再加上处女膜，共有三道保护屏障，所以大家会发现，少女是很少有妇科疾病的。

一旦这个处女膜破了，你的保护屏障就少了一层。其实处女膜在很多情况下会破裂，也和个人的情况有关，有些人的这种组织比较薄，有些人的比较厚，有些人的比较软，有些人的比较硬。比较软的这种组织在上体育课的时候，因为剧烈的运动也会破裂。所以这样一个身体组织，它的各种情况的破裂都会发生，不应该成为判断一个女孩好坏的标准，更不应该成为一个人一生的精神包袱。

我的成长经历很复杂

《藏在书包里的玫瑰》(2004 版) 出版多年后，依然有全国各地的孩子通过信笺或者电子邮件与我联系，李憬就是其中的一位。他在电子邮件里告诉我，他有很多话想和我说，还留了一个 QQ 号给我，于是，我有了一次 QQ 采访经历。

一个炎热的下午，通过网络，我和李憬聊了很久……

聊天刚刚开始，他发了两张照片过来，照片中的他非常清瘦，表情不是少年惯有的活泼，而是挥散不尽的茫然。他斜靠着一棵树，让人判断不出这是哪里……

你是在哪个城市？

北京的。

你能描述一下自己吗？

描述什么？

相貌、身高、性格等等。

我给你发两张我以前和现在的照片吧。我属于那种做什么事都特直接，不喜欢磨叽，也很开朗，性格上唯一的缺点，我认为就是做事脑子特笨。

我们开始吧！先聊聊你的成长经历，小时候是什么样的孩子？

小时候是一个很听话的孩子，但是我的成长经历却很复杂。因为父母工作都很忙，我跟姥姥姥爷住一起，非常听话，也很天真。但慢慢长大后，怎么说呢，从初中的时候思想就变了，因为父母离婚了，然后接触的人又是属于那种社会上的。

父母离婚对你的影响很大吗？

嗯，当时不算很大，但是慢慢地心里就有点阴影了。

你和父母的关系是什么样的？

我很喜欢妈妈，不怎么喜欢爸爸，虽然现在和爸爸住一起。妈妈在今年去世了，这件事对我影响很大。

父母离婚的原因你知道吗？

知道。

什么原因？

因为妈妈爱赌博。老去玩牌，没日没夜的，一星期都不怎么回家，没有尽到做妈妈的责任。

你父母的教育方法是怎样的？

对我没有什么太复杂的教育。怎么说呢，就是口头上的教育，在我犯错的时候对我不断地劝说。但我妈妈却总是能跟着我的思想走，随着我年龄段的变化她的教育方法也在变，不会像爸爸那样就光是说。

你现在和父亲的关系怎样？他是一个什么样的男人？

现在还算可以吧，就是平常不怎么聊天。他是一个思想很封建的男人，我对他只有这点评价。

他对你态度怎样？他从事什么工作？

其实对我很关心，只是思想很封建，所以他的关心我体会不到。我爸爸自己开公司。

你关心爸爸吗？你觉得你们有没有可能建立良好的关系？

有可能建立好关系，只是每次我都不敢面对面地和他聊天，因为从小我就怕他。他的脾气很暴，总是按照他那个年代的一些办法去处理我的事情。我也很关心我的爸爸，毕竟他现在是我唯一的亲人啊。

我一直猜想李憬住在北京一个比较偏远的区，比如顺义、昌平什么的，没想到他竟然是在北新桥雍和宫一带长大的，他所有的朋友也都是这一地区胡同里的发小。

之所以有这样的落差，是因为他在描述自己的生活的时候，带给我的那种混乱的印象。比如妈妈很喜欢赌博，而且一旦打起牌来，可以一周不回家。

我已经习惯了，很多想要和我聊一聊的孩子，他们所讲述的家庭背景，都会有一些与普通孩子不同的状况，比如说父母会离异，或者父母一方有外遇等。李憬也不例外，他小的时候父母就分居了，等他稍大一点，父母就选择了离婚，这对他的成长影响很大。

你小时候到现在的爱好是什么？

没有什么爱好，就是喜欢交朋友，喜欢挑战新鲜事物。

你还记得自己怎样第一次接触和性有关的事物吗？

上初二的时候吧，已经接触很多社会上的人了，又爱在网上聊天，认识了一个姐姐。我听她讲了很多这方面的事情，还和她发生了第一次。

你还记得第一次做这件事，给自己的生活带来了怎样的影响吗？

没有什么太大的影响，但是变得没有以前那么天真了，在接触事物上和判断上都和以前不一样了。

事情是怎么发生的？能描述一下吗？

嗯，就是一开始在网上聊天，然后她问我有没有做过那种事，我说没有，然后她说哪天让我去找她，她教我。当时我很好奇，也觉得很新鲜，不明白为什么还有人教这个。第二天我就去了，在车站见到她后，她把我带到她家，然后就发生了那种事，也就是我的第一次。

她是一个什么样的女人？你喜欢她吗？

第一感觉就是她更像一个大姐姐，年龄好像有二十多了吧。相貌我记不大清楚，很清秀，干净，短发。皮肤有点发黄，瓜子脸。怎么说呢，感觉是一个做什么事都很直接的人。她住在一个挺安静的小区，家里布置得挺可爱，感觉很爱干净，但我不知道为什么她会这样……我不喜欢她，而且从那件事发生后我对她就没有什么印象了，也不想对她有印象。

为什么？

因为我觉得是她改变了我的一切。自从那件事之后，我变得不再天真了，思想上发生了很大的变化，感觉比同龄人成熟很多。

你当时知道要发生什么事情吗？

嗯，我知道，因为她在网上和我说了。

这件事情怎么开始的？

见到她之后，她跟我聊了几句，然后说让我去她家，我就跟她去了。到她家之后，其实没有什么过程，她很主动，然后就开始了。

你想过拒绝吗？自己当时是一种什么心情？

当时我已经不好意思，而且很紧张，不知道自己该做什么。

你能描述一下，她是怎么引导你的吗？

她让我看电视，然后我就跟她看电视，结果她从后面抱住我，就开始亲我。然后就说把衣服脱了吧。就这样，当时过程非常简单。

你自己呢？这件事情，第一次就做成功了吗？

第一次就成功，因为当时紧张，不知道该做什么，就这么顺着她往下进行了。

结束之后什么感觉？

怎么说呢？脑子一直很蒙，不知道自己做了什么，然后那姐姐还笑着跟我说，第一次可被我弄没了，更让我不知道自己做了什么，反正脑子很乱。

你怎么和她告别的？她还说了些什么？有没有安慰你的话？

一点都没有安慰我。我记得我走的时候她送我到门口，然后我们说了声再见。就这样，我走了，回去后我们也没有再联系。

你是不是有一种受骗上当的感觉？

嗯……的确有这种感觉，反正事情完之后，第二天我就赶紧去医院做检查了。

为什么自己变得没有以前那么天真了？能具体说一说吗？

以前我只是一个和别人都一样的孩子，每天上学、放学、写作业，重复着这些事情。当我接触完这个姐姐和那些社会上的人后，整个人都变了，不爱学习，不爱回家，做什么事都很冲动，从来不过脑子。我也不知道为什么自己会变成这样，也许真的像人们说的年少轻狂吧，呵呵。

你分析过自己没有？你这样是变好了还是变坏了？你喜欢这种变化吗？你有没有觉得自己受到了伤害？在这个姐姐之前，你交过女朋友吗？

我分析过，也自己想过，我觉得我变坏了。当时我很喜欢这种变化，也很享受这种变化，因为我喜欢比别人都高一头，那种谁都不服的感觉，我觉得很刺激。至于伤害，我只能说是因为小时候父母离异，没有爸爸严厉的劝说了，妈妈又什么事情都听我的。在这个姐姐之前我没交过女朋友，但在这之后我交了不少女朋友。

毫无疑问，李憬的不幸与父母未能履行监护责任密切相关。其父难以沟通交流，其母赌博竟能一周不归，生活在这样的家庭，孩子想不出问题都难。本来，学校的生活尚可带来某些希望，他偏偏在高一又辍学了——在中国，接受完九年义务教育后无学可上是正常的。应该说，李憬还是有些上进之心，只是太需要社会的接纳与帮助，他甚至需要接受治疗。

一共交过几个女朋友，从初二到现在？有没有自己真正爱的？

我都不知道自己交过几个，但有三个是我永远忘不了的。

能不能按照次序，先讲一下第一个女朋友？交往的时间、经过、对自己的影响等等。

第一个让我忘不了的是我初三那会儿吧，当时帮我认的一个妹妹去打架。那女的也是那所学校的，当时她看到我后，也不知怎么的就让别人打听我，想和我交朋友，就这样我们结识了。我们俩没在一起多长时间就分开了，有一个多月吧，但我确定是喜欢上她了。当时不懂爱，但我确定能说我爱上她了，在这一个月为她做了不少事。平常我很懒的，但和她在一起后，我每天都早送晚接的，但还是没挽留住她，到最后我知道她还有一个男朋友，因为这个我们分开了。我很难过，当时都有种想报复的心理，但我控制住了。分开的那几天我想了很多，自闭了好几天……

你觉得这件事对你最大的影响是什么？

我很重感情的。分开后，我真的有点不相信女人所说的话了，说的跟做的永远都是不一样的。

第二个女朋友呢？

第二个是我一个朋友介绍给我的。让我很好奇的是我们没认识几天，她就要求和我住一起了，当时我妈妈也没反对。住一起时间长了，就有感情了，感觉好像谁也离不开谁了。当时不知道怎么了，两人山盟海誓，我就是没记性，又相信了。那女的当时还在上学，跟她在一起的时候是她放暑假，两三个月吧，我们一直住一起。还记得第一次文身就是和她在一起的时候，当时还把她名字文身上了呢。

这个女的令我很难忘的，就是因为她，我和不少跟自己很好的哥们吵架、打架，他们都劝我和她分开，我不听，然后就吵。可真像他们说的，她开学后就和我分手了，但我不恨她，也不怪她，因为我妈妈很喜欢她。我后来有段时间一直追她，想挽留她来的，但根本没用，也就放弃了。后来想通了，那时太小了，根本没有什么永远，以后的路还很长。此后我有很长时间没再交女朋友，交的也是几天就分了。

当时你上高中了吗？她为什么要住在你家？她的父母没有反对吗？你了解她吗？喜欢她什么地方？

当时我已经不上学了，高一上了几天就不上了，我也不知道她住我家的原因，她父母也没有反对。我对于她的理解就是，她是一个很疯、很闹的女孩，我就喜欢她这些吧，因为当时我也不算什么好人。

那在你高一那年，你的生活发生了很大的变化？你的第三个女友也是你退学以后交往的吧？讲讲你和她的事情？

我觉得我一直都没有什么变化，就是一点点在长大，每天都在做着同样的事情。第三个女友，是我去年在哥们儿生日聚会上认识的。当时她是和她男朋友来的，我一看她不知道怎么就喜欢上她了，就感觉一定要追到她，因为我的占有欲很强。后来我就一直去她学校接她，让我哥们儿帮忙，追了有两三个月吧才追到。后来就在一起了，一直到现在还没有分开。让我觉得挺高兴的，还没有跟谁在一起这么长时间。

你怎么理解性和爱情的关系？你周围的同龄朋友怎么看这件事？你上中学的时候，同学发生这件事情的多吗？

我觉得发生性很正常，因为社会在不断进步。我一直认为中国人的思想很封建、很落后。性和爱情我感觉是完全不同的两种事物，有了性不一定有爱情，有爱情也不一定会有性。爱情是永远的，我一直相信爱情。我周围的人应该大部分都和我一样，我感觉这代人思想很直接，没有什么放不开的。

你相信的爱情具体是什么？

我一直相信两人既然选择在一起，应该就可以走到最后，只要彼此心里都有着对方。我就是这样的人，如果在一起了，我就会很好地去对待她。

性和爱情没法统一吗？

怎么说呢，也许可以统一，但每人和每人的想法不一样。

你的想法呢？

我对人不对事，如果这个人值得我去爱，我会把两者并到一起，如果不值得，我不会跟她产生爱情。

只发生性关系，而不会有爱情，是这样吗？

如果不值得，我的答案就像你说的。

你觉得你的想法可以代表大部分你这个年龄段的孩子吗？

应该吧，最起码我身边的人都这样，就是很直接，做事很冲动。

采访到这里突然中断了，因为李憬家里有急事，要出去一下。我也正好可以趁此机会休息一下，整理思路。我们约好第二天找一个时间继续采访。

李憬实际上是一个比较腼腆的男孩子，有点瘦，身材中等。交谈的时候，眼神会有点躲闪。他的妈妈竟然十七岁那年就嫁给了他的爸爸，并且当年就生下了他。难怪他会和妈妈有比较多的共同语言。可惜，他的妈妈仅仅三十六岁的时候，就因为心脏病去世了。

他和爸爸什么事情都谈不到一起，所以，现在要住在一起很苦恼，好在继母比较年轻，思想比较开放，他们可以谈到一起。

一般人们会认为，只有女孩子会在性行为中受到伤害，你觉得男孩子会不会在性行为中受到伤害？

也同样会受到伤害。其实男女都一样，一个男人可以去伤害一个女人，女人照样可以伤害男人，两者一样。

那么，具体到性的行为中，你觉得这种伤害是一种什么感觉，对自己的生活和爱的感受会有什么影响？

我感觉影响只是暂时的。也许会给心理上带来一些打击啊、压力啊，使这个人变得颓废或者不知道自己该怎么生活，但我认为过一段时间应该就会好的。

你最近在做些什么事情？

最近就是在家里待着，打算学个车去，然后找个班努力工作了。

因为高一就退学了，所以，我能感觉到李憬对未来生活的茫然，虽然他现在和一些朋友做些小生意，可是，看起来这不是一个长久之计。

后来，在出版社和我见过面，他发来短信问我，出版社要不要招打字的工作人员，他也还在想，能有什么更好的谋生方法。毕竟他还有一个正在读高三的女朋友。

如果他的生活秩序因为初中时期的那个女网友的一次性关系而变得混乱不堪的话，那么与我在出版社见面，这里明亮整洁安静有秩序的工作环境，一定对他有一点点的触动。

时间来到二〇一八年，是艾滋病传入中国的第三十三个年头。一月二十五日，《三联生活周刊》详细报道了在社交网络的助推下，“象牙塔”中的诸多学子，急于寻找认同，却全然不知片刻欢愉背后所隐藏的凶险的现状：

叶枫今年大三，在山东某高校读书。进入大学后，从小就“喜欢对小男孩搂搂抱抱”的他通过手机社交 APP 发现了新世界。他在 APP 有固定的交友圈，经常三五人约着出去，吃饭、唱歌然后开房。

在叶枫的生活里，“学校实在太无聊了”，只有课堂、食堂、寝室三点一线。有一天，他路过学校一个艾滋病宣传摊位，看到了青岛青同社区健康服务中心在推广活动，其中包括预防艾滋病的讲座和免费检测。他经不住志愿者几番劝说，去服务点做了一个 HIV 测试。结果是两杠鲜红，呈阳性。

实际上在中国，与叶枫有相同遭遇的大学生正越来越多。“仅在 2015 年，中国就报告了 3000 多例在校青少年学生确诊 HIV 呈阳性，如果连同前两年和 2016 年报告的在校学生染艾者，估计总数已达万人。”而增长率更是触目惊心：“中国疾控中心的数据显示，2011 到 2015 年，中国 15 ～ 24 岁大中学生艾滋病病毒感染者净年均增长率达 35%（扣除检测增加的因素），且 65% 的学生感染发生在 18 ～ 22 岁的大学期间。”

二月五日,《三联生活周刊》又刊登了联合国艾滋病规划署专家委员会委员、中国疾病预防控制中心首席流行病学家吴尊友研究员的专访。他表示,目前中国青年学生的感染仍未能得到有效控制,有约三分之一的感染者还未被发现。

看完上面的两篇文章,我觉得简直是一盆又一盆冷水泼下来。

按照吴尊友先生所说,中国还有三分之一的艾滋病感染者没有被发现,那么我们所面临的依然是一个很凶险的环境:一方面,社交网络的发达增加了发生性关系的可能性和复杂性。另一方面,在《三联生活周刊》已经描述出的发生性关系的青少年中,他们几乎都没有采取安全措施。

可见我们开展的性教育,远远不够对抗当下凶险的现实。

记得有次和十六岁的儿子一起出去看电影,电影结束后,我告诉他,自己正在写文章,论述移动网络发达的时代,家长应该怎样对孩子进行性教育,由此,我们展开了以下这段对话:

儿子:你们家长担心什么呢?

母亲:你们会在网络上交男女朋友。

儿子:我们不会,我们都是在现实中交往,很少与网络上不熟悉的陌生人交往。

母亲:真的?

儿子:真的,我们傻呀,怎么会和陌生人交往呢?

母亲:那QQ和微信之类的你们怎么用?

儿子:用来和现实中的男/女朋友聊天。

母亲:嗯,你们学校的性教育有什么?

儿子:有生理课。

母亲：讲到安全套了吗？

儿子：没讲到你说的这个东西（他没有说安全套这个词，用那个东西代替了），我们在网络上都知道这些东西了。

母亲：我知道，但是我还要和你说，有什么问题可以找我。

儿子：嗯。

之后他就把问题转移到了对中国电影的看法上。

我们想要教育孩子的心情，孩子都是知道的，但我还是想重申一遍：

第一，我们应不厌其烦地找一切机会和孩子讨论这个问题，直到他明白这个问题是可谈论的。

第二，当下环境可谓险象环生，而父母是孩子最重要的保护屏障，父母要清醒地认识到，性教育的重担依然落在父母身上。

第三，父母要有基本的常识，不要自欺欺人，更不要混淆道德和知识。

分析

网络世界的自由与风险

生活在网络时代的青少年获得了前所未有的自由，也面临着前所未有的风险。也就是说，享受着千奇百怪的信息和游戏，与数不清的网友来来往往，对于一个青春少年来说，必然充满了好奇与诱惑。问题在于，身处这样复杂的环境，是需要相当完备的素质才可能应付自如的。一般来说，一个初中学生是难以做到的。所以，学界一向认为，未成年人是弱势群体，是最容易受到伤害的群体。说形象一点，如果没有成年人的指导和保护，未成年人进入网络世界，有如羔羊走入虎狼出没的山谷，随时有可能被吞噬。

李憬的经历恰好说明了这一点。

据调查，中国男孩首次遗精的平均年龄为13.85岁，也就相当于初一或初二的阶段。因此，初二正是对性最为好奇的时期。但是，好奇就是好奇，并未达到渴望性交的程度，而是需要发展和完善自己的性角色。例如，学习表达，学会审美，学会独立，学会坚强等，这是他们学会与异性和谐相处的需要。

可是，初二男生李憬的好奇心，被一个二十多岁的女猎手所俘获。结果，丝毫没有爱情或友情可言，他成了女猎手的玩物，就像猫爪下的老鼠。这样的经历无论对于男孩子或是女孩子都是致命的伤害，其伤害的不仅仅是身体,更是精神——从根本上改变了他们对于性的神圣感。所以，那种性关系对于一个少男或少女来说，没有任何美感和快乐，只是残酷的扭曲和摧毁。

要学会保护自己的情绪

而相对于李憬的好奇心驱使，紫琰的行为则更多出于压力过大造成的叛逆、反抗，而一时冲动把感情投向了网上认识的男孩。

与李憬不同，紫琰通过和陌生人发生性行为来逃避现实，而网络则为她提供了机会。她承受着来自学业和父母的双重压力，情绪几乎到了失控的状态。

毫无疑问，青春期时情绪变得难以捉摸。龙迪在《我们的青春 我们的身体》一书中讲出了原因：由于身体的发育，特别是性的发育成熟，青春期的少男少女体内积蓄了大量的能量，容易兴奋过度，造成情绪上的不平衡；另一方面，他们的神经系统还远未成熟，不能很好地控制和调节情绪。所以才会这样。

解决的办法是：慢慢长大会变好，但远水解不了近渴。现在也有几种办法：独处，与自己的情绪对话，接纳自己的情绪，及时改变自己的一些想法。向自己的女朋友或好朋友倾诉而不是一味地发泄自己的不满。

龙迪还曾提出了道德性行为的四个标准，即自愿、无伤、承担责任和爱。

自愿

违背自己或对方的意愿发生的性行为（性关系），起码是一种不道德的行为，因为它侵犯了一个人的人权。因此，无论你是男孩还是女孩，当你面临性行为的时候，请切记：自己或对方没说 Yes 就是 No。

无伤

道德的性行为（性关系）不伤害自己，不伤害对方，也不伤害第三方。这里所说的伤害不仅是指身体上的伤害，也包括心理上的伤害。如果一方或双方患有性病（包括艾滋病），很容易通过性接触传染给对方，更有可能影响到他的后代。无伤标准要求我们，在与另一个人发生性行为之前，必须确定自己不会传染性病。

承担责任

在建立性关系之前，双方都必须有准备对可能产生的一切后果承担责任。一个不能回避的重要现实是，性行为可能使女方怀孕。在性行为发生之前，双方都需要清楚地知道，你们能否为可能产生的后代承担爱护和照顾的责任。每个人都有生存和被爱的权利。这种权利是与生俱来的，任何人无权剥夺。一个不被爱护、不被需要的孩子，在他一出生就已经失去了人性的尊严，就已经被侮辱了。同时，一个人如果抛弃了爱护和照顾后代的责任，就严重违反了人类行为的基本原则：一个人必须对可能影响到自己或他人的行为负全责。

爱

道德的性行为不仅应是全身心投入的生理反应，更应是全身心投入的生命交流。因此，在性行为之前，两个人的生命必须有某些共同的目标和方向，必须有爱。

过早发生性关系会阻碍相恋

大家都以为恋爱到一定程度就只能是性。可是澳大利亚的少女问题专家贝琳达·汉福特在《这是女孩子的事》一书中有更为确定的回答：在恋爱中过早地发生性关系，反而会阻碍你们进一步的相恋。为了得到愉快而健康的恋情，你们需要时间去一起玩乐，相互理解和学会照顾对方。

因此，特别要嘱咐女孩子，与男孩子交往时，很可能在何时走到这一步的问题上意见分歧，但你们必须共同解决问题。一个值得去爱的男孩，首先他会爱你胜于爱他自己，如果你的选择是慢慢来，那他一定会等你。

父母是给孩子帮助最大的人

父母是最爱你的人（也许不是最理解你的人），这一点，孩子们现在永远无法明白，直至他们自己做了父母（这里不包括丁克一族），会反省从青春期开始至现在与父母发生的冲突，发现自己也有不对的地方。

父母是有经验的人，人生的许多事情大同小异，但在狂躁的青春期里，父母的经验往往成了阻碍而不是帮助。你要过完全与父母不同的人生，但你最终会发现，大部分的人过上了相同的生活，少部分最有勇气的人过上了与众不同的生活，但是代价高昂。事实证明，尽管有代沟的存在，父母往往是给孩子帮助最大的人。

其实这一点在情感上也是同理可证。父母有时扮演一个吃力不讨好的角色：从心灵上，他们对自己的孩子有太多的不科学的期望；在精神上，有太多自我牺牲；在身体上，要争分夺秒地工作与挣钱。

设想可以让孩子过一天父母的生活，去挤公共汽车、上班、处理各种繁杂的事务，回到家还有干不完的家务，以及在情感方面对子女的经验之谈。而家长呢，试着过一天孩子的生活，拼命学习，对付考试的压力、家长的唠叨、老师的责骂、青春期身体带来的烦恼。

估计双方都会有深刻的感受，假如带着这样深刻的体会恢复正常的生活，不知生活会不会变得无比美好。

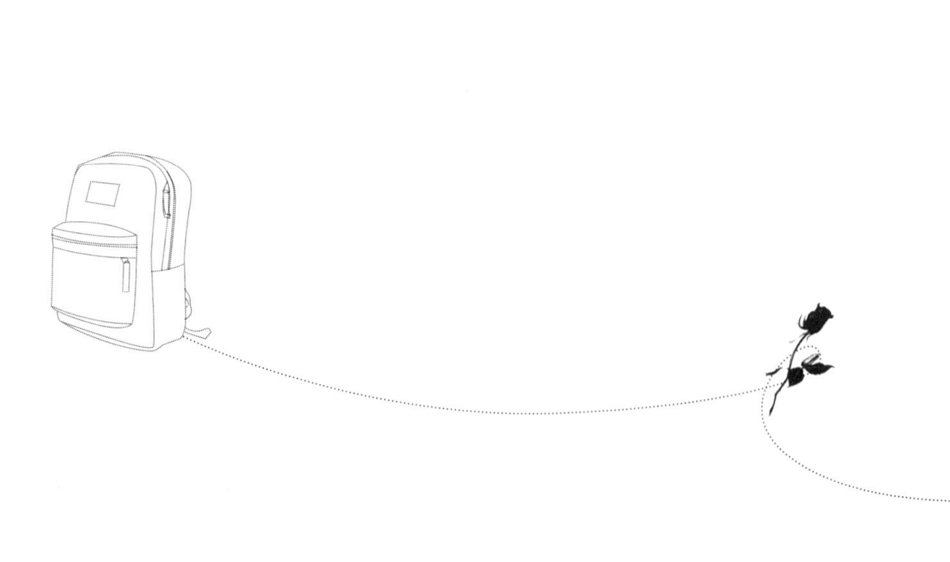

第七章　如何正确对待同性恋群体

“我没有幻想自己有个特别好的未来。也许年轻的时候，我女朋友觉得我挺帅的，会跟我在一起，但同性恋到老的时候，这种可能也许越来越少。也许会有一个人跟你在一起，一辈子。如果没有人跟我一起，我就去养老院，找跟我一样的人一起聊聊天，也挺不错吧。”

角落里的同性故事

我们约在长安街一家很有名的大商场的麦当劳里。

我怀着忐忑的心情等待我的采访对象。现在是麦当劳里最热闹的时候，人声鼎沸，我不知道待会儿我俩该用怎样的音量互为问答……

我们打电话确定对方的位置，我告诉她我的桌子上有一个冰红茶的空瓶子。

但实际情况是，她刚刚出现，我就断定这个人是找我的，便冲她招手。她笑着对我说："我还在找那个冰红茶的空瓶子呢。"

"看到我的样子很吃惊吧？""没有。如果我不知道你的背景，我会觉得你仅仅是一个很酷的人。"她的头发剪得很短，左耳上有五个耳环，穿一件灰色的男式短袖衬衣，宽腿的牛仔裤。

因为我最大的愿望就是剪她那样短的发型，所以我们先就头发的长短问题探讨了好半天。她比我想象的更温和，声音是有点像男孩子。但在这个中性打扮很流行的年代，这好像并没有什么让人惊奇的。

她的脸庞尖尖的，刻意男性化的打扮很难让人判断出性别。

你耳朵上有这么多的耳环？

很多人说耳朵上扎耳环是同性恋的标志，我从来不知道，我只是觉得耳朵上扎五个耳环非常酷。

你什么时候开始有这种男性化的倾向的？

从小就这样，一岁时，我妈给我买的红皮鞋我就不爱穿。有一回，我妈给我买了一双小懒汉鞋,男孩子穿的那种。她当时觉着好玩买回来的，但是我就特别喜欢穿。而且，我小时候玩的都是手枪啊，弹子呀，打仗呀，拍洋画呀，都是男孩子玩的东西，我从小就这样。

那你怎么接受来月经这件事？

虽然我很像男孩吧，但我骨子里头还是女孩。怎么说呢……我是这样想的:我的身体是女孩的身体，但我的心是男孩的心，可能从小就这样。至于来月经，这是身体上的事，是无法改变的。

如果你的心是男孩的话，到了青春期就会有一个性取向的问题，你要选择喜欢男孩还是女孩，那这个过程是怎样的呢？

我觉得这是自然而然的。有人也许在青春期开始选择喜欢男孩还是喜欢女孩，但我没有这个问题，我可能就像一个男孩那样理所应当地就喜欢了一个女孩。

你是说你非常自然地喜欢了一个女孩？

对，非常自然。

你觉得这件事没有其他可能？

对。

你是在一个非常规的状态里选择，周围的人怎样？

我的父母完全不知道，他们是属于那种非常保守的人，如果他们知道我喜欢女孩的话，肯定接受不了。

可这件事是你迟早要面对的……

我觉得不一定。我不明白为什么所有人都要告诉我：这是迟早都要面对的。我父母的婚姻状况本身就不是特别好。有朋友说，将来你的父母会为你着急，给你找男朋友什么的，但实际上我家的状况是，我父母并不希望我很早交男朋友。

但父母不着急不代表不希望……

我不会告诉他们，如果没有把我逼到那个分上的话。除非是被他们突然发现了，那是没有办法的事。到现在，我父母还没发觉。而且我工作特别忙，每天加班；况且还有很多年轻人提倡独身主义……我觉得这些都可以成为向父母交代的借口。另一方面也因为他们知道，即使现在结婚，也有可能出现情感问题，也有可能离婚。我父母已经经历过了。

你父母出了什么问题吗？

因为第三者吧。

你爸还是你妈？

我爸。

他是不是相貌堂堂？

据我妈说，他年轻的时候特别帅。举个例子吧，我是我爸的缩小版。

你是否了解过，家族里有没有这样的遗传？

我有在想，但我肯定不会问，而且就算问了，他们也不会知道。

你觉得他们怀疑过你吗？

不知道是怀疑还是他们不想我成为男孩子的样子，从小他们就逼着我留头发，穿女孩子的衣服——非得让人看出我是女孩子。

这时她的女友来了，和我们打招呼，一个非常可爱的女孩子，她说担心我们互相找不着。我打算给她买杯水，但她说商场里买一百返五十，她要去购物。女孩走后，她问我，刚才我们说到哪了。

她的女朋友非常女性化，头发卷曲，皮肤白皙，很甜美。

你父母一直逼你做一个女孩子？

是，他们一直这样逼我，逼得我差不多快要发疯了，直到我出国。

你在国外找女朋友是不是会方便一点？

我在国外确实找了一个女朋友，但对我来说并不是因为在国外方便我才找，而且我已经习惯了别人另眼看我。其实，国内国外对我而言区别并不大，但在国外，大家都能接受得了。比如说温哥华吧，在我去的那一年，温哥华举行了同性恋的大游行，温哥华的市长也参加了。可能国内的人接受得了，但却理解不了；而在国外，可能因为他们的宣传，还有他们本人的个性……

因为外国对人和他们的选择都很尊重。

对，所以像这种大的环境，国内和国外可能不同，但是对于我，要找女朋友，国内国外并没有区别——并不是因为那边宽松，我就找女朋友，而国内严，我就不找。我在国内生活，并不会因为别人的眼光就被束缚很多，因为我从小就这样。也许我已经习惯别人另眼看我，要不就是我从小就不在乎这些。

是不是很小的时候就有人认为你和别人不一样而对你指指点点？

是，主要是不认识我的人。他们会说："哎，你看，她怎么像男孩一样？"但他们并不知道我喜欢女孩子。你想象一下，就是一对普通的男女朋友公开，学校还批评，所以我就更不能公开了。平时总会有人议论："哎，你看她是男的还是女的啊？"但认识我的人，同学、朋友，他们可能会把我当成男孩看。他们要是觉得我挺好，就会和我一起玩，他们也不在意我喜欢男的还是女的。

他们已经接受你了？

是。只要是我认识的人，不管是好朋友还是普通朋友，基本上都能接受我。女的会比男的接受得更快一些。

你有没有觉得，两个女孩在一起，互相理解的可能性更多一点？

我觉得很多时候和性别没关系，而和个性有关。比如我吧，我觉得我挺了解女孩的，并不是因为我是女孩才了解她们，而是接触女孩时间长了，见过各种各样的才这样。

你什么时候开始有第一个女朋友的？

初中。

你怎么判断她愿意接受一个女孩的爱情呢？

判断不出来。因为在我身边也有和我一样的女孩子，打扮、性格特别像男孩子。我没有主动去追什么女孩子。

你的这些类似的朋友是何时结交的？

初三以后，通过朋友的朋友认识的。在认识她们之前，我以为全北京就一个我这样的人。认识她们以后，我想，原来还有人跟我一样。我们好像一下子就能感觉到对方是怎样的人，能感觉到她肯定和我一样。工作以后，从网上或酒吧里认识很多类似的朋友。

像你们这样的人多吗？

多呀，我很多朋友就是这样，而且她们比我更像男孩。

是不是可以说，你明白自己的性取向后就有一个相对稳定而安全的朋友圈子？

其实也不是，初三之前我还不认识她们。我早就知道自己跟别人不一样，但我并不认为自己跟别人不一样就不好，可能早就觉得无所谓。

能说说你结识的第一个女孩吗？

她是我初中同学的同学，那时比较小，只是特朦胧的感情。初中时我也许喜欢过某个女孩，但我不敢跟她说，因为我怕她接受不了。

真正谈女朋友在什么时候？

我觉得我真正喜欢一个女孩还是在初中，但是她不喜欢我，那也没办法。

她不喜欢你这个人呢，还是你是女孩这种情况？

嗯……恐怕是不喜欢我这个人吧，就像男孩和女孩谈朋友一样。当时我不知道她的性取向，她把我当成男孩看嘛，也不可能不来电，也不完完全全是不喜欢。她最后知道我喜欢她，也接受了，我们一起出去，手拉手遛弯儿，她还亲过我的脸。后来我就上高中了，一年后我考上大专，就去外地上学了。我给她写了一封挺肉麻的信，我以为我们已经是情侣关系了，但她的回信挺出乎我意料的，她说没有想到我会喜欢一个女孩。也许当初我们要好是我的一种错觉。

同性恋的情况，除了你这种天生的，其他人的情况是怎样的呢？

也有人是后天的，在高二高三以后开始同性恋的。多数是因为在男朋友那里受到伤害，觉得跟女孩在一起更温馨。也可能她本身就是什么样的感情都能接受，所以也会选择跟同性在一起。

这种感情会变，还是很稳定？

不一定。这和男女在一起的情况是一样的。稳定的在一起待过十几二十年；不稳定的，像现在初中、高中的，肯定是不稳定的。

在中学里这个比例是怎样的？

以前还不是很多。现在学校里的情况我不太清楚，但酒吧里有很多中学生，男同性恋的酒吧还好，大部分是工作的，但女同性恋的酒吧就不一样了。我刚回国的时候，去酒吧，那里多是二十岁上下的人。现在我们一般都不去，因为那里都是十七八九岁的女孩子。

为什么？

我也不知道。但我猜可能是现在的小孩会多一些零用钱，她们消费得起。另外，人们不都说女孩比男孩要早成熟两年吗——好多男孩到了高中或者大学，朦朦胧胧喜欢某个男孩，他还会以为他们是哥们儿，但女孩很早就能认识到这方面的问题，一旦她们认识到了，就会找书啊，上网去查啊，去酒吧啊，这样就会接触到这方面的朋友。如果男孩子认识到了，也会去酒吧的。

你觉得这样安全吗？你知道怎么保护自己吗？

我觉得知道这些事情是自然而然的，我从小就很会保护自己了，所以只能说随着年龄的增长，我知道这方面的事越来越多。比如说，我小时候，就特别想做一个男孩，如果有机会做变性手术的话，我一定要把自己变成一个男的。但现在，就算有人给我钱，我也不会去做。

为什么？

我觉得没那个必要，不能因为我的心灵是男孩，就一定要有一个男孩的身体——以前我觉得如果不改变我的性别，我会更难活下去，也会更痛苦；现在，我挺好的。我小时候就经常想，我可以上哪儿去做手术呀？我上哪儿去弄钱呀？可能会考虑这些方面的问题，但现在我不会那么想了。再加上上网去查手术的过程，需要具备的条件，看了这些，也挺恐怖的。慢慢慢慢，我已经有了一个自己的生活圈子，他们都能接受我。我现在生活特别好，所以不必再去做那些无谓的牺牲……

想变成一个男孩的最终目的是什么？

想让自己的身体和心灵统一。

现在不再去想这件事的原因是什么？

因为我已经可以用现在的自己和女孩子恋爱了。

在外地的时候你有女朋友吗？

头三年没喜欢过别的女孩子……其实，在感情方面，我是被动型的，不像我的朋友，她们都是主动型，主动去追人家。

这个角色是怎样分配的？

有很多种。有像我们这样，扮演男性角色的；还有扮演女性角色的；也有不分的，同时扮演女性或者男性角色。

你在这里面扮演男性，但你同时又有女孩子的特质，所以你从不追求别人？

这好像和女孩的特质无关，而是我觉得没这个必要。

是不是没遇到你真正喜欢的人？

不是。是我对自己非常自信，我觉得我喜欢的女孩跟我待在一起时间长了，自然而然也会喜欢我的，所以通常都是女孩忍不住先跟我来说。我不追求别人的原因是，也许一下子贸然跟她说，她会接受不了，会觉得我变态。毕竟她是我喜欢的人，我不能让我喜欢的人那样看我。所以我不会像别人那样主动去追求，而是约她一起出来玩，让她慢慢接受我。我也不会做得特别明显。那些主动去追求的人，可能是因为对方感到新鲜才接受的。我不喜欢那样，我接受不了。也有女孩想跟我在一起，是她觉得特新鲜，但我会在一天之内就不喜欢她。

有没有男孩子来追求你呢？

没有，从来没有。他们都把我当成兄弟，我们在一起关系都比较融洽。怎么说呢，男生和你一玩起来，就会把你当成兄弟，但平时，骨子里他们还是把你当女孩，不过这都无所谓了。他们说，你这女孩特有个性，特坚强——许多体育项目我都非常强，不会输给男孩子，所以如果我们打篮球、打乒乓球，他们绝不会因为我是一个女孩就让着我。

你在国外的第一个女朋友是怎样认识的？

她是我的同班同学——同桌，一个韩国女孩，我们在一起玩，然后她就告诉我她的感情……

后来呢？

分手了。有很多原因：首先她是韩国人，我们不能谈国情或政府，一谈就吵架，而且很多她做的事情，我不能容忍。比如在国庆节，我挂了一面中国国旗，她到我家，她觉得这是一件特别可笑而且不可理喻的事情，非要我摘下来。我不同意，她就在我那儿笑个不停。韩国女孩和中国女孩比起来更爱慕虚荣，爱得有点过了。

什么叫爱慕虚荣，比如说？

她后来转学了。她学校里有一个男孩特别有钱，追她，她不喜欢他，但他买给她的东西，她全部都要，没有一样不要的。我跟她谈过这件事，她说韩国女孩都这样：我可以嫁给一个有钱人，但我爱的是另一个人——因为这个我们分手了。她接受不了，不明白我为什么要和她分手，她觉得应该先有钱再有感情，两个人在一起开开心心的，花谁的钱都无所谓，最好是花别人的钱。

听到这儿，我禁不住笑出声来，她也笑了。

你自己的情感，比较稳定还是变化比较多？

变化比较多。我这人不会脚踏两只船，最多是我和一个女孩的感情不稳定时，我又喜欢上了另一个女孩，但我很快会做出选择，跟哪个女孩在一起。

初中二年级学习物理时，大家掌握了“同性相斥，异性相吸”的物理知识，常常会用这两个词去嘲笑班里那些互有好感的男女生。如果现实情况与之相反，恐怕我们都会傻眼。心情会变得无比复杂，嘲讽的状态也会出乎我们的想象。

其实这一切并不值得我们另眼相看，而是我们自己处在一种无知的状态而自己尚没有察觉。“同性相吸”与“异性相吸”都有自己的专属名词：“同性恋”和“异性恋”。“同性恋”是指某些人，他们不是对异性，而是对同性产生性爱。

“同性恋”这个词来源于古希腊文“Homoios”，意为“相同”；与之相对的“异性恋”也源于古希腊文“Heteros”，意为“不同”。世界上大部分的人属于异性恋。

科学意义上的同性恋有身体和精神两个层面上的含义。大部分人不会生来就清楚自己的性倾向，这种人被称为发展型的同性恋，会因为在青春期中受到不同色情物的影响而形成。但也有人因为生理因素，如遗传基因、激素水平、大脑结构的影响而成为先天型的同性恋。

许多的科学工作者和学者都认为：同性恋是人类的一种自然现象。在世界范围内，同性恋虽然在整个人口中占少数，但其绝对数也很庞大。它也是一种跨文化而普遍存在的现象。

人们认识和接受同性恋，是一个漫长而曲折的过程，一些著名的思想家和学者为此付出了许多努力。二十世纪初的德国性学家赫自菲尔德提出第三性的概念，希望同性恋者能受到法律保护。弗洛伊德进一步指出，同性恋不是疾病。

到今天，一种对同性恋的全新视角是：同性恋不伤害他人，不直接影响社会，不是犯罪，不邪恶，也不是心理疾病，而是一种属于少数人所有的生活方式。

从方方面面，心态平和地了解了同性恋后，我们再看小天的经历，就会怀着一种体谅之情。

她是一个天生的同性恋者，从一岁选鞋子穿时，就已经出现了男性化的倾向。虽然父母担心她太像个男孩而逼她留长头发，穿女孩子的衣服，但这反倒成了她特别痛苦的一段成长时期。

与得不到理解的痛苦并存的情况是自己的身体和心灵的冲突，这种无法调和的苦楚困扰了她好多年。在很长的一段时间内，她所琢磨的就是一件事：变性手术。

她讲话中最爱用的四个字是：慢慢慢慢。她成长中所有的问题，都被她慢慢慢慢地解决了：她慢慢慢慢地让同学朋友了解她理解她；她慢慢慢慢接受了不做变性手术也能获得幸福的事实；她慢慢慢慢用自己认为可行的方式找到一份工作，得到上司的认可。在别人都是理所当然的事情，在她这里都要慢慢慢慢来解决，慢慢慢慢来争取。

我们还不太清楚中国的社会角落里有多少怀着这种心情生活成长的青少年，但有一点，他们还不敢去寻求太多的帮助，以缓解心头的痛苦和压力。

小天提到她有一位好朋友，因为被父母知道是同性恋后，被锁在家里永远不让出门。她自己则坚信，她永远也不会把这件事告诉她极其保守的父亲和最爱的母亲。

你总共正式结交过几个女朋友？

出国前有两个吧，第一个是我大学快毕业时认识的。

她是同性恋吗？

不不不，她只是喜欢我。

她有可能喜欢男人吗？

她本来就喜欢男人，她在我之前交的是男朋友。基本上我的女朋友都是这样的。

你们在一起，有性行为吗？

没有，最多是打打啵儿，别的都没有。第一次有性行为是二十岁在国外发生的。

你的性知识从哪来？

同学说的。上初中时，成绩不好，坐不住，又特别爱和同学说话。在班里，老师会把特爱说话的人放在一起，把学习好的人放在一起，爱说话的人就什么都说。我上小学的时候就生活在我们部队大院里，所有的活动都在大院里，几乎没有机会单独出大院。即使出去也都是和父母一起，所以对外面的世界了解得非常少。上初中的时候我才真正到院外去上学，用我们老师的话说：我上初一的时候是全班最单纯的小孩，可是初中毕业的时候，我是全班最不单纯的小孩。可能因为初一太单纯了，属于那种如饥似渴的接受。

小学、初中，妈妈和你谈过性方面的知识吗？

没有，至多说说月经什么的。

当你初中听到异性性交的时候，你什么感受？

没什么特别的吧，只是傻呵呵地听着，只是当一个新鲜的事情，瞪着眼睛在那里听。

你明白自己的性取向，是什么渠道？

书上，网上，慢慢自己就知道了。

你上网查是什么时候？

大学一年级吧。刚开始并不在网上查这些内容，而只是去网上聊天，但在网上聊天时我碰到了和我一样的人，以后越来越谈得来，成了好朋友。而上网查同性恋的内容是出国以后，旁边没有家长，不用怕父母发现。在网吧查也怕被别人看见，在国外就会静下心来查自己想要的东西。开始找一些同性恋的网站，这些网站还是比较隐蔽的，一般人看不明白。那会儿我主要去台湾和香港的，因为那里这方面的网站非常多。我常去那里的聊天室，认识了许多台湾香港的同性恋朋友。

第一次和女友接吻是在什么时候？

大学毕业吧。

当时什么感觉？

我想和一般意义上的恋人感觉相同吧。

你对男人的身体有什么感觉？

我挺羡慕他们的，长得高，挺结实的。

你羡慕男人，而不是女人？

是。我也想长得很高。

你们是在什么情况下发生性行为的呢？

嗯，就是晚上。

当时你们确定是相爱的关系吗？

是，是相爱。因为她不是第一次，所以她稍微主动一点。

发生这件事，你怎么想？

没怎样想。当时有很多人说，别人已经怎样了，你还傻呵呵的，什么都没做过。现在做这事，没什么奇怪的。

你以前不做这件事的原因是什么呢？

没有这个需要，也没碰到需要做这件事的女友，我以前的女朋友都没有性经验。

那这个她以前是和男孩发生的性行为吗？

是。

这不影响她再和一个女孩发生性行为吗？

没什么太大的区别。这些她都能接受，而且她喜欢我，她觉得这些没什么不一样的。

那你身体的欲望都克制在一个心灵的角落里？

是。

这对你有点不公平吧？

我没觉得。公平不公平这是个人感受的问题，因为本身身体和心理就会有一些冲突。怎么表达呢？让我想想——我可能克制了生理上的欲望，这种克制可能让我心理和生理上不再有那种冲突。我特想当一个男孩，我有一种成为男孩的欲望，但我只能用一个女孩的身体去实现，这种冲突就很痛苦了。像我现在这样完全地把这种欲望划归到心理上去，这样倒更合适。

做这件事有乐趣吗？

没有，基本没有，一般都是我女朋友提出来的。

整个过程怎样？

接吻，正常的过程吧……

你心里真正的愿望是什么？

纯粹为了满足我的女朋友，所以大家说像我们这种人“只有付出，没有回报”，这是别人对我们的看法。我自己觉得我们既有付出，也有回报。付出可能只是体力，但回报是女朋友可能更爱你呀。

你怎么判断对方是同性恋？

感觉吧！不能百分之百，但也有80%。接触多了，就会有判断。

在加拿人和韩国女孩分手后，你还有别的女朋友吗？

有一段网恋，我们在网上认识的，但因为我们距离太远了，她在宁波，所以我们分手了。

你到现在也没有碰到一位性取向和你完全一样的女朋友吗？

有，刚回国的时候。但她也不是天生的，而是因为在男孩子那里受到了伤害，才变成这样。我觉得我不适合这样的女朋友。在我们这个圈子里，像我这样的人叫“T”，比较女性化的那些人叫“P”，可以做男性又可以做女性的叫“不分的”。对真正意义上的T来说，她本身就是同性恋，是一个看起来很普通的女孩子；但对“P”来说，不是很纯粹，她实际上是一个双性恋，她既可以喜欢男的又可以喜欢女的，但还是比较喜欢男的，她即使找也不是找一个“纯T”，而会去找一个那种叫“不分的”。在我们圈子里，不分的不太适合我。

对一个普通的人来说，社会对同性恋毕竟是投以有色眼光的，会觉得不太正常。如果你喜欢并不是同性恋的女孩，促使她爱上了你，从而使她改变了自己的性取向，这是否有点不公平？

我觉得不是。虽然她喜欢我，但她喜欢我的原因是我像一个男孩子，她的性取向其实大局已定，她还是喜欢男的。所以所谓“性取向”只是一个“大面”上的事，其中细节的东西，完全是由个人决定的。她们也不会喜欢其他女孩，就算有了科学的防范，她的个性，她接触的人，她的生活遭遇都决定了她喜欢的人是什么样的。有可能是男的，有可能是女的，这都说不准。现在的年轻人越来越个性化，就是说只听自己的，只顾着自己的选择，不会考虑别人。就算你有科学的防范，可是到了真正选择的时候，还是只想着自己。

现在同性恋生存状况怎样？

反正就是你不招我，我也不惹你。举个例子，以前去女同性恋酒吧，就和去别的酒吧感觉不一样。就好像在自己家一样，真正生活在一个圈子里，什么都可以放心大胆地说。

我觉得现在圈子里的人和外边的人谁也不招谁，对我们来说，我们不会因为你们瞧不上我们，我们就破坏你们的生活呀什么的，不会的。

你怎么考虑自己的未来，工作、感情、家庭……

工作方面，我担心的不多，只要你这个人有本事，你再与众不同也会有饭吃，大不了自己开店。现在我在一家广告公司，我们老板知道我的情况，但她对我挺好。

你在工作方面有什么优势？

我比较细心，因为这个老板经常表扬我。我也比较勤勉，因为我转行是个新开始嘛，有什么不懂就会马上去问，还主动承担更多的工作。

自己的感情呢？

我没有幻想自己有个特别好的未来。也许年轻的时候，我女朋友觉得我挺帅的，会跟我在一起，但同性恋到老的时候，这种可能也许越来越少。也许会有一个人跟你在一起，一辈子。如果没有人跟我一起，我就去养老院，找跟我一样的人一起聊聊天，也挺不错吧。我这人总是挺乐观的，所以我对我的未来也没什么特别大的担心。

你父母呢？

他们对我最失望的时候，也有一线希望。

你妈妈是不是对你爸爸更失望？

曾经是吧。但我妈妈是个非常乐观的人，她所做的一切都是为了我，不然她早就和我爸离婚了，不过现在他们关系还不错。

你想对这种状况的同龄人说点什么呢？

我希望她们的运气能比我好，能找到可以疏导自己心情的人，能找个人说一说，否则太苦了。

青春期少年的一项最基本的发展过程，就是如何培养、发展出一个积极向上的成熟人生。这个过程对青少年同性恋者来说，是严峻的挑战。

从小天的经历我们不难看出，从幼时起，她就逐渐认识到自己和别人不一样，要接受别人的指指点点。她学会了在无助中度过青春期，学会了保护自己，保守自己的秘密。她说，这些她早就懂。他们在能够与接受同性恋的成年人或同辈人有任何接触之前，不得不自己承受这一切。这种社交上的封闭、情感上的隔绝，成为一种特殊的压力，已经给越来越多的青少年带来诸多的心理健康问题。

她向我描绘了一幅老年生活的远景图。虽然她很乐观，音调平和。但我听着却有一种说不出的感觉：最爱她的人和她最爱的人，她们互相隔着海洋一样遥远的距离，她们互相无能为力。

讲到这里时，小天的女朋友拎着一包东西进来了，我们的对话也基本完成。这时，她指着从我眼前走过的一对女孩说："她们也像我们一样。"可惜我没看到她们的正面。

她们俩说还要去商场买点东西，而我则急着回家……

长安街华灯初上，非常美丽。我想着刚才的对话，匆匆赶路。脑子里充满了一些以前从没注意过的名词，变性手术什么的，有点头晕。了解是理解的基础和前提，我们没有进入一种生活情况不代表我们就可以轻视或嘲笑选择这种生活的人。没有调查，就没有发言权。

与小天再见面，她还是那么酷，但是神情好像比较愉快。一问之下，果然有高兴的事情，她换了一份工作，是一家中日合资的公司。比以前的那家广告公司好很多。工资涨了一倍，各种福利待遇都很完备。

小天的领导特别看好她的能力，总说她一定能做好，这一点给她很大的鼓励和安慰。小天觉得自己现在的生活非常愉快和幸福。我也替她高兴。

分析

很多不了解同性恋的人，会认为同性恋者仅仅是为了性的需求才在一起。但从小天的经历中，我们会发现，她的交友过程一样充满了了解、信任、爱的表达，比如一起玩、看电影等等，并不是大家想象的那么简单。

用正确的态度对待同性恋

因为免疫缺损疾病——艾滋病蔓延以后，很多的同性恋者身处其中，促使社会对同性恋的关注增多，但并不是同性恋直接导致了艾滋病的增加，而是因为同性恋者频繁地更换性对象和不能有效地使用保护措施造成的。

同性恋的研究专家认为：同性恋不是犯罪，也不是邪恶，更不是心理疾病，只不过是有这种倾向的人将自己的这种愿望付诸实现。他们有属于自己的感觉，他们只能自己选择，而不能听从于别人或社会所需的那种选择。

作为一个新时代的年轻人，对待同性恋应在一种科学了解的基础上，有自己的角度和原则。要明白一个人的性取向和一个人的品质并没有直接联系。

要关注青春期孩子的同性倾向

青少年形成自己的性倾向这一过程是长期的（这不包括小天这样的天生同性恋者），所以，他们如何确定自己的性倾向很重要。

对同性恋做过深入研究的中国社会科学院研究员李银河在一项调查中发现：在同性恋形成过程中的后天因素即社会、心理因素中，最为重要的是最初的性经历，即青春期的遭遇和经历，而同性恋者的身份认同时间最早在十四岁，最晚在二十九岁，年龄中位值是十八岁。有调查对象明确提出：第一次性经验极其重要，如果发生在同性朋友之间，就可能终生同性恋。

青春期的少男少女，心理和生理都渴望与异性的接触，这种接触最重要的还是一种情感的寄托，但是大部分的男女友谊都会遭到老师和家长的猜测和干涉。处在青春期的少男少女，不能正常地与异性建立情感联系，就很容易被同性迷惑。他们的情感失去了正常的释放渠道，必然会寻找非正常的渠道，没有心理成熟做保障的前提下，可想而知会付诸不一样的生理行动。而此时形成的同性恋往往是肯定的同性恋，很难再有改变。

社会上流传的色情视频没有任何限制地进入未成年人的视线，这些不健康的内容对一个在精神上没有任何准备的孩子其刺激度超过了大人的想象。欲望被挑起，却不敢与异性交往时，同性就成了目标。

帮助已经认同自己为同性恋者的青少年

很多同性恋青少年仍然挣扎于对自身性倾向的认可中，也许还没有向父母或同辈人公开自己。他们也很少求助，他们害怕一旦把自己的性倾向告诉了别人，他们会遭到拒绝或审判。

但他们恰恰是最需要理解和咨询的青少年。很多教育者通过张贴海报、散发小册子或书籍等方式告诉青少年，这些话题是安全的。给父母阅读的有关性教育的书单里，一定要包括有关同性恋的书籍。当青少年意识到自己可能是同性恋或是双性恋，准备和别人讨论这一话题时，这样的一个环境会使他们感到安全。

青春期对于同性恋者来说是特别具有挑战性的一个时期，幼年时朦朦胧胧觉察到“与众不同”的感受越来越强烈。到了青春期的中期，一部分人会自我认同是同性恋，并且向同辈的同性恋亮相，但家庭成员和学校还以为他们是异性恋呢。这就需要教育者告诉青少年同性恋是怎么回事，解释对同性恋的传统观念和误解，提供读物和参考源。很多青少年想向父母坦白，但害怕受到歧视。亮相通常会导致一场家庭危机。父母也会像他们的孩子一样，经历吃惊、否认、反省、愤恨、痛苦等一系列过程。美国的一项研究表明，父母得知子女是同性恋时所做出的反应，就像悼念死人的过程一样，因为很多对异性恋的期待（例如婚姻、家庭、生儿育女）都随之灰飞烟灭。父母经常要教育青少年，性行为有传染性病（包括感染艾滋病毒）和怀孕的危险。

此外，研究也表明同性恋青少年有更高的自杀倾向。因此，经常产生自杀念头的同性恋青少年迫切需要一个安全的环境，而已经表露要自杀的人则需要心理医生的帮助，来调整其心态。

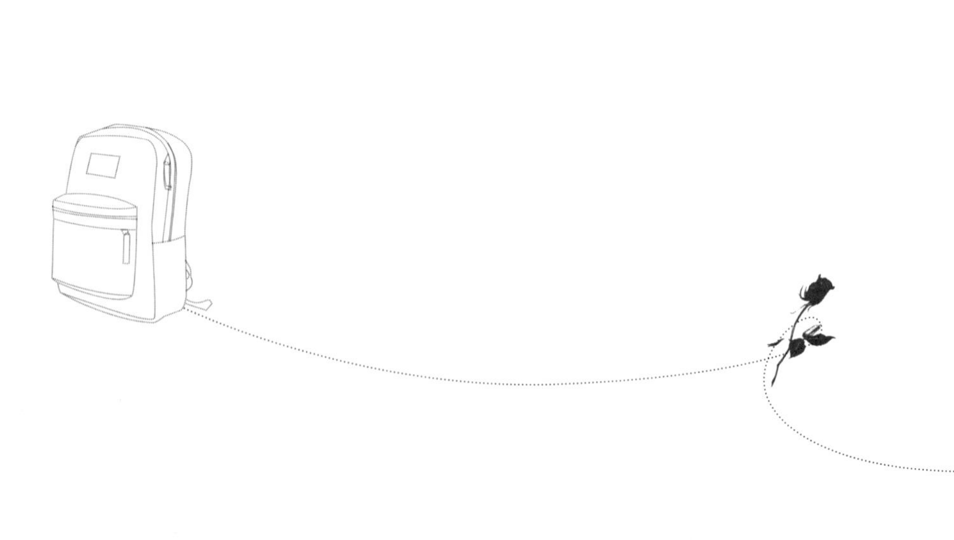

第八章　因爱生恨，为爱报复

“那个寒假，我很努力地学习，同时，在不同的学习班，包括在家教老师家，认识了很多女孩，大概能有八个。她们都很漂亮，我分别和她们每一个都发生了关系——当时都是自愿的。我也不知道为什么，心里隐隐约约地觉得这样可以报复她。”

青春残酷物语

李赫是北京一所普通高中一年级的学生，在一封来信里给我讲了自己的故事。

您好：

我想了半天还是不知道称呼您什么好，干脆叫“老师”吧！

刚刚把您的《那学期在雨中长大》和《藏在书包里的玫瑰》（2004版）看完第二遍，踌躇了半天还是决定给您写这封信。

我应该自报家门的！叫我“Dr.李”吧，因为我的朋友都这么叫我。今年十六，上高一了，学校还算不错。父亲是某家出版社副总编辑，母亲为国家机关干部。我自己至今“单身”（连女朋友都懒得找）。之所以给您写信，是因为我的经历和您在书中的典型案例完全不一样。

我不知道您看过我简单的介绍会作何感想，但是这的确是最真实的我。我不是那种相貌上很帅气的男生，不过我并不在意，因为我就是我，有个性就足够了。我可能更多地偏向于比较有内涵的类型吧。好多同学都说乍一看觉得我有点怪，但接触长了，人还行（很不谦虚，嘻嘻）。的确，从小到大，我一直在老师眼里是个个性极强的家伙，因此，到现在，待见我的老师也不多。有时要点小聪明，还能化解问题。但或许就是这种性格，才让我有了那段经历。

那是初三刚开始，很多学生都铆足了劲学，但我这时却很放松。学习上有点小聪明，勉强应付得过去，所以终日无所事事的样子。就在这个时候，她闯入了我的生活，简直就是横冲直撞，横扫千军。那应该是第一学期的期中考试前夕，我们互相了解了，结果，期中考试没有考好（现在说起这事，除了坦然，基本没什么了）！

考完试，我们的关系迅速升温，但还局限在简单的接吻。而且，我的第一次经历也不是和她。毕竟我们只开始了一个月不到，而且还是同班的。那时的我真以为自己沐浴爱河了，一天到晚无心学习，除了和她在一起的时候有意识之外，其他时候根本就是发呆一样。当时我也问过她怎么跟我在一起，她避开了话题。我也没多想。一月的雪很多，很大。我们经常放学一起走在雪地上，不知所为地胡乱聊着什么。那时同学都说我没人性，连球都不踢了（那时我是班里的右边前卫，传球很准）。就是说，我拿出大量的时间陪她，也经常随便找个什么理由送她些什么礼物。

不过，就在那个学期期末考试的前四天，也是她与我一起为她庆祝生日的几天后，我意识到自己有多愚蠢。那天，本来学校有个辅导课，但是她没有来。我不知道原因，因为每次她都来的（当时的心情就省略了）。后来，我知道了原因：她和我们班最浑的痞子去她家做爱（瞬间的感受再省略了，因为谁都能猜出来）。但是，我后一秒钟就放弃了，因为我不想因为这个影响了考试成绩。但是，您知道，不影响怎么可能呢！我整整四天没睡，为她想出了无数种理由，可最后都被我自己推翻了。结果，可想而知，考试成绩很差。

如果说前面是我放纵的背景，那么真正的故事可能现在才开始。

那个寒假，我很努力地学习，同时，在不同的学习班，包括在家教老师家，认识了很多女孩，大概能有八个。她们都很漂亮，我分别和她们每一个都发生了关系——当时都是自愿的。我也不知道为什么，心里隐隐约约地觉得这样可以报复她。所以说，我的第一次应该算是同时给了好几个人吧（这么说好像有点流氓）！但事实就是这样。那些女孩有些也是刚和“男朋友”吹了，和我相似，于是就和我特有共同语言，有的可能因为我一些时候的表现很独特，于是便主动投怀送抱。我当时真的是来者不拒，现在真的是愧疚。

就凭着那个假期，我考上了现在的学校。虽说不是最好的，但是如果我没努力过，估计也就上个职高。

我的故事到这儿差不多了，似乎偏离了您中心探寻的东西，关于道德或者其他。或许您会比较唾弃像我这样不负责任的行为，会第一时间为我下一个听上去比较龌龊的定义。不过，我还是我，嘻嘻。真实地我为您展示了一番。另外，还没有告诉您的是，我是一个重金属爱好者，好像喜欢重金属的人都比较有个性吧？

如果您有空，我很愿意收到您的回信。

期待您的下一部作品。

Dr. 李

李赫在邮件里认为我会比较唾弃他这样不负责任的行为，会在第一时间为他下一个听上去比较龌龊的定义。但是我回信告诉他，我从来不会简单地对一个人在品德的好坏上下判断，一切只有在了解来龙去脉之后才有发言权。

于是，我们决定见面。

时间、地点都定好以后，我因为一个会议的缘故，眼看就要迟到了，又因为采访结束后，还要去幼儿园接儿子，所以原定离他的学校很近的那个地点，只好临时取消，改在一个离我家非常近的地方，这一切乱七八糟的变化，他都毫无怨言地接受了。因此，我们得以顺利见面。在这一点上，他好像不是一个很自私的人，非常能够理解我。

在一家肯德基，我正低头匆匆写下一些一闪而过的想法，手机响了。我抬头看见了他，身穿校服，在我面前的位置落座后，第一件事是问我喝什么，然后自己马上起身去买。

他很会照顾别人。他有一些紧张和拘谨。因为时间的关系，我们迅速进入采访的主题。

你为什么接受我的采访？

看到您的东西后，觉得我的经历可能比您采访的其他人更特殊点儿。

特殊在什么地方呢？

我觉得特殊在于我并不是真心的，由于所谓的那种爱才发生性行为，而是纯粹为了满足自己的一种虚荣心，以为这样可以报复。

达到目的了吗？

不好说，其实这个目的本身不是很明确。当时我想这件事完了之后，跟她说，她做了一个错误的选择，但是实际上我没这么做。经过一个学期之后，我觉得没有必要再跟她说什么，结束了就是结束了。

那你觉得这件事对你自己的伤害大吗？

我觉得改变了我对这个问题的一些观点，说伤害可能没有，但是我觉得自己的行为可能对那些女生有一定伤害，内心比较愧疚。

父母会跟你谈这些问题吗？

怎么说呢，他们偶尔会谈，但是他们不会把记忆最深层的给我。他们会把所有的知识给我,但是不会给我心理上的影响。实际上这方面知识，我在六年级的时候就都明白了，比一般的孩子早得多。所以我比较理性地看待这个问题，自己做什么应该是比较清楚的。

你喜欢这个女生是什么时候？

初三上半学期期中的时候，我们在同一个班，但是平时很少说话，因为调位置她才调到我身边，慢慢增加了一些谈话的机会，慢慢有了这种感觉。

你为什么会喜欢她？

先给你介绍介绍她。她两三岁的时候父亲因心脏病去世了，她的母亲和她的外婆就一直带着她。她的外表是不错的，她的思想也还可以，我们刚认识那时候，她会给我写邮件，用那种很漂亮的文笔，我慢慢就感觉自己挺喜欢她的。

那个时候你知道她喜欢你吗？

那个时候不好说，但是知道她把很多私人的信息告诉我。比如她的家庭问题，还有她遇上什么事，是怎么想的，一些行为信息，一些想法都告诉我。

然后我会跟她说我的想法，慢慢地这种思想上的交流就会比较密切。算是比较交心的，算是朋友了吧。

你有没有想过，其实你们可以一直维持这种友谊？

对，我曾经想过这个问题，但是你知道有些情况下，喜欢的这种感觉是不由自主的。

后来你告诉她你的想法了吗？

后来我跟她说过。

她怎么说？

她第一时间同意了，但是……

后来数次反复？

不是数次反复。她的那件事就出现在第二天。

她同意的第二天就发生了那件事？

对，那时候我们正好期末考试。

她有没有向你解释过这件事？

根本就没有解释，或者说她根本就懒得解释这个问题，或者她以为这件事属于她的自由。她的其他朋友都是女生，有的会跟我说，她怎么样怎么样，找出了一堆理由。

什么理由呢？比如说。

比如她和那个男生接触好长时间了，可能比对我的了解更深入。还有当时两个人欲火中烧，干柴烈火，这样的理由，听上去很怪。

你当时第一个反应是什么？

当时第一个反应就是自己太失败了，之后就想找那个男生决斗。后来想想，跟他用武力解决不了问题。

你见到过那个男生吗？

见过，我们竟然是一个班的。

第二天，当时有一个什么样的决定？

当时我就觉得应该迅速脱离这个群体。

脱离这个班？

对。我们班除了两个当事人之外，有两个女生，还有另外一个男生知道这件事，我觉得自己真像是一个小丑，想尽快脱离这个群体。

然后你就开始认真学习了吗？

对。毕竟快毕业了，想去一个更好的环境，崭新的环境。

李赫本来是想有一场美好的恋爱，可是心爱的女友在他们关系最亲密、感情很好的时候，和一个班上的混混发生了性关系。这对李赫的打击是致命的，使李赫想到要脱离开这个环境进而想到要报复一下。

这个年龄的男孩，以自我为中心，很想证明自己的能力，与女友关系的失败是他的奇耻大辱，所以他很想用和新的女孩的关系来证明自己。至于后来和很多的女孩发生一次性关系，却有点出乎他的意料之外。

这之后你也和另一个女生发生了这种行为，怎么发生的？

我想想，应该是在家教认识的。当时我找的那个老师非常忙，也非常有名，于是把我们两个排到一个时段了。我们两个就一起上课，聊得也挺高兴的，当时她也是刚跟她以前的男朋友分开，于是就互相同情、怜悯。

发生这件事情之前和之后你们两个人的变化大吗？

应该说变化不大，该说笑的还是说笑，该怎么样还是怎么样。但是从自己内心感觉，自己和她之间有了一层隔膜。不知道她是怎么想的，不过表面上努力做出来的还是跟平常一样，没什么变化。

你自己呢？这是你第一次做这件事，你有什么特别深的感触吗？

说实话应该是没有的，只是紧张一点。因为我们的提前措施做得很好，不用担心后面的问题。

你这个提前措施是指什么措施？

避孕措施。

用什么方法呢？

我用了避孕套，她是提前口服了避孕药。

还有一个问题是，在你家还是在她家？

在外边。

外边？什么地方？饭店？

饭店，那是要用身份证的。

招待所？

很贴切，很贴切。

你心里面不难受吗？

我心里没什么变动，这件事以后我不会刻意去想，也不会去琢磨，但是我觉得面对她的时候，除了外表装得和平时一样，还是有层隔膜。

你们只有一次这样的行为吗？

对，我们只有一次。

然后就到第二个女生了？

对。

第二个女生是怎么认识的呢？

第二个女生，怎么说呢，应该说是第一个女生的朋友，相当怪谬，通过第一个女生认识了她。第二个女生是相当优秀的。

相当优秀？

对，相当优秀。有时候在学习方面帮助我，当时是一时冲动。

你们有什么样的条件可以一时冲动呢？比如说环境。

什么环境？

在她家还是在你家？

是在她家。

你去她家补习功课？

对。

她有男朋友吗？

她没有。

她是一种什么样的心情？

感觉她比第一个要紧张。

她为什么会同意做这件事呢？你们相爱吗？

应该说不相爱，当时说相爱可能有点太遥远了。

发生之后，这个女生没有什么变化吗？

发生之后就没有再去她家。

然后你们就再也没有联系了吗？

有联系，但是中考之后就断了。

第三个女生呢？

您是要八个都问吗?

对呀，当然。

哇！第三个女生是在我补习语文的那个地方认识的。

我觉得这篇文章发表之后，所有家长会对补习班严密监视。

我补习语文是在我们语文老师家。

你下一次是补习什么？

数学。

是不是还有补习历史、地理？

没有，没有，历史、地理这些都无所谓了。

不用补习？

之后还有物理班也认识了一个，太恐怖了。

好吧，我们先讲语文补习班的。

我们两个排在一起，她家正好住在补习老师家附近，经历跟第二个基本相似。这件事发生之后，我还去过她家，但只是坐下聊聊天，很浅的。

第四个呢？在物理补习班？

不是在物理补习班，是通过我们班的一个男生认识的，他的小学同学，很铁的哥们儿型的。

第四个是你和她在她家吗，还是在外边？

这个也是在外边。这八个人里边没有一次在我家，因为我外公、外婆都退休了，他们不可能允许我和女生一起回家。

那个女生有什么特点呢？

性格很开朗，大大咧咧的，我们整天在一块。您知道我特别喜欢那种西方音乐。

重金属？

重金属。其实除了重金属，其他有几位也非常喜欢，她也是这方面的爱好者，所以很有的聊。

但是你们两个也没有发展感情，也仅仅是一次而已，你觉得这个原因是什么？

当时没有责任的概念。现在绝不会再这么干了，因为现在责任心更重了。

哪来的责任心呢？

上网看了一些言论，有很多人在骂失去贞节的女孩子，这是很不负责任的言论，同时我也觉得，是我的轻率，让自己身边的一些女友成为被骂的对象。

这个责任心出现得有点奇怪。

是。

第五个是在物理补习班？

对。

这个是怎么发生的呢？

这个跟在数学补习班的相当相似，她也有男朋友。

刚刚离开自己的男朋友？

对。

然后呢，发生在什么地方？

您让我想想，记不太清了。第五个在她家，因为我们上物理补习班那地儿离她家非常近，隔了两条街或是三条街，记不清楚了。

你们两个去她家的路上，有没有想过会发生这样的事情？

在路上没有想过，但是说实在的，我当时书包里随时准备着安全套，就因为有前次，所以就不敢疏忽大意。

以前几次全部使用过安全套吗？

是。

你的这个不敢疏忽大意是什么意思呢？

万一。

是在什么情况下发生的？

应该是一起玩电脑吧，好像是玩《星际》游戏，她喜欢打电脑。

然后呢？

然后可能我的动作就比较出格了，她是就范型的。

她并没有反对？

并没有反对，也不是半推半就，很配合。

当时你为什么会想做这件事呢？那个时候你还是出于报复吗？

可能当时没有报复心了，就是条件反射。

第六个呢？

第六个是我很早以前就喜欢过的女生，比我大一岁，当时上高一。我们见过，比较怪谬的是她有男朋友。她给我打电话一起出去玩，之后就在外边发生了，比较怪谬。

出去玩什么呢？

我们一开始去网吧打游戏。

就你们两个吗？

就我们俩，她比我大一岁，我很奇怪。

打完游戏呢，你们去哪儿了？

打完游戏她说她累了，想找地儿歇歇，之后就很轻易地挎着我，很奇怪地去了附近的旅馆。

后来也再没有联系过了？

后来很少见她，我上高中的时候，她已经上高二了。

我们是讲到第六个了，第七个呢？

第七个可能需要声明一下，我们并没有实质上的关系。当时我们已经很靠近了，但还是克制住了，她克制了，我也克制了。当时也是在她家，那是英语……

英语补习班？

是。

第八个呢？

第八个就更逗了，是我高中认识的。

高中发生的？

对，高中发生的。跟她不止发生过一次，应该发生过两次，就是拿到录取通知书那天，录取她的学校跟我不是一个，但是她的学校也还不错。

她跟你是初中同班同学吗？

不是同班同学，是一个年级的。

你怎么认识她的呢？

平时一起上选修课，记得我当时选修的是物理，她也是。

选修物理？讲座吗？

不是讲座，是趣味物理。她们班跟我们班是对门，平时课间见了面能聊聊。拿录取通知书时我去找她，之后在她家做的。最后一次是“十一”，“十一”不是放长假嘛，也是我去找她的。

她有男朋友吗？

我不知道。估计说没有也没人信，她的性格比较开朗。

你现在再说这些事有什么感觉？

就跟说故事一样，因为心里对她们有点愧疚。其实是很不公平的，因为没有任何互相的爱或者说喜欢作为前提。这些事可能对我身体没什么影响，但是对我道德观的影响是很大的。

你觉得爱和性的区别是什么？

其实爱和性二者是一个前后关系的问题，有些人是先有性后慢慢再生爱，有些人是先有爱，之后发展到一定程度就会有性的关系。说不上有很明确的区别，应该一个是用肉体来衡量，是物质的，一个更多的是精神上的。

在你身上发生的性和爱这两件事是完全隔离开来的，这种隔离对于你来说到底有什么样的影响？对你现在的性格、心理，包括你的成长。

心理上可能没什么影响，性格上我比以前话少了。

为什么呢？

感觉做什么事之前要多思考思考，少说两句。要思考自己的行为。

主要是道德上的东西、责任上的东西变化更大一些。

不是说了解得越多，尝试的可能性越小吗？

也不能说尝试的可能性越小，应该说我当时非常清楚地知道自己，尽管身体上有些冲动，但是思想意识上还知道自己在做什么。当时可能没顾忌到责任的问题，应该负什么样的责任，对我本身会产生什么样的影响，但是我清楚地知道这件事的生理知识和物理准备，我知道该怎么处理。

李赫忽然停止讲话，侧耳听了几秒，然后对我说："现在放的音乐好像是为'九·一一事件'唱的，相当好听。"

你觉得现在的性教育怎么样？

如果是按百分比算的话约等于 50% 吧。

就是说有一定的知识，那另外缺的 50% 是什么呢？

另外缺的 50% 可能是心理上的，包括意识上的。

心理上的和意识上的？

对。这方面的心理教育太重要了。教这方面课的老师，他可以告诉学生一些器官的作用行为的本质等，但是他可能不会把这件事对心理上的影响，都透彻地告诉你，一般的老师应该是不会讲的。

你是不是觉得性解放的思想直接影响着中学生？

对。

为什么？

作为中学生我清楚地知道，我们这个人群不可能很正确地批判性地处理这些来自外界的信息，好的东西和坏的东西都会接受。再加上同学之间的信息传递，可能所谓的不良信息会越来越占上风。

为什么会出现这种情况呢？

应该是教育不当。可以给您举一个例子：我们班现在有很多男生，都会肆无忌惮地在班里讲荤段子，他们把这种成人幽默当作一种很普通的幽默，我不知道他们有没有过性行为，但是我觉得他们没有意识到这种东西到底适不适合这个年龄段这么大肆张扬地去说。我觉得有一些不合适。

你觉得要解决所谓的中学生的性问题，要采取一些什么样的办法呢？

应该有更多心理上的疏导和教育，单纯生理知识的教育是远远不够的。因为我觉得一个人生理上有需要时，如果从思想意识上能够对这种欲望有分析和控制的能力，就不会很轻率地发生性行为，起码会想得多一些。

让你再次选择的话，你会选一个什么状态的性行为？

我可能会选一种真正负责任的性关系。就是在我能负起责任的时候，我会拥有自己的女友，会在中国社会道德允许的范围内发生性关系。

那你的学习呢？

我相信我的学习会越来越好。

为什么？

因为现在喜欢学了。我觉得学习是快乐的，虽然说累点。

你从什么时候开始觉得学习有意思呀？

从发生这件事之后。

为什么？

我当时就觉得自己应该重新有一个目标了，不应该再沉迷于这种事了。

很好。我不知道你父母听到之后，或者你的老师听到之后，会作何感想，你是因为这样才树立了学习目标。

这不是挺好嘛！我觉得各种各样的情况都会让人树立学习目标，而不仅仅是为了实现共产主义。

这是所有采访中跑题最少的一次，每次当我想要跑题的时候，都会被李赫一再提醒，于是我们就在这种紧锣密鼓的问答中结束了这次采访。

因为出场人数众多，采访结束后，我还有点头晕。再加上提问中间没有顾上喝一口水，有点口干舌燥，于是拿着李赫买的一大杯橙汁，边走边喝。

我们同时都要到一个路口去打车，所以边走边聊，他非常注意红绿灯，严格遵守交通规则。因为李赫数次提到他的品德问题，所以我非常注意观察他这一点，如果他没有在这样短的时间内，毫无爱意地和八个女生发生性行为，那么他几乎就是一个品学兼优、遵纪守法、关心他人、有理想、爱学习的好学生。

这两者之间到底如何判断和划分呢？也许正如他所说，在性和爱之间还有一个最重要的词，那就是责任，也许品德的好坏也和责任有关。

这个采访还有一点奇特之处，在采访李赫的过程中我常常不由自主想起我曾对男孩家明的采访，这两个男生的年龄相差整整十岁，我发现他们两个人之间首先有一些外形的相似之处：身形瘦高，神情严肃，对我很有礼貌，愿意和我深入探讨自身遇到的种种问题。其次他们和我探讨的问题中有一些问题也是相似的。

对自己身心变化的困惑。我记得家明对自己脸上的粉刺，对于身体出现的遗精，非常苦恼。对于自己的将来考虑得非常周密，甚至到了有时吃不下饭、睡不着觉的地步。这些问题与李赫的困惑基本相同。

很理性地思考问题，并且对长辈的道德观提出自己的质疑。这两个男生不约而同地都对自己的很多行为有过深入的分析，并对周围同龄人的言行举止有批判，对长辈和学校对自己的教育方式有不同程度的不满和批评。

都遇到与性相关的问题，开始思考自己的婚姻大事。他们都要面对与异性的感情。前者对女友的感情非常认真，每天早上花两个小时送女友上学，也在所不惜；后者却在刚刚开始的情感尝试中受到很深的伤害，因此产生后来一系列的报复行为。但是无论如何，探索如何与异性交往都是他们除了学习之外最重要的现实生活的一部分。我们的父母忽略了这些问题，甚至希望这样的事情不要在这些将来还要高考的孩子身上出现，但这几乎是不可能的，因为他们无论如何不会忽略这件事，也因为他们总是在学习之余，还拿出很多的时间和精力探索、寻找自我，寻求独立的种种可能，他们在性方面的思想与寻找自我是息息相关的。他们两位同时还提到一个问题，就是对自己将来要建立的家庭的关注，他们觉得自己终有一天会结婚，并拥有自己的家。也描绘了理想的对象的样子，同时也有实现不了这个愿望的担忧。美国某机构曾做过一个调查，要求青少年按重要次序排列他们心中的未来大计，在回答的青少年当中，86%的人把建立一个幸福的家庭列为未来大计的首要事情。

对自己将来的思索。家明当时狂热喜欢摇滚乐，休学组建乐队，特别想追求人性而自由的东西，对于机械地要拿文凭这件事非常痛恨。可是，最后还是放弃了乐队，开始复读，而且如愿考上了大学。李赫则是在经历了诸多简单的性关系后，忽然发现了学习的乐趣，开始对自己的学习成绩充满希望。

同时家明和李赫也有显著的不同之处。

李赫比家明更熟悉电脑和网络。也从网络上更多地知道性的知识和更容易看到黄色网站。

李赫比家明拥有更充分的性知识。不会再被“一滴精，十滴血”这样错误的性知识吓坏。

李赫比家明表现得更为暴力。在情感受挫后，第一个想法就是找那个男生单练一下，看看谁厉害。

李赫从小和外公外婆一起长大。与家明相比，性教育部分中缺乏了父母对孩子的教育和言传身教。不过仅就性教育而言，家明虽然和父母生活在一起，也没有受到任何有效的性教育。

李赫所在的成长环境，接触性的机会比家明明显增多。家明当时虽然也抗拒父母的性观念，但是他仍然记得以往在性方面的规范，有时逾越了这些规范会感到内疚。所以家明虽然与女友发生了性关系，可是在感情上是非常珍惜他们之间的关系的。李赫的周围环境却好像没有任何性规范，电影、传媒、音乐、网络都在可能的范围内把爱和性画上等号。同时，李赫可以在与一个女孩没有任何情感基础的情况下发生性关系，并且让这样的情况一连出现了八次，最终李赫也没有认为自己做了一件错事，只是在后来觉得会对这些女孩有不好的影响。

李赫所生活的同龄人中间，更多出现了道德判断上的多元。对一件事情不会完全出现是非分明的判断，比如郭敬明的抄袭事件，羽泉的抄袭事件，他们的追捧者对此事的态度让成人大吃一惊。

我们了解了李赫这样一个复杂的成长背景，就会发现一个看似有点惊世骇俗的男孩的经历，仔细分析起来却有许多的合理之处。

但是，一个爱学习、懂礼貌、遵纪守法的孩子和一个在没有任何感情基础下与女孩发生性关系的孩子之间，他们有什么样的必然联系呢？这个男孩自己提出了一个原因，就是性教育中，关于心理和责任的教育缺失所致。至于因为这件事情而可能受到的批评则让老师和家长无从批评得起，因为他们对孩子所发生的这一切事情都一无所知。

分析

毫无疑问，到了青春期，人生的第一个转折期悄悄来临。青少年不再是小孩子，旧的人生体系开始瓦解，不得不全部放弃，而新的体系尚未完全建立。这时感情成了青少年生活中的一个奇怪吸引，他们会毫不犹豫地为这种新产生的感情雀跃不已，激动不已。但是又会发现，这种情感会在某种情况下把自己的情绪推向极致。

李赫在爱到深处时，遭遇了“背叛”，他实施了一长串“荒唐”的“报复”，看上去冷静，而近乎无情，内心却又透露出极大的沮丧和不安。

把感情当作珍品对待

我们不难发现，少男少女们的情感是易碎品，必须小心翼翼地对待。由此联想到，假若你有一件易碎的珍品，你会交到什么人手里呢？有的人热情洋溢却毛手毛脚；有的人只想自己，对别人的事漫不经心；有的人只是好奇并不珍惜你心中的珍品……试想一下，你敢把易碎的珍品交付他们吗？

不能！你必须寻到一位有责任心者，方可相付托。何谓有责任心者呢？第一，他视珍品为珍品；第二，他全心全意保护珍品；第三，他会承担起关于珍品的责任。器物尚且如此，感情更需要责任。因此，不与无责任心者深交，应成为情窦初开的少男少女们的交往原则。当然，要求别人有责任心，自己首先应当拥有责任心。

实际上，一个人与别人交往，了解自己，建设自己是很重要的，一些看似很混乱的两性关系，实际上是对自己情感需求的不了解造成的。可以自己一个人阅读、看电影，可以去打工，在经济和精神上有双重的独立，才可能以一个真正健康的人的状态和别人交往，否则，太容易受到伤害，期望落空。

不发出让人误解的信息

感情世界的特征之一是敏感。尤其是少男少女们，对来自异性的微妙信息是心领神会的。问题在于，少男少女往往容易在无意之中发出错误信息，导致剪不断理还乱的麻烦。

在情感世界行走的少男少女们，应当掌握一些交往的底线。譬如，如果你不想谈恋爱，不要与异性单独约会，更不要在晚上两人独自相处；不穿过于暴露的衣服，以免刺激异性；给人留言不宜多情，以免让人迷惑等等。

在与人交往时，特别要谨记：不宜发出让人不解的微笑。也就是说，应当明明白白地交往：你是我的同学，不是我的异性朋友；你是我的老师，我们只是师生关系等等。这是避免不必要的烦恼的有效技巧。

迷途知返应下决心

恋爱场常常是迷魂阵，许多少男少女往往搞不清原因，便稀里糊涂坠入情网。

青春期的特点是爱也疯狂恨也疯狂,爱与恨来也匆匆去也匆匆。因此,他们一旦发现自己的感情被玩弄了，常常会做出激烈的反应，如伤害别人或自我摧残，酿成新的悲剧。

当然，也有另外一类少男少女，他们的性格偏于柔弱，明知自己被玩弄，却缺乏勇气说不，结果使自己在泥潭中愈陷愈深，最终毁了自己。

实际上，很少有人一辈子不踏上歧途，关键在于能否迷途知返。有句名言：两利相权取其重，两害相权取其轻。就是说，当人面对两难或两利的选择时，需要有明智的态度。

就情感世界而言，当你发现自己陷入了被玩弄的游戏之中，你就面对“两害”的选择：退出越早伤害越小，退出越晚伤害越惨。请问，你应该怎么选择呢?

有些少男少女可能会咽不下这口气：退出？就这么便宜了他（她）？我要和他（她）算账！如果对方触犯法律，自然可以以法律为武器来维护自己的权利。然而，许多时候，感情纠纷是法律爱莫能助的，纠缠下去的结果往往是伤害更加深重。

另外有些少男少女是惧怕邪恶势力。当他们不幸与无赖的异性或同性交往之后，渐渐变成了羊入虎口，似乎只能任人宰割。其实，这完全是自己吓唬自己。有《未成年人保护法》《妇女权益保障法》等相关法律的存在，只要青少年挺直胸膛，抗争到底，幸福就在不远的前方。

心理学界的共识是，在犯错误中长大是孩子成长的规律。青春期里谁能毫无闪失？跌倒了爬起来,误入歧途就重返正道。只要认准了这一条,每一个少男少女的青春都会是灿烂的。

第九章　少女怀孕流产的后患

“其实在初二那年发生的性行为，对我生活的影响是很大的，如果我不遇到那个男孩，那我就会是另一个我。有过一次，人就懈了，已经这样了，就皮实了，也就无所谓了。”

我从来没想过怀孕这件事

她穿着一套睡衣出来接我。本着对我所见的、所听的都不表示惊讶的原则，我没发表任何意见，只是稍微提高了声音，指责她对自己所住的环境太不熟悉，导致我找得很辛苦，也很生气。

她没有说什么，在回家的路上，她买了一包烟。

她问我怕不怕狗，我说不怕。她说她家里有两条很大的狗，我不置可否，没把这句话放在心上。那两条狗确实很大，毫不夸张地说，比我还要大。但我表现得很镇定，她也飞快地换下了出门穿的睡衣，换上了一件黑色蕾丝边的吊带睡衣。

我们的谈话就在床上和一条狗的注视中开始了（此时，另一条狗一直待在客厅里，她不许它进卧室，因为它很脏，也不听话）。

因为之前找不到她，我有些烦躁，好半天没有看清楚她的模样。直到坐在她的床上，才静下心来，仔仔细细地打量她。她长得有点妩媚，说话也娇滴滴的，毫不在意我的情绪，只自顾自地换衣服，然后坦然地坐在我对面，冲我咧嘴一笑，准备接受采访。

最早对男孩子产生好感是什么时候？

小学，但与现在喜欢一个男孩子的概念不同，可能是他的某个表情、动作或衣着招我喜欢。那时候我可以同时喜欢好几个。我上小学三年级时，就有人追，因为他们觉得我长得漂亮。

先讲讲你第一次交男朋友的情况，好吗？

以前也有一些男孩子想和我交朋友，但我都没放在心上，就那样说说就过去了。但在我读初中转到北京郊区的时候，碰到了一个在那个区很有名的男孩，他经常接我上下学，带我到他家吃饭，他妈妈对我非常好。看那意思，这个男朋友我交也得交，不交也得交。第一次就这样发生了。但第一次并不是自己想要做的，纯粹是一种被动的情况。当时衣服是他脱的，当第一下时，疼，有种被撕裂的感觉，其他的就没有了。当时我就没有再动，然后就哭。

被动，但不是被迫，是吗？

我认为我当时不是很想，肯定会有一番顾虑，有一点害怕。因为听人家说很疼啦，然后还怕流血，还没有经历过这些嘛，所以我当时是不愿意的，反抗也有，但不会像被强奸那样反抗。

你感觉怎样？

没什么感觉，也没想那么多。这一次以后，很长时间都没有再做过，因为我转到另外一所学校去了，后来又转到另一所中学。因为大了，长得又比较好，交过一些男朋友，但没有碰到这样的事情，然后就上中专了。

要不是认识那个男孩，我现在都不可能学抽烟。我上中专学的是表演，抽烟对牙呀嗓子呀皮肤呀都不好。上艺校时，交过一些男朋友，但不注重感情。我们都是一周回家一次，平时身边多一个像你爸你妈那样照顾你的人，何乐而不为呢？

他呢？

他？性行为最后不是有一次射精嘛，他当时看到我的表情，从第一下到结束也就两分钟吧，就这样。他帮我把被子盖上，然后说了句对不起，这对我来说是第一次，但是对他可能不是。

他父母都不在家吗？

不在。他爸老不在家，他爸爸是某公安局的局长，妈妈是售货员。他当时放学后接我回家，我们一起坐在沙发上看电视。

这之前你们谈过这件事吗？

没有，从来没有。

你当时怎样想？

没办法了，我只能这样。

可你当时只有十三四岁，你有心理准备吗？有性知识吗？

没有，但我知道是要做什么。

当时有出血吗？

没有，因为老早就有人告诉过我，跑步、游泳，都会导致处女膜的破裂，而且我小时候跳过两年的芭蕾。

你和朋友讲过这件事吗？

讲过，这事过后不久就讲了。当时我有一个好朋友，长得很漂亮，她也有男朋友，并且她和她的男朋友已经做过很多次了。

当时你们班有过性行为的有多少？你知道的。

有三四个。

你那个漂亮朋友她怎么想这件事？

我就记得她当时对我说，你慢慢就好了，慢慢就觉得舒服了。她也没细说她的事。

后来呢？

后来我就躲他了，特烦看到他。如果我们在一个桌子上吃饭，他给我夹菜，我就觉得特恶心。

你第一个男朋友就是初二的那个男孩？

是，是他。

和他发生性行为以后，你觉得自己变化大吗？

基本上没有。

这个时候有人来送水，她的狗叫了起来，然后她接着说后来再发生就是与第二个男朋友。

你上的是一个怎样的学校？

大专，本来想考大本，但没有认识的人，也没有路子，但我还是两个都报了，一试、二试，之后直接就被刷到专科了。我就不想去了，但考完以后，学校的老师给我打电话，我妈就让我去了。初三因为成绩不好，就提前考到艺校，读了三年艺校后，第四年的实习我没参加，就直接考了大专。

流产这件事是什么时候？

在大专。当时毕竟投入了感情，对他挺用心的，之后发现自己怀孕了。

那时你多大？

忘记了。

你今年多大？

二十一岁。

你毕业几年了？

我不算是毕业，考完试之后我就不上了，因为大专只有两年，第三年就是学校给我们找片子拍，这样算起来，应该是十八岁吧。当时发现的时候都三个月了。

你不知道自己怀孕吗？

因为我月经一直都不正常。后来三个月没有来月经，我就到医院去查，结果是怀孕了，然后做的药物流产。

三个月还可以做药物流产吗？

是，四个月以内都可以。因为我是第一次，不知道需要怎样，当时先吃药，然后回家。第二天早上起床，什么都不吃，再吃一粒药。当时非常恶心，想吐。第三次，到医院去吃药，吃完药后，等了四个小时，然后从身子里掉出来这么大一个肉团。我打车回家，从出租车座位上一站起来，裤子上全是血，好吓人。

你男朋友去了吗？

去了，但是没让他陪，我也不知道为什么。然后吃了一些益母草，挺苦的，半个月就好了。好了之后，和这个男朋友的关系就淡了。

你觉得流产在你思想上产生的影响大吗？

还行。

你知道这件事对身体有什么危害吗？

我知道挺不好的，而且“药流”也挺危险的，但毕竟做了，也没什么事。我觉得打胎唯一影响的就是我的身材。

打胎怎么会影响你的身材呢？

会有小肚子，我以前腰是一尺五、一尺六，现在是一尺七、一尺八。

就这一点点影响？

这可能和我这人想事情的角度有关吧，我不甘落后！

你们做爱的时候，没有任何避孕措施？

没有。

为什么他不戴避孕套呢？

他不喜欢。

后来呢？

没有，好像一次避孕套也没用过。

为什么？你不担心怀孕吗？

担心，但是没想过用。他和我都觉得，两个人间隔一层东西，感觉不好吧。

后来还是不避孕，但你一直都没怀孕？

没有。后来我就和这个男朋友分手了。

分手的原因是什么？

他说他要出国，但他其实并没有出国，而是又交了一个女朋友。

后来他又用别人的手机和我聊天，说要和我好，我就和他和好了。就这样。

你在大专的这个表演班是一种什么情况？

很多同学都与别人同居，放学后不是去找“老公”就是去会男朋友，从学校门口停的车就可以看出来。

你父母是做什么工作的呢？

我母亲是医生，爸爸在银行。

你家里经济条件一直很好吗？

比上不足比下有余吧！我上小学有呼机，上中学有手机，丢了父母就会给买，要什么给什么。

你上大专时，和这个男友在哪里做爱？

他家或他朋友租的房子。

和他再做这件事时，你喜欢吗？

喜欢吧。因为我觉得他是我可以依靠的人。

你和现在的男友做爱有避孕措施吗？

没有。

那再怀孕怎么办？

那就再打掉呗。

你不担心吗？

我不希望我们做爱时中间隔着什么。

你可以不隔什么呀，比如服避孕药，对吗？

但吃这个是会损害身体的，而且如果我怀孕了，相信我还会很高兴。

为什么呢？

我想过要和他生孩子，但不是现在。

噢，我还要给你讲一讲另外一个朋友发生的事情。她长得特可爱，她和她男朋友在一起已经三四年了，他们两家都特别有钱，她的脾气比我还要恶劣，比我还敢做事，就是那种敢把自己的男友从八层楼上踹下去，然后自己再去自首的那么“鲁”的一女孩。她第一次怀孕打了，第二次打了，第三次给生出来了，自己在家生的。她“老公”是一个特别爱玩的小男生，洗桑拿时找了一个小姐。我这个朋友一生气，就把自己生出来的孩子从九层还是十九层楼给扔下去了。后来她们家就出钱把她给保出来了，我觉得这事我就不能理解，因为她比我小得多，她可能现在二十岁不到。

那她发生这件事情时才十八九岁？

对，因为现在大家思想都没有那么封建了，感情上的事情都能理解，但这种事我听到都一惊，可能我还没到这么“疯”的地步吧！我想，除非这个男的和我结婚了，我才会为他生孩子。

现在我们探讨的问题是避孕，真不担心吗？

我跟我现在的男朋友天天做，但我从来就没有想过避孕，也没有想过怀孕了怎么办，我根本就没有在脑子里想过这件事。

好像这是跟你没有关系的一件事，是吗？

对。这件事很简单，怀孕了，就做掉。

你这样多次以后，很可能将来就不能生孩子了。

不会吧，药流一点都不影响，能生孩子吧？

这个问题得请教一下专家。你了解艾滋病吗？

了解，但不是非常全面。

你知道它通过什么传播吗？

血液，性行为。

你了解你现在的男朋友吗？

了解，不过他有妻子和孩子，但他和他妻子已经没有什么感情了，没有我他们也会离婚。这些事，家里都不知道。

这是一次有点奇怪的采访，到后来，在一些问题上，我都有一些生气的感觉了。她的思想很混乱，却在一定程度上有代表性。

从她的房间出来，我长长地出了一口气，轻松了很多。

顺便约了朋友在路口吃羊肉串。朋友问起我刚才的采访，我大概描述了一下，她就有点目瞪口呆了，看见我好像很平静的样子，感到很奇怪。其实我甚至不知该怎样解释我复杂而难受的心情，我只想吃一口羊肉串，好让自己暂时不去想一些事情。

我们再一次见面约在一家商场的冰激凌店里，她拿出画好的一幅画，很不好意思地对我说：“画得太幼稚了，你别笑话我。”她给我讲解了一下这幅画的意思：人生活在社会里，社会是海，你就是海里的沙子。无论怎样的烦恼，对你是问题，对海不是，所以，你应该学会适应。我觉得她讲得很有道理。

她接着说：“其实在初二那年发生的性行为，对我生活的影响是很大的，如果我不遇到那个男孩，那我就会是另一个我。有过一次，人就懈了，已经这样了，就皮实了，也就无所谓了。”

她看完所有的访谈文字，没有什么特别的感觉，还是那样风轻云淡地说这些事，并且又给我讲了一个耸人听闻的故事，听得我直犯恶心，浑身鸡皮疙瘩都起来了。我们谈到一半，她去店外打一个电话，站在一个巨大的广告牌前说个没完没了。

到底是什么在伤害我

有七年时间，我一直在编辑一本和青少年有关的杂志，几乎生活在青少年中间。有一年春节，我不想在人山人海的情况下回老家，于是留在北京过除夕，有几位中学生朋友过来陪我。

其中一位叫茜莉的女孩瘦瘦高高，语言睿智，对很多简单的事情都有滔滔不绝的见解。我想她可能在恋爱，因为只有这样才会使一个普通的女孩这样充满光彩。

春节之后，我的生活发生了很大的变化，最重要的是结婚、怀孕、生子。记得我怀孕后第一次体检时，排队等候的椅子正对着妇科的药物流产室，看着一个稚气未脱的女孩痛得缩在墙角，脸色煞白，我感觉自己的肚子也开始隐隐作痛。

这惨痛无助的一刻复制、粘贴在了我的脑海里。生完孩子后，一次与孙云晓老师通电话，他告诉我，在古代，女性安全地生下孩子，几乎等于逃过一劫，是值得庆贺的事情。所以，等到我的孩子满月了，我们约在必胜客见面，在这次见面中，我详细讲述了体检时遇见的各种年轻女孩的情况，没想到孙老师比我还重视这件事，第二天就拟出了一份采访提纲，快递给我。从此，我开始了长达五年的采访……

再见茜莉，不再是为闲聊，而是为了正式的采访，她所讲述的生活让我心疼和吃惊。

你从初恋开始讲吧。

第一个男朋友和我初高中都是同学。谈恋爱在初二，男孩是属于近乎完美的那种——个子长得特别高，特别漂亮，非常有魅力。他长得有点像苏有朋，很英俊、很乖巧。

说起来当初在一起就是个玩笑。我和同桌说："那个 ××× 挺好的。"当时我和他接触其实不多，只是凭第一印象觉得挺好。结果同桌真的跟他说了，谁知这个男孩就同意了，说："好呀！"刚开始没怎么认真交往，淡淡地磨合了一段时间，慢慢地开始有了好感。半年之后，两人就公开地、正式地在一起了。

他特别老实，初吻是在交往一年半之后。他是一个非常正经的男孩，给了我安全感。如果哪一天我衣服穿得不整齐或者扣子没扣严，他会帮我拉好，没有什么奇怪的眼神或者不自然，这让我觉得很舒服。这一点可能在成长过程中使我的感情形成了一种比较平和的张力，所以，后来我对性这方面并没有什么恐惧或者提防。

他有个很普通的家庭。初中的时候他父母知道我们俩在交往，甚至半夜打电话也没说什么。我经常到他家里玩，他父母为人很好。

我初中上的是一个很普通的学校，不算是好学校。那时谈恋爱的不算很多。我们两个当时被同学誉为"金童玉女"呢。班里面只有少数的几对朋友，上了高中之后大多数都分开了。

你们在初中交往的时候有没有什么特别难忘的事情？

有一次到他家附近一个污水处理厂，看他和朋友们打篮球。他高大魁梧，打篮球时很利落也很舒展，动作美极了。打完出来的时候，我坐在他的大“二八”自行车上，他用车大梁带着我。当时我累极了，跟他说我不想下车，因为出去时门卫要求骑自行车的人要下车，否则会盘查的，他举着枪呢。污水处理厂可能是被重点保护的单位吧。他问我一句：“真的不想下来？”我答：“真的不想下来。”他说：“行！”他慢慢地骑，然后到离那个警卫很近的地方突然加速，就一下冲出去了。

我觉得这个男孩很有驾驭力，保护了我，他让我觉得跟他在一起没有厌倦的感觉。当时感觉好极了，甚至还幼稚地觉得，应该这样下去，跟他继续在一起一直不分开。所以，到高中毕业我都忘不了他，当然也是因为好长时间没有见面的缘故。上大学后再见到他时，发现这个男孩好像并没有什么特别，觉得他怎么和自己记忆中的样子不一样了呢？

你们有没有接吻之外的性行为，这取决于他吗？

那时候，我们都非常不成熟。至少我认为这个事情是不应该的，包括接吻。当时我记得特别清楚，这也是那种难忘的事情。有一次我在他家看《人鱼传说》，郑伊健演的。在那个片子里，女孩就为了亲郑伊健，拼命地吃辣椒炒海瓜子，辣得自己受不了，郑伊健给她喝可乐也不管用，他们只好用接吻去缓解那种辣的感觉。我们看到这儿，自然而然地就接吻了。其实那种感觉挺好的，于是就很热衷这件事情，接吻的时间很长。我高中的时候交了第二个男朋友，接吻的时间就很短了。如果说我们有四十分钟的时间可以在家里共度，比如他妈妈买菜的时间，那我们就要在这四十分钟里抓紧时间赶快做爱。

回忆初中的时候，我觉得自己在这方面挺傻、挺幼稚的。我自己觉得长相一般，并不算出众，但是男孩子可能并不这么看。可能我属于那种可爱型的吧，比较能吸引他们的目光。我小学毕业的时候大概就这么高—— 一米六四左右，初中毕业之后还这么高，高中还是这么高。我成绩一直很好。

后来和这个男孩怎样？

我和他刚上高一就分手了。那天他很平淡地打来电话，叫我上体育馆聊聊天。他说："你觉得咱们在一起好不好？"我说："好呀。""那你想不想和我继续在一起？"我说："想呀！"他说："我不想。"然后我就说："不！我就是想跟你在一起！"他说："那你也不能强人所难呀。"我说："我想要跟你在一起，你非要跟我分开，那你也不能强我所难呀！"他就用一贯哄我的态度说："没关系，分了手之后我还会和你做朋友的，还会每天打电话给你，跟现在一样。"但事实上从那之后我就明白，男人说这种话是骗人的。

后面的男朋友怎么出现的？

他是我家邻居。后来他家搬走了。他比我大三岁，算是青梅竹马吧，他小的时候就跟我说过喜欢我的话。他长得一般，中等个儿，感觉还可以，打扮一下算是比较帅气的那种男孩。瘦瘦的，跟我一样瘦。他没上大学，职高毕业就上班了。当时他在超市工作。有一次在大街上碰到他，两个人相互认出来，我突然觉得他长得那么帅呀！问他家住在哪儿，留了电话号码。后来又碰上了一次，就开始联系了，约着出去玩。我叫他骑车带着我，又问他有没有女朋友，他说你太小了，好好学习吧！我特别生气，不再跟他联系。又过了一段时间他打电话给我，让我和他出去玩，或者带着我和他以前的同学打排球。晚上吃饭的时候，因为位置不够，他让我坐在他腿上，我觉得从那天开始慢慢就好了。

这个事情对学习有影响吗？

没有！对于我来说，这是完全不同的一件事，占用不同的精力和神经中枢，和学习无关。

什么时候发生了性行为？

交往了很久吧，在确认关系之后几个月吧。

为什么会和这个男孩子发生性关系，之前有没有想过这个问题？

没有。其实女孩子在潜意识里确定了这样一种观念，在我跟那个男孩子交往之前就已经很明显了：如果男孩子有这方面的要求，那可能不是一件什么坏事吧。如果他对你完全没有这方面的要求，那两个人才有问题。他第一次带我去他家，我们坐在沙发上看电视，他就搂我的腰然后亲一下什么的。第二次去的时候，他就不让我坐沙发，直接把我领入他的房间……这并不是说两个人连手都不拉一下突然就上床，不是这样的。其实都是循序渐进的，每天做出一点过分的举动。对于成人来说，可能接吻和上床只有一步之遥，但对于中学生这样的年纪来说，这之间每一个步骤，都是界限清晰的，不可或缺。

首先，接吻是个很明显的标志，你愿不愿意同这个人接吻，明显代表你和他之间有没有那种爱情。拥抱和接吻肯定是同时的。

你觉得拥抱和接吻持续几天才会有所发展？

那时候很慢，现在很快。

那时候他抚摸我，隔着衣服摸我的胸部，那种感觉现在我依然记得。但即使如此，上半身和下半身也是分得很清楚的——只许摸上半身。后来可以脱衣服甚至把裤子给脱了，但还是不敢做那种事。我们两个经常躺在同一张床上，但也只是抚摸，只是很长时间躺着而已。就这么躺着躺着，很多次，有一两个月之久。

从接吻到真正发生性行为中间到底有多长时间？

即便衣服脱光的时候也只是触摸——这个男孩子当时已经足够成熟，虽然他也会怕，担心这个女孩，但是他依然很固执，固执地用手。我记得很清楚，我们这样也许有半年多吧。

你觉得你的同学都会用这么长的时间吗？

当然，当然，总是不太懂的。想想看，你前所未有地脱掉上衣，就是在今天以前你从没有到过这个地步，就算有了漫长的铺垫，那一刻还是非常恐惧，而且感到羞辱。不敢跟别人说，即便是最好的朋友我也是过了好久才说，还特别不好意思。

我在想，那种羞辱感是从哪儿来的，觉得自己不是一个好孩子，干了一件见不得人的事。不应该去干，为什么还要去干呢？我经常想，一种很厉害的冲突在我这个没有长大成熟的人身上肆虐着。我当时的错误不是因为我的年龄，而是在做之前并没有完全地、真正地明白。

你是指的性，还是指的爱？

都包括，都包括……就是其实那个时候的我是不完善的。因为我不能坦然面对这个过程，从生理到心理的过程。我不能坦然在家里面做爱，或者想象下一步，我结了婚，有了自己的孩子，这床是我自己的，所有东西都是我最喜欢的，我们可以舒舒服服地洗个澡，躺到床上。这一切我都不能，也不能被别人接受。我不想，不想陷入这种羞辱感，这会让我发疯，我想完完全全踏实地、放心地做一次爱……为了我自己。

可是，那个时候我们两家离得很近，他妈妈已经退休了，从早到晚都在家里。她如果准备出去买一个小时东西，他就马上出门给我打电话，说我妈要出门了！我就赶快坐一辆车飞也似的去他那儿，赶紧地急急忙忙地做这件事情。每次我都是上身穿一件很肥的衣服——为了配合他——我解开上衣扣子，只要脱掉裤子就行了，就这么简单！

那是个夏天吗？

是春天吧。我们在刮着大风的春天开始谈的。

那按你所说的那时候已经是夏天了？

嗯？是啊，是到夏天了。高二。算起来是高二的下半学期了。

从头开始说好吗？第一次感觉怎么样？

那时候用手，很长时间都是这样。我的处女膜就是他用手弄破的，当时流血了，觉得很难受。之后他真的做的时候，心里还是有点害怕，只是没有想象中那么害怕和羞辱吧。但我会想一下已经不再是处女了，如果以后还会有别人，和以后的男朋友在一起，别人会要我吗，能把眼光摆正吗？好长时间不能原谅自己。

他在这个事情结束之后有什么表现？

他当时没什么表现。每次完了以后我都要飞快地穿衣服，每次都是我主动说不行不行我得赶快走了。而他每次都说在家里躺一会儿吧。于是，每次出去的时候都会在电梯口碰见他妈妈，我想我幸亏走了。每次都是这样。我认识他妈妈，但是她不认识我，我看她一眼后就赶快走了。这对我来说，长时间有一种耻辱感，我一直没有跟任何人提起过这件事，我想别人不会理解。

他戴避孕套吗？你害怕怀孕吗？

不是每次都戴。我月经一直不准，每个月都要向后推几天，周期比较长。从那之后，每次要来月经那几天我就特别害怕，实在忍不住了，极其需要倾诉的时候，就和好朋友以开玩笑的口气说："我可能有了。"她说："你又没那个怎么会有呢？"我不好意思极了，但还是跟她说了。她很惊讶地看着我，但也没怎么怪我，还是挺开放地接受了。我们那时什么都不懂，现在有试纸呀什么的，那时候一无所知。什么都不能做，只有等。

又过了一个多星期月经还是没来。我这下子非常认真地对她说："我真的是有了。"那时候还有四个多月就要高考了。

那就是说，这样的话，你的高考成绩必然受影响了？

不全是。我实际上是个意志力很强的人，所以我可以做到感情和学习走两条神经，一分为二。那段时间，学校怕学生体育成绩影响高考，为高三学生安排了体育加试，每天都要长跑。我从那开始每天都会肚子痛，而且越来越严重。我意识到这次一定是逃不掉了。因为我经常会担心这件事，所以他认为这次还是"狼来了"。我非常郑重地要求他带我去医院检查。星期六跟他到医院一验尿，果然是怀孕了。结果出来时，我看了他一眼，他好像还是半信半疑的。我心里嘀咕着……

那天我故意穿上一套我妈妈的衣服，挂号的时候也用了假名。诊断结果是阳性，时间不到两个月。医生是一位四十多岁的中年妇女，她给了我两片药，叫我垫上卫生巾，星期一做手术。我吃药后发现下身开始流血。

这是一个很小的社区医院，妇科只有这一个大夫，我别无选择，没有任何主意，只能听她的。她对我说："我知道你用的是假名，为了对你负责你得留下真实姓名和电话。"当时我害怕极了，不知道该如何是好。她说："我不会打给你的，你放心吧。"我愣了一会儿，还是给她留了电话。好长时间我都怕得要命，后悔留电话给她。星期一我叫好朋友陪我请半天假又一次到了医院。这时候已经坦然了——既已如此还能怎么样呢，好在他有工作，给了我一些钱。

我进入医院里的一个很小的套间——根本不能称其为手术室。先把腿架起来，有一个像吸尘器一样的机器放在地上咕噜噜地发出声音，这边一个管子连着个探头。医生把这个东西弄进去之后，电源一开，砰的一下，我痛得直叫，声音很大。医生这时候凶起来："你喊什么？到底做不做，不做出去！"可能是对我在这种年纪发生这种事很鄙视吧。你想想，我在手术台上痛得跟什么似的，我怎么出去？！我就是觉得……难受，然后继续做，实际上做得很快，一会儿就吸出来了。完了之后本应该休息一会儿，可我看墙角那张病床又脏又简陋，就忍着痛起身出来，连动都动不了，一点力气也没有了。后来我才知道这手术叫"吸宫"。

人流之后，你在想什么，后悔吗？

当时觉得不后悔吧。我怀孕之后那段时间他对我非常好，非常非常好。那几乎让我暂时忘了痛苦，觉得怀孕是值得的。我甚至觉得如果受的那些罪能换来我爱的男人对我那么无微不至的、完完全全的爱的话，我觉得值得，我不后悔。

来的时候，我们俩买了很多吃的东西，比如巧克力什么的带在路上，我本想做完手术之后吃。可出来之后发现什么也吃不下，没有胃口。浑身感觉的焦点都聚集在子宫。好难受！比发烧烧到四十多度还难受！晕晕乎乎的一点力气都没有，不想吃东西……可以说，当时还是不后悔，觉得没什么……不想喝牛奶，一直延续到现在我也不想喝牛奶，恶心，一喝就吐。那时候也不懂，没保护好自己，落了好多病，那当然了……

做完手术之后都干什么了？

逃了一天课，没地方去，男朋友就把我接到他家。我躺在床上，喝点水什么的，所有的注意力都集中在痛苦上，什么也干不了。我一回家就躲到自己的房间，尽量地掩饰，一个人默默品尝。

你请假不去上课吗？

没有，每天还坚持去上课。那位妇产科的大夫当时开了一张胃炎的病假条给我，大概她很明白我的处境吧。她还是挺好的，帮了我。开始几天上课完全听不进去。我做手术的时候是三月份吧，那个时候风很大，我穿了很多衣服，里三层外三层都不管用，还是怕冷。怎么坐都难受，腰根本直不起来。我只好把衣服垫在背后，这样好受一点。那时候他都对我很好，买很多东西给我，我很感动，觉得值得。

但是，一旦女孩子清醒之后就会发现，无论这个男人是不是你爱的，你怀孕他会不会对你好，会不会无微不至地待你，都不值得，不值得牺牲自己的身体去博得这些东西。因为那个牺牲太大了。

你要是稍微有一点点常识，应该休息一个星期。这样狂风大作的时候出门，你将来身体会出问题……

是啊。后来我身体很糟糕，有风湿性关节炎，一到下雨，关节就痛得厉害。更惨的是，那阵子正好体育达标要跑一千米。学校有规定，来例假可以缓考一周。于是我就都推到下一周。如果不推，那就意味着手术第二天就要达标，那也许我就会累死在操场上。

跑得下来吗？

跑不下来。这一天大大还要我去复查呢。跑完一千米我第三次到了那家医院，做 B 超。我告诉她我肚子痛，偏左侧那里，大概子宫是偏左一侧的吧，尤其在两次月经的中间——排卵期。还有，白带很多，有炎症。我知道，以前那个少女的身体完全不在了，但是我没有完成进入少妇状态的过程。我懂得不多，根本不可能拥有这些知识，无法保证在婚前有一个男朋友而有稳定的性生活，能够定期体检等等。我没有钱，没有对生活的驾驭能力……什么东西都没有，所以我难受。我觉得自己完全被毁掉了。很快，我和他的关系恶化。因为这件事，多少还是有点恨他，高三毕业后就分开了。

高考怎么样？

我考上大学了。我一直觉得恋爱对学习没影响，用的是不同的时间，不同的脑力。但是堕胎就完全不同了。它从身体上改变了已有的规律，进入到另外一个失去了控制的空间。不知道自己腿什么时候痛，身体什么时候不好，只是被它牵着走，无能为力。最后勉勉强强考的是一个大专，自己不喜欢的专业。按照我的成绩，应该不是这个结果。

随着自己的成长一步步地了解，你会发现以前做的是错的。包括在大学发生第一次性行为的人，他们一段时间之后都会后悔的。怎么说呢？做学生的时候，人都很幼稚的。虽然二十岁的时候身体是最好的，性欲很旺盛，但是这时发生的性行为质量很差，满足欲望的这个途径特别黑暗。用朋友的话说："身体可坏了。"可能就是这个意思。

我想，一个人应该在他适合做爱的年纪好好地做爱，这就对了。显然，中学时代不行。现在，中学生的世界，他们跟外界的那种联络，像是完全封闭的，老师、家长谁都不知道他们在干什么。你是唯一有机会打开窗户探进头去看一看那里面的人在干什么的人。

所以你对我说了真话？

当然，是你给了我开窗户的权利！

中学生已经很习惯了在课堂上接受老师的教育，私底下他们有自己的一套，他们很习惯。如果有一天老师真的试图去理解他们，反而觉得很不舒服不习惯了。

就是说这种情感这种教育不能太轻也不能太重，只是一味地压制就像过去到现在，或者反过来支持都是不好的。这可能和中国人的传统有关，可能是对教育的一种挑战吧。

这些事情从来不跟父母和老师说？

我干吗找这个不痛快呢？很明显是既成事实，我们也没必要去碰它。

我爸妈在我小时候会吵架、闹离婚，那时候我也不懂，紧张地蒙着头在被子里面哭。但是现在想想，我跟男朋友吵架的时候，哪一次不惊天动地，比他们要凶得多。总体来说，父母对我的影响都是正面的，对我的管束也很宽松，可能是因为我学习好吧。

我不能试图让他们理解，与他们沟通，我不能拿这个做试验。他们如果真的理解我倒也罢了，但这基本上不可能。你想想，我跟他们说我有男朋友，我跟他接吻了，跟他上床了，他们会接受吗？那不等于找死吗？

那时的你对性还有什么看法？

很模糊。我不可以坦然面对一个男人的欲望和女人的欲望。这些我现在想想其实也没什么。男人都这样，他们某些时候可能表现得很弱小。我有时反思，为什么不能稍微等一年或者两年，为什么在那时发生，是不是可以等等，计划一下咱们在一起三周年纪念那天去做？答案是那不可能，这个事情本身就是主观的，冲动的，情绪化的，我被很多东西牵着走，也许是太看重感情了。

教育想达到的目的，就是不要让中学生发生这个事。我希望的是他们做之前应当很明白——不光是知识，而是对这件事认识得很透彻。而要达到这一点，有赖于教育，有赖于要坐下来讨论这个体制该怎么教育人，不是讨论我该几年后第一次做爱。需要坐下来讨论的不是做爱的人，而是想控制我们什么时候做爱的人。比如说家长和老师想控制我什么时候做爱，想控制我到什么年龄第一次发生，那好，他们就应该坐下来好好想想应该怎么教育怎么说清楚。

该怎么教育呢？你们想怎样呢？

最起码应该告诉我怀孕是怎么回事，避孕应该包括哪些措施。如果我男朋友今天射精射到我身体里面的话，有可能引起什么后果？如果他真的这么做了，我应该怎么补救？我怀孕了该怎么办？这对我来说是至关重要的——直到后来我怀孕了，就是经过这一劫之后才明白，但为时已晚。

但是一般父母都认为，如果全都告诉你们反倒是助纣为虐，把你们吸引到这条路上去，使你们更大胆地去做这件事。

不是。并不是说人了解了很理性的科学知识就会受到吸引，受到吸引是因为和这个人、这个我喜欢的人拥抱的刹那间有的那种感情上的冲动，或者说是想吻他的本能，根本不用别人教。有些东西你一定要相信，在爱和性的这条路上，男人和女人是本能的，一样无师自通。就像在形成语言之前人们是怎么繁衍下来的呢？另一方面，这种知识还来自于经验，而主观上的感受，其实就是和喜欢的男孩子交往过程中无形中积累的。

那你觉得现在大量的中学生发生性行为是什么原因呢？

我觉得最根本的是因为这是本能的需要。女孩子可能第一次并没有完全体会到性爱的乐趣，比如我在高中的时候发生性行为根本不是什么享受，但还要频繁地做这件事，为什么？是因为男孩子想要。感情上我是很喜欢他的，我希望他能高兴。当然，经验在这个问题中是很重要的。经验决定了性爱的质量。但是我太小是不可能有经验的，唉，这可能是注定的。

你觉得现在的男朋友怎么样，后来有没有流产过？

没有。从那以后我对怀孕非常害怕，非常非常害怕。甚至每一次他即使戴安全套，我都会慌里慌张地买试纸去测验。我太害怕这场噩梦、灾难了。我的朋友没有我这种经历就没有像我那么担心。

你觉得为什么对有的女孩子有这么深的伤痕，但是对有的女孩仅仅是像刮过一场风似的？

是因为年纪的缘故吧。我很多朋友去做流产时很明白药流、人流该怎么做，而那个时候我完全不明白，我甚至不知道自己的阴道是什么样的，什么是试纸。我觉得我只能等待判决——月经来了或者我恶心了。可也有人说不会觉得恶心，那我就只能等着肚子能看出形状，如果再不去医院的话，只能坐以待毙。我没有任何能力保护自己。不光是避孕措施这些知识，主要是心态，既要躲着老师和家长，又要忍受生理心理无以复加的痛苦，那种感受言语无法表达。

我很倒霉。要是大学生看这事他们也许觉得没什么，太小儿科了吧，他们都懂。但是对于没有做过的中学生，多了解这些性方面的知识，比如堕胎呀什么的对身心的危害，会对他们产生震慑力。而对于中学里面已经做过爱的那些人，也会让他们庆幸自己没陷进去。

你现在学习了医学知识之后，你后悔吗？

我最后悔的是怀孕！我并不后悔中学时代就有男朋友或者性爱，我最痛恨的是怀孕！当时连带那个让我怀孕的人也痛恨！那把美好的爱情也埋葬掉了，成为一个黑暗的回忆。

在高中谈恋爱的时候都是这样，你很难把握哪个是重心。他们很快地山盟海誓，很快地被感动。比如我那时候有一个特别小的呼机，是男朋友为了方便和我联系从别人那里借来的。刚堕过胎之后那一周，他突然在呼机上打了一行字：咱们结婚吧。我当时很高兴——这是求婚啊，很浪漫，感觉特别好。但是现在想想，什么呀！完全是假的。

你完全否定了当时的爱情？

对。我说实话，正是因为有了那种很痛苦的经历之后，我就不能再暧昧，不能再自我陶醉了。我不能模棱两可把持不定地说，我痛恨的事只有怀孕，其他不算。这只是断章取义抛弃整个记忆。而现实告诉我，这完全是一件事，不可分割。没有因，哪有果。

你对爱情怎么理解的，你觉得爱情是什么？

很难讲爱情是什么。我觉得女孩子要比男孩子能坚持得多，承受痛苦的能力是男孩子的十倍。爱的时候刻骨铭心，实际上每一次分手又都那么轻易、无可留恋。其实无论怎样的爱情都可以从头再来，重要的是不要伤害自己。

那你跟现在的男友做爱的时候心里会有阴影吗？

还是有。原来是因为我小，做这件事几乎完全是为了他，经常觉得很痛。做完手术之后过了一段，跟这个男孩子继续做，觉得身体里很不舒服。发现有炎症，严重的时候会痛，很影响质量。所以这给我的心里带来了不安，身体也远不如从前。现在的男友欲望很强，有些简单粗暴，但我每次都要求他用安全套，如果不用的话我就坚持不做，非常坚决。

你两场恋爱到底有没有带给你性的快乐？

第一场是非做不可为了他高兴，第二场他性欲很强非做不可。但是这个事情本身也包含了对感情的信任吧。

但是这不都意味着委屈了自己？

嗯，没有委屈吧。只是觉得再这样下去就麻木了。也许这就是女人。

我基本上不回忆过去。如果说过去仍有美好记忆的话，那我说它也被同时埋葬了。我多么希望有一种方法，能把那些美好和痛苦分开，这样我就选择美好的东西永远保留；如果这些东西不能肯定又不能否定，那就干脆随痛苦一起忘掉吧，就像从电脑中永久删除，不留任何痕迹……

也许人是有这个能力的。

这不是一个轻松的采访，一个熟悉的人，一个非常不熟悉的故事。

我用了一个女人能够体会到的全部理解来倾听。听的过程中，我自己也想到了很多。记得自己当时躺在产床上，感受一种想了千万遍也没有想到的疼痛，从上痛到头顶，从下痛到脚尖，整个人完全被疼痛捆绑了，就在我快要痛晕过去时，医生还在大声斥责我，让我保持安静。我只有气无力地问了她一句："你生过孩子吗？"她立刻安静了。

是呀！作为女人，你生过孩子吗？作为成人，你有过青春期吗？你为恋爱苦恼过吗？作为父母，你当过孩子吗？作为医生，你做过父母吗？

这些都是人生的必然组成部分，对待别人，乃至对待自己的孩子，怎么就全忘记了呢？竟以粗暴、简单的态度面对孩子复杂、敏感的成长。

所以，孩子向我们隐瞒了一切。

这种情形带来了两个后果：

第一，孩子在无知和无助中独自做决定，独自承担一切，以至给自己带来更大的伤害。比如怀孕，原本是女人一生中最重要的事，却在恐惧、仓皇中完成了。这种人生经验的获得，代价太大，不值得。因为人生是单程的，后悔了也无法重复、无法恢复，失去的是健康和那些不知不觉中丢掉的无比珍贵的东西。

第二，父母对一切不知情，没看见，没听到，就以为一切正常。在孩子最需要引导和帮助的时候，那份关切是缺失的。更普遍的是，孩子在受伤害的时候最怕父母知道，那只能把事情弄得更复杂，受到更多的责备，承担更大的压力。因为有些父母考虑的只是面子，或者孩子被谁欺骗了，孩子的不轨会影响前途等等外在的东西，最终暴怒的情绪把事情弄得更糟，因为他们早已远离了孩子的精神世界。

其实，我们已经不可能按照自己的模式来塑造孩子，如果我们不能够了解他们，尊重他们，进而体谅他们，那条曾经存在于我们之间的纽带就很容易破裂，将他们越推越远。

另一方面，成年人关心孩子的方式绝不是一味说教，不是大惊小怪，而是认真反思自己对于教育的理解以及同他们交往的方式，反省自己需要教给他们的知识是否足够丰富，引导的渠道是否通畅，自己投入的心思是不是太少了。

茜莉的故事让人痛心，痛心于她没有知识、没有自我保护的力量，在学习任务最重的时候无法好好把握自己，在感情的旋涡中随波逐流。回忆起来那是一种什么样的青春呢？是激荡的又是落魄的，走得很远，回来满身伤痕，我担心的是，这些深刻的经验会给她带来一种成熟和警醒吗？

分析

许多青少年对生孩子这一现象迷惑不解，由于父母搪塞孩子的疑问，不少的孩子以为人是从“肚脐眼”生出来的，或是从垃圾堆捡来的。

了解怀孕的过程

其实，生小孩是一件很复杂的事。男孩女孩经过漫长的青春期发育达到性成熟，变为有生育能力的成年男女，因为爱情而建立家庭，再因为性交行为产生后代。性交在生物学中定义为生殖行为，指两性的性器交接。如果身为女孩子的你发现自己来月经了，恭喜你，你已经可以算作是一个成熟的女性了。在每位女生月经周期的排卵期间，会有一个成熟的卵子从卵巢排出，被吸引至输卵管内，再借输卵管本身的蠕动和管内的纤毛运动作用，把卵子向子宫方向推进，这个卵子可存活二十四至二十八小时。这个阶段，如果男女发生性行为，精液进入阴道后，借其尾部的运动向输卵管内游动，与卵子相遇，在即将接触的一瞬间，精子顶部中的酶便释放出来，在酶的作用下，精子可穿过卵子外面的各层“屏障”而进入卵子，产生受精卵。

受精卵在输卵管的收缩作用下，慢慢向子宫方向移动，边移动边进行细胞分裂，由一个细胞变成两个，再变成四个……接下来便是植入子宫内膜而着床，从母体获得营养，得以继续生长发育，逐渐分化成许多不同的组织和器官。

一个新生命就是这样产生的。看起来有点枯燥，但是，我想如果大家能耐心地看，还是能够理解女性会在怎样的一种情况下怀孕。

有些少男少女因为好奇和身体本能的驱使发生性行为，并不是为了生出一个宝宝。但为什么有很多少女怀孕？在一定程度上是因为她们没有科学的避孕常识。如果女孩子已经发生了性行为，而没有采取任何的避孕措施，或者用了上面其中的一种，但还是惶恐不安，总是怀疑自己已经怀孕的话，首先不要过于自责，或者以为世界末日到了，冷静下来，想想办法，或者给最好的朋友打电话，商量此事。坦率地讲，此时，最能提供帮助的是自己的母亲。

女孩子最好先通过下面几种方法判断自己是否怀孕：

• 月经迟迟不来。如果月经周期很有规律，并且有性关系，过期十天就应该考虑是否怀孕了。

• 乳房肿胀之后变得柔软，乳头发痒，对抚摸很敏感。

• 恶心或呕吐。一般是在早上起床之后，有时是一整天。

• 突然很爱睡觉，也是怀孕前期的标志。

• 小便过于频繁。

上述反应一样没发生，也有可能怀孕，因为每个人的体质不同。如果你还是疑神疑鬼，或者出现了上面哪怕是一种的症状，比如说月经迟迟未来，就要用更可靠的方法来检测自己是否怀孕了。

尿检：在妇产科医生那里开一个化验是否怀孕的尿检化验单，再送一瓶尿样到检验科，几分钟就可得知结果。

试纸：如果想不为人知，最好的办法是购买测试纸，每张大约十元，一般的药店都有出售，只能用一次。只有在最后一次月经周期结束二十八天以后，才能得到真实结果。在使用测试纸前，一定要仔细阅读使用说明书。如果尿检呈阳性或试纸的色带变红，那么确定无疑是怀孕了。

人流的基本方法

各种结果都显示女孩子已经怀孕的话，如果不想要孩子，唯一能做的事情是：流产。这件事情的一个关键是不要拖延太长的时间。

此时有两种选择：人工流产和药物流产。

人工流产：先在门诊做妇科检查，检查子宫和阴道，接着是查血查尿，去做 B 超，检查胎儿的大小，一般还要做心电图及检查心肺功能是否正常。

所有的检查完成，正常无误后，医生会预约一个时间，进行手术。手术时一般需要亲属签字。

如果怀孕时间短，医生会采用“吸宫”的方法，将胎儿抽取掉。方法是将一管细小的手术针筒伸进子宫内将胎儿吸进针管内，感觉就像是用一个刀片在手心割开一个个长长的血口，非常疼痛。如果怀孕时间已经很长，只能采用刮宫术，用手术钳将胎儿从子宫内刮出来。这种方法存在一定的风险性，容易将子宫内膜刮伤。如果多次刮宫，可能造成子宫穿孔，以致终生不育。

手术时间大约十至十五分钟（如果算上准备时间，会比这个时间更长）。手术结束后，会有一种很难受的感觉，所以最好有人陪伴。回家后，最好不要碰凉水，不要有大运动量，最好能卧床休息二至三天。

手术后一周内会持续出血，在此期间最好不要洗澡。一周后，若还有出血或下腹疼痛及发烧，就要去医院复查，看看是否发生了感染。

无论是药流还是人流都会对你的身体和精神产生双重的影响，一定要谨慎对待。最好能得到朋友的帮助，有倾诉的机会，以及父母的谅解。

事实上，有很多少女经历了靓梅和茜莉的悲剧。国家人口计生委科学技术研究所二〇一三年发布的一组数据显示，我国每年人工流产多达1300万次。这还不包括药物流产和在注册为私人诊所做的人工流产的人次。

国务院妇女儿童工作委员会办公室和联合国人口基金曾委托北京大学人口研究所开展“中国青少年生殖健康可及性政策发展研究”项目。调研结果显示，在有婚前性行为的女性青少年中，超过20%的人曾非意愿妊娠，其中高达91%的非意愿妊娠最后选择流产。

在人工流产问题上，重复流产的情况尤为严重。广州市妇女儿童医疗中心的统计数据显示，二〇一三年一月至七月，该院病人的重复人工流产（两次及以上人工流产）率为46.62%，短短半年时间内再次人工流产率近2%。

中国青少年生殖健康调查报告显示，仅有4.4%的未婚青少年具有正确的生殖健康知识。有性行为的未婚青少年中，超过半数者在首次性行为时未使用任何避孕方法。有性行为的女孩中21.3%有过怀孕经历，4.9%的人有过多次怀孕经历。我国未婚青少年中，约有60%对婚前性行为持比较宽容的态度，22.4%曾有性行为。广东省一项调查显示，48%的大学生赞成“恋人间发生婚前性行为”。

不安全堕胎的危害

所有的数字都显示：在这个世界上，在青春期里，一些少女们正在经历什么。她们仿佛自成一体，在自己制造的一种理念中生活。老师不知道真相，家人不知道真相，甚至那些自认为很了解他们的人也不知道真相……无可辩驳的是，虽然我们与欧美国家不同，根据我国现状，目前很多人不主张对青少年进行避孕知识的传授、教育，但避孕措施毕竟是青少年性活动产生不良后果的“最后一道迫于无奈的防线”。世界卫生组织也已经把如何预防青少年妊娠，以降低对青少年身体健康的危害列为重点项目。如果我们不承认应该向青少年讲解避孕知识这个事实，那我们只得承认堕胎少女人数不断增加的事实。尽管是两难的选择，我们也总得承认一个。很极端，但很有代表性。然后想想应该怎么办。

靓莓说：“我跟我男朋友天天做爱，但我从来没有想过避孕，也没有想怀孕了怎么办。我根本就没有在脑子里想过这件事。很简单，怀孕了就做掉。”

实际情况怎一个“做掉”了结？从医学上讲，人工流产对人体的消极影响和后果是不能低估的。有的症状很快就表现出来；有的症状则很久才能表现出来；有的甚至影响女性的一生。

所有生殖器官中，最容易造成的是损伤子宫内膜。其一，由于人工流产造成强大的负压吸引，极易使子宫内膜通过输卵管扩散到腹腔，形成子宫内膜异位症，从而引发不孕症。其二，吸刮子宫时，很容易损伤子宫内膜底层组织，容易造成肌瘤、不孕症等。其三，影响再次怀孕的受精卵着床、生长。多次吸刮还可造成前置胎盘，危及生命。其四，导致女性早衰。反复多次做人工流产，机体除遭受到显性的，即肉体的损伤、疼痛和心理打击外，还受到隐性的伤害，导致各方面功能慢慢衰退，而诱发早衰。

不少女孩和靓莓一样，认为药物流产很简单。但是，药物流产很多情况下会流不干净，需要第二次清宫。人工流产的低龄化还将导致不孕症的发生，尤其是反复做人流的少女。有关专家指出：“人工流产对未婚者造成的最大的危害是‘不孕’”，因为人流不仅会损伤子宫内膜，造成粘连，还会引起内分泌失调，手术并发症、感染、体力下降等一系列症状，还会引起不孕症，即使将来怀孕成功，也容易自然流产和早产。茜莉已经体验到了人流的一些恶劣后果，正如她自己所描述的：“后来我身体很糟糕，有风湿性关节炎，一到下雨，关节就痛得厉害。”

靓莓的学习环境对她的影响也不可忽视：许多同学与人同居，放学后不是去找“老公”就是去会男朋友，从学校门口停的车就可以看出来。这种大面积地放纵自己，对生命更深层的东西停止思考，因为相貌而受到男人追逐的境况对她的影响是难以改变的。

这一切使得原本就没有受到任何性教育，包括性道德、性生理方面知识传授的靓莓无所顾忌，仅从一种个人感觉良好的状态出发维持原生态的生理欢娱。这是一个很致命的问题。

第十章　一对情侣，两种观点

“爱情是把锋利无比的剑，学会爱是项很强大的生活本领。当你不懂得爱时，会为一个人放弃整个世界；而学会如何爱，你便能从一个人身上看到整个世界。”

花开无声我仍年轻

海砾在路边等我，她是我最要好的小朋友之一，对我做的事情百分之百地支持和理解。她本人是摩羯座，做任何事情都踏踏实实，对生活充满了热情。初中毕业后，她考入了一所中专，又被年轻的任课老师激发出了学习的热情，拼命复习了几个月，从中专考入了大学。

看着她，我想到出门前准备推迟采访的念头，感到一阵惭愧……

我们开始？

照着这个采访提纲说？

对，先介绍一下你自己。比如说……爱好，小时候和谁一起长大的？

爸爸妈妈，和爸爸妈妈一起长大。

他们的工作是什么？

他们都是很普通的人，上山下乡回来后做着最普通的工作。

你和他们的关系怎么样？

特别好。他俩感情非常好，从小我就觉得我们家一直是那种感情成分极高的家庭，充满温暖。

你的初中是一个什么样的学校？

嗯，我们生活在一个改革的时代，从小学升初中的时候就改革，高考也赶上改革，各种教育体制我们都经历了一遍，我们是“改”过来的。恨不得幼儿园就开始改革，当时小学升初中的时候学习还是挺好的，但因为有一年没评上三好生，就只好被分到一个不太好的学校了。那个学校的感觉挺恐怖……但这个不是自己能够决定得了的。

高中呢？

在一所中专，上了四年。最大的收获是碰见了几个特别好的老师。他们都刚从大学毕业不久，对事业特有激情，对学生有非常美好的期望。老师们对我都很好，培养我对梦想的追求与热爱。有个年轻的女老师在我考学那年，给了我特别特别大的支持。因为我特别喜欢画画，想学绘画，所以就想放弃那个中专所学的专业改考美术院校。她一直在鼓励我勇敢面对青春、选择和梦想，不然我是不会有勇气去考大学的。

你是在多大时候来月经的？

啊，在我十一岁的第十一个月。小学五年级，对。我记得特别清楚，差一个月就过十二岁的生日。

你来月经的时候，你的父母会帮助你处理这个事情吗？

当时小学同学都是互相“传诵”这件事情，就是当时班里有的女孩已经有这种情况，有的还没有，然后大家就互相猜测，被当成猜测对象的心里其实挺难受的。有与没有都挺难受的。大家在一起还会议论这件事情，比如说最近你的身体有什么变化之类的，也很害羞。当时父母没有说过这个问题，他们觉得不说我也会知道。

那你当时怎么办？自己去买卫生巾？

没有。当时我和我妈说了。我从电视上看过采访一个女孩，那个女孩十三岁了，节目主持人问那个女孩，第一次月经是什么时候，那女孩说什么什么时候。后来，那女孩说我妈妈出差了，我爸带我吃了一顿。问她为什么你爸带你吃了一顿啊，她说因为我爸说我“成人”了。当时我就想，那我也“成人”了，我得告诉我妈啊！要不我怎么办啊？然后我妈就帮我处理了一下这个问题。

那你对男孩子开始感兴趣是在什么时候？

好晚啊！我觉得我以前是那种小伙子性格，可能因为家里束缚比较少，我一直都没有那种特别女孩的感觉，从内到外那种女孩的感觉，我觉得我的性格到现在还是特男孩。特别直，不管不顾。让我想想我什么时候对男孩子感兴趣呢？在什么状态下算感兴趣呢……哦，对了，是对身体感兴趣，还是对爱情感兴趣啊？

就是说，你开始特别注意男孩了，如果一个男孩对你特别好，你特别高兴。

上初中的时候。幼儿园的时候也有啊！

你能描述一下这种感觉吗？

上幼儿园的时候，大家玩“王子与公主”的游戏。弗洛伊德不是说“婴儿也有性冲动”吗，那个时候对性的隐约感觉是有的。比如说那时一个小朋友扮演一个男的，我扮演一个女的，我们就玩到天黑，王子与公主睡觉了。可是睡觉之后就不知道该怎么办了，我就问小朋友：“然后应该怎么办啊？”我记得特别清楚，那个小朋友说“我也不知道”，然后咬着下嘴唇。我觉得他好像挺激动的，我也挺激动的。可我俩瞎激动半天，谁也不知道该怎么着才对。

到后来，上了小学之后吧……我觉得这与女孩的外貌特有关系，每个人的经历可能与外部条件有很大关系，一个漂亮女孩谈恋爱的机会的确会比较多。或者说，形象外貌比较好的时候，谈恋爱的机会就比较大；如果外表看起来很平常，就不会太想这件事，就比较排斥这件事。

所以我在做这件事的时候会慢慢验证这个想法：出现在我面前的女孩子都不会太丑。对吗？

哈哈。

我的想法有点过分，是吗？

不，是这样！这也许就是基因学上说的性取向吧。若一个男的对一个女的有好感，那这个女的必须要符合那男的内心的那个形象，或者有那种意思。若太难看的姑娘，我们经常开玩笑："这也下不去嘴啊！"这实在有点诡异。我小时候有一阵挺胖的，看上去圆墩墩的，那时候就不想谈恋爱，班里面有的小女孩已经开始谈恋爱，有时帮人家传纸条什么的觉得挺好玩的。

在这种向前走的过程中，真正的性知识，你有没有接触？比如小说、电影、杂志，包括三级片。你如何和一些人谈这些事情？我指的是朋友、父母、老师。

是这样，其实小时候都希望能了解一些性知识，完全是因为好奇。比如王子和公主天黑以后怎么着了，就特想知道。我倒没觉得接吻会生小孩。那时候有种印得花花绿绿的报纸，还有有许多插图的杂志，那些东西好像是只有大人才能看的，因为我妈总把这些报纸杂志放在一堆衣服底下，藏起来。我很想知道里面写的东西有什么不同，后来找机会看了，不过是一些法制案例故事什么的，估计现在看能明白写的是什么，但当时就算字都认识也不能全部弄懂里面的内容。

后来有一次偶然看见报纸上有一些奇怪的广告，说能医治男性性功能障碍，解释了什么是性功能障碍，怎么治疗。我忽然明白了，上面写了有障碍的状况，反着一想就知道没障碍应该什么样了，吓了自己一跳，终于弄明白了。可稍微想象一下觉得那也不是什么美好的事情啊，当时觉得很恐怖。

“毛片”没看过，都不知道是什么东西。朋友谈论的话嘛……上初中以后，才有男孩说这种事。与老师和父母根本没什么交流。

那你是什么时候弄清楚男人和女人做爱是怎么回事的？

我以前一直以为“做爱”的意思是男性把他的性器官放到女性的性器官里边，但不知道这个过程是怎样的。我只知道这些，再深入就不知道了。不知道这其中还有什么另外的内幕，而且就我当时的了解，这已是一种极致了。这之后的事就是拿出来呗！想当然地拿出来就完了，不知道还有个过程。具体知道，可能是有了 BF（Boy Friend，男朋友）以后，实践出真知。

以前就知道有这么回事，当时住平房的时候在厕所的墙上看到过那些比较流氓的画，我才知道原来还有许多别的方式。后来画被我们那儿的大妈擦了。

不知为何，我们两个虽然说着略显沉重的话题，但是表情都是兴高采烈的。同样的事情，不同性格的人，反馈出的情绪差别如此之大……

你怎么开始交第一个男朋友？

我小时候不是特胖嘛，上初中的时候才一米五，但有五十五公斤。初中的第一个秋天开始到冬天的时候发生了很大的变化。过了一个冬天，我就只有九十四斤了。我妈一直觉得我是病了，突然就瘦了那么多。不知道为什么长得还特别快。

初一第二学期，刚转过年来，夏天我去游泳的时候，老师就说："呀，同学，你怎么这么瘦啊，记得你是个胖姑娘。"就在这时我们班新转来一个男孩，当班长。他长得特别好看，比较俊美的那种，挺白的，个儿不高，和我一般高，刚上初中男孩个子都挺小的。我班还有一个姑娘，特别好看，那个女孩是学习委员。当时都传他俩是特合适的一对。而当时我是卫生委员，他是班长，他总要等班上值日做完了才走。因为我那会儿日渐消瘦嘛，那男孩就特别关心我，老怕我胃不好，怕我不吃东西什么的。后来我俩就在一起玩，玩了很长时间，我就觉得那男孩他对我比较好，但我从来不敢想别的，因为我太一般了。我的思维还是个小胖姑娘的思维呢，其实我已经瘦了，形象上有很大改变，开始留长长的头发，也开始懂得害羞变得忧郁敏感了。最没想到的是新年晚会上，他送了我十张贺卡，每一张都印着黑白的情人图片，就是男女接吻的那种。对那时的我来说实在是个太劲爆的事了，那会儿……太可怕了。我现在还记得当时那种"无头诗"，他在卡片上写："鹅字飞去鸟不飞，良字去点双人随，受苦人儿友心随，您字去心又怨谁。"是四个字谜，谜底连在一起是"我很爱你"。他还在卡片上写："你是我生命中的女神！"当时我就想，我和女神可差得太远了，但那男孩就这么想，而且那个男孩真的不错，当时在大家眼里是优秀而出色的。

当然就和他在一块了，我特别高兴。那会儿也不太懂什么是恋爱。最过分的一次是我和他生气，把他给我的卡片全扔了，到处都是。他就一张一张地捡，我们从班里出来的时候，他搂了我肩膀一下，就走了。那是最近的一次身体接触。可是不知道为什么到现在想起来那挺平常的一个动作仍然是激动人心的。呵呵，这就算是第一次谈恋爱吧。

这一次恋爱有没有失恋？

失恋了，他失了我没失。原因是当时流行和高大威猛的男孩子在一起，不流行和清瘦俊美的小男生在一起。正在这时有个长得像熊一样的男生比较倾慕于我。他特壮，胳膊和我小腿一般粗。后来学校风气也不太好，比较时兴和能打架的小伙子在一起。我觉得那男孩对我好，不知怎么办好，所以我就变节了，哈哈。那男孩当时特别伤心。我现在觉得挺对不起他的，他因为这件事开始变得心情不好，还和坏孩子在一起挺长时间，耽误了学习。

这个过程父母和老师知道吗？

这……这叫谈恋爱吗？他们没什么反应，他们都不知道。

那你真正开始谈恋爱是在什么时间？

我想想啊，那是上高中以后。

高几？

高二，高二开始的。高一那年……我们班小伙子都比较次，没有谈恋爱的可能，要不就是比较简单。我高二的时候参加了一个学生新闻社团，就遇到了 CAMEL。

那你真正意义上的男朋友，是从他开始的？

嗯，在这之前实在是没什么，恋爱不少谈，但没有正经的。

为什么会喜欢 CAMEL？

我觉得，他是一个非常好的男孩，也很特别。而且对我来说，他的出现在我生命中是件特幸福的事。

那你第一次接吻也是和他？当时什么感觉？

嗯！我觉得两个人都挺投入，简单而且充满幻想。现在想起来觉得有点过于在意形式了。

接吻的时候我不知道要把牙齿分开，我一直以为接吻就是嘴唇碰嘴唇呢，在这之前一点都不知道，没有任何认识。就觉得只有和你最喜欢的人才能做一件你认为很害怕而且一点了解都没有的事情。因为这个人给你安全感，无论你做什么都会很安全，不会受伤害。

其实挺曲折的，怎么算第一次接吻呢？试图吻过几次，但是没吻成，每次都觉得这样做太不应该了，还是下次吧！就像有一次，我们在一个玉米地里，当时去他家附近的玉米地吃烧烤，还在那边点了篝火。我们俩拿了个马灯，到地里掰玉米。当时是夏天，好多蚊子，他就只穿了条仔裤，我跟在他后边轰蚊子。路不太好走，马灯一不小心掉地上了，特别黑，一下子什么都看不见了。他就转过身抱住我，然后我就感觉到他的呼吸离我很近，我挺害怕的，可是我发现他的嘴唇比我想象的要温柔多了。嘿，挺好的，可是这时候就听见朋友们在叫我们赶快回去。我俩猛地分开，我觉得脸突然变得很烫，还好天黑什么都看不见。很多次类似的情况，我们害羞好奇地一点点靠近对方。后来终于特别郑重地完成了初吻，在去草原旅行的时候。

接吻时你完全信任他吗？

是，其实这么简单的事已经准备了这么多次了，不能再拖下去了吧！

也就是说 CAMEL 试图做好这件事情？

我们俩吧，都是第一次这么好地谈恋爱，对对方都特别珍重。第一次说我爱你，第一次接吻都很郑重。现在觉得太傻了，都是傻小孩。记得他吻完我之后，给了我一枚戒指，是他去一个银饰品店打的，我当时觉得好幸福，自己所做的每件事都很值得。遗憾的是 CAMEL 那天喝了酒，身上有特别大的酒味，所以我觉得那个吻不太美味。不过还是很开心，毕竟是很浪漫的事啊。

后来你俩有什么机会在一起吗？

经常有机会在一起，没有也得找啊，然后天天黏一块。我们的学校离得不是特别近，但他经常来找我，我们经常在一起玩，独处的机会比较多。

在什么地方？

嗯，在他家比较多，有时候也去我家。他父母很忙，经常不在家。他有个姐姐，也不常回来。我妈就经常说你俩啊，别总在一块，这可是干柴烈火……我妈就因为我总去他家才发现的，我妈一直比较明白我们的事。但是她没干涉或者阻拦过我们单独在一起。

但这件事情还是发生了，是吗？

这肯定得发生啊！怎么能不发生呢？

就是说你俩在一起，你已经知道这件事要发生，只是迟早的问题？

不是，起码我不是，我总觉得要有所保留。

那你觉得这种事情暂时不会发生？

不是，那好像……以前我俩商量过，这件事要等我俩在一起两年后再发生，觉得当时太小，怎么也要等到十九岁。当时我才十七岁，太小了。我俩都挺小的，就不太愿意。可是好多事都是控制不住的，我觉得十七八岁的男孩都挺容易冲动的，而且又有这样的机会，这件事发生是必然的。

还记得当时发生的情景吗？

记得，试图做过很多次，一有机会就试，但都未遂，不得要领啊！根本就没有正确的方法，两人又比较着急，内心充满了冲突。我在这之前对此事一无所知，对性的了解仅限于前面说过的——接触和分开，好像两个人在一起做爱的目的就是放进去再拿出来，然后就没了。除此之外我什么都不知道，我甚至不知道怎么才叫接吻。到后来，直到我第二次恋爱。第二次真正恋爱之前，我根本不知道性是什么东西。

你的“不明白”是什么意思？

应该是不明白这到底是一件什么事情。这是两个人在一起通过实际的接触传到内心，那种贯通的感觉，从每一寸皮肤到心中每一个细小的情愫，都在循环这种爱这种感觉。我觉得接吻也好做爱也好都应该是这样一个循环，特别唯美的过程。但当时我们是为接吻而接吻，为做爱而做爱，为了证明什么所以要发生一件事情。因为我喜欢你，我必须要和你好。我为什么把第一次给你，为什么有勇气，因为我喜欢你。我一点也不知道这是一件什么样的事，它将会给我的生活带来什么。总之我觉得那时太小，对感情没有什么控制力，更别提诠释了。

当你们做爱时是什么感觉？

我觉得很奇怪。我和他在一起都好久好久了，还以为男性生殖器一直是直立的状态，平时也是那样，完全不知道它还会还原变小，哈哈。我就总在琢磨，平时怎么办啊，多难受啊！我就觉得当男孩也挺痛苦，老要让某个部分处在被强制的状态窝在那儿。因为每次我看到他的时候他的身体都是处于那个状态的，所以才这么想。

我们试过无数次，但是我们对自己身体的了解实在是太少了，我们谁也不知道对方的身体是什么样子的。我们甚至不知道自己的身体是什么样子的，如果不是因为男孩的器官比较突出，我想他也一样不知道那是什么样的。我当时根本不知道女人身上有阴道这么个地方，就更别提那是做什么用的了。虽然上过生理卫生课，但课上只讲体内的剖面图，它不会帮你把能看见的东西联系起来。好像编书的人觉得你会知道那是什么，根本不用写。所以特别不得要领。当时我还买了一本书，为了避免自己什么都不知道，不打无准备之仗。那本书介绍了一些大致的情况，但都是一些无用的东西，都是一些皮毛。什么男性生殖器什么样，女性生殖器什么样，和生理书上说的一样。还是没讲能用上的东西，所以还是不得要领，比较茫然。女生好像没有一个第一次不紧张的，大家都会特别紧张，不知道那个男人到底要做什么。

我记得特别清楚，CAMEL 是个很高大的男孩，他的衣服都特别大。每次我躺在那儿，他都把脱下来的外套铺在我身子底下，我便明白他的用意了。心里那种感觉特别奇怪，很好奇，也害怕；特别兴奋，还有一点期待。我对他那件衣服印象特别深，每次他都拿个外套铺在床上，但是前几次什么都没发生，发生那天也没铺外套。这动作没有一次起到实际作用。但是躺在他外衣上的感觉真的很难忘，那件衣服后来一直放在我这里。我想我会一直留着它。

采取措施避孕吗？

没有，我当时问他，那样会不会怀孕啊？他说不会，他一定会小心的。我也不太懂，就听他的了，全由他做主。

那后来呢？

后来有。但是这件事我一直特奇怪：我们在一起两年，几乎每个星期都会在一起，在我印象中我们用安全套的次数只有很少的几次，我俩都觉得不舒服，然后就不用了，结果也没出过什么事。也许把比较有可能的那天错过去，就没什么危险。而且当时也没有人知道堕胎、流产是怎么一回事。后来我知道了，觉得特别后怕。如果当时真的发生点什么，那对一个女孩来说，是太大的灾难了。

说到男友，海砾还是略微有些伤感，她是一个严谨对待情感的好孩子，因为过于在意而产生的纠缠、情绪波动，毁掉了她珍惜的亲密关系，她非常遗憾、后悔。

你现在回过头来，如何评价你当时做的事情？它对你有什么影响？

应该是真情使然，实在是觉得那人太值得了，那感情也太值得了，是一个女孩特别幸福的一段经历。但我必须要说，特别害人的是那种“处女情结”，这是一件让人觉得残忍的事。它会毁掉好多东西，会毁掉幸福。

在我俩发生这个关系之前，会特别紧张。我和他是什么？当然不是以身相许，但是把最珍贵的东西给了这个人，当时你的感情陡然之间就会紧张起来。我觉得我们的感情完全是断送在这方面。

以前我以为是性格，我的性格中有许多很直、很直接的东西，而CAMEL可能是希望得到更加婉转的、成熟的、有控制的东西，然而我没有。我只是一个小女孩，我给不了他那种感觉，他可能比较成熟吧。现在想起来我们可能没有真正快乐过。我觉得自己还是个小孩，我把我最重要的东西给了你，那你就要负责任。我不论怎么发脾气，我的行为不论怎么越轨，出现什么问题，你都必须容忍。你不容忍就是你的不仁义，你的不道德。你必须容忍我，你没有第二条路可以走。所以会非常“较劲”，好多事为这个所累，越来越沉重。有这方面因素，我特别想说出来，这是我这两年忽然明白的一件事，这个可能和小时候的教育以及中国的传统文化的影响有很大关系。

但实际上它是一个什么东西呢？这对于一个女孩——我们不从这个角度考虑它，又从什么角度呢？

我觉得这应该是件特幸福的事，是件快乐的事。它让你的生活面貌发生改变，忽然间变得美好，而不是带给你一种丧失感，一种毁灭，一种道德形态上的倾斜。

虽然说是不破不立，这“破”在哪儿呢？

就像小孩第一次学走学跑都要摔跟头是一样的。以前我也看过一些书，里面问女性为什么会有处女膜。为什么？后来得出的结论竟然是一种自然选择，是男权的选择。就是男人会选择和有处女膜的女人在一起，没有处女膜的会被淘汰掉。所以中国著名的性社会学专家潘绥铭写过一篇文章，说中国出现“处女膜修补”，是一个丑恶现象。

我觉得太可怕了，若我当时有辨别能力，当时能像现在这样看待这件事，我的感情不会是这样的，我的生活也不会是这样的。我不会对一个人总是充满愧疚，有许多事都是因为我自己。我选择了幸福，可我偏偏又离开了幸福。我觉得好多原因不在于我爱的那个人，而在于我自己，是我自己成长的代价。只不过别人的代价是一次失败，我的代价是失去了我喜欢的一个人。

当时做这件事时，心中最大的愿望是什么？你的目的是什么？

我的愿望是完成一个仪式。完全是完成一个仪式，就是把自己放在祭坛上，祭天的一个仪式。我完成这个仪式，是我莫大的荣幸，是我特别大的愿望，但是对这件事本身我一无所知。

那你做这事时的压力是什么？

压力就是处女情结。

还有对父母呢？对社会呢？对老师呢？你就觉得丧失了做处女的资格？

啊？对，没错！就是觉得把明明属于自己的东西给了别人，若别人不好好珍惜，我该怎么办啊？

若有机会重新开始，你会选择在那段时间那个年龄做那件事吗？

不会，我觉得我不会那么做。如果在我知道做完后会有那么严重的后果的话，我不会那么做，因为我左右不了这种情结。我只能等我能够左右它的时候，再去承担它带来的后果，我肯定不会那么做。因为这件事这个情结改变一个人，太不值了。这可能不是直接的而是间接的，但它真的起了很大的作用。

你当时喜欢他的最主要的原因是什么？

我觉得他是我遇到的最好的男孩。

他的优缺点是什么？

CAMEL 是个商人家庭出身的男孩，但是他的性格很实在，对生活的态度比较豁达。他家在经济方面对他非常宽松。那个年纪在一起玩的孩子,都没有生活来源。他从来不在乎这个。他对朋友对很多事情都放得开。而且我以前就特别喜欢高大粗犷的小伙子，不光外表上是这样，他的心也很宽敞。还有一点最重要的，就是大家可以互相信赖，因为我们都有自己的理想。当时那个年纪就是一个一无所有的年纪，只能去梦想，我们曾经在一起构建过美丽的梦想，所以我总觉得生活充满希望。他想过一种探险般的生活，有新的挑战，亲近自然，我特欣赏这种感觉。

你俩现在关系如何？一点消息都没有吗？

很不尽如人意，也许在他生命里我已经轻得一阵风就能吹走了，没有任何重量。可能因为当时我太固执，好多说不清的原因，我俩分开了。并不是有别人介入，而是无法再相处下去了，虽然彼此很喜欢对方，但互相的伤害已经很重了。

这个变化是否直接由做爱导致？

我觉得是，虽然好多人会回答不是。我曾经想过用什么方式留住他，我觉得他需要我，哪怕他不需要我这个人，只需要我的身体，我也会在他身边。但是没用，一点意义都没有。一个女孩若是那样就太没有自己的价值了，因为你已经不是在爱而是在妥协了。

当时是想嫁给他的吧？

想过，虽然我们当时挺小的，但是也许连我妈、他妈都曾经这么想过。

对学习有影响吗？

怎么说呢……老出去玩，特累，白天的课也不愿意上。但有一个更大的原因是，我当时特别茫然我将来要做什么。

对你爱情观的影响呢？

虽然我失去了很多不愿失去的东西，却因此也得到更多的幸福。因为我学会了珍惜——这是非常实际非常重要的事，必须要去珍惜，否则你什么都留不住。朋友也好，爱情也好，家人也好，若做不到百分之百珍惜，你会后悔的。后悔的感觉太难受了。

它对你未来的影响呢？

我再不会因为一些较奇怪的事情，在一个人身上寄托太多的情感，对他造成不必要的伤害、压力。有时候太多的感情会产生伤害，太多的期望也会造成伤害。这仿佛做菜，盐、胡椒少许。对一个人不可能没有期望没有感情，但要少许，至于少到什么程度，我已有把握。

对中国的性教育怎么评价？

太糟糕了！快到极致了。我觉得即使有人在教育,但它完全是理性的。实际上这和感情和情绪有太大关系，是息息相关的。性和爱不是一对孪生姐妹吗，没有谁都不行。但你只讲生理知识而不讲心理知识，那不胡扯吗?

你觉得父母应该怎么做？

最好别管！管了也白管。首先这比较敏感，父母和孩子的感情比较敏感，他们会带着一种所属态度去看，“你是我身上掉下来的肉，你不能轻易让人家碰”。要是老师还可能用一种正确的态度去对待，父母就不行了，会用偏激的眼光来看这事。

我觉得对待这件事全国青少年会团结起来。

绝对不能对他们说。一个朋友说："不和父母说，这是我生活的基础，是我的信仰，比宗教还厉害的信仰。"和他们说，世界就要大乱了。我妈不得急死？就是为他们好，也不能告诉他们，怕他们难受，而且这怎么开口啊?!

你觉得和同龄人应该说些什么？

探索，探索！每个人经历都不一样。

那你觉得他们是否该做？

"花开堪折直须折，莫待无花空折枝。"我觉得性这件事没有什么的，但人为给它加了许多色彩进去，它就不再是简单的身体接触或简单的行为了，它变成了一个社会问题，一种道德尺度。许多人现在仍觉得一旦两人发生了关系，你俩的感情就必须上升到一定程度，以这个来划分。我不赞成过早跟异性有深入的接触，但我能理解这种行为，很多人掺杂了许多东西在里面，太严重了。特别对女孩，女孩比较脆弱。

你的人生观是怎么改变的？是因为考上大学这个事实，还是你本身发生了变化？

我忽然发现以前看待事物的那个方式是错的，太不全面了。只认识了冰山的一角，只能看到一点点，但我却坚信那是世界的全部了。那时候对学习，包括对恋爱，都太表面、太绝对了。当我再次开始谈恋爱时，我才发现生活不一样了，我学会了如何去面对。可以这样说：我用血和泪换取了爱的经验，得到了与异性相处的真谛，连滚带爬地长大，想想，真是太不易了。别让我再过一次青春期，我已经幸运地还算健康地从中逃出来了。

爱情是把锋利无比的剑，学会爱是项很强大的生活本领。当你不懂得爱时，会为一个人放弃整个世界；而学会如何爱，你便能从一个人身上看到整个世界。接触异性的身体和心灵都是一种探究生活的延展，爱与性是那么神奇的东西，它让原本不同的我们契合地交融。面对生活无尽延伸的路，有个亲密无间的伙伴同行会是幸福的一个理由。

不必回念，此时在我的生命里仍有新鲜妖娆的花朵次第开放。我仍年轻。

北京下着好大的雪呀！但我今天竟然做了两个同学的采访，以为已经口干舌燥，没想到还是兴致勃勃。

在我访谈的过程中，有一位朋友打电话催我一起去看张艺谋导演的大片。我第一个反应就是一定要去看，因为这部片子的宣传攻势太厉害了，仿佛不去看，已经有点跟不上这几天的时尚生活了。

校园里的雪还没有化，走起来还有点趔趄。她向我讲述自己的大学生活，一脸充实、幸福的样子，让人羡慕不已。

我俩站在公共汽车站探讨怎样才能以最快的速度到电影院，后来，当然是如愿以偿看到那部电影了，但是，我差点在电影院里睡着了。有时候，我很难忍受一些吹嘘出来的东西，神乎其神，但本身的精彩却不翼而飞了。这一点，完全可以用在我们一些大人对孩子的性教育上。

他们忘记了孩子需要的不是那些他们以为的可能会导致孩子下流无耻的东西。

我永远不知道她是怎么想的

我早就认识姚远的女朋友海砾，一个对爱情充满憧憬和幻想的女孩子，曾经浪漫又饱受折磨。那一段经历对她来说影响那样深远，历历在目，久久不能忘怀。她是深深思考过的，她的结论是：性毁掉了一段本该是纯洁美好的青春回忆。于是我有了继续探究这个问题的责任感：没有怀孕，没有环境的压力，没有父母老师的责备，为什么性仍然扮演了花季爱情的杀手？这一片愁云究竟在她的成长中意味着什么？

一年后当姚远也成为我的受访对象时，这个问题的答案逐渐显现在我眼前。这个二十四岁高大、沉稳、倦怠的男孩子，用缓慢的语速讲述了这个故事的另一面——短暂的浪漫和兴奋，长久的迷惑和误解；代之卿卿我我的是吵闹和伤害；热情之后漫漫无边的无奈和冷漠……

姚远是我采访对象中唯一一个小小年纪就开上车的人，他接我到一家咖啡厅。因为时间很早，店里十分安静。我看着安静地坐在我对面的男孩说：

你觉得自己是一个什么性格的人？

我是比较压抑的那种人，从过去到现在一直都是。

为什么？是青春期的缘故还是天性？

我想是因为遇到的那些事造成的。

我初中上的是寄宿学校，也就是贵族学校。学费比较贵，一年一万八。父母经商早，他们可能觉得那边师资力量好吧。我从小不爱学习，三岁开始在体校练游泳，一直练到小学毕业。然后在一个公立学校待了一年——因为生病休了半年学，这才转学到那个学校。像我这样的在那里已经属于“贫农”阶级了。

那段生活是锻炼我的一个特别重要的阶段。比如对那种气氛的认识，学习为人处事的方式，形成对事情的看法。

具体是什么经历？

我离开那个学校是被勒令退学。

第一次处分是因为他们说我勾结校外的学生偷东西。那学校在农村嘛，我认识了几个外校的学生，他们经常来我们学校。有一次，他们到我宿舍来，说借双运动鞋，借身运动服，因为第二天要开运动会。我虽说跟他们不是很熟悉，但是一起玩过。想了想，那就借吧。当时宿舍好多人都在。

没想到第二天有人说学校丢东西了，是我勾结外校的学生进学校偷的。我一听就急了，骑着自行车去找其中一个外校的学生。我把他从家里拉出来带到学校，学校的教导主任、校长、生活老师、班主任、我爸我妈都在场，他清清楚楚地说这事跟我没任何关系。我当没事了就回去上课了。可是下午上完课，校长又问我：“姚远，你说实话，到底是怎么回事？”

我一听就知道出问题了。果然，那孩子等我一走便改口了。校长说：“你看白纸黑字，还有红手印，一切都是姚远的指使！”这里边，同一个宿舍的知情的同学，住了快两年了，没有一个人站出来。学校因为这事给了我一个处分，全校点名批评，真的让我抬不起头来。从那以后，我就自己一个人，不跟他们有任何瓜葛。

那种情况父母也没办法，除非转学。可是我当时那种学习状况，也不可能转到别的地方。

初三那年，我几乎没什么人可交往。比我低一届的几个孩子家是外地的，平常我不经常回家，所以他们就跟我一块玩，关系处得不错。他们三个人有一次说上我家，跟所有的老师都打好招呼才走的。先去西单买完东西，他们说回家没意思，决定看夜场电影去。结果碰上十个初二的学生，都是没打招呼从学校里跑出来的。

第二天一回去，老师就说，姚远带着十三个初二的学生夜不归宿。因为我最大……接着就是勒令退学，留校察看，很快我就提前走了。从此，我明白了一个道理，凡事不能想得太简单，没有几个人是可以信任的。

说到这儿，他无奈地叹了一口气，停顿了很长时间不说话。

你初中这三年，有没有自己喜欢的女孩子呢，和她的关系怎么样？

第一个追过的女孩跟我是小学同学，挺熟的，比我低一届。那女孩瘦瘦的，小小的，大眼睛。上了初中之后，自然而然地开始对异性感兴趣，好像男孩子都一样吧。

我追那女孩追了有一年多，从初一第二学期开始，直到我被勒令退学。她跟我以前的同班同学住在一个院里，因此很容易接触到。想起来这种事也挺有意思的：她始终没有答应我，始终在躲着我。那会儿没有什么太多的想法，只知道对她好，一切最好的东西给她，给她过生日或者其他……

有一次一块去英雄山慰问演出，我是摄影，负责拍照片还有录像。晚上在村里边，没有灯光，那时候我抽烟有打火机，点着打火机照路送她和另一个女孩回去。一路上也没话，什么也不说，结果时间太长了，打火机在我手里炸了，现在还有一个疤呢。她们问：“你没事吧？”我说：“没事，没事。”然后又拿出一个打火机另一只手接着照，一直把她们送回家。走的时候她对我说：“路上小心点，别让狗给咬了！”

那次一宿没睡着，因为这是跟她待的时间最长的一次，感觉特兴奋，也顾不上手疼了。不过我那时候的想法跟现在的孩子太不一样了，特难理解。像我弟弟他们班三四个女孩初二就怀孕了。老师不知道，是私下只有学生知道的事情，我倒是不奇怪，不过初二还是太小了。

你为什么会喜欢海砾？碰到她是不是对你影响很大？

这个问题似乎一下子把他拉回了某种一直在回避的现实，他的目光迷离起来，经过一段长时间的沉默，他的语气比先前略显低沉，甚至有些吞吞吐吐。

她能给我激情。她对自己做的东西有一种热情和张力。接触时间长了以后，我感受到她的张扬，能从她画的人物的那种眼神体现出来。我的理解是，她有些自卑，想用张扬掩饰。女孩在那个年龄应该不会想的事，海砾在想。她在高二的时候有那么大的抱负，这是我接触的女孩中没有过的。这些东西开始非常吸引我，但后来让我害怕。

也许是因为我条件比她优越，在我看来很多都不是问题，但在她看来可以说是很严重的问题。比如说学费、画画用的颜料……我觉得她太琐碎了。可能观念不一样。我只会往前走，而她会在停留的地方去埋怨。

我觉得有很多别的途径能达到，可她根本不会往那儿想。

我觉得我一直在做的，就是做一个最好的摄影师。至于其他的都不会成为一种阻碍。

说实话，我是想什么就得马上做出来的那种，我不想让某些想法搁在肚子里沤烂了再拿出来。

你觉得你和海砾相处得怎么样？

我觉得相处越来越难。在学校我什么都不用想，需要花钱的时候，可以跟家里要，我还可以挣一些稿费。我喜欢自由自在。出了学校突然觉得自己一无所有了，因为十八岁了，成人了，不能再伸手跟家里要钱了，需要自力更生。但是在社会上还根本没人认可我呢。

高中的时候我挺辉煌的，领导学生摄影部四十多个学生去拍片子，还上电视、做节目……因为自己敢干，我坚信任何一个人只要想做，都能做到。但是这一切与海砾好像无关。

你觉得她给你最大的影响是什么，除了激情之外？你们最美好的一段经历是什么样的？

我们不是一个学校的，高二的时候在学生社团认识的，相处两年多。

最美好的还是我们一起去坝上草原。当时一直情绪不太好，到那个地方就想着释放自己。我们坐那儿喝酒，用军用水壶喝了一壶。喝完了以后又骑马，醉醺醺地骑，我骑着马，两个马镫子全让我踹掉了，还在骑，后来也不知道摔在哪儿。醒了的时候觉得满嘴、满鼻子、耳朵眼，全是沙子，是她把我弄回去的。具体怎么回事我全都不知道了。那个时候我们只是刚刚开始。

你觉得她是一个会照顾人的女孩子吗？

谈不上照顾不照顾人，我觉得她能想到，但不一定做。

我记得海砾说过，当时有一件衣服你总是拿它来铺床，每次把那件衣服铺到床上，但是真正用的那一次反倒没铺，她现在还留着那件衣服。是这样吗？

这个事似乎让他尴尬，他始终避而不谈。

后来，矛盾多起来了，我进了报社开始工作，没有时间去看她，以前时间特别多，经常送她回家，进了报社以后很忙就没空了。那一段不知道因为什么喝酒，她喝酒。那时候我活干得特别多，就礼拜六礼拜日两天的时间能休息，我只想躺在床上休息，而且那时候没有床，只有沙发。

可能就是那会儿养成的习惯吧，直到现在还是躺在沙发上看电视，看着看着然后睡着，没有声音、不看电视就睡不着觉。电视演的什么也不知道。只想睡觉。

为什么你们会发生那件事？你觉得是身体的需要，还是觉得你们的关系应该再往前走一步？

我觉得挺顺其自然的。说实话，当时真的没有想太多。我觉得很自然到那一步。我知道自己要干什么，自然而然就会。我觉得这都是本性的。

我的提问好像在姚远这里是在撞一扇沉重到无法旋转的大门，那么沉重，以至于他仓促应对，闪烁其词。

你最早接触这方面的知识从哪儿来的？

电视，还有一些书。

你还记得第一次的情景吗？

印象不深。

一点都不记得了？

沉默。

你觉得你们的关系不是因为这件事发生的变化吗？仅仅是因为陪她的时间少吗？

可能我对她没有太多的顾虑，把她当一个……就是说，这一段时间以后，我觉得两个人的感情到了那个地步，到那一步以后，很自然发生这件事情，没有把这当成一种负担。

她因为这个问题所以对你要求更高了。

我觉得当时我们两个矛盾点不是出在这一块。

你是这么认为的是吗？你觉得她也是这么认为的吗？

我没有更深的了解。我们在这个事情上一直到最后也没有谈过。大家处在一种吵吵闹闹很浮躁的层面上。她喝酒，经常是往醉里喝，让我心里觉得特别难受。

有一次她自己喝了很多酒，白酒，奇怪的是一个修车铺的人给我打的电话。当时我感冒了，在家躺着。我就找了个离得近的同学，说先把海砾给我找着看住了。下午两点多，他终于找到她在哪儿，我就往那里赶。送到医院给她打吊针。大夫跟我说，有一针基本上就可以清醒过来，但到晚上十点多还没有醒，结果打了第二针。我觉得她是借着酒劲，把心里的不痛快往外释放。

你就没有想过她喝酒是想释放什么不痛快？后来觉得自己无法忍受了是吗？

对。当时我工作上的压力也特别大，我只是想很平静地过一种生活，不想太多的波折，我没有想过会弄成这样。从这儿，心里面有疙瘩。

一九九九年五月一天在西单，我碰到她跟一个同学，一个男孩，在逛街，我就和他们一起走。到了天安门，报社给我打电话说驻中国南联盟大使馆被炸了，让我赶快看一下。我本来准备送她回去再过去。既然那男孩也跟着我们一起，我就让他送。当时街上开始乱了，她就不干了，很不愉快。我不知道她怎么想的。

我向来在工作上特别投入，不会为不必要的事受影响。后来她给我打电话抱怨了好多，比如她对我来说就是“招之即来，挥之即去”之类的话。我觉得挺难受的，可也没有工夫去想。在大使馆门口蹲了一星期。等这事完了以后回想起来特别难受，她对我那种要求和做法，有点神经质，让人难以接受。

在这一点上，她觉得特别抱歉的，就是现在当她成熟了以后，她真的没有这么夸张了。可是那个年纪，谁都不知道对方在想什么，或者说站在他人的位置上考虑一下。如果你稍微耐心一点的话，可能会好得多。

中国女人普遍有这样一种心理，觉得你跟她发生了这种关系，就要对她负全责。这就是处女情结。而这种责任到底是什么？她也不知道。好像你就应当把她放在第一位，百依百顺才对。她现在回想，觉得完全是这个情结在作怪。因此，当时她的情绪处在一个临界点……你明白吗？

因为我……当时我……我只是觉得，这种事情……只是很顺其自然地发生，两个人在一起会发生的一件事情之一。

可是她并不知道你的确切想法，你们的感情的沟通一直处在黑暗状态，不是吗？

也不是……有些时候，可能我知道更多的是她想要做的那些事情。

我在想，能通过什么样的途径帮她实现她想要做的事情，让她自己做好。我觉得那才是最重要的事情，我想要做我的事，她肯定也想追求她的理想。我们面临的是很多客观条件的限制，比如没有钱，没有好的学习方法，我只是想能不能通过什么途径解决这些限制，好好做事。两个人都是要发展的，这对于我是第一位的。至于其他，可能就是年龄太小，经历事不多，好多事情想不到，包括到底她要的是什么。

记得那会儿感觉特别痛苦。我觉得好像我需要分出相当相当大的一部分精力去维持这段感情，到最后彼此已经没有开始的那种激情了，好多时候两个人之间连感情都谈不上，完全变成责任了。沟通很难，没有以前那么合拍，好多事情让人特别难受。我一直想，哪怕事情做不到，但是两个人的思路是一样的也好啊。

你刚才谈到，初中的时候就产生了很大的心理压力，家庭对你有这方面的影响吗？

我父母天天打架，天天吵架。性格都是一天不吵就难受的人。打我记事开始就吵，已经习惯了。即使原来一起住，一年都很少有三个人在一起坐下来吃顿饭的时候。所以我一直比较独立，自己想干什么就干什么，家里也不管。

我爸爸这人，首先是好玩，属于那种老顽童型的。其次，就是恨不得把我拴在他皮带上，天天带着我，直到现在。而我妈，有点恨铁不成钢。对我们两个男人都是这样。本质上，我爸特别老实，并不适合做生意……

有时候也会为钱的事情争吵，但是他们吵的那个事，在旁人看来就是无关紧要的事。奇怪的是他们吵归吵可不伤感情。我觉得他们可能一辈子吵惯了，吵过来的。这对我的影响特别深，特别是我的性格。我觉得任何一个人在这种家庭也不会开心。

他们知道这件事情对你的影响吗？

我想应该知道。

我觉得现在，任何事情都很少能让我真正开心。怎么说，压力特别大，没有可宣泄的地方，所以有的时候就爱开快车。开快车那种感觉，比如你在三环和四环路上，别的车很慢，你很快，风驰电掣，一下子就过去了。我就感觉从后脊椎这一块，肾上腺素一下冲到脑仁儿了。等这一段完了以后，慢下来的时候，觉得浑身特别舒服。

其实我对感情这方面的事比较保守，也比较认真。我接触过好多女孩，不适合我的，我肯定不会做这件事，我觉得我的自制力应该还算比较强。有时候大家一直在说这些问题，什么一夜情，什么同时找好几个女朋友。比如我曾经陪过我一个朋友一天，短短四个小时之内，见了五个人，而且还在同一个地方跟第二个女孩见面，在十五分钟之内把这个女朋友糊弄走，然后再等另一个女孩……他的感觉就是没所谓，就是玩——我年轻我就是在玩。不过现在不这样了。

我觉得现在大部分人都把自己装在一个壳子里边，他不想跳出来，他怕受伤害。

我需要的感情是双方的。比方说我去付出，对方没有回应，一而再再而三地去做，最后也就疲了。我特怕去适应对方，但我一而再再而三地去这样做。真的我最后会失去信心。可是，女孩恰恰觉得这样她才能得到更确切的某种东西。我觉得感情这种东西，真的是虚无飘渺，根本抓不住。

在那个年龄应该做那件事情吗，在你对性完全不了解的时候？

我觉得当时做这件事情之前，没有去想太多的前因后果，我只是觉得我对她的感情付出到那个地步，也就是说两个人的感情都到那个程度，可能自然而然就会发生。至于后面怎么走，我觉得我还会按照我的那种为人观念、处事观念去做，并没有担心什么或者顾虑什么。

你当时想过要娶她吗？

想过。就是说，我觉得那段时间是我变化最大的。

你觉得这个行为让你成熟了吗？

没有。

你害怕她怀孕吗？担心她怀孕吗？

不害怕，因为我还是知道一些这种常识的。

你们第一次的时候用安全套了吗？

没有。来不及准备。我知道怎么来做一些措施，包括我自己。到现在为止，我对安全套这种方式，一直不认同。我觉得中间有隔膜，所以说我一直不用这东西。我会采取主动的措施，只会从自己这边来做。

可是体外排精等等成功率不到 60%，非常危险，她很可能怀孕你不明白吗？

我有一个朋友，他的女朋友，从高中到现在打掉了七个，里边有两个是双胞胎。

当时真的没有想到这些事。其实我觉得我跟海砾，我们俩主要的矛盾，不是在这个问题上面……在我看来，她是自己推自己往下走，其实当时我们刚开始接触的时候，反差特别特别大，当时我真的不知道是因为这种事情。

是因为这个事情，我跟她谈过。这个情结完全毁了你们两个人的感情，她已经歇斯底里了，觉得能给的全给你了，可是你一点都不珍惜，你根本不当回事。这种态度激怒了她，使她牺牲掉你们之间的感情。你们两个的这件事情结束之后，她觉得一座高楼大厦塌掉了，她得一层一层再往上重建一个东西，所以她才决定考大学，干脆重新活。你想想看，你当时根本不明白海砾到底是怎么回事。

我问过她，她没说。

当时我想过，我去西藏的时候想过好多问题，给她打过电话。

但是有一件事情让我痛下决心。她到我家里，跟我妈闹，让我妈特别……当时她又喝多了。因为这件事，我妈觉得头疼，我特别尴尬，就走了一段时间。在一起更痛苦，更麻烦，就这样算了。身边好多人都劝我，活得高兴一点，已经坚持那么长时间了……我觉得这么做，其实对不起她。什么事情可以一错再错，可以一忍再忍？所有事情压到一定程度的时候就爆炸了，这样就不能再挽回了。连她妈都说我们两个在一起肯定时间长不了。

我现在想想，那时候跟小孩一样，包括我自己。可能男人看问题，很多觉得是鸡毛蒜皮的事，不用去想，不用去理，但是对女人说是很重要。积攒到最后表现出来的就不再是小事了。

感情这东西真是太怪了，可能是你想象应当付出的，你付出了很多，但是对方真正需要的不是这些，到底该是什么自己又不清楚。

你后来的女朋友怎样？

前两年在上学，现在刚毕业，在一家公司做事。我们已经分开了。

为什么？

可能还是不适合。她觉得她跟我在一起压抑，好多事情不开心，我觉得跟她在一起也是。两个人性格不一样。她是属于那种事业型的。两个人在一起会掐，可能我会需要一个——就是说外头跑也好，累也好，回去以后有人关心，有人照顾，两个人在一起特高兴……就算她在事业上能做很多事情，对我来说都无所谓，我只是想过一种平淡的生活。越大越觉得那东西更重要——家庭的观念应该更重一点。但是现在很难找到。

我可能心态比别人偏老。一到酒吧呀，迪厅呀，头特别疼，不愿意去，一点兴趣都没有。我也不知道自己为什么没激情。原来那点激情一点一点地消磨了。

回顾你的感情经历，好像都是比较失败的。你觉得跟你的性格有关系吗？

有非常大的关系。现在的女孩可能需要一种比较浪、比较激情的生活。这当然没有什么问题，但是一种激情需要培养，才能让你突然间想做一些事情，它才会浪漫。我曾经有过，但是会被一次一次地消磨，最后就反问自己，那种付出到底是值得还是不值得，到底是对是错？海砾之后的那个女孩，分手的时候，我觉得特别难受。去年八月份的时候，天天会想，真的时时刻刻都会想起她。说实话，她伤我伤得挺深的。

我给那个女孩第一枚戒指的时候，是我们认识后第一个情人节。之前我去内蒙古办事，就想二月十四日之前赶回来。到那儿以后没车，下一尺深的雪，我徒步走了五十多公里进去的，把机器背到那儿。进去以后，已经夜里两点了，一宿没睡，跟人家聊会儿天，因为我如果第二天不赶上那班车的话，十四日肯定回不来。我没有时间准备什么礼物，就剥张桦树皮给她写了一封信，戒指之前我已经买好了。早上起来八点多到北京，回家先洗了个澡换身衣服就跑出来买花。她没想到我能回来。我十二点多在她的学校门口等。

一直等到下午两点半快三点，我就站在路边上，跟傻子似的，捧着一束花，手里拿着一个盒子。那枚戒指就在里边，在那封信里，盒子里边全是花。当时我特别特别害怕，怕她跟另外一个男人出去，真的特别怕。因为她之前所做的那些事，包括我对她的一些了解，我真的没有信心。

我们两个回家,吃晚饭,我给她做饭。她走的时候,只把那束花带走了,没带戒指。因为戒指在那封信里面,她可能没看见,也没意识到,看都没看。

一直到第二年,快到第二个情人节的时候,她跟我要戒指。我说戒指我早就买好了,只是你一直没拿,她问我在哪儿,我说在家。找了好几天,她想了好长时间,最后才突然间想起来是在那信里边。

她认为没所谓的事情,在我看来特别重——她很少有女性朋友,跟很多男人交往,她不在乎。当然,事业型的女人要工作、谈生意,在我看来觉得特别地难以忍受,可我在忍,我不说,我只是会偶尔地暗示她。但这种隔阂越来越深了。而且我知道这绝不是自己多心、小气的缘故。

六月份她毕业,七月份对我说跟我结婚。我真的很吃惊,因为从来没想过要结婚的事,我觉得还不到年龄,要面对的事情太多了。她跟我说完以后,我还是认认真真地去想,最后就决定了。我跟她两年多快三年了,身边所有的朋友都跟我说,不合适算了吧,但是我不想每一次都是无言的结局。在说完要跟我结婚快一个星期后,八月一日,我下了决心要结婚。第二天我买了一枚戒指去送给她,她对我说:“咱们分手吧。”我觉得我应该是长大了,不会去做一些特别过激的行动,但是那种压抑始终挥之不去……

去年上半年她要出国,去接项目,于是我去借钱,二十万高利贷。后来赶上“非典”,单子撤了。但是我仍然准备在短期内筹一些钱让她出国……说实话,到现在我都不知道她是怎么想的。我觉得我做人做得特别失败。

男生与女生对第一次性行为的期待,内容完全是不一样的。对于女生来说也许是美好爱情的升华,是自己最珍贵的一次奉献,但对男生也许仅仅是一次再寻常不过的性行为。所以，这个故事的两方叙述，才会有那样的天壤之别？

“我都不知道她是怎么想的。”这句话姚远说了两次，两次恋爱，一次十八岁，一次二十三岁。我想问，你已经在感情的事里跌跌撞撞，到头来怎么还是懵懵懂懂一无所知呢？是啊，你们还那么年轻，还有时间，可两性之间不是那么简单容易的。你知道吗？你学习了吗？你反思自己了吗？

本来姚远饱受学校、家庭的影响，十分内向，心中充满各方面的矛盾，对性采取一种缺乏慎重、放任自流的态度，遭遇困惑当然无力解决。但海砾因为性而附加给姚远的要求不仅自己无法承受，对方更是不堪承受。爱情固然很美，但也需要能力去承担，否则羞答答的玫瑰也会露出锋利的刺，伤人的时候会毫不留情。既然尝试不可避免，那好好驾驭自己吧，反思是成长的功课，海砾做得不错，你呢？

不光是性知识的教育，还有情感的教育、爱情观的教育、家庭的教育等，人所有了解的一切，有哪一样不是学习来的？如何恋爱，如果你爱她，如何爱？如果你想满足自己的性需求，如果你任由自己，你如何不伤害她？你了解她的想法吗？你知道她想要什么吗？如果她也爱你，你清楚你们之间的这种感情是怎样的一种状态吗？该如何继续，又如何控制？这一切问题不可能一蹴而就，第一次就懂。那么，只有经历、学习，只有反复思考，反复总结，反复地问，反复地纠正自己，才能做得像个样子，不至于把一切弄糟，伤了别人又伤了自己。

分析

爱情是人类精神的一种最深沉的冲动

费尔巴哈说过："爱就是成为一个人。"但是如果对爱把握得不好，就会在没有成为一个高尚的人之前先被火热的爱毁掉了。

有理性的专家认为：爱，首先不是一种感情也不是一种感情冲动，而是一种关系方式，在这种关系中，人们希望在考虑他人利益的情况下合作。

哲学家弗洛姆认为爱有这些特质：是一种积极的情绪，是给予，而不是只求获得；爱的基本要素是关心、责任心、尊重和了解。

美国认知心理学家罗伯特·斯滕伯格首倡人类爱情三元论，他认为构成爱情的是亲密、激情、承诺三种元素。

亲密：包括热情理解、交流、支持及分享等特征。

激情：以身体的欲望激起为特征。激情的形式常常是对性的渴望，但是，从伴侣处得到满足的任何强烈的情感需要都属于这一类别。

承诺：将自己投身于一份感情的决定及维持感情的努力。在本质上，承诺主要是认知性的，亲密是情感性的，而激情是动机性的。爱情关系的热度来自激情，温暖来自亲密，相形之下，承诺所反映的是一个决定，它完全不是情感性的。

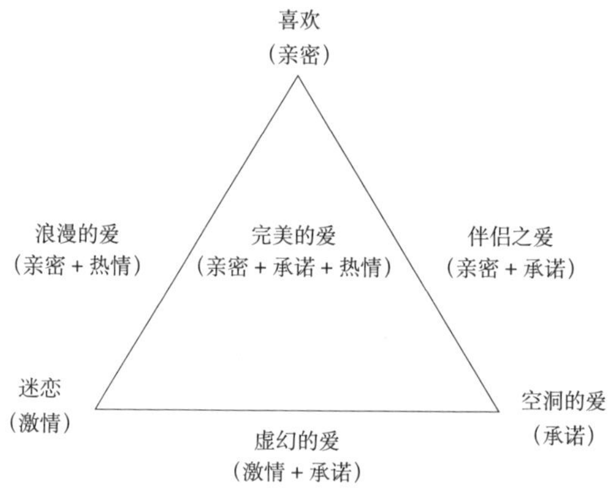

根据这三种元素的不同组合情况，斯滕伯格将爱情分为八种：

1. 无爱：如果亲密、激情和承诺都缺失，爱就不存在。两个人也许仅仅是熟人而不是朋友，彼此的关系是随便的、肤浅的、没有承诺的。

2. 喜欢：当亲密程度高但激情和承诺非常低的时候，会产生喜欢。喜欢发生在有着真正的亲近和温暖的友情中，但不会激发激情和你会与之共度余生的预期。如果一个朋友确实激起了你的激情，他（她）离开的时候你会有强烈的思念，关系就已经超越了喜爱。当两性之间的关系只有亲密因素时，相处的双方在交往中会感觉亲切、轻松，有很强的信赖感，表现在生活中就是两性之间真诚的友谊。严格地说，此种关系还不能纳入到爱情之中。喜欢和爱的区别被现代男女严格区分，所以，他们常常固执地要求明确的答复：你究竟是喜欢我还是爱我？当然，这种关系的稳定会因为二者中任何一方情感因素微妙的变化而发生改变，这也是人们常常怀疑男女之间是否有真正友谊的原因。

3. 迷恋：迷恋中有着强烈的激情，但缺乏亲密和承诺，当人们被不太熟悉的人激起欲望时会有这种体验。当两性之间的关系只有热情时，双方有强烈的性的吸引，但缺乏彼此的了解，缺乏彼此的信任，更没有发展到承诺的阶段。处于迷恋中的个体相信：爱不需要理由。也常常无奈地吟唱：为何偏偏爱上你？迷恋开始于生活中的一见钟情，这种刹那间绚烂如夏花的情绪是否有生命力，是否能发展为稳定的情感，取决于是否会有亲密和承诺因素的形成。

4. 空洞的爱：当两性之间的关系只有承诺，没有亲密和热情时，表明二者只有责任和义务，是高度道德化或价值高度异化的两性伙伴关系。就爱情而言，是没有爱情成分的空洞的爱。这种爱见于激情燃尽的关系中，既没有温暖也没有激情，仅仅存在着留下的决定。然而，在其他包办婚姻中，空洞的爱是配偶们共同生活的第一个阶段，而不是最末一个阶段。

5. 浪漫的爱：当程度高的亲密和激情一起发生时，人们体验的就是浪漫的爱。当两性之间的关系具有亲密和热情两个因素，双方的关系不需要承诺来维系时，被认为是一种最轻松最享受最唯美的浪漫之爱，正所谓“没有承诺,却被你抓得更紧”,浪漫挚爱。若是缺乏承诺的意愿或能力，则与婚姻无缘，所谓“相爱容易相处难”。对浪漫爱的一种看法是它是喜欢和迷恋的结合。

6. 伴侣之爱：亲密和承诺结合形成伴侣之爱。当两性之间的关系有亲密也有承诺，而缺乏性爱吸引时，彼此的关系已经升华为亲情式的信任和依赖，就像携手走过漫漫人生的银发夫妇，虽没有青春时的激情，却具有难以描述的情感深度，是不离不弃的黄金伴侣。亲近、交流和分享伴随着对关系的充足的投资，双方努力维持深度而长期的友谊。这种类型的爱会集中体现在长久而幸福的婚姻中，虽然年轻时的激情已渐渐消失。

7. 虚幻的爱：缺失亲密的激情和承诺会产生一种愚蠢的体验，叫做虚幻的爱。当爱情没有以信任为基础时，仿佛大厦没有坚实的地基，如空中楼阁随时有变异的可能。这种爱会发生在旋风般的求爱中，在势不可挡的激情中两个人闪电结婚，但对彼此并不很了解或喜爱。在某种意义上，这样的爱人为一场迷恋投资很大——有风险的。

8. 完美的爱：当亲密、激情和承诺都以相当的程度同时存在时，人们的体验是“完全的”，或称作圆满的爱。真正的完美的爱情应该以信任为基石，以性的吸引和欣赏为催化剂，以承诺为约束，既具有相对的稳定性，又充满热情和活力。但通常这种形式的爱很难坚持长久。

以上这些权威人士的共同点，是把爱理解为一种利他的合作关系，一种给予，是一个人之所以被称为人的条件，这是不无道理的。

由于爱的对象不同，爱可以分为爱自己、爱父母、爱儿女（亲情）、爱朋友（友谊）、夫妇的爱（爱情）、对陌生人的爱（公德）以及对环境、动物、事物的爱。

如此看来，爱好像也很不简单，没那么唾手可得。也许它像任何一种艺术一样，需要经过认真的学习、实践、锻炼才能获得。

青春的苏醒不可蔑视

这些话好像很少有人告诉中国的孩子。很多的时候，他们的时间和空间被其他的事物占满。爱的问题，常常被忽略了。但每个人都知道爱的重要性，它是一个人能否幸福的根源。

在这里，我们想把爱的定义放窄，只放到男孩和女孩的关系上来。有人说，解释爱就是结束爱。这种说法并不合理。事实上，男孩与女孩的交往，有一个真实可见的过程，有其不可忽视的科学因素。

在中国，这个问题往往令教育者忧心忡忡。就像海砾和姚远一样，有一天，少男少女们会突然听见在他们的心底响起一阵最甜蜜、最温柔的音乐。这是青春苏醒了，是存在的庄严召唤，是生机勃勃的人的本质的回归。

普希金十四岁时曾写下了自己的第一次自白：一颗火热的心被征服了，我承认，我已坠入情网。谁能禁止这种奇妙的感情突然出现呢？

谁又有权利指责初次产生的爱情呢？粗暴的干预会造成青少年一生的感情压抑。这份感情需要的是爱护、同情、体谅，需要一点设身处地的思想，而不是蔑视。

生理影响客观存在

不可否认，少年的爱情具有纯精神的性质，表现为情感的友谊形式，但它又不全是柏拉图式的，因为它终究要导致性的接近。

使人激动不安的感情无疑是大脑的功能。

感情产生的基础是神经系统，感情在功能上是同人体的所有器官（血液循环系统、内分泌腺、肌肉等）的状态联系在一起的。

研究和观察表明，爱的感情有特殊的生物基础，它在功能上取决于性腺的状态和活动，取决于生殖系统总的活跃程度和生命力。

异性交往是成长的需要

根据社会交往互动理论，性别角色的社会化只有在与异性的交往互动过程中才可能卓有成效地完成。男孩唯有从女孩的眼里才能读出社会对男性的期望，女孩也只有同男孩充分交流才能获悉社会对自己的要求。

人的一生注定要在两性世界中度过，要获得处理好两性关系的必要技能，适应相应的社会规范，青少年就必须与异性交往而非隔离。

如果这种交往有一个宽松的社会环境，青春期的少男少女的感情便能有一个正常的释放和寄托，这个阶段的爱便也会有一个良好的开端；反之，爱就只能成为空谈而不会有什么作为了。

特殊的“青春期恋爱”

顾名思义，早恋就是过早地恋爱，但是，何谓早？目前一般指中学时期，有的甚至包括大学。西方社会学研究者将十二三岁到十九岁的青少年恋爱行为称为“青春期恋爱”。相比之下，这一用语既给出了明确的时间定义，又未加道德评价。

希望以后大家能够用“青春期恋爱”替换掉“早恋”，使我们的用语更科学、更人性、更没有强加上去的道德批判色彩。

字面上的误会解除了，本质上的误读是否有机会纠正呢？普遍存在的“青春期恋爱”以及并未影响成长和成绩的“恋爱”，是否能使人们重新思考对“青春期恋爱”的批评和否定呢？

青春期产生爱情的微妙的感觉是很正常的，但是以青春期的年龄和实力，是否有能力来掌控这种犹如脱缰野马的强烈感情呢？回答是：不能。

大部分的人不能。而且有些人还在事情过去很长时间后沉浸在痛苦中不能自拔。

有很多的青少年可能会说：你不是我，你不能理解我的孤单和渴望爱的心情。但是爱的表达有太多种方式。

在最好的年纪，最好的岁月，应该有最有意义的事情来做。要交往众多的男女朋友，才不会一叶障目，才能对异性有一个基本的总体把握。

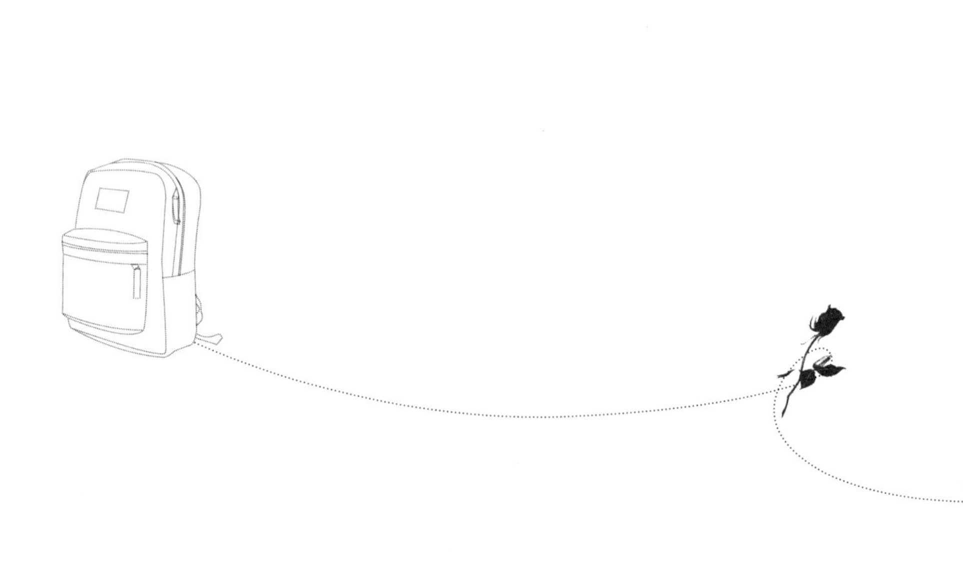

第十一章　家长在性教育中的重要作用

“我觉得这是父母潜移默化引导的，在这件事情没有发生之前，父母给自己思想上的那种影响，这个挺重要的。基本上能让我正确地独立思考解决问题。”

一面是风，一面是云

在我的生活中，读信是非常重要的一个部分。自从十几年前我开始与中学生打交道，五花八门的信件来往中很多少男少女成了我的朋友，前不久有一封家长的来信引起了我特别的注意。

张老师您好：

请允许我这样称呼您，您的书我看了两遍。我也正亲身经历着这样的事情。我女儿正在读高一，不久前交上了一个男朋友，处在热恋中，严重影响了学业。5月15日我和女儿长谈了一个上午，达成共识，暂时冷却这段感情，全力学习。

但到现在我看她仍然心神不宁。

作为母亲，我给了女儿很大的理解和宽容，她也能向我讲一些她和她同学的秘密。但我深感我的能力有限，在孩子最需要我的时候，我不能最大地满足她。

我痛苦到了极点，每夜不眠，体重一下子降了近二十斤，看到女儿日渐消瘦憔悴，我真是感到撕心裂肺的痛。

我期望您能帮助她尽早走出来，因为您了解他们这代人，又有切实的办法。

一个渴望得到您的帮助的妈妈

看完后，我就给这位妈妈打了一个电话。电话的那头是一位母亲无法掩饰的焦虑和急切。我们大致聊了聊，约了一个时间她和她的女儿一同与我见面。

这是本书我所有的采访中唯一一个有家长知情并主动参与的采访。从中我们可以了解在孩子面对两性问题时，父母那端真实的感受。看看这位对孩子关心得无以复加而且比较善于沟通的母亲对这个问题处理得如何。

她并不算武断，有很多开明的想法，然而教育的结果完全不能令她满意，所以才求助于我。“可怜天下父母心”，虽然这句话老得掉牙了，但它仍然是我所能想到的最为贴切的表述了。一个母亲对孩子总是毫无保留的，孩子对于妈妈几乎是快乐的全部。

到我们见面时，女儿的恋爱故事基本已经告一段落，可是她发现了一个新情况：她已经没收了女儿的手机，偶然的机会她发现女儿的书包里竟然有了一个新的手机。她自嘲地说：“虽然总体来说，我这个孩子还是很能够接受别人的引导，她心地比同龄的孩子还要单纯，可是她还是没有告诉我全部，接受我的意见真的那么困难？”

我对妈妈这种福尔摩斯似的“侦探”行为感到好笑，因为孩子有的是办法和大人斗智斗勇。我话一出口，妈妈的眼眶马上红了，因为与丈夫感情的一些问题，她承认自己并没有给孩子一个好的成长环境。

从这一点来说，你总是小心翼翼地对女儿留着面子，苦口相劝，比起别的家长，你的孩子运气还是算好的。

她有什么好运气？小孩子生在我们这个家庭里，我就觉得特别对不起她，真的。所以我就希望她能够健健康康，有个好的未来。为这个男孩子她陷得很深，不仅是影响学习，还会影响她一生。这个问题该怎么看，我一直在想，为什么我挺急切的，因为这一步对她来说很重要，不是无所谓的、无关痛痒的。

那个男孩子说："再忍三两年我们就自由了，不用被管制，我们十八岁就成人了，可以在一起了。"我就跟我的小孩讲："你十八岁之前，妈妈是你的监护人，为什么是这样，有它的科学道理在里面，这期间需要大人对你指导和帮助的。你不能说，十八岁成人了就要对自己负责，那现在就不对自己负责了？"我觉得我小孩现在把整个精力寄托在这个男孩子身上，太糟糕了。

那个男孩子，我小孩跟我介绍，在她之前交了许多的女孩子，但是她都可以不考虑这些，只要她觉得好就可以。那个男孩子也跟她讲："别人说我是花心大萝卜，我原来确实是这样，但是跟了你以后，就不会再对任何人怎么样。"他很会这样说，我小孩就信。

你的孩子对我说，她们学校初二有一个男生，长跑得了第一名，拿了金牌，他喜欢一个女孩，就跪在那个女孩面前，把他的金牌送给她。这你怎么看？

这些孩子表达方式更过分。我希望不要给她太宽泛的东西，可能是我认识得狭窄，我觉得应该给她一个很明确的意见，她要照着这个东西走下去，否则太虚，太无助。她不像人家的孩子，多一个心眼。现在的问题不是我们应不应该给她一个所谓的宽松环境，而是我们得设定一个合适的宽度。她已经决定要考大学了，我们不知道她怎么想的，也不知道该让她怎么做。

谈到这里，她女儿美晴按约定的时间赶到了，一个安静、温和的高一女生。妈妈离开了我们的桌子，以便我们更自由地交谈。

你考完期末考试了？

考完了，考得不是特别理想。

今天考的什么？

周末模拟会考，地理、历史，还有计算机。

为什么没考好？

我以后想学文，三门比较下，地理学得不是特别好，这次卷子自我感觉有点偏难。也不算特别不好吧。

你们在哪看到《藏在书包里的玫瑰》(2004版)的？

前段时间，我们年级主任在高一年级开了个会，男女分开开的。就像是一个学术报告会，讲话的老师在会上提了这本书，后来定下了研讨的题目。研究的问题就是我们学校关于男女生这方面的现象和问题。

我觉得现在做老师挺难的，这种事，想管，不得不管，但是特别不好管。年级主任还是处于中立状态吧，把道理说明白了。

这样的研讨会，男女要分开吗？

当然要分开了。针对的人是不一样的，人类不就分男的和女的嘛。

可能男生更关心女生，女生更关心男生啊，难道不用听吗？

他们可能要我们研究和讨论的还是自身的问题。就是女生关心女生的问题，男生关心男生的问题。自我反省吧。

老师上面说着，我们下面听着。她主要说的是书里面一些访谈记录是真实的案例，要大家引以为戒，比如女生做人流什么的。她的原话我记忆特深，她说："有一个女生跟一个男生好，完了之后，就去医院做人流，做了好多次。正因为老做人流，再怀孕就很容易流产。如果女人做不了母亲，就做不了完整的女人。那个男的也不会要你的，因为你根本没法给他传宗接代。"

大概意思就是这些，印象特深的就是"怀了流，流了怀"这一句。

讲话的是男老师还是女老师？

女的。上回看见我们班有一个男生，有这本书（《藏在书包里的玫瑰》），借来看。这本书本来就在我们后面那一群人里小范围地流传开来了。"五一"那会儿，我带回家去看，摆在桌子上，我妈进来了，问了一句，我想告诉她一下最近看了什么书，就随口那么一说。她可能当了一回事，我看完之后，她拿着也看了。

你看完以后有什么感想？

我觉得我还是更加注重精神上的东西，对实例没有很深刻的感觉，而我妈比较感兴趣。

那么，什么东西你觉得对你更有帮助？

那天我上网，有个书友会的会员给我传过一本书，韩国的，关于性知识的，以漫画的形式针对青少年的。因为我们家住得太远，快递不到，于是去西单买。我觉得现在提早关心这些事情比较好，提前了解一下，没坏处。

你妈妈从来不跟你讲这些事情吗？

从不。每次在我出门之前，她讲的是要注意安全，要是觉得有人跟着你的话，自己小心点。于是我自己一个人走在路上，就老觉得后面有人跟着我，越走越怕，然后就一定要拐弯，绕一下，无论如何让那个人走到我前面才放心。

你跟你妈妈的关系怎样？

大部分时间比较好，有时候就跟朋友一样。但是不可能永远都那么平和，也有起波澜的时候和对立的时候。

一般因为什么事情有矛盾？

也不是什么大事。就是意见不统一，我想的跟她想的不一样。比如说，有的时候学习压力大了，很容易想爆发一下；有的时候则是鸡毛蒜皮的小事，就跟我妈稍微顶一下，释放一下自己心中的苦。

你觉得你能理解你妈妈吗？

能。挺能理解我妈的。比如说我妈关于我交男朋友的事，我就挺遵循她的意见的。但是我觉得不可能都听她的，她有些观点我还是不能接受。我也跟妈妈说过："你告诉我的话，我都记在脑子里，等我慢慢体会，慢慢去判断你这些话。"

但我觉得家长说的不一定都是正确的，一味地听家长的，太没有主见了。虽然我妈老跟我说"家长不会害自己的孩子"，但有些还得因事而定吧。家长对待一些事情形成了思维定式，想问题容易只考虑一面。比如说过去吃过亏，被骗过，心里多了防备的、谨慎的一面，做事的时候就比较小心，就怕自己的孩子受骗。那个道理不错，但不一定适合我现在。

我只能是理解我妈，她有时候想法跟我不太一样，她是为我好，我只能理解，但不是全部照搬。我是特别有主意的人。

你能感觉到你妈妈对你非常关心吗？

曾经体会得到，但是前一段时间，她让我冷却感情，我感觉挺紧张。之后慢慢就没了。

我觉得她不太可能为那件事完全放松。可能就是缓解了，顶多是缓解了，因为她可以相信如果事态发展得不好的话，还会有办法解决。

比如说，她觉得这件事情对我影响很坏，而我觉得这件事肯定对我有影响，但不是特别大的影响。

你对爸爸妈妈怎么看？

我觉得我妈不错。我爸太自私，他想的第一是自己，其次才是别人。他为别人考虑得太少太少，我也不知道他考虑什么呢。反正为家人考虑得太少太少，好像天生缺少这方面的能力，甚至有时候关心了反而让我们不能理解。

比如他给我们买一箱子水果，往家里一搁人就走了。那么一大箱子，尤其夏天的时候，很快就烂了，我和妈妈两个人怎么能吃完？当然就扔了一部分，他下一次再回家，看见了，马上就指责我们。

我也习惯了，习惯了天天见不着我爸。有的时候他关心我，我就觉得那么别扭，可能已经不习惯他在家了，也就不太理解他的想法。我们之间很少沟通。

现在我找到一个比较适合的方式，每星期回我奶奶家的时候，我就跟他打球去，或者跟他玩，我觉得这样挺好。因为我妈从不打球，她工作一天，身体又不大好，回来老是不能跟我一块玩。而过去邻居家的小朋友现在都长大了，也就很少一块玩了。

我爸爸对妈妈态度不好，而且根本不避开我。老是当着我的面，要不我说他自私呢，他根本不考虑身边还有谁，适不适合讲这些话，他永远认为自己是对的，想什么就做什么。

他对你妈妈有什么指责呢，对你伤害最大的？

习以为常了吧，也就那么点破事。比如说找不着东西了，就怪我妈没放到他眼跟前。有些时候有什么不痛快的事，我妈也愿意跟我说。我爸老觉得我妈太保守或者是谨慎。比如说买房子，说买好点的吧，因为需要以后不停地赚钱来供这个房子，我妈觉得这是困难的事，没有必要。我爸就说她不敢想，见识短。我不知道用什么样的词来形容。反正是嫌我妈不对他的将来抱有那种希望似的。

你觉得这是哪方面产生的问题呢？

性格。我爸和我妈就是性格方面的问题，所以才有这么多矛盾。

他们应该算是曾经爱过吧。我妈跟我讲，他们俩谈恋爱那会儿，我爸每天都去找她，那时候她还在上课。我爸追求我妈那时候，应该算是爱我妈的吧。我觉得可能他们一结婚就把那种轰轰烈烈的爱情变成了平平淡淡的日子，每天鸡毛蒜皮的小事。爱情被磨灭了，没剩多少东西。

你觉得爸爸妈妈的这种关系对你生活的影响大吗？

说起来好像有那么四五点吧，唉，说来说去就是人们常说的那种情况。所以我觉得习以为常，没什么了。

你是在哪里认识那个男孩的？

上网的时候，很快就不在网上聊了，而是电话。

你觉得这和网恋一样吗？

不一样。我觉得网恋就是在网络上，只在虚构的环境下交朋友，而不是在现实里。我觉得这算最简单的，也是最不负责任的一种。

你们班里的学生网恋的多吗？

应该不算太多吧。我们学校的学生都是住宿舍，回家的时候大家都挺愿意上上网、聊聊天什么的，大部分人还是跟自己班的人聊。

你们班的同学有多少有男女朋友？

一半吧。

有发生过亲密行为的吗？

不清楚。至少没有公开的。学校里挺多的，就是男女关系。比如说，放学之后，操场上一些人少的地方，就容易出现一对一对的。

学校不管吗？

管？管得了吗？老师就是想管，也不知道怎么管才对，所以也就管不好。

那个男孩是你的第一个男朋友吗？就是比较正式的，在这之前你有过男朋友吗？

这是第一个正式的。初中的时候有一个，初一到初三。后来他去了一个不太好的学校。刚上高中的时候，我还觉得我挺喜欢他的，慢慢地在一起的时间少了，心里觉得好像不一定非得要喜欢他。就这样，他认我当妹妹，就是把那种感情变成跟好朋友一样。有人说，那就像一种亲情。其实我真的不懂什么叫亲情，现在除了自己跟父母、家人之间是亲情，在别人那里很难说吧。现在，在班里认个哥哥、认个姐姐，这种现象本身就挺多的，所以他们经常说“亲情”什么的。

为什么会这样？

可能觉得自己有个哥哥，什么事能罩着点。倒也不是说一定要发生什么事情才需要罩着点，那是心理上的感觉。

这是不是跟独生子女自我感觉孤单有关系？

对，很有关系。我不愿意认妹妹或者弟弟，就是想当小的。

你为什么喜欢现在这个男孩子，他有什么优点？

他挺诚恳的。他的学校也在远郊，离我不算太远。

你见过他吗？

（点头）他比我大，上高二，像一个大哥哥似的，给我很多帮助。我特马里马虎，什么事都记不住，而他总会在我忘记的时候提醒我。我跟他说过的，他在心里记得。

这一点他比我妈还强。很多事跟我妈说一遍，她就忘了。他很在乎我的事情，这让人感觉特别好。我跟他说什么他都能记得，不用我说第二遍。这在我心里是最希望的事。

你能肯定他永远都这样吗？

不敢苛求。

那你对男朋友的要求一定是不那么自私？

对。而且我觉得关键是一定要跟我性格相合，因为我觉得，我爸爸妈妈就是性格不合。每个人的性格不一样，它就是心里的一面镜子，照出自己的内心世界是怎么回事。它可以通过肢体语言，还有外部的一些行为表现出来。一般就是这样。最笼统地说，比如内向和外向吧，我觉得我的性格挺复杂的，时而内向，时而外向，但是外向远远大于内向。

你对你们两个的关系怎么看？

顺其自然。在他的身上我没有太多要求，我跟他最常说的一句话就是“让时间证明一切”。

你为什么需要这一段感情呢？是因为在家庭里缺乏爱吗？

一般情况下我并不会觉得我缺什么，但是每当遇到我爸的某些做法影响家庭状况，我就觉得我是缺少的。

好像还是习惯了吧，我爸不在我身边，都四五年了。我跟我妈在一块，我爸很少来看我们，很少在一块沟通。如果单纯从这一点来讲的话，我并没有缺少关爱的感觉，可是同学之间一比，我就觉得我缺少。大概在今年寒假的时候，跟同学发短信，问她下午干吗去，她就说跟爸爸妈妈一块出去，我当时就哭了。我说我很少跟爸爸妈妈痛痛快快出去玩，很少很少，在记忆里几乎就没有。这么一比较之后，我觉得我的确缺少关爱。但是我生活在这个现状中，虽然少了一些父爱，也没有怎么影响自己感情世界有大问题。相比之下还是觉得自己寂寞，寂寞在内心深处更多。

我觉得我特羡慕一个家庭里面，有两个孩子——就两个，三个都不要。就两个，别成单，是双的就行，每天回到家，有一个人陪。

你了解他吗？你是理智的吗？

算是了解吧，但也不是很了解，因为时间不够长吧。

就是慢慢来，都渴望那种长久的东西。谁也不愿意经历那种感情的风波，就是希望长久，能够一辈子吧。我觉得顺其自然比较好，该发生的还是得发生，不该发生的怎么想也发生不了。这句话，我经常跟他说，他也觉得挺对的。

我一直挺小心，挺谨慎的。还是因为有家人管，不是很放得开去跟那个人在一块。

什么叫放得开啊？

放得开不是指那种关系，不是不是。必须以学习为主，会把更多的时间投入到学业当中。以后工作了，八个小时之外，就是自由时间了，就可以跟他一块逛逛街什么的，一块过二人世界。

你对那些在中学时候发生性关系的事情怎么看？

怎么看？反正这件事情如果搁在我身上的话，我不会在成年之前去做。

首先，对自己身体不好。这是我考虑最多的。其次，我觉得那样的话，感情也不会太长久。我妈曾经跟我说过，一个人如果得到了，他就不会珍惜。不过我觉得那些人在做那件事之前，都会考虑到那件事是好的，不会因为那件事是错的才去做，就觉得那样的话，才能证明爱他。

那事实上是这样吗？

事实上也证明了，只不过付出的代价高了点。完全可以用另一种方式。

你觉得他们这样做之前，有道德上的思考吗？

不会有吧。

你觉得他跟一个人的成绩好坏有关吗？

成绩好的不一定人品就好，不一定道德思想多么高尚。成绩不算很优秀的那些人，道德思想不一定不好。

你觉得发生性关系，跟一个人的成绩好坏有关系吗？

有一定关系吧。好像成绩好一点的人，一心想着学习，学习之外吃饭和睡觉，可能考虑这些事情就比较少。也不是没有，是考虑得少，没时间考虑。如果有时间的话，他也会这样做。

你感觉你们班有同学做这件事吗？

没有人提过谁做这种事。我周围的朋友吧，平时算是爱看帅哥的，就觉得哪个男生帅了，看着特兴奋，主要是这些事。我觉得要是已经那样了的话，我跟他在一块也挺别扭的。

你的男朋友怎样？

他个子一米七八，挺帅的。学习成绩班级第十六名。

那时主要是想找一个人陪。在学校能跟同学在一块，挺开心的。回到家以后，剩下自己一个人挺孤单的。完了就在网上找朋友，聊天。

你这样大的小孩都觉得孤单吗？

除了在学校，其他时间只有自己一个人待着，都孤单。

有这么一个人觉得特别好，哪怕只想一想他，也觉得挺好的。也不是说整天想着他，反正觉得没那么孤单了。他可能会想你，对你好，对你说的话很欣赏。

我妈妈并不能理解我这种心情，她觉得就应该一门心思上学。我又不想惹她生气，所以就装出没有跟男生交往。

你们平时都聊什么呢？

什么都聊。聊自己周围发生的事情，或者聊自己。

你认为到现在为止，最浪漫的事是什么？

最浪漫的，我觉得最好的就是拥抱在一块，这是最好最好的。抱着他最舒服。

你说的舒服，是一种什么样的感觉？

一种很温暖的感觉。

为什么会是这样？你感到对爸爸妈妈的感情和男朋友的感情是不一样的，对吗？

对，感觉不一样。的的确确我爸爸妈妈没怎么抱过我。记得很小的时候，在爸爸怀里的时候，抱在一块，就觉得有安全感，觉得温暖。和他在一起，可能是弥补了我心里面这么多年的一个空缺吧。

这种感受你跟妈妈讲过吗？

没有，我怕她不会理解。对这种温暖的渴望是不能说的，就觉得自己好像没有多大本事似的。

这件事情影响你的学习吗？

基本上没有影响。他有时候还帮我补补课。

我觉得我跟他在一起没有给我带来什么不好的影响，像我妈想的那样。如果按她的意思去做，放弃了这段感情，反而对我伤害很大。

你想怎么样呢？你想让你妈妈怎么做呢？

我觉得我妈也做不了什么。真的。要让她理解，作为母亲她说能理解，但是我觉得完完全全彻彻底底是不可能的。因为有年龄差在那儿。还是同年龄的好朋友更能理解。但是那种理解挺肤浅的，顶多安慰安慰，或者讲讲故事，解脱一下，消除一下心中的烦恼。

她想帮助我我能理解，她的指导就跟灯笼似的，在前面帮我探路。但我不希望自己百依百顺，虽然她说什么我都可以做到。

比如说交男朋友，我妈好像不太希望，她主要还是考虑会影响我的学习。她采取的行动就是收我手机。于是我跟我男朋友商量，我在家的时候，不要再打电话了，中午在学校的时候，打打电话。每次都是他打过来。

那之后你没有考虑再去买一个手机？

应该会考虑吧。

如果你妈妈发现了怎么办？

发现了就说谎话吧。因为我不想让我妈说我，她说我，我心里不痛快，她心里也不痛快，还不如撒一个谎，让她开心了，我也没事了。可是好多事情纸包不住火，我撒谎只是缓兵之计，到时候该发现的还是得发现。有时候她没发现，我自己说漏嘴了，也有可能。

你现在在你们班成绩怎么样？

中游吧。三十多名。

我跟他曾经聊过以后考大学前程的问题。现在在北京上大学真的很容易，上不了好一点的，上个民办的都行。国家也承认你的学历。但是想上一个好点的，想上一个自己喜欢的专业，就不是那么简单。

你觉得你学习的压力大吗？

挺大的，尤其是跟周边同学在一块，人家老比你强。我们的座位是单排换的，而每次同桌的那个同学都比我强好多好多，都是班级前十名，我跟他们一起坐着特有压力。每次跟他打电话，我就觉得特别能缓解压力，我特开心。

在家里把自己关在一个小屋里，一人肯定不会去想，就是一去学校，面对那个环境，就不可能不想。

你有没有想过为什么考试没考好？

因为上现在这个学校，不是考进来的，分数差了十分。一开始进到这个学校我就有压力，这个压力都快一年了，一直保持着。我们班有一个跟我差不多的同学，也是中考的时候差十多分进来的，她就特开心，一点压力都没有。她那个人我不是特别喜欢，她老是觉得自己多强，多有本事那样，不把别人放在眼里。别人比她好，她就会找他，挑他刺。比如说，她这次没考好，好像是考倒数第二，可是她却偏偏说另一个同学考试作弊，跟同学对题，其实那个同学就算不作弊自己一人做，也肯定比她成绩好得多得多。她看不到别人的优点，比自己强的地方，而老是去挑别人的刺儿。她没有压力，每天特无忧无虑那样的，什么事都不顾虑。考试成绩不好，不跟比自己高的人比，专跟比自己低的人比。她特别会缓解压力。

我觉得我学习成绩不是特好，一个是因为基础不太好，另一个就是压力太大，心理负担重。有的人是化悲痛为动力，就能赶上了；而我心理承受能力不好，一边要对付心理压力一边还得跟上学习。

这个情况你妈妈知道吗？

我妈妈？她觉得有压力是好的。她觉得我跟那个十名以前的同桌坐着特好，她觉得她能够帮助我学习，能跟她摽着，这是她的原话，“能跟她摽着”。

其实，我中考成绩不低，能上一个区重点，而且再过几年也是市重点了，正办着呢。但是父母还是要我上现在这个市重点。我爸我妈好像都这么想，我爸可能更强烈点，他说是要给我创造最好的条件。我当时当然高兴了，自己能上一个市重点多好啊。没想到会是现在这样。

你给男朋友打电话的时候是不是鬼鬼祟祟的，怕你妈妈发现了会很难受是吗？

反正是挺小心的。我知道这样不好，真的是，我妈现在肯定不是百分之百地理解我，她只不过是稍微缓解了一下，随时都有爆发的可能。

其实我觉得我妈算是好的了。

我跟你妈说过，你妈处理这件事算是很理智了，加上你也基本上能理解她，很多家长跟孩子在这件事上弄得很僵。你们不愿意屈服于他们的安排，而他们是要全面占领。你妈给你讲了好多道理，你现在并不明白，这是这个问题的一个方面；这个问题的另外一个方面是，你必须要亲身经历，用自己的头脑思考，面对后果有自己承担的勇气和责任心。你那个同学的压力小并不代表她把自己弄明白了。

她现在有男朋友。她对她男朋友态度极差。

你不需要给自己太大的压力，因为你现在能决定的就是从第三十提高几名，再提高几名；如果考不了清华、北大，就选择一个自己力所能及的学校，别的不用想太多。

可那不还是和自己的能力有关？不仅是自己的能力，现在社会竞争那么激烈，就业压力也很大，以后竞争更激烈。我不能不想，那是我的将来呀。

幸福的生活怎么样，我跟他经常谈到这个问题。他的意思是怕以后没有资本，所以就提出过分开一段时间，等大学毕业以后，自己有一定资本了，再继续这段感情。他这么一说，我觉得大家在一块还可以互相促进，而且我还担心我啊，如果他比我强的话，我自己没有本事，即使他不嫌弃，我自己也别扭。为什么要让他嫌弃呢？我觉得我起码可以让自己活得有尊严嘛。

我觉得跟他打电话，互相讨论问题，那是时间过得最充实的时候，但是我妈阻止我们俩之后，我就不能在家打了，只能在学校，又不太方便。其实我也认识到跟他聊一些除了学习以外的事情，纯属为了缓解，说好听了就是缓解压力，说不好听的就是闲聊没有实质性的问题，可能再说好听点就是锻炼口头表达能力。

你觉得那样会浪费自己的时间吗？

刚刚开始的时候，就觉得好想跟他在一块，一打电话就不想挂。现在慢慢地习惯了，认识到这点了，慢慢地能够克制住自己了，打电话的时候要有一个时间的限定，比如二十分钟这样。打完了我还要考虑自己将要干什么事情，什么事情是最棘手的，先把那个棘手的事情做了。

你觉得如果你妈妈给你一个更加宽松的环境的话，你会舒服一点吗？

我肯定会觉得更加舒服。我妈就是怕给我一个宽松的环境，我管不住自己。我理解我妈这么做是为了我好。所以很多时候不会因为一些鸡毛蒜皮的小事跟我意见不一样，就跟她顶了什么的，就服从吧。这样的话我觉得大家心情都会好一点。

你这种服从未必是心甘情愿的？

对。我觉得只要别再爆发就可以，这样平平淡淡的就可以，我已经很满足了。我不期望她能理解我多少。我觉得这样比较稳定就好了，不要再有什么波澜了。那样伤害我也伤害她。

维持现状也没什么不好，是不是？

可是我妈还要我断绝一切关系……我做不到，因为觉得他没有给我带来伤害。我跟他一块很开心。我妈跟我说要跟他断的时候，我的的确确服从了。但是服从完之后我特痛苦，那种痛苦就是上午所有的课一节没听进去，这样还不如让我继续原来的状态。我觉得在这件事情上，应该根据我自己的意愿办这件事情。好像到目前为止，我自己的话并没有什么不对。

你觉得你痛苦的原因是失去了这段感情呢，还是因为你又变得寂寞了，还是因为你听了妈妈的话？

肯定不是因为听了我妈的话。我不会做那个我认为不正确的或者是我不能理解的事情。我能理解我妈，我觉得她那样做是正确的。但是那样做对我的负面影响太大了。

所以你选了一个折中的办法，就是隐瞒？

对。恋爱本身并没有什么影响，而妈妈给我的压力太大了。

你觉得你这个年龄的人能够很理智地处理这个问题吗？

我觉得这是父母潜移默化引导的，在这件事情没有发生之前，父母给自己思想上的那种影响，这个挺重要的。基本上能让我正确地独立思考解决问题。有时候遇到一些问题自己处理不好，我妈讲大道理，我还挺烦的，但是有时候她给我讲完之后我觉得挺好的。而有的时候我觉得办这件事很困难，挺需要她说点什么，她却不给我讲。

原来觉得光听一个人说，往脑子灌那些大道理，太生硬了，一时接受不了，回过头一想才觉得很有必要。

你觉得你是一个什么样的人？

我妈对我的评价我觉得挺准确的，就是特善良。为别人考虑得挺多的，有的时候会牺牲自己的利益。

这一对母女与前面所有没有父母心灵沟通的案例，简直是天壤之别。

美晴跟我谈话时神态自然，对比她妈妈的紧张和焦灼，让我感触良多。孩子是好孩子，善良单纯，知道为自己的前途担忧，知道学习是自己的首要任务；妈妈是好妈妈，本身自立自强，对孩子无微不至，还不停地反思自己教育方法是否得当。采访时，她远远地看着；采访结束后，她用特别羡慕的语气和我说，看着我坐在那里和她女儿说话，她感到自己永远都做不到我那样温和、平静。我笑了，告诉她，如果我是妈妈本身，可能不会比她好多少，也会在孩子的表现不合自己心意时暴跳如雷。

然而，比之其他父母不闻不问的态度，对于这样的母亲，美晴感觉怎样？是否还有矛盾？答案是肯定的。“恋爱本身并没有什么影响，而妈妈给我的压力太大了。”这是孩子的原话。她谈了恋爱，也对母亲说了谎，比许多孩子承担了更多压力。这是怎么回事？母亲的关心不对吗？不是不该关心，而是太过关心了。妈妈，你考虑过吗，孩子在这种被“盯住”的感觉下是否失去了自己心灵的空间，甚至失去了对自己行为负责的使命感和勇气？何况在对待谈恋爱这件事上，两人根本无法彼此妥协，孩子为了维系家庭的和平气氛，不是说谎隐瞒，就是委屈服从。男朋友在美晴的心目中是内心的温暖之源，是驱散寂寞的良药，是缓释压力的法宝。难道这些对一个孤独的孩子没有意义吗？这些理由是无稽之谈？就像诺贝尔生理学及医学奖获得者比德尔说的：“人们忽视了孩子发育中最敏感最易接受的时期，严重低估了孩子的学习能力。问题是我们没有倾听。”

问题是我们没有倾听，是啊，人需要相互理解，需要换位思考。不因为年龄有差异就忽视对方的心理需求，把自己的想法强加于人。

当然，我们也要考虑到母亲的特殊情况。美晴妈妈的焦虑和不愉快，还和自身的情感不如意有关，从她女儿的描述可以得知，爸妈的关系还在她很小的时候就不好了。而父亲在家的时候也是大吵大骂，不会尊重和善待自己的妻子。这位妈妈过分担忧女儿的情感，很大程度上由自身的经验所致。失败的男女关系会使她对女儿的情感判断偏负面，而看不到积极的一面。

然而，一个人对压力的承受能力是有限的，适当的压力是有好处的，过分的压力则是一种摧残。美晴妈妈不知道，想让女儿在情感上变得成熟，封闭和管教是没有用的，她必须自己去经历，认识异性了解异性。就像游泳，站在岸边忧虑是没有用的，必须下水才知道水温，学会游泳的动作，提高自己的游泳技能。可是对美晴来说，面对这样大的升学压力，整天魂不守舍地打电话，即使并没有越雷池半步，时间和精力被大量挪作他用也着实让大人心焦。

这一段折磨快快结束吧，孩子啊，你的成长为何让人如此不安？你们是怎么了？我们是怎么了？比起老师，母亲担子很重，但她没有受过任何训练，对孩子的教导怎样更合适、更有教育效果。这些问题她们也只能在黑暗中摸索，就像孩子在成长的路上艰难地探索一样。我们又怎能苛求她们成为教育家呢？

我们的父母是那样对我们的，虽然他们很多话最后被事实证明是对的，而我们理解的时候已经三十多岁，已经走了一些弯路。借鉴是必要的，但成长的历程证明毫无主见地放弃自己的想法一样会贻害终生。因为生活是自己的生活，感受是自己的感受，甜是自己的，痛是自己的，经验也只有自己去体会才能获得。何况时间这个永动机，到底哪一刻是更重要的呢，谁能说是现在还是无法预知的将来？

如果孩子大了，父母能做的就是告诉孩子原则，然后放手，情感更是如此。孩子会为自己的成长积蓄力量，锻炼智慧。这是他们的必经之路，他们要自己长大，况且，这个世界有太多路是需要自己一个人去走的。

分析

少男少女渴望真知

一项国家级课题的调查结果显示：70.67% 的少女和 57.81% 的少男表示最渴望了解青春期心理发展知识（平均为 64.24%）。其他依次为异性交往的礼仪和方法（49.88%）；性生理知识（42.26%）；性对人生的意义（29.75%）；什么是爱情（27.42%）；处理性欲的知识和方法（20.15%）；人类的性与动物性的不同（16.09%）；性交知识（14.93%）；性病知识（14.93%）；避孕知识（10.99%）。有趣的是，在上述十个方面的数据中，少男表示认同的比例除第一项低于少女（57.81%、70.67%）之外，其余九项均高于少女。以避孕知识为例，少男表示想知道的为 12.39%，而少女仅为 9.58%。关于性交知识一项反差更为显著，只有 9.36% 的少女想知道，而少男则高达 20.50%。

根据联合国统计，全球每年约有 1600 万不满十八岁的少女分娩，另有 320 万少女经历不安全的堕胎，其中 90% 青春期怀孕少女生活在发展中国家并已结婚。怀孕并不是这些少女的知情选择，更多情况是强迫的后果。妊娠和分娩并发症可以导致严重疾病，也是造成少女死亡的主要原因。这些情况极端，却暴露了一个不容忽视的事实，即性教育的偏差甚至缺失，已经严重影响青少年的健康成长，这已成为一个刻不容缓的问题。

在我们做的系列访谈中发现，在初中阶段尤其是初二，男生们课间休息的聊天内容，常常集中于性问题。但这些如饥似渴的少年很难从家长和学校那里学习到科学、有用的知识。“我们不仅需要大大方方的性教育，更关键的是，要形象的性教育。这是一门特殊的课程，不能用抽象的语言来敷衍我们！”有位男生曾这样表达了对中学生理课的不满。

青春少年需要什么样的性教育

教育的本质在于帮助人成为一个真正的人，而没有性则没有人，不懂性也无法成为人。因此，性教育是整个教育非但不可缺少而且尤为重要的组成部分。

在联合国教科文组织提供的《性教育与艾滋病预防教师手册》中，明确提出了性教育的概念：性教育是家庭教育、学校教育和社会教育中的一项内容，是关于人的心理、社会发展的一项研究和教学，它不仅向受教育者传授有关人的性器官和性功能的生理知识，还向受教育者灌输一定的社会文化所认可的性道德规范和社会价值标准，以及与性有关的法律规范。性教育中还包括各种良好的卫生习惯教育。科学的性教育不仅对受教育者个人，而且对于家庭和社会的健康发展都有着积极的促进作用。

性教育是发展教育，也是终身教育，它是需要科学精神与人文精神的紧密结合才能完成的教育。

公平一点说，近年来中国的性教育有了长足的进步，但为什么遭到少男少女们的否定呢？这是因为与当代青少年的身心发展相比，性教育还是太滞后了，难以满足他们的强烈的需求。

与此相关的是，家庭与学校对少男少女交往的限制与反对，更是激起了他们的不满和怨恨。

心理学家斯坦利·霍尔被誉为青春期心理学之父。早在一九〇四年，他率先把青春期作为个人发展中的一个关键时期加以研究，发表了两卷本的著作《青春期》，提出有关人的发展的“复演说”。霍尔认为，每个人的生命都是整套地重复整个人类的发展过程，而青春期（十二岁至二十五岁）则代表着一种新生，是产生更高级更完美的人类特征的时期，是“可望改善我们人类的唯一阶段”。

霍尔的发现是青春期的赞歌，同时也为青春期的性教育提出了更高的标准。关于这一点，一九八五年，美国锡拉丘兹大学儿童和家庭教育教授索尔戈登有一个较为完整的构想。在《我们的孩子需要从性教育中得到什么》一文中，他指出：没有价值标准的性教育是没有价值的教育，必须促进性道德的教育。他认为，性教育至少应该包括以下内容：

促进自我概念的形成，教育青少年不要去剥夺别人，也不要受他人剥夺；应该有自尊心，建立成熟的人际关系，对性行为负责。

为结婚和做父母做好准备，了解人与人之间的关系，加强对家庭生活的责任感。

理解爱情是人的性爱的基本组成部分，认识到性绝不是对爱情的检验，帮助学生确定自己是否“确实在恋爱”。

要准备为自己做出的决定负责，在性的领域中，也要依据一种普遍的价值标准，即不要伤害或剥夺他人，用他人的牺牲来满足个人的私欲是错误的。

帮助学生理解（男女）机会平等。

帮助学生养成宽容的态度。

帮助学生了解和理解我们生活中的性，认识我们生来就有性欲，而且继续不断有性的需要；要了解性产生的广泛内容，认识性不仅仅表现为异性间的性交，也不仅是生育；应当集中讲解情感、交往和价值观在性中的体现；此外，在性教育中还可以向学生介绍有关妇女运动、决策机会平等、职业选择机会平等和同工同酬等方面的情况。

实际上，青春少年们需要的性教育正是这样，是一些从生活中来的富有生命力的知识与情感。为了生命与健康不应该存在任何禁区，让健康的性生活使每个人都能感受人生幸福，激发创造活力，培养人格尊严。

青春期性教育最重要的原则是符合少男少女们的切实需要，并使他们获得不断发展的方向与动力。

以阳光法推进性教育

性教育的成败不仅仅取决于内容，也取决于态度。如果以阴暗心态进行性教育，非但无成功之希望，反倒留下无尽隐患。因此，我们建议父母与教师们以阳光灿烂的美好心态，公开而彻底地与少男少女谈情论性。这就是阳光法性教育。譬如，在花园里举办专题朗诵会，让少男少女朗诵赞美爱情的诗歌；在学校里举办爱情与婚姻的学术讲座；举办“什么是现代女性？”“什么是真正的男子汉？”等讨论会或讲演比赛；举办青春交谊舞会等等。这些都属于阳光法性教育活动。试想一下，当少男少女的审美意识被唤醒了，他们怎么会把高贵的感情变成低级趣味？也许，在情感世界里，只有美的轨道才是健康的轨道。

中国性教育的一大失败，就是在关键的知识点上躲躲闪闪，似乎以孩子弄不明白为己任。结果,导致了许多少男少女稀里糊涂受到伤害。譬如，我们在访谈中惊讶地发现，这些勇吃禁果的少男少女，几乎不采取任何避孕措施。他们根本不清楚流产对女性身体的伤害，更意识不到传染性病或艾滋病的危险。这不能不说是性教育的严重失职。

造成这一重大失误与性教育观念落后关系密切。许多父母与教师以为，告诉了孩子性交方法与避孕知识，会引诱他们尝试性行为。我们应当相信少男少女们，当真正懂得了性交和避孕的知识之后，他们会权衡利弊，少做蠢事，尽量减少对自己和对他人的伤害。把选择权与决定权交给一天天长大的孩子,尽管他们会为此付出代价,但只有经历了这一切,他们才会成长为一个真正的人。

鼓励少男少女正常交往

在青少年长大即社会化的过程中，同伴交往乃至与异性的交往是不可缺少的一课。再好的父母和老师也不能代替伙伴的作用。所谓性教育的本质就是学会交往。然而，不少父母至今仍持有干涉或限制的态度，造成了与子女之间的代沟冲突。

请父母与老师们回忆一下，您是怎么学会与异性相处的？是仅靠父母的说教？还是靠自己的体验？恐怕绝大多数人是实践出真知。因此，当您剥夺了孩子体验的渠道，您怎么让孩子学会交往呢？许多条件很好却难以恋爱结婚的中青年，究其原因，常常发现是青春期里被严格限制与异性交往的缘故。充满爱心的父母们怎能让悲剧重演？

当然，鼓励不等于放纵。近朱者赤，近墨者黑，也是千古名言。我们只是建议父母与教师们，对于少男少女的交往，要多一些鼓励，少一些训斥；要多一些理解，少一些怀疑；要多一些引导，少一些限制。即使出现一些问题，也不要大惊小怪。心理学家认为，孩子是在犯错中长大的。父母给孩子最好的礼物是尊重与信任。

父母应当为孩子做出表率

一谈到性教育，许多父母就在想该怎么对孩子说，实际上，父母怎么做比怎么说更为重要。可能有些父母会疑惑起来，做什么呢？其实，在孩子心目中，父母的行为是最好的性教育楷模。天下父母哪个不是一男一女的结合？哪个不是与孩子关系最亲密的人？孩童时代过家家，孩子们不都在模仿父母的角色吗？这种对父母自觉不自觉的模仿，或许会持续一生。

可是，父母们想到这一点了吗？许多父母亲热时背着孩子，却当着孩子的面吵架甚至打架，这是多么可怕的性楷模表现呀！如今，夫妻离婚的多了。有些离婚者面对孩子痛说对方劣迹，犹如黄河长江，怨恨一泻千里。他们可能没有意识到，这样做是播种了仇恨，这样做会扭曲孩子的心灵，使孩子不能正确看待异性，将来会影响下一代的爱情与婚姻。

有责任心而又明智的父母，应当从点点滴滴做起，表现出夫妻之间的互敬互爱互谅互助。开放一些的父母，当着孩子的面拥抱接吻，更是良好的性教育行为。美国一位女教授把自己生孩子的全过程请人拍录下来，作为将来送给孩子的礼物。可以想象，这将是深刻而可能影响孩子一生的性教育。

总之，请父母们记住：你们每时每刻的行为，都在以最自然的也是最有力的方式告诉孩子，什么是性，什么是爱，什么是婚姻，什么是幸福。

后记

二〇一七年十一月五日，当再一次打开初版《藏在书包里的玫瑰》后记，无法想象距上次写后记已经过去了整整十四年。在二〇〇三年十一月，北京一个兵荒马乱的冬日，我提笔写下了第一句话：“我一直在等一个恰当的时间，我想那时我心情愉快，没有任何烦恼，而且屋外阳光灿烂，我才会静静坐在桌前，提笔写一个正儿八经的后记。很遗憾，我的情绪起起伏伏，生活中的烦恼无穷无尽，所以一直也没有等到那样的时刻……”

十四年过去，我已经知道，那样的时刻并不存在，真实的生活就是快乐中有烦恼，痛苦中有幸福，而你无法选择，只有接受和面对。

1

这几个月，我带着这本书稿，从腾冲到杭州到乌鲁木齐再到怀柔，甚至有两章内容我还带去了法兰克福，但是都没有如愿改好。同时，我也想着自己的后记，想自己为什么要重新认真修订这本书，做这件事的意义到底是什么？

二〇一五年十二月十三日，应中国青少年艾滋病防治教育工程发起人之一李扁的邀请，我参加了第二届中国青少年艾滋病预防教育工作座谈会。到会的联合国艾滋病规划署驻华代表苏凯玲发言：

“2015 年 9 月，就艾滋病的议题，包括中国在内的各国领导人，在纽约总部开了一个会，会议认为，到 2030 年人类结束疫情是可能的。这意味着我们必须再接再厉，我们必须更主动，我们每一个人都要为这个目标努力。

“我相信我们可以在 2030 年终结艾滋病，但是关键是我们需要触及每个人，不要遗漏任何人，包括毒品使用者，男性和女性性工作者，那些不知道怎么保护自己的人，那些得不到正确信息的人，让他们得到正确的引导，知道哪些观念是错误的，知道如何保护自己。”

人类想在二〇三〇年终结艾滋病，我觉得是一件特别了不起的事情，但只是开会说说，会使这件事情变成一个美丽的幻想，它的实现需要所有的人，所有的力量，需要强有力的性教育，因此我认真重新看稿，重新整理，希望新版《藏在书包里的玫瑰》可以在这件事情中贡献一点作用。

2

最近生活非常杂乱，各种尖锐的问题出现，常常需要启动一些终极思考，比如，人为什么要活着？假如今天是你活在这个世界的最后一天，你会做些什么？而与性相关的疑问，是人类的另一个本质命题和客观存在，是非要了解不可和需要喋喋不休地讨论的重大问题，对成长中的青少年尤其重要，因为性是他们成长的一部分，不是他们的对立面。

当一个话题成为禁忌却又是青春生命必需的，情境就会有点尴尬。

十四年前，当我刚刚开始做这个采访，听说的人都会问：你为什么要做这件事，它有什么意义？

这个问题的答案是我要讲的第二个意义，这个意义有以下两点：

1. 我想起《藏在书包里的玫瑰》（2004 版）刚刚出版时，要开一个专家的研讨会，我去接李银河老师，回会场的路上，我们讨论了一下这本书的意义，我记得她说：虽然样本不是特别多，但是也有“存在这样一种事实”的意义。

我在开始做采访时，孩子还不满一岁，晚上不能好好睡觉，白天经常疲倦到不想说话，有时候约好了采访对象，却不想出门。但我的采访对象有更大的热情和责任心。他们每个人之所以愿意站出来讲这件事，就是为了用自己的经历给其他同龄人提供帮助。他们认为，这件事，如果他们自己不站出来，别人是不能了解到事情的真相是什么的。

2. 在这本书第二次再版后，有一位高一的女孩写给我一封信，她说：她们宿舍的女孩看过《藏在书包里的玫瑰》后，成立了一个玫瑰协会，主题就是每晚在宿舍讨论和性相关的事情。也许受书中坦荡的交谈氛围的鼓励，觉得公开谈性也不是一件羞耻的事情，自己也可以谈一谈。因此，在一本书的帮助下，打开心扉，把一个禁忌谈成一个话题。

如此交谈，有什么好处呢？一八八五年，奥地利医生埃宾出版了《性的心理病》之后，世界就出现了一种叫做“性学”的东西。在一九二〇年和一九八〇年代中期前后两次传入中国，第一次传入时不幸夭折了。但是今天，性知识在中国，已有排山倒海之势。

但是，这些庞杂的性知识无法囊括如下事实：性几乎包含了个人所有的喜怒哀乐，总会激荡起内心最深层的感受，常常令人刻骨铭心，在人类生活中最具情感价值与激情导向（潘绥铭语）。那么，这么重要深刻的事情，其中的一切感悟和体验，喜悦与忧伤，安心与恐惧……都需要有机会谈起，公开地毫不觉得羞耻地讨论。

因为这是一个有关人的复杂感受的教育。

3

讲到人，我禁不住想，这个世界只有男性和女性，但人类的很多痛苦和悲剧，正是因为男女恶劣的关系造成的，一部分原因是性教育的缺失导致的两性教育的匮乏。

两性之间的吸引产生于脑，因为男人和女人脑的结构不同，所以男人想要女人，女人想要男人，这种差异在子宫内就已经确定，因此，出生时，我们就会有性的渴望。

就思维而言，男性脑和女性脑的差别极小，但对爱情而言，差别则很大。过去几年里，科学家揭示了性欲的来源：吸引的源泉处于脑中心的间脑，冲动就在这里被激发。男人和女人的这一部分脑的差别是如此之大，以至于内行的观察家可以判断出它是男人的脑还是女人的脑：在下丘脑的外观区域，男人是女人两倍大，而外观区域主要控制着促性腺素释放激素，促性腺素释放激素的多少则对性欲至关重要。

这种差别在男女对情感的态度上产生不同影响。书中采访的女孩都有一个困惑：为什么男朋友只想和我上床？而男孩在情感经历中则总结出：性变为情感是因为精神上的可能性，而爱情是两个人相似的价值观。

4

本书中的第一个采访发生在二〇〇二年，距现在过去了十五年。

我自己的儿子，当他还是一个小婴儿的时候，我开始动笔写第一个采访，好不容易写完八千字，他在旁边吵着要我抱他，我只好把他一边抱在怀里，一边敲字。结果一不留神，他就按下一个删除键，八千字全无踪影，到现在我还记得自己当时欲哭无泪的心情。现在他已经长成了一个大小伙子，暑假时，公开告诉我他要和一位女生去看电影。就在我出门去咖啡馆写稿子之前，他说要和我谈谈他对自己周围同龄人情感的看法……他说其实他的同学都还是比较理智的，希望以学习为重，现在谈情感有很多不确定的因素等等。谈到这里，话题就转到了我认为他现在对学习不够认真的事情上去，我在其他孩子面前的耐心和风度荡然无存，忍不住大声批评了他好一会儿（真是讽刺）……

十五年，我的采访对象已经从少男少女成长为大人，也开始为人父母。

一盆植物冒出新芽，叶子越长越大，开花结果，无论怎样恶劣的环境，植物都心无旁骛地继续长大……

这像极了一个人的生长，也像极了人类的情感发育。也许植物需要一季但人需要多年。如书中被采访者家明所说，那七八年的时间里，最重要的事情就是探索自己的情感，不后悔时间花在这上面，这是成长的必经之路。

记得中国一位年轻作家总爱说一句话：国外人几辈子活成一辈子，中国人一辈子活成几辈子，这个时代堪称沧海桑田的变化，也时时刻刻影响着正在成长中的每一个孩子。

孩子们的成长和情感都呈现出了有别于任何前一个时代的复杂和物

质化倾向，身体和性作为媒介不断挑战道德尺度。

移动网络完全改变了孩子们的生活状态，也让孩子们的情感范围不断扩大和丰富，以及变得非常复杂和不可预料。

成人社会的情感活动，铺天盖地砸向孩子的情感世界，所有孩子对性和情感的态度和看法，折射出这个社会成人的情感表现。

好多在成年人看来忧心忡忡的问题，在孩子眼里根本就不是问题，他们只是在经历他们的生活。他们或许会重复上一代的梦想和错误，但那是他们自己的故事。

两千多年以前，古希腊的哲学家苏格拉底这样描述青年人：他们举止不合礼仪，见了长辈进屋根本不会起立。他们在同伴面前唾沫飞溅，在餐桌上狼吞虎咽，跷着二郎腿，还像暴君一样对待老师……

实际上，几千年来，长辈对晚辈的态度也没有太大的改变，一如既往地忧虑或期待，但孩子已不是从前的你我了。

但是，成长的代价却亘古未变，这个代价或大或小，有时甚至是生命。

成长中的孩子，需要直观又感性的经验，帮他们打破爱情神话，弄懂性的疑惑，安全跨过成长中的每一步危险。不必以身试法，在危险中摇摇晃晃长大。

5

这次《藏在书包里的玫瑰》再版，已是这本书的第四个版本，之前曾经在北京出版社（2004）、漓江出版社（2009）、作家出版社（2014）分别出版过，趁此机会也感谢曾经的三位责编徐丽萍、庞俭克、王淑丽。

与著名教育专家孙云晓老师合作完成这本书之后，我又独自采访完成了两本书《那个学期在雨中长大》和《寻找温暖爱的方法》，但我觉得它们也是《藏在书包里的玫瑰》的一种扩展和延续。

因此，在经过十五年之后，编辑林妮娜从以上三部书中挑选了二十个非常有代表性的采访结集编成这本崭新的《藏在书包里的玫瑰》。这带来一种神奇的化学反应，首先，这些采访的重新组合，梳理了我十五年在做的事情，让我对这件事的理解变得更为清晰和深刻。其次，曾经散落在两本书中的男女情侣，当把他们放在一起读的时候，这些普通的对答有了一种莫名的意义和力量……

到底什么是性教育？在西方，性教育被定位为人格教育。性教育的内容包括性知识、与性相关的价值观、态度和分辨能力、人际关系和社交技巧、责任（性道德）。这些内容都要从认知、情绪情感和意志行为三个方面进行讨论，不仅教给孩子正确的知识，同时让他们讨论自己的观念与态度，并建立正确的社会交往行为。

《藏在书包里的玫瑰》基本按照这个原则去采访去提问去讨论……

还想再说一句：那些与我交谈中大笑或伤心落泪的女孩男孩，若你们看到这本书，给我写一封信，我记得你们，并时时会想起你们……

张引墨

二〇一八年一月三十日　北京

电子邮箱：zhangyinmo@vip.sina.com

图书在版编目(CIP)数据

藏在书包里的玫瑰 / 孙云晓，张引墨著．-- 北京：新星出版社，2018.7（2023.6 重印）

ISBN 978-7-5133-2835-7

Ⅰ．①藏… Ⅱ．①孙… ②张… Ⅲ．①随笔－作品集－中国－当代 Ⅳ．①I267.1

中国版本图书馆 CIP 数据核字（2017）第 228567 号

藏在书包里的玫瑰

孙云晓　张引墨 著

策划统筹　林妮娜
责任编辑　汪　欣
特约编辑　张　迫　赵丽苗
封面设计　王　斑
内文制作　杨兴艳
责任印制　李珊珊　史广宜

出　　版　新星出版社　www.newstarpress.com
出 版 人　马汝军
社　　址　北京市西城区车公庄大街丙 3 号楼　邮编 100044
　　　　　电话 (010)88310888　传真 (010)65270449
发　　行　新经典发行有限公司
　　　　　电话 (010)68423599

印　　刷　河北鹏润印刷有限公司
开　　本　890mm×1270mm　1/32
印　　张　13
字　　数　300千字
版　　次　2018年7月第1版
印　　次　2023年6月第7次印刷
书　　号　ISBN 978-7-5133-2835-7
定　　价　49.00元